中日文化交融语境中的《沧浪诗话》研究

程小平 祁晓明 著

学苑出版社

图书在版编目（CIP）数据

中日文化交融语境中的《沧浪诗话》研究 / 程小平，祁晓明著. —北京：学苑出版社，2020.10
ISBN 978-7-5077-6060-6

Ⅰ.①中… Ⅱ.①程… ②祁… Ⅲ.①诗话—诗歌研究—中国—南宋 Ⅳ.①I207.22

中国版本图书馆CIP数据核字（2020）第209369号

责任编辑：李蕊沁　战葆红
出版发行：学苑出版社
社　　址：北京市丰台区南方庄2号院1号楼
邮政编码：100079
网　　址：www.book001.com
电子信箱：xueyuanpress@163.com
联系电话：010-67601101（营销部）、010-67603091（总编室）
印　刷　厂：北京建宏印刷有限公司
开本尺寸：880mm×1230mm　　1/32
印　　张：10.25
字　　数：234千字
版　　次：2020年11月第1版
印　　次：2020年11月第1次印刷
定　　价：68.00元

本书系 2013 年度国家社会科学基金一般项目（13BZW013）成果。

目 录

第一章 绪论 ································· 001

第二章 《沧浪诗话》的诗学核心"悟" ················ 013
 一、为什么选择"悟":解决江西诗学的难题 ········ 013
 二、怎么"悟":师法与重构 ····················· 030
 三、"悟"什么:严羽之"兴趣"与"入神" ········ 071
 四、"悟"特质的探讨:直觉与重构 ··············· 099

第三章 明清诗学对《沧浪诗话》"悟"之重构:
"悟"之歧异 ································· 118
 一、"悟"歧异之一:"格调" ···················· 120
 二、"悟"歧异之二:"性灵" ···················· 138
 三、"悟"歧异之三:"神韵" ···················· 158
 四、"悟"歧异之四:"比兴"及其他 ·············· 164

第四章　日本诗学对《沧浪诗话》"悟"之受容：
　　　　从禅悟到诗学"悟" ……………………… 171
　一、和歌之"悟"：幽玄 ……………………… 174
　二、俳句之"悟"：闲寂 ……………………… 231
　三、汉诗之"悟"："影写""冥想"与"悟" ………… 256

第五章　结　论 ……………………………………… 309

第一章 绪 论

严羽《沧浪诗话》是中国古代一部非常重要的文学理论著作,它的"诗辨"部分集中讨论了关于诗的本质特点及形式技法等一系列重要的理论命题。由于这些重要的理论命题指出了诗歌创作的关键要点,明清文人在讨论诗歌时纷纷征引辩驳《沧浪诗话》,因此,《沧浪诗话》对后期古典诗学产生了较为深远的影响。晚清王国维论词之"境界"时指出,"沧浪所谓兴趣,阮亭所谓神韵,犹不过道其面目,不若鄙人拈出'境界'二字,为探其本也"(《人间词话》九)。王国维以具有现代诗学意义的"境界"概念阐释严羽"兴趣",开启了现代诗学阐释严羽《沧浪诗话》的先声。20世纪,随着中国社会由传统转向现代,王国维之后,学界开始以现代诗学视角(其实也是西方视角)审视研究《沧浪诗话》,这使得《沧浪诗话》的诗学理论价值被鲜明地凸显出来。从时序上看,20世纪上半叶对《沧浪诗话》的现代诗学研究还只是滥觞而已,有诸如郭绍虞、朱东润、方孝岳、胡才甫、朱自清、钱锺书、罗根泽等人在他们的相关著作或论文中对《沧浪诗话》的某些问题进行过探讨。其中,郭绍虞、钱锺书在20世纪下半叶还对《沧浪诗话》研究进行过引领和助推之作用。

1961年郭绍虞著《沧浪诗话校释》(人民文学出版社出版)出版了,这是一部标志性著作。它的标志性意义在于,首先,这是一部承前启后的著作。其承前性是指这部著作汇集了古今文人学者对《沧浪诗话》的重要研究,是今人研究这一课题的必备书目。其启后性是指它汇集了以郭绍虞为代表的从现代诗学角度研究这一课题的成果,而且还大力拓展了对此课题进行现代诗学研究的思路与方向;具体来说,就是从审美诗学角度对《沧浪诗话》进行研究。这也可以说是最近 30 年《沧浪诗话》理论研究的主要方向、基本视域。郭绍虞在此书校释说明中说道:"严羽《沧浪诗话》,是一部以禅喻诗、着重于谈诗的形式和艺术性的著作。"[①] 明确指出了其理论含蕴的审美诗学意义,对后来者的启示和影响较为深远。此著作出版后,在研究界产生了一个探讨《沧浪诗话》的学术热潮。[②] 之后由于社会政治文化状况的剧变,《沧浪诗话》研究经历了较长时间的沉寂,直到 20 世纪 80 年代才得以复苏。从总体上看,近 50 年的研究都是从现代西方诗学(包括马克思主义文论)角度对《沧浪诗话》的一系列概念、理论和命题进行详细的阐释。需要指出,这些讨论中占据主导地位的乃是基于现代审美诗学角度的研究。这种审美诗学研究的范式影响强大,以至于近几十年的研究无论从哪个角度切入这一课题,大部分都囿于审美诗学的研究视域内。

当然,充分探讨揭示《沧浪诗话》蕴含的文学审美理论价值是完全必要的。然而,当审美诗学的研究路径上充斥着密集

[①] 郭绍虞:《沧浪诗话校释》,人民文学出版社 1961 年,第 1 页。
[②] 程国赋:《二十世纪严羽及其〈沧浪诗话〉研究》,《文献》1999 年第 2 期。任先大:《20 世纪国内严羽研究述评》(上、下篇),《甘肃社会科学研究》2006 年第 3、第 6 期。

第一章 绪 论

的探讨者时，同质化甚至重复就成为这一研究领域不可避免的瓶颈。更重要的是，即使这些研究也未必完全清晰地揭示出《沧浪诗话》的审美诗学价值。其实，早在郭绍虞、钱锺书等人那里就从诗学与禅学、与理学等的关联这样跨学科角度对严羽诗学进行了多方位研究。然而，由于一些研究者缺乏对禅学深入的研究和体验，所以人云亦云地对严羽禅学知识和体验进行指斥，这种误置自然会影响对严羽诗禅说理论价值的考察；其实，早有学者注意到这一问题，对此进行过澄清与订正。① 这说明，跨学科研究如果对相关学科研究不足，其后续研究会受一定的影响。对于所跨的那一面把握不够同样也是近年中西跨文化比较研究中存在的问题。起始于钱锺书的比较严羽诗学与西方诗学之跨文化比较研究在近年被视为一个新的研究路径；然而，如何克服中西历史文化语境的巨大差异则是跨文化比较研究中的一个难题。也许由于这一原因，尽管学界意识到中西诗学比较可能是一个新的学术生长点，但总体来说，在比较严羽诗学和西方诗学的研究中较少优秀的成果。

虽然情况不尽如人意，但我们相信，在今日的思想文化语境之下，唯有跨学科、跨文化研究才有可能带来《沧浪诗话》研究的新突破。对此，前辈学者已经做过筚路蓝缕的工作。在《沧浪诗话校释》中，郭绍虞除了大力拓展审美诗学的研究路径外，还尝试运用马克思主义的文学观、宗教观和阶级观来

---

① 如杜松柏：《禅学与唐宋诗学》（台湾黎明文化事业股份公司1976年）、程小平：《〈沧浪诗话〉的诗学研究》（学苑出版社2006年）、周裕锴：《〈沧浪诗话〉的隐喻系统和诗学旨趣新论》（《文学遗产》2010年第2期）等论著对此问题都有过较深入探讨。

反思剖析严羽诗论。所谓马克思主义的文学观认为，文学是社会生活的反映，现实生活是文学创作的唯一源泉，过去的文艺作品不是源而是流。从这一观点出发，郭绍虞在《沧浪诗话校释》中指出严羽诗论忽视"深入生活"和"反映现实"，"只强调诗的艺术性，不知道诗从生活中来，从现实中来"，"不从生活现实出发，只在专从学古人出发"，"有主观唯心论的倾向"。① 显而易见，这里面包含了鲜明的政治意识形态色彩，可谓一种政治批评（意识形态批评）；从某种意义上讲，这其实就是文化诗学批评的雏形（或前身）。

众所周知，文化诗学批评源出西方，但在引入国内后与本土理论进行了文化上的融合。李春青曾提出建构"本土化"的文化诗学（"中国文化诗学"），他指出，文化诗学是一种有别于审美诗学的研究方法或路径。与审美诗学关注的基本点是文学的审美特性不同，文化诗学所关注的是一种文学现象，例如一个作家、一部作品、一种文学观念究竟是如何形成的，其形成机制是什么，是哪些因素决定着它成为现在的样子，其背后包含着哪些政治的和文化的意蕴，等等。② 文化诗学如何达成这些目标呢？李春青指出新的路径具有以下特质，即"对话"的言说立场，跨学科的互文性视野，语境化的操作方法，语境的转换。其中，所谓跨学科的互文性视野，主要是指在不同文类的文化文本之间寻求内在的关联性与相通性。就中国古代文

---

① 任先大：《20世纪国内严羽研究述评》下篇，《甘肃社会科学研究》2006年第6期。
② 李春青：《论文化诗学的基本特征与操作路径》，《江苏行政学院学报》2014年第3期。

学研究,特别是文学理论、文学思想的研究而言,这种研究视角显得尤为重要。这是因为,中国古代文学观念与诸如哲学、宗教、政治、伦理道德等话语系统关系极为紧密,只有这种跨学科的互文性视野才能够对其做出合理的阐释,因此欲建构"中国文化诗学"就必须具有这样一种研究视野。① 概其大要,就其目标和方法而言,"本土化"文化诗学的研究路径从传统常识上看必然是跨学科、跨文化的。

对《沧浪诗话》研究瓶颈的突破,必须在现有审美诗学的研究路径外另辟文化诗学的研究路径。也就是说,我们除了在审美诗学的视域内继续精耕细作,还必须跨学科、跨文化,引入文化诗学的研究路径。基于此种认识,本书尝试从中日文化交流融合语境这一更大更宽广的跨文化语境中重新审视《沧浪诗话》研究。与中西文化诗学比较所处的异质文化语境不同,历史上的中日思想文化曾经进行过长期深入的交流融合。美国学者狄百瑞曾提出东亚文明五个阶段的对话论,明确指出原始儒家思想、佛教和道教思想以及新儒家思想对东亚各文明体的建构与塑造。② 这是我们理解中日文化交流融合的理论出发点。日本学者有所谓"作为方法的亚洲"(竹内好)、"作为方法的中国"(沟口雄三),也都是基于东亚文化交流、冲突、融合语境而形成的问题意识与方法意识。它们无疑对我们有很大的启发。

稍加考察不难发现,在中日文明发展史上,曾作为中日

---

① 李春青:《"文化诗学"的本土化与"中国文化诗学"之建构》,《文艺争鸣》2014 年第 4 期。
② 狄百瑞:《东亚文明:五个阶段的对话》,江苏人民出版社 2012 年。

文化共同基石的中国文化促成了名为"汉字文化圈"文化共同体的形成。在中日文化的交流融合过程中，中国文学与诗学在加强中日各国与中国文化交流融合以及促进该国文学的诞生和成熟上发挥了重要作用。在此交流融合的语境中，中国古典诗学重要著作《沧浪诗话》不仅对中国明清诗学与文学有深刻影响，也对日本等国的诗学产生过一定影响。这毫无疑问是文化交流融合的结果；它不仅体现出《沧浪诗话》的文化意义，还多面展示了《沧浪诗话》的诗学特质。

由于《沧浪诗话》借禅（悟）论诗（悟），其诗禅说涉及禅学与诗学之关系，这是典型的跨学科研究。而中国佛禅思想文化也曾深刻地影响到东亚各文化体，这就使得本书的研究必然又是跨文化的研究。例如王晓平曾提到，（东亚）禅僧在将追求事实之外的"真实"的宗教活动与捕捉万物品味的文学活动结合的过程中，积极接受并传播了"参诗如参禅"的文学思想，进而影响到禅门之外的文人。朝鲜李朝申钦论诗，说"唐诗如南宗，一顿即本来面目；宋诗如北宗，由渐向进，尚持声闻辟支尔，此唐宋之别也"，又说："古人云'乾坤有清气，散入诗人脾'，清是诗之本色，若奇若健，犹是第二义也。"此类议论，为严羽《沧浪诗话》之呼应。[①] 此例充分体现了《沧浪诗话》与禅学思想关联以及其如何跨文化影响传播之事实，很典型地说明了跨学科与跨文化的特征。概而言之，本课题试图在跨学科（本课题着重讨论禅学与严羽诗学之关系）与跨文化（本课题重在讨论中日文化中的日本诗学与《沧浪诗话》之关系）两方面对原有《沧浪诗话》诗"悟"研究有所突破。

---

① 王晓平：《亚洲汉文学》，天津人民出版社 2009 年，第 10 页。

需要指出，东亚文化交融语境按例应当包括朝鲜、日本和越南。但由于朝鲜半岛在古代受中国文学影响太大，基本是照搬中国诗学话语体系；直至近代才诞生第一部朝鲜语诗话，即申彩浩《天喜堂诗话》，其他都是汉文诗话。有韩国学者就认为："吾韩自有诗话以来，作法全效中国，其成书之经过，以及体裁、条例、评论，固无一不类也。"① 可以说，朝鲜在接受《沧浪诗话》诗"悟"时几乎没有富于自己民族文化特色的创新理解。越南诗学亦与此类似。尽管朝鲜半岛有新罗"乡歌"这样的本土性诗歌类型，越南也有本土化的喃字诗，但这些本土化尝试都与《沧浪诗话》诗"悟"联系不大。总而言之，朝鲜、越南诗学在引入《沧浪诗话》诗"悟"时基本是在照搬严羽诗"悟"，而并未产生富于自己本民族文化特色的创造性理解（有如日本和歌"幽玄"之"悟"、俳句"闲寂"之"悟"那样的创新重构），因此不能为《沧浪诗话》诗"悟"研究提供较好的学术参照。

日本与朝鲜半岛和越南不同。日本早期也受到中国诗学较大影响；但由于其原有文化形态一直保存着自身的文化价值观念，自江户时代国学派诞生后，日本文学开始表现出较明显的独立自觉意识。其中儒学者、国学者对中国诗学的接受和拒斥更具有普遍价值和典型意义。在诗话方面，日人池田四郎次郎编辑的《日本诗话丛书》所收诗话除论述汉诗外，也涉及和歌内容（如《夜航余话》等）。这些诗话援引或采纳《沧浪诗话》诗"悟"的观念内容，其中，有些还被用来论述批评和歌和俳句；从而产生富于创新色彩的和歌"幽玄"之"悟"、俳句"闲

---

① 许世旭：《概述：韩国诗话与中国诗话》，载曹顺庆主编《东方文论选》，四川人民出版社1996年，第856页。

寂"之"悟"。可以说，日本诗学与中国诗学在交融时也有碰撞冲突，《沧浪诗话》诗"悟"对日本诗学除产生正向直接影响外，还被批判性地融入其诗学和文学。中日文化进行了深入交流和创造性融合，日本诗学在受容《沧浪诗话》诗"悟"时产生了富于本民族文化特色的理解——和歌"幽玄"之"悟"、俳句"闲寂"之"悟"（这恰恰是韩国和越南诗学所欠缺的）。这为研究《沧浪诗话》提供了极强的学术参照意义，同时也是本课题——中日文化交融语境中《沧浪诗话》研究论题成立缘由。

从文化诗学的角度看，《沧浪诗话》研究不仅要阐释其一系列诗学思想、概念、命题所具有的审美诗学内涵，而且更重要的是，必须揭示《沧浪诗话》是怎样产生的，严羽诗学为什么要以禅（悟）喻诗（悟），他与其他人的诗禅说有哪些联系和区别？严羽诗学是否还有未被发掘出来的政治和文化意蕴？简言之，《沧浪诗话》诗"悟"研究不仅要揭示其诗学本来面目，而且更需要揭示其来龙和去脉。我们认为，如果将《沧浪诗话》诗"悟"置于中日文化交融的历史语境中进行跨学科、跨文化研究，将在更广泛的视野中展示其来龙去脉。而且，将鲜明地凸显出本课题的诗学及文化意义。

首先，可以为《沧浪诗话》研究提供新的视角，进一步延展其学术研究空间，从而更全面深入地把握其诗学特征和文化意义。近年来多部《沧浪诗话》研究专著主要集中在阐释其所蕴含的理论特质，其中运用的理论资源主要来自西方诗学；这固然是研究展开的必要步骤，但我们也要看到，由于研究者运用的西学资源来自完全异质的历史文化语境，它必然造成中西诗学话语体系的某种不可通约性；加之研究者借鉴的西学思想话语大体类似，遂使《沧浪诗话》研究陷于瓶颈。而将《沧浪诗话》置于中日文化交融语境这一宏阔视野中进行研究，一方面可以克服异质西学话语体系对《沧浪诗话》的错置和误读，另一方面可以以东亚诗学话语的共同本质来深化对《沧浪诗话》诗学意义的理解，从而更全面更深入地揭示《沧浪诗话》的诗学特性和意义。

其次，通过研究《沧浪诗话》对明清诗学和日本诗学的影响（无论相同或各异），有助于更深入细致地理解明清诗学和文学以及日本的诗学和文学。事实上，一种观点学说的意义和价值主要取决于其现实和历史影响；我们认为，本质不是先验地内蕴于事物（学说、观念）中的，而是在后来的认识中不断地被重新建构出来的；所谓"一切历史都是当代史"，"一切历史都是思想史"，就是指历史上的学说（观念）的内涵都是在后来者不断地重新阐释中被建构出来的。《沧浪诗话》就是一个例证；尽管《沧浪诗话》在当时对文学和诗学的影响并不大，其在宋代诗学、晚宋诗坛中也是面目含糊的，但其对中国明清和日本诗学的历史影响却不容低估；正是透过其影响，后人对其诗学特质和文学意义才有深入理解，从而逐渐建构出更翔实清晰的《沧浪诗话》的诗学图谱。通过厘清《沧浪诗话》对中日诗学和文学的历史影响，中国明清和日本的诗学和文学状况也将得到不同的新理解。

再次，将为中国诗学理论重构提供可借鉴的个案。近代以来由于中西文化冲突使传统文化丧失了原先的优越性，与之相适应的古代文论也被迫转型（突破原有定势，创造性地现代转化或现代阐释）；所谓中国文论的"失语症"其实就是转型过程中的一种焦虑。《沧浪诗话》所借用的禅宗思想是对印度佛教创造性融合的成功典范，而"以禅喻诗"则是对外来佛教文化进行本土化改造的创新个案。通过探讨《沧浪诗话》在文化交融语境中对宋元明清和东亚各国诗学的历史影响这一个案,为中国文论和日本诗学在接受外来文化时如何进行本土化改造、形成创新意识、重构自己的话语体系提供思路借鉴。历史上中国文化曾在东亚各国产生巨大的向心力和凝聚力;在中日文化交融语境的形成中,《沧浪诗话》在与东亚各国诗学展开有效对话、促进本土诗学话语体系建构方面发挥了一定作用,因此,通过本课题研究将重估中国诗学的世界文化意义,并为传统文化的现代阐释提供例证。

在本课题视域中,近30年研究可资借鉴成果丰硕;其中,运用西方诗学资源阐释《沧浪诗话》的研究论文数以百计,专著也有10余部。这些研究除少数涉及严羽生平及《沧浪诗话》源流版本外,绝大部分从多角度全方位地揭示了《沧浪诗话》的诗学理论含蕴;包括"以禅喻诗""诗法"等问题以及"妙悟"("悟")"识""兴趣""别材别趣""入神""气象""熟参"("饱参")等观念命题得到了系统梳理和阐释;可以说,《沧浪诗话》的诗学特质得到了较翔实的呈现。还有,朴英顺《严羽〈沧浪诗话〉及其影响研究》(2000年,复旦大学)、程小平《〈沧浪诗话〉的诗学研究》(2002年,北京师范大学)、黄培青《宋元时期严羽诗论的接受史研究》(2008年,台湾师范大学)、王术臻《沧浪诗话研究》(2010年,北京大学)、陈芳《〈沧浪诗话〉的明代接受研究》(2013年,复旦大学)等博士论文先后系统梳理并阐释了《沧浪诗话》对宋元明清诗学的接受与影响,为更完整全面地把握《沧浪诗话》的诗学特质提供了较坚实的基础。另外,近年的比较诗学(如诗话比较)为《沧浪诗话》研究开辟了新方向。如蔡镇楚《比较诗话学》(2006)、张伯伟《清代诗话东传略论稿》(2007)、谭雯《日本诗话的中国情结》(2008),祁晓明《中日诗学研究》(2016),韩国学者如许世旭《韩中诗话渊源考》(1980)、赵钟业《中韩日三国诗话比较研究》(1984)都论及《沧浪诗话》等中国诗话对东亚诗学的影响,为将《沧浪诗话》置于中日文化交融语境中研究提供了参考。此外,论文如张伯伟《论日本诗话的特色兼谈中日韩诗话的关系》(《外国文学研究》2002年02期)等也较有启发性。

日本学者如太田青丘《日本歌学与中国诗学》(1958)、松下忠《江户时代的诗风诗论》(1969)、船津富彦《中国诗话研究》(1977)、輒访春雄、日野龙夫《江户文学与中国》(1977)、中村幸彦《近世的汉诗》(1986)等,较多涉及中国诗学对日本诗论、歌论以及日本文学的影响,对了解《沧浪诗话》在日本诗学的影响和接受情况具有重要参考价值,也为以中、日文化为代表的交融语境中《沧浪诗话》的研究提供了有益借鉴。一般来说日本学者偏重于严谨的考证和细致的分析,不太注重理论体系的建立。这就需要在分析《沧浪诗话》对日本诗学影响时多进行诗学理论的提炼;同时,还要将这些抽绎出的理论特点同《沧浪诗话》对明清诗学的影响做对比研究。通过这种对比,既可以看出《沧浪诗话》所蕴含的丰富诗学特质,又能对中日诗学、文学的特性认识更深入、全面。

《沧浪诗话》在东亚诸国发挥的影响,主要是借助明代复古主义诗学的推动而实现的,因此,将《沧浪诗话》置于以中、日诗学为中心的文化交融语境。这一宏阔的学术视野中进行研究,是要系统探讨《沧浪诗话》对中国明清及日本诗学的影响,并对这种诗学影响做比较研究。透过对这种影响的分析与反思,使《沧浪诗话》的诗学特质从一个新的角度得以呈现。本研究的目的不仅是论述《沧浪诗话》在日本的延伸和影响，而且是将日本诗学对《沧浪诗话》的解读作为中国诗学的对话者、比较者甚至批判者而展开研究，其目的在于重新发现和揭示《沧浪诗话》所蕴含的诗学特质。正如文化诗学所强调的，在跨文化研究中，对话是一个基本原则，因此，本课题研究将尽可能避免西方中心主义或中国中心主义，在中日诗学的相互对话中阐发其共同的审美本质；在探寻中日文化交融语境中的《沧浪诗话》的诗学面貌时，将运用文化诗学视角来分析日本诗学对中国诗学的取舍或误读的思想文化语境。

通过研究我们得出一个基本结论：宋代（尤其南宋）是道学（也称新儒学，主要指理学、心学）确立成为社会主流思想意识的时期，它对宋代文学的影响巨大深远。宋代诗学在儒学思想的影响支配下，对文人的思想观念、心态人格进行了规训与控制，使得宋代诗歌呈现出与唐代诗歌截然不同的文学面貌，即所谓唐诗重情，宋诗尚理。严羽不满于宋诗被理学思想所宰制，直斥其为"以文字为诗，以才学为诗，以议论为诗"。为摆脱儒学思想的话语霸权，严羽以禅喻诗，借助禅学话语（"悟"）来对抗理学话语（儒家诗教）。这使得严羽的诗禅说（诗"悟"）有别于他人。严羽以"妙悟""兴趣"论诗，以师法盛唐诗为第一义，貌似无异于宋代主流诗学的宗唐，但其实质则是倡导一种不受文学之外因素（他者）控制支配的独立自足的诗意文学。其后，不管是明清诗学，还是日本诗学，无论重构或受容严羽诗学，特别是以诗"悟"为核心的系列观念的重构，其深层都认为须创建一种不受文学他者操控的独立自足的诗意文学；简言之，即重构诗意生命世界。本课题试图围绕这一基本观念展开阐释。

第二章 《沧浪诗话》的诗学核心"悟"

一、为什么选择"悟":解决江西诗学的难题

《沧浪诗话》是如何产生的?其产生过程中哪些因素起了至关重要的作用?换言之,就是要回答严羽"以禅喻诗"的主要原因,揭示严羽选择诗"悟"的内在因由。我们认为,严羽"以禅喻诗"选择"悟"的主客观原因固然很多,但其中最重要的一个原因恐怕还是要解决当时主流江西诗学所面临的诗学难题。那么,这个难题是什么呢?

1. 理学对"以意为主"的支配

两宋立国后,崇文抑武国策确立,科举制正式实施,加之一系列外在社会文化因素的配合,士大夫文人全面复兴先秦儒学。在佛教禅学思想的刺激下,借助佛禅思想的方法,宋代士大夫文人通过对传统儒学的改造和创新,建立了新儒学,包括程朱道学、陆象山心学、王安石新学、三苏蜀学等等;[1] 其中影响最大者乃是二程、朱熹的理学,它与明代王阳明心学合称宋明理学,长期占据中国古代社会主流意识形态主导地位,对中国古代社会的各个方面都形成了长远深刻的影响。理学的

---

[1] 陈植锷:《北宋文化史述略》,中国社会科学出版社1992年。

（最宽泛意义上）兴起是宋代文化中最重要的事件之一，它逐渐成为主导整个社会思潮的主流意识形态，对宋代文化各方面都产生了重要影响。毋庸置疑，它也对文学诗歌产生了重大影响。

逐渐成为社会主流意识形态的理学渗透影响到当时社会生活的各个层面。在日常生活中，人们也自觉体道求理，"古人观理，每从活处看……明道不除窗前草，欲观其意思与自家一般。又养小鱼，欲观其自得意。皆是于活处看。故曰：'观我生，观其生。'又曰：'复其见天地之心。'学者能如是观理，胸襟不患不开阔，气象不患不和平。"[①] 可以说，理学家自觉做到了在日常生活中体道求理。后人指出："谈理至宋人而精，说部至宋人而富，诗则至宋而益加细密……宋人之学，全在研理日精，观书日富，因而论事日密。如熙宁、元祐一切用人行政，往往有史传所不及载，而于诸公赠答议论之章，略见其概。至如茶马、盐法、河渠、市货，一一皆可推析。"[②] "理"渗透到社会生活各层面，自然也影响到文学艺术。理学思想认为文学对穷理尽性不仅无益，反而有害。曾有人问，"作文害道否？"（程颐）曰："害也。凡为文不专意则不工。若专意，则志局于此，又安能与天地同其大也。《书》云：玩物丧志。为文亦玩物也。"先生（程颐）尝说："王子真曾寄药来，某无以答他。某素不作诗，亦非是禁止不作，但不至于为此闲言语。且如今言能诗，无如杜甫。如云：'穿花蛱蝶深深见，点

---

① 罗大经：《鹤林玉露》乙编卷3，中华书局1983年。
② 翁方纲：《石洲诗话》卷4，人民文学出版社1981年。

水蜻蜓款款飞。'如此闲言语道出做甚。某所以不尝作诗。"①这说明理学家无须文艺来寄托、安顿他们的情性心灵世界；因为他们已经将感性情感经验转化为理性道德自律，在根本上排斥了道德理性以外的其他情感。

由于很多文人就是理学家，或深受影响。比如苏轼就曾说："昔先王之泽衰，然后变风发乎情，虽衰而未竭，是以犹止于礼仪，以为贤于无所止者而已。若夫发于情止于忠孝者，其诗岂可同日而语哉！古今诗人众矣，而杜子美为首，岂非以其流落饥寒，终身不用，而一饭未尝忘君也欤！"②这可谓文人对"吟咏情性之正"的解释。黄庭坚也说："诗者，人之情性也，非强谏诤于朝廷，怨忿诟于道，怒邻骂坐之为也。其人忠信笃敬，抱道而居，与时乖逢，与物悲喜；同床而不察，并世而不闻，情之所不能堪，因发于呻吟调笑之声，胸次释然，而闻者亦有所劝勉，比律吕而可歌，列干羽而可舞，是诗之美也。其发为讪谤侵凌，引颈以承戈，披襟而受矢，以快一朝之忿者，人皆以为诗之祸，是失诗之旨，非诗之过也。"③这表明，尽管文人不像理学家那样否定人类情感的合理存在，但毕竟也不可能像魏晋文人那样率真任性；在情感上他们不能不有所节制。范温曾指出："世俗喜绮丽，知文者能轻之。后生好风花，老大即厌之。然文章论当理不当理耳。苟当于理，则绮丽风花同入于妙；苟不当于理，则一切皆长语。上自齐梁诸

---

① 《文论辑录》，载蒋述卓等编《宋代文艺理论集成》，中国社会科学出版社 2000 年，第 219 页。
② 苏轼：《王定国诗集叙》，《宋代文艺理论集成》，第 256 页。
③ 黄庭坚：《书王之载〈朐山杂咏〉后》，《宋代文艺理论集成》，第 342 页。

公,下至刘梦得、温飞卿辈,往往以绮丽风花累其正气,其过在于理不胜而词有余也。老杜云:'绿垂风折柳,红绽雨肥梅。岸花飞送客,樯燕雨留人'……皆出于风花,然穷性尽理,移夺造化。"① 所谓"当理不当理",既是对人之情性而言,也是对文章中所流露情性的理性认识;它对宋代诗学"以意为主"论的影响尤为明显。

严羽曾谓"本朝人尚理而病于意兴,唐人尚意兴而理在其中",指出唐人之"意"为"意兴",宋人之"意"为"意理"。有人指出,在中晚唐诗歌,尤其是绝句中,诗歌主"意"的倾向已经较为明显。② 宋诗"以意为主"论由文入诗,发展出较有特色的主"意"诗学。宋人论诗云:"诗以意为主,文词次之,或意深义高,虽文词平易,自是奇作"③;"诗以意为主,又须篇中炼句,句中炼字,乃得工耳"④;"凡诗以意义为主,文词次之"⑤,等等,都论及诗"意"。此"意"并非单纯的感性情感,或理性之"性";它的含义比较复杂。黄庭坚指出:"好作奇语,自是文章病,但当以理为主,理得而辞顺,文章自然出群拔萃。"⑥ 张耒说:"文以意为车,意以文为马。理强

---

① 范温:《潜溪诗眼》,《宋代文艺理论集成》,506页。
② 刘青海:《论中晚唐七绝句发展的趋势:徒诗艺术的扩张和深化》,《安徽大学学报》(哲学社会科学版)2011年第1期。
③ 刘颁:《中山诗话》,载何文焕辑《历代诗话》上,中华书局1981年,第285页。
④ 张表臣:《珊瑚钩诗话》,《历代诗话》上,第455页。
⑤ 李颀:《古今诗话》,《宋代文艺理论集成》,第463页。
⑥ 黄庭坚:《与王观复书》,《宋代文艺理论集成》,第340页。

意乃胜,气盛文如驾。理维当即止,妄说即虚假。"① 明确指出"意"的核心是"理"。他还说:"有道词生于理,理根于心,苟邪气不入于心、僻学不接于耳目,中和正人之气溢于中,发于文字语言,未有不明白条畅"。② 指出不仅意出于理,而且词也出于理,这可谓儒家"有德者必有言"的再版。

"以意为主"论表明:理性化思潮已深深渗透诗歌创作中。今人指出,所谓"意",不是一般所说的意志之意,而是以想象为主的"思"中,加入了较多的理性的成分,前人便称为意。这可以说是把感情加上了理性,甚至是把感情加以理性化。但这种理性化乃是对感情的冷却澄汰,冷却由热情而来的冲动率,澄汰去实际上是不相干的成分,以透视出所感的内容乃至所感的本质,而将其表现出来,此所谓"宋诗主意"。"意"是经过理性的澄汰而成为更凝敛坚实的感情。③ 从诗学艺术角度讲,"意"既不是创作中的主题思想,也不仅是作者内心情感。它是作者内心情感通过合适形式所呈现出来的审美意味。这是对作者内心情感的提纯、澄汰;它已与作者内心原初的情感体验产生了一定距离,其中无疑已包含了较多的理性因素。

由于"以意为主"中已渗入浓厚的理性成分,诗人对要表达的情感有比较清醒的自觉;因而,他们基本是在一种有意识的状态中创作诗歌。如黄庭坚就说:"凡始学诗须要每作一篇,先立大意;长篇须曲折三致意,乃能成章。"④ 这虽是对初学诗

---

① 张耒:《论文诗》,《宋代文艺理论集成》,第 430 页。
② 张耒:《答汪信民书》,《宋代文艺理论集成》,第 432 页。
③ 徐复观:《中国文学论集续编》,台北学生书局 1984 年。
④ 吕本中:《童蒙诗训》引,《宋代文艺理论集成》,第 634 页。

者而言，但却在一定程度上表明，宋代诗人尤其是江西诗派创作诗歌时处在一种较自觉状态。韩驹说："作诗必先命意，意正则思生，然后择韵而用，如驱奴隶。今人非次韵诗则迁意就韵，因韵求事，至于搜求小说、佛书殆尽，使读之者惘然不知其所以，良有自也。"① 此处更是详细说明了诗人先命意的具体原因。姜夔曾说："诗之不工，只是不精思耳。不思而作，虽多亦奚为。"② 这无疑是一种自觉意识的表露，它与汉魏自然天巧不假人为的创作理念已相去甚远。由于理性意识的介入，诗人原初鲜活自然的生命情感已不复存在，取代它的是与当下生命体验有一定距离的、较抽象普遍的人"类"情感经验；这是一种情感"理念"，是理性化、概念化、本质化的生命体验。它表明，宋人对生命情感经验的认识，包括对生命本身的认识已由自发走向自觉，由外向走向内敛，由少年时开放、纯真、热情走向暮年时内敛、老熟、节制；这是宋代注重内省的理性思潮必然导出的结果。宋人对"情"的理性自觉使其生命体验受到一定制约，这对宋诗所表达的内容也产生了一定限制。

事实上，主流宋诗就因过于注重表达普遍客观的人类哲理，而忽略了个体私性的意绪感受，结果距离私人"性情"太遥远，变得难让人亲近。如苏轼《题沈均琴》谓："若言琴上有琴声，放在匣中何不鸣；若言声在指头上，何不于君指上听。"借琴声有赖于琴和指的谐和来说明事物相互依存的生活哲理。但是，这首诗不像《登飞来峰》《游山西村》《题西林壁》等诗那样含蕴着诗人对人生的情感体验，它只是以诗的形式来表

---

① 韩驹：《陵阳室中语》，《宋代文艺理论集成》，第 585 页。
② 姜夔：《白石道人诗说》，《宋代文艺理论集成》，第 962 页。

达一个道理而已,没有多少诗意可言。类似的例子比比皆是,如欧阳修《赠无为军李道士二首》云"弹虽在指声在意,听不以耳而以心"、苏轼《和陶读〈山海经〉》云"口耳固多伪,识真要在心"、邵雍《垂柳长吟》云"垂柳有两种,有长有短垂"等,名虽为诗,实则不过是押韵的议论而已。刘克庄谓之"锻炼精而情性远"。① 是矣!严羽指责宋人"以理为诗""以议论为诗",也不为过。后人不满宋诗多少也与此有关。

然而,宋人并非对活泼流动的韵外之致毫无所求。欧阳修曾指出:"圣俞尝语余曰:'诗家虽率意,而造语亦难。若意新语工,得前人所未道者,斯为善也。必能状难写之景,如在目前;含不尽之意,见于言外,然后为至矣……作者得于心,览者会以意,殆难指陈以言也。虽然,亦可略道其仿佛。'"② 诗人追求"言外之意",就是试图突破理性化情感对生命体验的制约束缚,并期望获得味外之味。苏轼曾说:"独韦应物、柳宗元发纤秾于简古,寄至味于澹泊,非余子所及也……(司空图)其论诗曰:梅止于酸,盐止于咸;饮食不可无盐梅,而其美常在咸酸之外……信乎表圣之言,美在咸酸之外,可以一唱而三叹也。"③ "所贵乎枯澹者,谓其外枯而中膏。似澹而实美,渊明、子厚之流是也。"④ 苏轼所谓"平淡"背后的真正寓意乃是对文外意、"味外味"的追求,它几乎成为整个宋代诗学追求的主要美学风格。姜夔说:"语贵含蓄。东坡云:'言

---

① 刘克庄:《后村诗话前集》,《宋代文艺理论集成》,第1086页。
② 欧阳修:《六一诗话》,《宋代文艺理论集成》,第121页。
③ 苏轼:《书黄子思诗集后》,《宋代文艺理论集成》,第257页。
④ 苏轼:《评韩柳诗》,《宋代文艺理论集成》,第263页。

有尽而意无穷者,天下之至言也。'山谷尤谨于此。清庙之瑟,一唱三叹,远矣哉!后之学诗者,可不务乎?若句中无余字,篇中无长语,非善之善者也;句中有余味,篇中有余意,善之善者也。"① 也强调诗歌要有言外意、味外味。

江西诗学则提出"韵"范畴来追求文艺作品的韵外之致。黄庭坚说:"观魏晋间人论事,皆语少而意密,大都犹有古人风泽,略可想见。论人物要是韵胜,为尤难得。蓄书者能以韵观之,当得仿佛。"② "凡书画当观韵。"③ 此处"韵"可解释为意味、韵味,它可指形式本身所蕴含的审美意味。范温曾详释说:"'有余意之为韵'……盖尝闻之撞钟,大声已去,余音复来,悠扬宛转,声外之音,其是之谓矣'……'盖生于有余……且以文章言之,有巧丽,有雄伟。有奇,有巧……一不备焉,不足以为韵,众善皆备而露才用长,亦不足以为韵。必也备众善而自韬晦,行于简易闲澹之中,而有深远无穷之味,观于世俗,若出寻常……惟陶彭泽体兼众妙,不露锋芒,故曰:质而实绮,癯而实腴,初若散缓不收,反复观之,乃得其奇处;夫绮而腴、与其奇处,韵之所以生,行乎质与癯,而又若散缓不收者,韵于是乎成。'……夫惟曲尽法度,而妙在法度之外,其韵自远。近时学高韵胜者,唯老坡……山谷之悟入在韵,故开辟此妙,成一家之学,宜乎取捷径而径造也……是以识有余者,无往而不韵也。"④ 由此看,江西诗学之

---

① 姜夔:《白石道人诗说》,《宋代文艺理论集成》,第963页。
② 黄庭坚:《题绛本法帖》,《宋代文艺理论集成》,第362页。
③ 黄庭坚:《题摹燕郭尚父图》,《宋代文艺理论集成》,第352页。
④ 范温:《潜溪诗眼》,载郭绍虞辑《宋诗话辑佚》,中华书局1980年,第372页。

"韵"与苏轼之"平淡"旨趣相当,即他们都强调文外有余意、余味。这表明,他们意识到对生命情感过度理性制约会束缚鲜活的自然情感。因此,他们试图以"平淡""韵"味等艺术旨趣来克服这种过度理性的制约。

2. 诗学对"无意于诗"的追求

由于宋人理性的人生态度,他们不迷信、也不满足于学习唐诗构成的经典,他们试图从学习中掌握诗歌创作的根本审美规律。事实上,只有摆脱唐诗影响的焦虑,超越唐诗经典无形中施加的压力,宋人才能真正做出属于自己的好诗。黄庭坚曾指出:"妙在和光同尘,事须钩深入神。听他下虎口着,我不为牛后人。""行要争光日月,诗须皆可弦歌。着鞭莫落人后,百年风转篷科。"[①] 他主张作诗要创新,不要步人后尘。由于各人生活世界不尽相同,诗人们对生命存在的情感体验也不尽相同,情感内容的模拟学习只不过是优孟衣冠,徒增笑料而已。经典诗歌的情感内容不能复制;因此,学习经典的重心实际上都集中在学习经典的形式技巧上。通过对诗歌形式技巧的学习,江西诗人期望掌握诗歌创作规律,找到合适的艺术形式,表达自己当下的生命体验。并且,他们还期望读者能从中体会余味不绝的生命诗意,即"含不尽之意见于言外"也。

然而,江西诗人追求形式的根本目的还是要表达自己当下的生命体验,并非单纯"为形式而形式"的形式本体论。然而,这些诗歌艺术的形式技巧——"法"或"法度"——是什么呢?此"法"即所谓"夺胎换骨""点铁成金":"山谷云:诗

---

① 黄庭坚:《赠高子勉》,《宋代文艺理论集成》,第 343 页。

意无穷,而人之才有限;以有限之才,追无穷之意,虽渊明、少陵不得工也。然不易其意而造其语,谓之换骨法;窥入其意而形容之,谓之夺胎法。"①"自作语最难,老杜作诗,退之作文,无一字无来处,盖后人读书少,故谓韩杜自作此语耳。古之能为文章者,真能陶冶万物,虽取古人之陈言入于翰墨,如灵丹一粒,点铁成金也。"②这两种方法本质都是"以故为新";所谓"以俗为雅""以拙为巧"也类似于此。所谓"以俗为雅"即:"盖以俗为雅,以故为新,百战百胜,如孙吴之兵……此诗人之奇也。"③而"以拙为巧"即:"宁拙毋巧,宁朴毋华,宁粗毋弱,宁僻毋俗,诗文皆然。"闽士有好诗者,不用陈语常谈。写投梅圣俞,答书曰:"子诗诚工,但未能以故为新,以俗为雅尔。"④这些方法对学诗者本来很有帮助,但却因后学实践不够,而沦为抄袭、剽窃。

为避免这种困境,江西诗学强调诗人要加强自己的修养,对当下生命要有自己深入的理性感悟、情感体验。更重要的是,学诗者要将诗歌创作的艺术技巧融会贯通,达到学至于无学的自由境界。只有这样,学诗者才能自由自在地使用各种艺术技巧表达自己的生命体验。在这种状态中,诗人好像不是在有意识地作诗,而是情感从诗人深层无意识中自然流露出来,即所谓"无意于诗"("无意为文");它其实也是一种自然境界。黄庭坚说:"子美诗妙处乃在无意于文,夫无意而意已

---

① 黄庭坚:《赠高子勉》,《宋代文艺理论集成》,第349页。
② 黄庭坚:《与洪甥驹父》,《宋代文艺理论集成》,第347页。
③ 黄庭坚:《再次韵杨明叔并序》,《宋代文艺理论集成》,第344页。
④ 陈师道:《后山诗话》,《宋代文艺理论集成》,第410页。

至,非广之以国风雅颂,深之以《离骚》《九歌》,安能咀嚼其意味,闯然入其门耶!"① 强调的就是诗人在艺术形式技巧方面要达到化境。他还说:"观杜子美到夔州后诗,韩退之自潮州还朝后文章,皆不烦绳削而自合矣。"② "但熟观杜子美到夔州后古律诗,便得句法简易,而大巧出焉。平淡而山高水深,似欲不可企及。文章成就,更无斧凿痕,乃为佳耳。"③ 黄庭坚认为:杜甫对艺术形式技巧的熟练掌握已达到化境,并臻于自然境界,这也是学习艺术创作技巧所要达到的最高目标。

吕本中曾说:"文人之所以言诗者而得其要妙,所谓无意于文之文,而非有意于文之文也。"④ 也强调诗人要达到自然而然的创作境界。蔡居厚指出,"天下事有意为之,辄不能尽其妙,而文章尤然。文章之间,诗尤然。世有日锻月炼之说,此所以用功者虽多,而名家者终少也。"⑤ "诗语大忌用功太过,盖炼句胜则意必不足。语工而意不足,则格力必弱,此自然之理也。"⑥ 这里都强调,诗人作诗时不要太注重形式雕琢。如果在形式技巧上过于用力,就会妨碍诗人生命体验的表达。

那么,怎样才能达到学诗、作诗之化境呢?江西诗学认为,这需要诗人由"熟参"经典作品的艺术形式而"悟入"艺术本质;他们试图以这种熟能生巧、技进乎道的经验主义方式感知、把握艺术作品整体所蕴含的审美意味。江西诗人多受宋

---

① 黄庭坚:《大雅堂记》,《宋代文艺理论集成》,第339页。
② 黄庭坚:《与王观复书》(一),《宋代文艺理论集成》,第340页。
③ 黄庭坚:《与王观复书》(二),《宋代文艺理论集成》,第341页。
④ 吕本中:《夏均父集序》,《宋代文艺理论集成》,第629页。
⑤ 蔡居厚:《蔡宽夫诗话》,《宋诗话辑佚》,第383页。
⑥ 蔡居厚:《蔡宽夫诗话》,《宋诗话辑佚》,第385页。

代流行佛禅思想影响，好借禅悟论诗。如："学诗当如初学禅，未悟且遍参诸方。一朝悟罢正法眼，信手拈出皆成章。"①"学诗浑似学参禅，竹榻蒲团不计年。直待自家都了得，等闲拈出便超然。"② 均为借禅喻诗。吕本中指出，"《楚辞》、杜、黄，固法度所在，然不若遍考精取，悉为吾用，则姿态横出，不窘一律矣……要之此事，须令有所悟入，则自然越度诸子。悟入之理，正在工夫勤惰间耳。如张长史见公孙大娘舞剑，顿悟笔法。如张者，专意此事，未尝少忘胸中，故能遇事有得，遂造神妙。"③ "作文必要有悟入处，悟入必自工夫中来，非侥幸可得也。"④ 在此处吕本中阐述了江西诗学"由学而悟"的学诗策略。吴正仲说："前辈读诗与作诗既多，则遣词措意，皆相缘以起，有不自知其然者。"⑤ 则指出了诗人由熟生巧后进入一种近乎无意识的自由创作状态。

黄庭坚说："予友生王观复，作诗有古人态度，虽气格已超俗，但未能从容中玉佩之音，左准绳右规矩尔。意者读书未破万卷，观古人之文章，未能尽得其规摹，及所总览笼络。"⑥ 他指出，诗人如果不能进入（儒家之）道的境界，就会被法则束缚，而不能真正表达内心的生命体验。因此，诗人要多学习前人经典作品，达到"悟入"、悟透境地。这样才能最终达到"道"的境界，而使诗歌创作进抵无意识的自由状态——无意

---

① 韩驹：《赠赵伯鱼》，《宋代文艺理论集成》，第583页。
② 吴可：《学诗诗》，《宋代文艺理论集成》，第546页。
③ 吕本中：《与曾吉甫论诗第一帖》，《宋代文艺理论集成》，第629页。
④ 吕本中：《童蒙诗训》，《宋代文艺理论集成》，第634页。
⑤ 吴正仲：《优古堂诗话》，《宋代文艺理论集成》，第521页。
⑥ 黄庭坚：《跋柳子厚诗》，《宋代文艺理论集成》，第344页。

第二章 《沧浪诗话》的诗学核心"悟"

于诗之化境。吕本中曾说:"学诗当识活法。所谓活法者,规矩备具,而能出于规矩之外;变化不测,而亦不背于规矩也。是道也,盖有定法而无定法,无定法而有定法。知是者,则可以与语活法矣。谢元晖有言,'好诗流转圆美如弹丸',此真活法也。近世惟豫章黄公,首变前作之弊,而后学者知所趣向,毕精尽知,左规右矩,庶几至于变化不测。"① 所谓"活法",实质就是不为诗歌形式法则所束缚的自由创造境界。同时,这也是针对江西后学食古不化而提出的应对策略。

江西诗学以禅喻诗,其要旨不外乎由字、词而句、篇,而整体意蕴。范温曾说:"识文章者,当如禅家有悟门。夫法门百千差别,要须自一转语悟入。如古人文章直须先悟得一处,乃可通其它妙处。"② "盖古人之学,各有所得,如禅宗之悟入也。山谷之悟入在韵,故开辟此妙,成一家之学,宜乎取捷径而径造也。如释氏所谓一超直入如来地者。"③ 在此,范温明确指出,诗的艺术形式技巧,需渐次领"悟"得到,所谓"先悟得一处,乃可通其它妙处"即此意;而"转语""韵"及"诗眼"就是诗"悟"之门,好比禅家之悟门。江西之"悟"必须经由字、词、句、篇等形式符号的渐次领悟而最终"悟入"整体艺术形式。这种由个别而整体的把握方式,类似北宗禅渐修而悟。与接近顿悟顿修南禅气质的严羽诗学相比,江西诗学的理论气质更接近北宗禅。实际上,北宗禅由个别而整体的"悟"比较类似逻辑理性由分析归纳而概括整体结论的思维方

---

① 吕本中:《夏均父集序》,《宋代文艺理论集成》,第 628、629 页。
② 范温:《潜溪诗眼》,《宋诗话辑佚》,第 328 页。
③ 范温:《潜溪诗眼》,《宋诗话辑佚》,第 372 页。

式；理学思维方式也与此类似。

程颐曾说："若只格一物便通众理，虽颜子亦不能如此道。须是今日格一件，明日格一件，积习既多，然后脱然有贯通处。"① 朱熹也指出："至于用力之久，而一旦豁然贯通焉，则众物之表里精粗无不到，而吾心之全体大用无明矣。此谓格物，此谓知之至也。"② 程、朱理学格物致知而豁然贯通的思维方式与江西诗学由"熟参"而"悟入"的方法类似。可以说，江西诗学以禅喻诗，"熟参""悟入"等语词只是借用禅宗话头而已，它的思想精神实际上更接近儒家。有人指出江西诗学这种形式探求的实质："由熟读古人的诗歌作品，而认识古人诗歌的审美传统，也就是审美法则，在认识审美法则的基础上按照古人的审美法则作诗。诗歌创作应该建立在审美知识的基础之上，这是黄庭坚论诗的一个突出特征。强调审美的知识基础，这是江西诗派的共同特征。到韩驹、吕本中等人，借用禅家的理论来说明。他们把学诗的过程比作学禅的过程，经由参学的工夫达到悟的境界。参学的工夫就是知识基础，悟入就是在知识的基础上对于诗歌原理的透彻认识从而具有了自由的创造力。"③ 这可谓对江西诗"悟"特征的本质揭示。

一方面，诗人要表达的是明确而富含理性意味的情感体验，是有意识的"以意为诗"，即有意为诗，这是诗歌创作的目的。另一方面，要寻找合适的形式以呈现出诗人内心的生命

---

① 《二程遗书》卷18，上海古籍出版社2000年。
② 朱熹：《大学章句》，《四书章句集注》，中华书局2011年。
③ 张健：《宋代诗学的知识转向与抒情传统的重建》，《北京大学学报》（哲学社会科学版）2013年第2期。

体验。这只是手段、过程,它不应成为诗歌创作的主导方面;诗人应尽量将形式追求保持在无意识状态,尽量做到"无意为诗"。从"以意为诗"到"无意为诗",两者之间横亘着如何处理艺术形式的难题。优秀的诗人也许可将形式探求化入无意识中,从而在一定程度上做到"出新意于法度之中,寄妙理于豪放之外,所谓游刃有余,运斤成风"①,还可以"随物赋形"②。对这些能融形式技巧入胸中的优秀诗人而言,他们几乎可在"立意"——感受内心生命体验同时,获得一种表达内心情意的合适形式;从而成功传达出这种内在生命体验。并且,读者看不出他们作品"立意"(即诗人内心的生命体验转化为诗的内容意味)与"法"度(即表达内容意味的形式技法)之间的裂痕。这就是无意识的自由创作境界,也即自然境界。

然而,由于一般学诗者未能融会诗歌艺术的形式技巧,于是形式技巧便成为作诗时首先遇到的障碍,它加剧了情"意"与"法"度之间存在的紧张与裂痕。有人就指出学诗者的这种困境:"凡愈注重语言表现的艺术家,其执溺愈重,因为他在创作时,对象兀然森然矗立眼前,他一方面受这个对象(文字)所牵引、限制,无法超越文字所提供的认知经验,而独观万物;一方面又视文字为外在的敌手,与之搏斗,努力地去驯服它、锻炼(依自己的意思去扭曲)它。其结果便是陷落在文字中,左缠右缚,如涉大海。山谷说今之诗人,玩于辞,以文物为工,终日不休若舞,故其声譬如候虫(《文集卷十六毕

---

① 苏轼:《书吴道子画后》,《宋代文艺理论集成》,第268页。
② 苏轼:《自评文》,《宋代文艺理论集成》,第253页。

宪父诗集序》),指的就是这种情况。"① "当用这种由各种不同来历的知识所构成的多重结构来表达情感时,一方面情感要求形式完全为凸显情感服务,'但见性情,不睹文字',但形式所直接关联的知识系统却强大地凸显自己的存在,不仅不能完全指向情感,被情感化,而且这多重的知识会像一道道帘幕将情意遮蔽住,会造成'但见文字,不睹性情'的后果,站在抒情传统的立场看,知识成为抒情的障碍。严羽批评'读之反覆终篇,不知着到何在',正是谓此。"② 所谓"知识成为抒情的障碍"也是指形式取代情意而成为优先追求所带来的消极后果。

　　由于作诗形式化的模式操作,于是出现"以议论为诗""以文字为诗""以才学为诗"的现象。鉴于此,严羽认为诗有"别材",非关学问。诗有自身的独特对象,否则,诗歌的独立存在就没有根据。江西诗学的真正困难在于:如何将有意识的学诗上升转化为更高层面有深刻人生感悟及创作冲动的无意识作诗。这主要是情"意"内容与"法"度形式之间的对立紧张。江西诗学试图以"悟"来克服这种紧张关系,但他们仍偏重于形式"法"度。考虑到学诗者的天分,这只是无奈之举。郭绍虞认为:"江西诗人之论诗,没有不重在自得,也没有不重在自然的。自得与自然,本是江西诗人与道学家论诗之共同之点。"③ 指出江西诗学主张表达自我的当下生命体验(自得),但因各人天分有限(自然),并非每个人都可自由运用形

---

① 龚鹏程:《中国文学批评史论》,北京大学出版社2008年,第436页。
② 张健:《宋代诗学的知识转向与抒情传统的重建》,《北京大学学报》(哲学社会科学版)2013年第2期。
③ 郭绍虞:《中国文学批评史》,第255页,商务印书馆2010年。

式技巧,所以大部分人可能须在形式技巧上耗费很多工夫。这样,诗歌之"自得"与"自然"只能是其艺术追求的高标。

作为宋代社会主流意识形态,理学思想把握着文化意识形态中的主导话语权;它对文人心态人格的全面渗透和深刻影响对江西诗学产生了深远影响。从诗歌吟咏性情到"吟咏性情之正",或者诗歌的"以意为主"(以理为主),不管是文以载道,还是作文害道,或者平淡、枯淡等韵味的追求,无一不打上理学的烙印,显示出理学对诗学的深刻影响。由于理学思潮的这种深刻影响,江西诗学在能力、技巧问题上过于相信理性的作用,他们以为能力、技巧都可后天习得。而且,只要努力用工,学习者基本上均可达到相同境界。这是就"学"而言,也是就"悟"而言。它虽是理性主义的主张,却具有浓厚的理想主义色彩;在实践操作中根本不可行。理性地看待这个问题,就会发现,不管是"学"诗还是"悟"诗,都与诗人的天分有关系;对"悟"诗而言更是如此。这其实也是贯穿诗学领域的普遍问题。

总之,江西诗学提出其理论体系目的在于解决学诗问题,它主要针对天分一般的学诗者。对于天资低下者(这种人根本不能学诗)、超常者(这种人能够打通"学"与"悟",他们无须如常人那样削足适履),学诗的主张根本无能为力。由此看来,"悟"与"学"的关系问题,在江西诗学"悟"的框架内无法予以真正解决。由于大部分江西诗人最后都偏向了理性的"有意"一面;诗人的生命体验最后大多都抽象、蜕变为刻板、僵化的说理、议论。这再次表明,江西诗学的以禅喻诗(诗"悟")只是寻找诗句的技巧手段而已,它最终仍须受理学思想的审查与规训。如何协调"以意为主"和"无意为诗"——情

"意"与"法"度之间的紧张矛盾关系,从而弥合诗歌艺术形式与审美内容之间的裂痕,这是受理学话语霸权制约的江西诗学所不能克服的潜在困难。这也是《沧浪诗话》要着力解决的主要问题。

二、怎么"悟":师法与重构

严羽认为江西诗学问题的根源在于:一方面,他们过于抽象内省地处理诗歌的情感内容,导致"以议论为诗"的弊端;另一方面,他们又过分追求艺术形式,导致"以文字为诗""以才学为诗"的弊端;从诗学角度来说,这是由于他们未从根本上解决诗歌情"意"与"法"度之间紧张对峙的矛盾。而从根本上来说,这是由于江西诗学受到了理学思想话语的支配与控制,即使借用禅学话语论诗,也只从方法技巧层面着眼,而根本未涉及禅宗内在的精神。为解决此问题,严羽有意识地反抗和疏离当时主流的理学思想话语,他一方面回顾诗学历史,试图从中找到解决问题的方案。另一方面,他也极为关注当时诗歌创作的新声,例如关注江湖、四灵诗歌创作对江西诗派的变革与超越,以及诗学同道对此问题的解决办法;他还注意尽可能从中吸收较好的解决思路。

1. 师法汉、魏、晋、盛唐

在《沧浪诗话》中,严羽表露了祧唐祢宋的倾向。宗唐是有宋一代的共识,严羽与他人的区别在于,他提出"以汉、魏、晋、盛唐为师"。他说:"夫学诗者以识为主:入门须正,立志须高;以汉、魏、晋、盛唐为师,不作开元、天宝以下人物。"他还明确指出:"嗟乎!正法眼之无传久矣!唐诗之说未唱,唐诗之道或有时而明也。今既唱其体曰唐诗矣,则学者谓唐诗诚止于是耳,得非诗道之重不幸邪!故予不自量度,辄定诗之宗旨,且借禅以为喻,推原汉、魏以来,而截然谓当以盛唐为法,虽获罪于世之君子,不辞也。"他还强调"以盛唐为法"是学诗者之"正法眼"。在师法汉、魏、晋、盛唐诗学经验中,严羽注意到历代诗学对主流儒家思想意识形态的疏离,以及在诗学领域中建立的(审美感)"兴"体传统。

《诗经》诞生很早,但大多源于民间集体创作。明确由文人写作的诗歌除《楚辞》这一特例外,真正可溯源的应该是两汉诗歌,尤以汉末《古诗十九首》为代表。严格来说,魏晋才是大规模的文人自觉创作诗歌的时期。诗人感时伤世,触物兴情,其情如肺肝间流出,钟嵘《诗品序》所谓"动天地、感鬼神,莫近于诗","感荡心灵,非陈诗何以展其义,非长歌何以骋其情";这是完全发自内心的真挚情感,没有虚饰和遮掩。它表明,文人完全是发自内心自觉地创作诗歌。尽管《毛诗序》有"经夫妇,成孝敬,厚人伦,美教化,移风俗"的诗教,但汉末魏晋文人基本未受儒家思想的规训与支配。

从历史文化语境的演变来看,两汉和魏晋六朝的社会主流思潮根本不同。一般认为,两汉时期统治者出于各种原因最终将儒家思想确定为主流意识形态;董仲舒献策汉武帝,"罢黜百家,独尊儒术"是儒家思想占据社会主导地位的重要标志。然而,历经两汉数百年的迁延演变,这种统治阶级的意识形态发生了较大蜕变,逐渐沦为禁锢人们思想意识的外在教条。汉末,文人已经有意识地疏离了这种刻板的思想教条,转而探寻最真实本我的心灵,在此文化语境中,古诗十九首发出了惊心动魄的天地清音。这是诗歌摆脱儒家思想禁锢而获得独立自主存在的一个里程碑。汉末社会天下动乱,这进一步摧毁了儒家思想的主导支配地位。

建安文人打破儒家思想虚伪的禁锢,慷慨任气,感时伤世,在诗歌中呈现自己内心最真实的情感,而非虚假的说教。诗人作诗,完全是发自内心真实的感受,全不似煌煌汉赋的润色鸿业。可以说,这是一个真正诗歌创作独立自足存在的时期。严羽所谓"汉魏古诗,气象混沌,难以句摘"、"建安之作全在气象,不可寻枝摘叶"都是指诗人自然流露内心真挚的情感,完全未受儒家诗教等文学他者的审查与干扰。严羽又称这种诗人情感的自然流露为"汉、魏尚矣,不假悟也"。他主张"以汉、魏、晋、盛唐为师","汉、魏、晋与盛唐之诗,则第一义也"也是基于这一点。

建安之后,两晋玄风大畅。玄学思想本是以老庄释儒家,但却渐变成以道家思想对抗儒家思想的控制与审查,所谓"越名教而任自然"也。起初尚能延续自然情感的本色,而后兴起的玄言、山水诗已有玄理佛学(文学他者)的侵入,诗歌渐失其原有的独立性。其后诗歌更是日益修饰,彩丽竞繁;齐梁宫体诗趋于形式之极致,浮艳绮靡,完全失掉诗歌自然英旨,成为一种以形式为圭臬的形式主义文学。也许是意识到这一不足(当然也有"后舍汉、魏而独言盛唐者,谓古律之体备也"的因素),严羽最后不再提"以汉、魏、晋、盛唐为师",而是直接强调"截然谓当以盛唐为法",并称这才是学诗者之"正法眼"。唐人殷璠曾检讨齐梁诗风,诗人们对此也有所自觉,但无奈隋与初唐历时不长,文学积淀不足,此时诗歌依然遗留了不少宫体诗色彩(所谓"海日生残夜,江春入旧年",形象地

第二章 《沧浪诗话》的诗学核心"悟"

表达了这种新旧交替混融的格局)。虽然以四杰为代表的初唐诗人不乏清新超拔之气象,但它终究未完全脱除形式主义的遗蜕。因此,隋与初唐诗也难入严羽法眼,而成为其师法对象。

从历史文化语境的演变来看,历经六朝动荡岁月的洗礼与冲刷,玄学已经蜕变得腐朽没落,徒留一副空壳。再经隋与初唐的革故鼎新,六朝玄风已彻底烟消云散。然而,儒家思想也并未很快重新走到前台,成为当时社会的主流意识形态。尽管陈子昂辈重呼风骨,但这只是对宫体诗遗风的不满,而非高倡儒家思想。概而言之,盛唐是一个思想多元包容的开放时代,儒、道、释三教融合就始于此时。从某种意义上说,盛唐提供了一个思想自由竞争的市场,这类似于春秋战国时代为诸子百家提供思想自由竞争的市场。这使得盛唐不同于秦汉,也有别于其后的宋明。正是由于儒、道、释思想的同生并存与相互容忍,因此就没有哪种思想能成为占据社会主导地位的强势话语;也因此文学诗歌就未曾受社会主导话语的侵入和干扰,从而较好地保持了诗的独立自足性。从诗歌自身演变来看,初唐诗逐渐褪去宫体诗色彩,奠基于此的盛唐诗开始走向兴盛。基于盛唐多元包容的历史文化语境,诗歌彻底摆脱了文学他者的干扰纠缠,完全自足独立,加之以诗取士(《沧浪诗话·诗评》之八指出:"或问:'唐诗何以胜我朝?'唐以诗取士,故多专门之学,我朝之诗所以不及也。")的实施,大唐国运隆盛等外在社会文化因素的配合,盛唐诗歌由此展开了隆兴之局面。

在盛唐多元开放的历史文化语境中,诗人们尽情抒发自己内心真实的情感,表露自己本真的心灵。他们无须担忧儒家诗教的审查和规训,不必顾忌道家玄学的清谈和玄理,也不用理会佛家苦海无常的教诲与劝导。当然,如果这些思想渗透进诗人的心灵，经过诗人"饱参"后达到"透彻之悟"，在潜移默化中铸就他们的人格和气质时，这就不再是外在的文学他者，而逐渐演变为诗人内在的心态和情结，这样发抒出来的才是诗人最本真的心灵情感，呈现出诗人的本来面目。比如，儒家思想之于杜甫，道家思想之于李白，佛家思想之于王维，都经过诗人透彻之悟，达到了极致"入神"之境；皆是诗人内心本真情感的流露呈现。这才是诗歌第一义，是诗人的"透彻之悟"，是学诗者之"正法眼"，才能入严羽"金刚眼睛"（《沧浪诗话·诗法》17）。相比之下，作为文学之外的他者，儒家诗教的讽谏、教化，道家玄言诗的理过其辞，淡乎寡味，佛家诗僧押韵的讲经论理皆是一知半解之悟，"已落诗歌第二义矣"，被严羽目为小乘乃至"野狐外道"，直至斥其为"下劣诗魔"。在这种浅深、分限的抑扬对比中，严羽高调地推出盛唐诗，并将其类比为最上乘、正法眼、第一义。只有从这种历史文化语境出发阐释盛唐的诗学意涵才是对严羽诗学的正解。

盛唐时代后期，整个社会的思想文化状况出现了微妙的变化。首先是三教融合的文化语境出现变局。佛教思想逐渐进入社会主流意识形态，渗透影响到上层精英的思想人格。王维就是一个典范的实例。王维很早就以出众的文学才华而成为当时京城诗人圈的重要人物。他早年仕途较为顺利，尽管家庭教养中有浓厚的佛禅信仰因素，但其人格心态基本还是以儒家思想为主。尽管盛唐社会文化思想呈现多元包容格局，但儒家思想还是占据着社会主流意识形态的地位。此时王维有一定的政治抱负，希望能做出一番大事业。中年后因境遇无常而渐露出世之念，安史之乱后其心态更转变为以佛禅思想为主导。从文化诗学角度看，王维实际上是以佛禅思想疏离反抗主流社会意识

第二章 《沧浪诗话》的诗学核心"悟"

形态的儒家思想。

王维与兴起于此时的禅宗南北两派均有接触,对佛教禅宗思想有较深的理解和体验。总的来说,王维前期与北宗禅师接触较多(包括受母崔氏、弟王缙及京城友人圈所接触禅师之影响),思想上更接近禅宗北派。后期王维与南宗禅师接触较多,如神会,并曾受其所托作《六祖能禅师碑铭》,对南宗禅思想也有较深的体悟。有学者(如陈允吉、陈铁民等)专门研究过王维与僧人之关系,并就其受南宗、北宗思想影响做过深入辨析,颇能给人启发。当然,作为一个世俗文人,王维并没有释门禅僧那么强的法系观念,他并没有对两者做出泾渭分明的研判,而是本着实用主义态度对两者兼收并蓄。研究表明,王维与华严宗僧人有过交往,并对净土宗思想也很倾心,这说明他并非固守僧人某宗某派的门户之见,而是以盛唐开放包容心态广泛融摄各种佛禅思想。

王维后期诗歌中流露出的精神气质兼含南北宗观念。从观念上看,神秀系北宗禅主要观念即住心看静,"凝心入定,住心看静,起心外照,摄心内证"①。就是息想摄心("其开法大略,则忘念以息想,极力以摄心"②)、息妄显真,神秀所谓"身是菩提树,心如明镜台,时时勤拂拭,莫使有尘埃"③的悟法偈就展示了这一主旨。除了悟道时的顿、渐之别,北宗禅与南宗禅在所识之"心"上区别甚大。大体上说,在修证"(如

---

① 神会:《神会和尚禅话录》,中华书局1996年,第29页。
② 张说:《唐玉泉寺大通禅师碑》,《全唐文》卷二三一,上海古籍出版社1990年。
③ 慧能著,郭鹏校释:《坛经校释》,中华书局1983年,第12页。

来藏自性）清净心"时，北宗禅主张修行者在面对客尘外境时要住心看"净"，落实在日常生活中就是一种心灵的宁"静"。而南宗禅所求之"清净心"被慧能阐释为对境"无心"（惠昕本《坛经》所谓"菩提本无树，明镜亦非台；本来无一物，何处惹尘埃"就是此意），面对客观外境时必须"无念"，没有任何执念，不起心、不动情。但"无心""无念"并非心如枯木死灰的空空如也，而是不要被某个意念所系缚；慧能指出："无念者，于念而不念……于一切境上不染，名为无念；于自念上离境，不于法上生念，若百物不思，念尽除却，一念断即死……迷人于境上有念，念上便起邪见，一切尘劳妄念，从此而生。故此教门，立无念为宗。"① 简言之，无心、无念不是百物不思，什么都不想那是木头、是死人；真正的无念是面对外物也会有所思所想，但是不会产生执念，也不会系缚于某一意念。这种观念接近于王弼"应物而无累于物"的思想。不过，慧能后学马祖道一进一步将其阐释为"饥时吃，困时眠""无造作，无是非，无取舍，不断常，无凡无圣"的"平常心"。② 这大大超越了玄学"应物而无累于物"的思想。慧能超言绝象之"无心""无念"最终落脚为凡圣一如的平常心。综上，从渐悟、顿悟所得之"心"体来看，北宗禅之"清静"心、南宗禅之"平常"心区别较为明显。

稍加体察，就可看到，王维后期诗歌所流露的精神气质"清静""无念"兼而有之。王维《酬张少府》所谓"晚年惟好静，万事不关心"、《终南别业》云"中岁颇好道，晚家南山

---

① 慧能著，郭鹏校释：《坛经校释》，第32页。
② 杜继文、魏道儒：《中国禅宗通史》，江苏古籍出版社1993年，第266页。

第二章 《沧浪诗话》的诗学核心"悟"

睡。兴来每独往,胜事空自知",已经点出其后期精神追求在于清"静"、寂廖,其气质接近北宗禅。而其《辋川集》却是融汇南北禅宗精神的集中体现。比如《鹿柴》(空山不见人,但闻人语响。返景入深林,复照青苔上)、《辛夷坞》(木末芙蓉花,山中发红萼。涧户寂无人,纷纷开且落)等。《鹿柴》以闻人语响之动写影照青苔上之静,呈现出诗人静谧的心灵世界,接近于北宗禅之"清净"寂寥之境。但是,空山并非空空如也的死寂,而是含蕴着人语、深林、照影、青苔等一系列动静生息的生命世界,诗人凝视着这个世界,内心澄澈宁静,不起一丝涟漪,正是南宗禅所谓对境无心,不起任何执念,不起执情,断除烦恼。可以说,《鹿柴》之诗思融合了禅宗南北派之精神。如果说《孟城坳》"来者复为谁,空悲昔人有"、《华子冈》"上下华子冈,惆怅情何极"还有一丝悲凉、惆怅之情的扰动,那么在《鹿柴》《辛夷坞》中诗人内心完全宁静如止水,不起任何涟漪。《辛夷坞》描绘空寂无人的深山幽涧中芙蓉花盛开凋落,给人们呈现了一个充满动静生息的生命世界。然而诗人内心无比宁静清澈(进入北宗禅清静寂寥之境),丝毫未被鲜花的盛开和凋谢(生和死)所打动。他凝视着芙蓉花的盛开凋落,对境无心,不起执念、不动感情;在进入这种彻悟的境界后,诗人向人们呈现出自然世界动静生息的本来面目。

王维诗中蕴含禅意,《沧浪诗话》则以禅喻诗,加之严羽又提倡师法盛唐,对孟浩然诗称赞有加,所以有人认为严羽表面尊奉李白、杜甫,实则推崇王维、孟浩然;即抑李、杜而扬王、孟。但是,这一看法并没有真正理解王维融会南北禅宗的体验,也没有完全把握严羽以禅喻诗的本意。《沧浪诗话》只是一篇纯诗学论文,未涉及严羽日常生活;而其《沧浪吟卷》①中多首诗(以下所引诗篇皆出自此著)抒发了诗人壮志难酬、忧国忧民的儒家思想,批判了当时的黑暗政治。如《羽林郎》中"弯弓不怕天山雪,生缚名王入建章"、《从军行》中"报主男儿事,焉论万户侯"、"弯弓随汉月,拂剑倚胡天"、《张奕见访逆旅》中"报国怜他日,为儒奎此生"等,抒发了诗人报效国家的拳拳之心。而《出塞行》中"何日匈奴灭,中原得晏然"、《舟中苦热》中"蝗旱三千里,江淮儿女嗟"、《逢戴式之往南方》中"几时群盗灭?匹马会神京"等,则表达了诗人忧国悯时的责任意识。像《庚寅纪乱》《促刺行》《平寇上史君王潜斋》等诗篇则更是直接记述了当日的时事和诗人历经的变乱,细致真实,令人感动。

如同每一个身怀兼济意识的儒家文人,严羽希望君王圣明,广纳天下贤才,使有抱负者都可有所作为。其传记载:"天台戴式之……有云:'飘零忧国杜陵老,感遇伤时陈子昂,近日不闻秋鹤唳,乱蝉无数噪斜阳。'是先生之在当时,矫然鹤立鸡群矣。"②指出了严羽的儒者面目。尽管《沧浪吟卷》中也有隐逸之作,如《梦游庐山谣示同志》"须君之行当何时?共向丹崖卧松雪";《客中别吴季高》"惆怅孤舟从此去,江湖未敢定前期"等,但只占诗集中很少部分。从文如其人的角度看,现实中严羽的思想信仰和人格心态基本上属于儒家,可能有点道家思想的色彩;但不管如何,与禅宗思想关系都不大。

---

① 严羽:《沧浪吟卷》,《严羽集》,中州古籍出版社1997年。
② 郭绍虞:《沧浪诗话校释》,朱霞:《严羽传》,人民文学出版社1961年,第263页。

与王维后期诗深蕴禅意不同，严羽不曾以禅入诗，更没有等诗于禅。钱锺书说他虽然"以禅喻诗"，虚无缥缈，作品里倒还有现实感，并非对世事不见不闻，像参禅入定那样加工精制的麻木。①可见，严羽诗学虽借用了大量禅学语源，但他本人现实生活中并不信奉禅宗。当然，也可将严羽这种入世思想视为南宗禅平常心的体现，但他却又缺少最终解脱。换言之，严羽对现实世界还是有太多执念，远非南宗禅平常心所达到的那种究竟解脱之境。从这个意义上说，严羽和王、孟在现实生活中、诗歌创作中根本就不是一类人，又何谈扬王、孟抑李、杜呢？

盛唐之际，儒家思想在与佛教思想的自由竞争中沦落式微，有退居边缘之势。这激发了一些士大夫文人的使命感，他们欲重振儒家道统，韩愈就是其领军人物。由于安史之乱的动荡冲击，盛唐社会很快由煌煌盛世走向下坡路，进入中唐。社会动荡、时代衰微给了儒家思想重返社会意识形态中心，成为主导意识形态的绝佳机会。此时，即使是深受佛禅思想影响的文人士大夫，如白居易，也在极力宣导儒家思想，最典型的莫过于他发起的新乐府运动，所谓补察时政、泄导人情，其实就是中唐版的儒家诗教说。尽管白居易内心本我更青睐流露其文人情调的闲适感伤诗，如《琵琶行》《长恨歌》之类；但他所表露的外在自我却极力宣扬展现其超我道德的讽喻诗，如《秦中吟》《新乐府》之类。这说明儒家思想在经历漫长式微后卷土重来，再一次占据社会主流意识形态的中心，重新夺回了社会文化的主导话语权。

---

① 钱锺书：《宋诗选注》，"严羽"条，人民文学出版社1957年。

在这种社会文化语境里，韩愈宣扬所谓恢复儒家道统、文统，表现出强烈的意识形态性；这对文学诗歌写作来说，毫无疑问意味着指向鲜明的审查与规训，自此之后，文学诗歌便因儒家思想的侵入而逐渐丧失了盛唐时代的那种独立自主自足性。这是严羽认为中唐及以后诗歌沦为声闻辟支小乘的根本原因。韩愈宣扬儒家道统，并在文学诗歌中自觉表露这种鸣道意识；只要这些是出自韩愈彻悟儒家道统之后的内心体验，就都在文学诗歌抒写的范围内。然而，亦如白居易，现实生活中韩愈人格中的本我和自我、超我也存在严重分裂。他在捍卫儒家道统时的伟岸超我与私人生活中的猥琐本我①极不和谐地并存，这使得韩愈在诗文中表露的儒家思想和现实生活总有那么一点隔膜。相比而言，孟浩然虽然学力远不及韩愈，但他对生活的体验与妙悟却是发自肺腑、自然浑融的。可以说，韩愈诗歌中学力造成的隔膜，主要是儒家思想这一文学他者介入影响的结果。与此不同，孟浩然对生活的妙悟完全出自自己最本真的内心体验，十分符合诗歌独立自主之特点，因此，其妙悟之诗是当行、本色的。这就是严羽推崇孟浩然而贬抑韩愈的根本原因。如果理解了这一点，也不至于做出严羽诗学是扬王、孟而抑李、杜的论断。

为何严羽要强调"以汉、魏、晋、盛唐为法，不作开元天宝以下人物"，根本原因在于，严羽意识到，宋代诗学问题的症结就在于理学对诗学的规训与支配。为激活被江西诗学严重束缚僵化的生命情感体验，使诗歌重新具有鲜活流动、余味不绝的艺术意蕴，严羽反复强调"以盛唐为法"，就是要摆脱理

---

① 陶毅：《清异录》记载韩愈晚年服食硫磺鸡以御女事。

学诗学的话语霸权。在诗学上,严羽力图恢复汉魏晋盛唐诗歌的重要范畴——"兴"体的艺术特质。

作为审美诗学范畴,"兴"体不同于作为诗歌修辞写作方法的赋、比、兴之"兴",也不同于作为道德教化的"美刺比兴"之"兴"。钟嵘《诗品》序指出:"诗有三义焉:一曰兴,二曰比,三曰赋。文已尽而意有余,兴也;因物喻志,比也;直书其事,寓言写物,赋也。宏斯三义,酌而用之,干之以风力,润之以丹彩,使味之者无极,闻之者动心,是诗之至也。"尽管"兴"仍被置于诗歌写作方法中予以讨论,但钟嵘却对其进行了富于审美意味的阐释,其意义已超出单纯写作修辞学的范围。刘勰《文心雕龙·比兴》说:"比者,附也;兴者,起也。附理者切类以指事,起情者依微以拟议。起情故兴体以立,附理故比例以生。"《文心雕龙·明诗》谓:"人禀其情,应物斯感,感物吟志,莫非自然。"所谓"起情故兴体以立",将"情"与"兴体"联系起来,不只强调诗歌写作方法,也非提倡道德教化;其实质乃是对诗歌艺术本质的探讨。唐人以"兴寄""兴象""境生于象外""象外之象、景外之景""韵外之致、味外之旨"等概念、命题进一步发展了汉魏"兴"体诗学范畴,使之更趋完备。

简言之,"触物起兴""感物兴情"的"兴"体论认为,诗歌创作与欣赏起因于人们对于外物——自然景物与社会人事——感发、触动,因而在内心激起各种生命情感体验;由于没有功利实用思想污染,它实际就是审美情感。诗人将这种情感用语言表达出来,于是便形成了诗。人们因此习惯于用"情"与"景"之间的感应设定诗歌"兴"体。"触物兴情"之"物感论"关注诗人对外物直接的情感反应,其重点在内心偶然被外物所触发、未被理性污染的感性之"情",而非外部客观之"物"。与其说它是理性反映,不如说是感性反应。今人阐释说:"兴"就是见物起兴,就是感发兴起的意思,就是由外面的景物引起你内心之中的一种兴发感动。这种物象与人心之间的作用,是由物及心的。与此相对,而"比"则是心中先有了某一种情意,然后借用物象来做比喻。情意与形象之间的关系是由心及物的。至于"赋"的写法则是直陈其事;它的感发的生命不是借物象来引发,而是在叙写的口吻中直接就传达了一种感动的力量。[1]

由于感物起"兴"时诗人未受到意识理智的干扰、污染,所以诗人内在的无意识"情"思朦胧模糊、含混不定。作为对生命存在的情感反应,这种情感本身也是有生命力的东西,它也具有自然活泼的生命灵性,富于流动性、扩展性与渗透性。当同样有生命力的外在景物触动、感发它时,它也会流动、渗透进外在景物中,情于是又反过来生景。这样,在内心情感与外部景致间便存在某种若有若无、相互感应的关系。情起于景,景激起情,内在世界借助外部世界呈现内心深处的情感,并使之融入自己的情感世界。诗就生成于两者之间。在此不再有主体,也没有客体对象;也不再有表象:由于外部世界成为内心世界的对话者,二者在同一过程中对话、交流,相互融合,最后在一种朦胧氛围中形成若有若无、可意会而不可言传的主客合一、天人交感境界。这就是"兴"体审美诗性所在,也是其生命力所在。

宋代诗学史表明,由于"理"障阻隔,江西诗学割断了优

---

[1] 叶嘉莹:《古典诗词讲演集》,河北教育出版社1997年,第9、10页。

秀诗歌的"兴"体艺术传统，诗歌创作不再"触物起情"，而是蜕变为抽象、刻板的说理、议论，诗歌因此失去了余味不绝的诗意美感。严羽看到了江西诗学的缺陷，于是，他提出"以盛唐为法"的诗学主张，试图重新恢复被江西诗学割断的"兴"体艺术传统。但是，世易时移，人们的思想意识、文化心理都发生了较大变迁，"兴"体审美特性赖以存在的历史文化语境也有了根本变化。在理学文化思潮兴盛的时代，如何重新恢复诗学领域中已经断裂的"兴"体艺术传统，是严羽要解决的难题之一。十分明显，简单地重回诗学"兴"体时代，不仅在现实操作上困难重重，而且也无助于从根本上解决问题。严羽对此有清醒的认识。那么，究竟如何重新恢复诗歌余味不绝的诗意美感呢？通过对江西诗派，江湖诗派、四灵诗派创作中一系列问题的深入考察，在诗学同道的激发下，严羽从（大慧）宗杲禅学与象山心学中吸取了一些思想资源；提出以"悟"为理论核心、以"兴趣"为诗本体的一系列诗学范畴、命题，试图从根本上解决江西诗学情"意"与"法"度之间的矛盾冲突。

2. 前辈和同道的启示

其实，江西诗人对自身存在的困难也有一定觉察。然而，由于诗歌情"意"内容与形式法度的衔接存在根本困难，形式"法"度大多占据了诗歌创作的主导地位；因此，江西诗学不管如何努力，都难以摆脱无视现实生活，一味沉浸于形式技巧的"唯心主义""形式主义"的恶名。在这种情况下，陆游和杨万里转向生活世界的主张，在一定程度上突破了江西诗学的困境。陆游认为，诗歌创作主要来自诗人对现实生活的感悟，因此诗人不应一味沉浸于形式技巧的追求。他在一系列诗中透露："我昔学诗未有得，残余未免从人乞；力孱气馁心自知，妄取虚名有惭色。四十从戎驻南郑，酣宴军中夜连日。打球筑场一千步，阅马列厩三万匹……诗家三昧忽现前，屈、贾在眼元历历。天机云锦用在我，剪裁妙处非刀尺。"① "古人学问无遗力，少壮工夫老始成。纸上得来终觉浅，绝知此事要躬行。"② "君诗妙处吾能识，正在山程水驿中。"③ "挥毫当得江山助，不到潇湘岂有诗。"④ 他还总结自己一生的诗歌创作经验说："我初欲学诗，但欲工藻绘，中年始少悟，渐若窥宏大……汝果欲学诗，工夫在诗外。"⑤ 这些论述都强调诗人创作要从现实生活中获取鲜活的人生体悟，从而激发自己的创作冲动与灵感。

另一位曾出入江西诗派的诗人杨万里也强调，诗人作诗要有对现实生活的鲜活体验。他曾说："予之诗，始学江西诸君子，既又学后山五字律，既又学半山老人七字学之愈力，作之愈寡……是日即作诗，忽若有寤。于是辞谢唐人及王陈江西诸君子，皆不敢学，而后欣如也……自此每过午……步后园，登古城，采撷杞菊，攀翻花竹，万象毕来献予诗材。盖挥之不去，前者未雠，而后者已迫，涣然未觉作诗之难也。"⑥ 这是对诗人要有现实生活体验的生动说明。他从理论上对此予以总结

---

① 陆游:《九月一日读诗稿有感，走笔作歌》,《宋代文艺理论集成》, 第775页。
② 陆游:《冬夜读书示子聿》,《宋代文艺理论集成》, 第776页。
③ 陆游:《题卢陵萧彦毓秀才诗卷后》,《宋代文艺理论集成》, 第777页。
④ 陆游:《予使江西时，偶读旧稿有感》,《宋代文艺理论集成》, 第777页。
⑤ 陆游:《示子遹》,《宋代文艺理论集成》, 第778页。
⑥ 杨万里:《荆溪集序》,《宋代文艺理论集成》, 第820页。

说:"大抵诗之作也,兴,上也,赋,次也,赓和,不得已也。我初无意于作是诗,而是物是事适然触乎我,我之意亦适然感乎是物是事,触先焉,感随焉,而是诗出焉,我何与哉?天也。斯为之兴。"① 在此,诗人继承并发挥了诗学"兴"体论传统。在杨万里看来,只要具有新鲜的生活体验,诗人创作就不会灵感枯竭。他深知,"闭门觅句非诗法,只是征行自有诗"②,之所以出现"诗人常怨没诗材,天遣斜风细雨来。领了诗材还又怨,问天风雨几时开"的状况③,就是由于诗人忽视了对现实生活的情感体验。如果要"老夫不是寻诗句,诗句自来寻老夫"④,诗人就应深入体验现实生活,要对之有所感动、感发,这样才可能会有创作冲动与灵感,从而写出好诗。

杨万里还曾以"味"论诗,"人非皆江西,而诗曰江西者何?系之也。系之者何?以味不以形也"⑤。他详述说:"夫诗,何为者也?尚其词而已矣。曰:善诗者去词。然则尚其意而已矣?曰:善诗者去意。然则去词去意,则诗安在乎?曰:去词去意,而诗有在矣。然则诗果焉在?曰:尝食夫饴与荼乎?人孰不饴之嗜也,初而甘,卒而酸;至于荼也,人病其苦也,然苦未既,而不胜其甘。诗亦如是而已矣……《三百篇》之后,此味绝矣,惟晚唐诸子差近之。"⑥ 他总结说:"诗已

---

① 杨万里:《答建康府大军库监门徐达书》,《宋代文艺理论集成》,第817页。
② 杨万里:《下横山滩头望金华山》,《宋代文艺理论集成》,第813页。
③ 杨万里:《瓦店雨作》,《宋代文艺理论集成》,第814页。
④ 杨万里:《晚寒题水仙花并湖山》,《宋代文艺理论集成》,第814页。
⑤ 杨万里:《江西宗派诗序》,《宋代文艺理论集成》,第818页。
⑥ 杨万里:《〈颐庵诗稿〉序》,《宋代文艺理论集成》,第823页。

尽而味方永，乃善之善也"①，以"味"论诗歌之诗意本质，既是对宋代诗学尤其是江西诗学平淡"韵"味审美追求的赓续；也是对司空图"韵外之致""味外之旨"的理性化阐释和演化。

陆游与杨万里作为南宋"中兴四大家"的知名诗人，在诗歌创作上都取得了较大成就，这与他们提出的面向生活世界的诗学主张不无联系。不过，他们之强调诗人面向现实生活是以江西诗学为底蕴的；他们重视学习诗歌技巧是与他们对现实生活的体验分不开的。陆游早年曾学习吕本中，后从曾几学诗。他说："某自童子时，读公（吕本中）诗文，愿学焉。稍长，未能远游而公捐馆舍。晚见曾文清公，文清谓某：'君之诗渊源殆自吕紫微，恨不一识面。'某以是尤以为恨。"②很清晰地将陆游诗学的渊源揭示了出来。杨万里在前引《荆溪集序》中也明确指出了自己在诗歌创作上师法的对象。这表明，陆游与杨万里面向生活世界的主张是以学习诗歌形式技巧为前提的。他们之所以能取得较好的诗歌创作成就，与他们在两方面都能兼顾也有一定关系。

但是，如何领悟现实生活中的诗意，在一定程度上还与各人天分有关系；因此，并非每个人只要面对现实生活，就一定能作出好诗来。陆游自己就曾说："文章本天成，妙手偶得之，粹然无疵瑕，岂复须人为？"③既是天成，那么得到它就需要一定天分，即"妙手"；这仅由转向生活世界恐怕难以得到。尽管杨万里曾试图恢复魏晋诗学"兴"体艺术特质，使诗

---

① 杨万里：《诚斋诗话》，《宋代文艺理论集成》，第827页。
② 陆游：《吕居仁集序》，《陆游集》5册，中华书局1976年。
③ 陆游：《文章》，《宋代文艺理论集成》，第788页。

人对生命的情感体验保持在一种鲜活状态,但由于强大理学思潮影响,"兴"体艺术特性只能限于个人的艺术天分中。正如郭绍虞所指出的:"学诗而专工藻绘,不能谓为自得;学诗而过事怪奇,又不能蕲其自然。所以需要诗外功夫。因此,对于放翁诗论,于其江西诗学之外,更应注意他和道学家思想的关系。"① "要之诚斋诗风转变之迹,从现象言固似反江西者,从本质言,则与江西诗固一脉相承,此正诚斋所谓'二其味,一其法者也'"② 这表明,陆游、杨万里虽在一定程度上突破了江西诗学的困境,但他们终究无法摆脱理学思潮的制约,因此并不能从根本上解决其中存在的困难。

由于陆游、杨万里都曾受理学思想的影响,因而他们对现实生活的情感体验难免不被理性化思潮束缚、僵化,以至于失掉它来自现实生活的鲜活流动性。当然,这也是困扰整个宋代诗学的大问题,诗人、诗学家们逐渐意识到这一问题对诗歌创作所造成的负面影响。南宋后期,江湖、四灵诗人们试图摆脱这一困境,他们开始尝试对江西诗学进行改造。江湖诗派重要代表、理论阐释者刘克庄曾指出:"元祐后,诗人迭起,一种则波澜富而句律疏,一种则锻炼精而情性远,要皆不出苏、黄而已。"③ "唐文人皆能诗,柳犹高,韩尚非本色。迨本朝则文人多,诗人少……或尚理致,或负材力,或逞辨博……要皆经义策论之有韵者尔,非诗也。"④ 对江西诗人创作中生命情感

---

① 郭绍虞:《中国文学批评史》,上海古籍出版社1979年,第256页。
② 郭绍虞:《宋诗话考》上,中华书局1979年,第89页。
③ 刘克庄:《后村诗话》,《宋代文艺理论集成》,第1086页。
④ 刘克庄:《竹溪诗序》,《宋代文艺理论集成》,第1050页。

体验过于理性化、概念化进行了批判。其论诗之"本色"也对严羽诗歌之"本色""当行"论启发甚多。

刘克庄主张诗要以抒写性情为本；依此标准，他还指出了江湖、四灵诗派创作中存在的缺陷。他说："自'四灵'后，天下皆诗人，诗若果易矣？然诗人多而佳句少，又若甚难，何欤？余尝谓：以性情礼义为本，以鸟兽草木为料，风人之诗也；以书为本，以事为料，文人之诗也；世有幽人羁士，饥饿而鸣，语出妙一世；亦有硕师鸿儒宗主斯文，而于诗无分者，信此事之不可勉强欤……然变者诗之体制也，历千年万世而不变者，人之情性也。"①所谓"风人之诗""文人之诗"之分，"历千年万世而不变者，人之情性也"之论同严羽"诗者，吟咏性情"、"诗有别材，非关书也；诗有别趣，非关理也"的诗学主张何其相似。有研究者指出了二者的关系："到了理学风气盛行的南宋前中期，诗与理学、经学及一般学术的关系联系十分密切。但在大部分的场合，诗的本色受到了侵害。所以，诗与书的关系，诗与理关系，在刘克庄、严羽他们这里都成为重要的问题。只是两家的理解不同，提出的解决方法也不同。刘克庄是总结了永嘉四灵、林光朝（艾轩）等人磨炼以为诗的方法，提出了一种以磨炼为本色的诗论。而严羽则借助禅学，提出以'妙悟'为本色当行的主张。"②

刘克庄还指出："古诗出于情性，发必善，今诗出于记问，博而已。自杜子美未免此病。于是张籍、王建辈，稍束起书

---

① 刘克庄:《跋何谦诗》,《宋代文艺理论集成》,第1072页。
② 钱志熙:《论〈千家诗选〉与刘克庄及江湖诗派的关系》,《北京大学学报》(哲学社会科学版)2013年第2期。

袋，铲去繁缛，趋于切近，世喜其简便，竞起效颦，遂为晚唐，体益下，去古益远。岂非资书以为诗，失之腐；捐书以为诗，失之野欤？"①他对古之诗与今之诗进行了区分，并指出宋诗是"资书以为诗，失之腐"，而四灵、江湖辈诗人又不读书，"捐书以为诗，失之野"；"失之野"是对江湖诗派弊病的有力批判，这与严羽"然非多读书，多穷理，则不能极其至"的诗学主张实质上相通。江湖诗派创作最大特点是自出胸臆，不费雕凿，所谓"陶写性情为我事""须教自我胸中出，切忌随人脚后行"②。但弊病也生于此，由于他们不太注重学习前人优秀诗歌的创作经验，而是师心自用，最后必然走向越来越狭窄的窘境；而且由于缺乏诗歌经典积淀，诗风难免流于粗野、恶俗。

四灵诗派意识到理学对诗学的审查与规训，而代之以诗禅说，这对严羽也有深刻的启示。有人说："四灵的喜说诗禅相关，正是承接江西派的余绪。但更趋于空静的心性修养，他们的学禅，完全是为了修养做诗的心地。这种修养的审美追求，就是为了达到超脱世事，创造'清'的诗歌。"③刘克庄更明确指出："近世理学兴而诗律坏，惟永嘉'四灵'复为言，苦吟过于郊、岛，篇帙少而警策多，今皆亡矣。"④"四灵"意识到理学对诗学的破坏，而主张复兴诗歌抒情言志传统；然而，他们师法的郊、岛辈却又不太重读书，缺乏深厚积淀，只能一味苦

---

① 刘克庄：《韩隐君诗序》，《宋代文艺理论集成》，第1061页。
② 戴复古：《论诗十绝》，《宋代文艺理论集成》，第985页。
③ 钱志熙：《永嘉四灵诗学的再探讨——兼论其与江西诗派的关系》，《文艺理论研究》2008年第2期。
④ 刘克庄：《林子显序》，《宋代文艺理论集成》，第1068页。

吟穷搜。这从反面启示严羽在批判江西诗派时要注意吸取其优点，要多读书明理，学习前人优秀诗歌的创作经验。

严羽在批判江西诗学观点时，也吸纳了江西诗学的一些意见。比如范温曾说："山谷言学者若不见古人用意处，但得其皮毛，所以去之更远。如'风吹柳花满店香'，若人复能为此句，亦未是太白……'请君试问东流水，别意与之谁短长？'至此乃真太白妙处，当潜心焉。故学者要先以识为主，如禅家所谓正法眼者。直须具此眼目，方可入道。"①祖述黄庭坚学古人当得其用意与精神，其所云"学者要先以识为主"，直接为严羽《沧浪诗话》所采用。范温所谓"如禅家所谓正法眼者。直须具此眼目，方可入道"借禅理论诗，是典型的以禅喻诗，对严羽诗禅说不管从哪个方面来说都有启发。当然，二者指向根本不同，范温之借禅论诗，最终还须以理学为依归；而严羽以禅喻诗其目的则是要摆脱儒家理学话语霸权对诗学的支配与控制。正如前文所指出，范温所言江西诗学之"识"浸透着儒家理学思想的影响；而严羽诗学之"识"尽管也是来自对前人（汉魏晋盛唐）诗歌之学习领悟，却几乎没有受到儒家思想的支配，没有风雅比兴，也没有性理自得。

在江西诗学之外，魏泰较早批评黄庭坚，"诗者述事以寄情，事贵详，情贵隐……此所以入人深也。如将盛气直述，更无余味，则感人浅也"。而黄庭坚作诗"好用南朝人语，专求古人未使之事……故句虽新奇，而气乏浑厚"。②魏泰主张诗歌创作要继承唐诗艺术特性，应含蓄有"余味"，而这正

---

① 范温：《潜溪诗眼》，《宋代文艺理论集成》，第 503 页。
② 魏泰：《临汉隐居诗话》，《宋代文艺理论集成》，第 517、518 页。

是黄庭坚所缺乏的，即所谓"气乏浑厚"。其后叶梦得、张戒、黄彻等人对严羽也有所启发。叶梦得论诗主"气格"，他说："欧阳文忠公诗始矫'昆体'，专以气格为主，故其言多平易疏畅。"他还主张诗须浑然天成，有深婉不迫之趣，用事不可牵强。他说："王荆公晚年诗律尤精严，造语用字，间不容发，然意与言会……浑然天成，殆不见有牵率排比处。""诗之用事，不可牵强，必至于不得不用而后用之，则事词为一，莫见其安排斗凑之迹。"① 这些观点，都在一定程度上切中了江西诗学的痛处。另外，叶梦得在论杜甫诗时，用了南宗禅云门宗"三种语"，即"云门三句"，这对严羽"以禅喻诗"也有一定影响。

张戒与黄彻大约同时，他们认为诗歌创作以言志为本，重讽谏，主思无邪，论诗基本都持正统儒家观点。简而言之，他们都注重诗歌创作与现实生活的联系，反对为咏物而咏物。张戒曾说："苏、黄用事押韵之工，至矣尽矣，然究其实，乃诗人中一害，使后生只知用事押韵之为诗，而不知咏物之为工，言志之为本也。"对江西诗派进行了严厉批评。张戒论诗提倡"中的"，所谓"诗人之工，特在一时情味，固不可预设法式也"②。他主张诗歌要从胸襟中流出，要含蓄有余味；"近世苏、黄亦喜用俗语，然时用之亦颇安排勉强，不能如子美胸襟流出也"，"元、白、张籍……只知道得人心中事，而不知道尽则又浅露也。后来诗人能道得人心中事者少尔，尚何无余蕴之责

---

① 叶梦得：《石林诗话》，《宋代文艺理论集成》，第592页。
② 张戒：《岁寒堂诗话》，《宋代文艺理论集成》，第726、727页。

哉"。^①这些批评都直指江西诗派弊端,深刻而中肯。张戒以次第等级来论述历代诗歌,对严羽以历史眼光评价、划分诗歌等级有一定启发性。黄彻也强调诗歌创作与现实要有一定联系,要有感而发。他说:"士之有志于为善,而数奇不偶,终不能略展素蕴者,其胸中愤怨不平之气,无所舒吐,未尝不形于篇咏、见于著述者也""书史蓄胸中,而气味入于冠裾;山川历目前,而英灵助于文字。"^② 即是此意。

另一位诗人姜夔早年曾师法江西诗派,但后来大悟学即病,始自创一家。他说:"三熏三沐师黄太史氏。居数年,一语噤不敢吐。始大悟学即病,顾不若无所学之为得;随黄诗亦偃然高阁矣。"^③ 他认为作诗贵在自得,这其实也是江西诗人的共识;作诗要纯任天机自发,刻意求古,则有乖自然之真趣。他说:"文以文而工,不以文而妙,然舍文无妙,胜处要自悟""沉着痛快,天也。自然学到,其为天一也。"^④ 强调的就是这个意思。姜夔还以"沉着痛快"说诗,对严羽将诗歌分为"悠游不迫"与"沉着痛快"两种风格启发甚大。尽管姜夔诗学理论体系性不强,但却富于启发性,对严羽诗学很有助益。姜夔认为,"大凡诗,自有气象、体面、血脉、韵度"^⑤。这是将诗歌看成了一个有生命力的事物;其实,他之前的吴沆也认为,"诗有肌肤,有血脉,有骨骼,有精神;无肌肤则不全,无血脉则不通,无骨骼则不健,无精神则不美。四者备,然后

---

① 张戒:《岁寒堂诗话》,《宋代文艺理论集成》,第 724、727 页。
② 黄彻:《䂬溪诗话》,《宋代文艺理论集成》,第 735、736 页。
③ 姜夔:《白石道人诗集自叙》,《宋代文艺理论集成》,第 962 页。
④ 姜夔:《白石道人师说》,《宋代文艺理论集成》,第 963 页。
⑤ 姜夔:《白石道人师说》,《宋代文艺理论集成》,第 962 页。

成诗，则不待识者而知其佳矣"①。同样也将诗歌看成了一个鲜活的有机生命。可见，将诗歌看成一个有生命力的鲜活生命是宋人常见的看法。这启发严羽将诗歌看成一个有机生命，他说："诗之法有五：曰体制，曰格力，曰气象，曰兴趣，曰音节。"陶明濬在其《诗说杂记》卷七中解释说："此盖以诗章与人身体相为比拟，一有所阙，则伛魁不全……五体既备，然后可以为人。亦惟备五者之长，而后可以为诗。"这也是将诗歌当作有生命力的事物，是一种生命的形式；这对于理解严羽诗学深层意蕴极为重要。

此外，姜夔论诗还拈出"理高妙"说，此"理"当为"理趣"之"理"，与理学、禅学之"理"论不相同。这对严羽倡导"诗有别趣，非关理也"说可能也有一定启发。姜夔还提出"意高妙"与"自然高妙"说；"自然高妙"意指："非奇非怪，剥落文采，知其妙而不知其所以妙。"② 这里面包含了一些"天才论"思想，对严羽提出"入神"说有一定的启发。严羽所谓"入神"实际是经妙悟后所达到的自然高妙境界；人们只知这种境界高妙，至于它为何高妙，则不能说清楚，即"知其妙而不知其所以妙"，而这，恐怕只能归因于天分（"天才论"）了。尽管严羽诗学涉及的理论问题很深刻，但他的诗集《沧浪吟卷》中艺术价值高的作品却很少，这从另一个侧面说明了天分对作诗的重要性。它可能也是严羽诗学主张难以实践的原因之一。

简言之，严羽之前的江西诗学反对者们基本都能发现其问题所在；他们开出的药方也大体相似：都主张重归"诗言志"

---

① 吴沆：《环溪诗话》，《宋代文艺理论集成》，第715页。
② 姜夔：《白石道人诗说》，《宋代文艺理论集成》，第963页。

的传统。重归"诗言志"的诗学传统尽管可以有限度地克服江西诗学形式主义弊端,但在诗歌内容上却可能仍会使诗歌重蹈教化论覆辙,对克服江西诗学说理的弊端并无实质性突破。从一定意义上讲,这是诗歌创作理论的倒退。江西诗学并非不注重追求诗歌的余味意蕴,他们只是未能有效地解决诗歌情"意"内容与"法"度形式之间的对立紧张关系而已。江西诗学在如何解决因生命情感体验过度理性化、概念化而导致诗歌说理、议论的问题上显得无能为力;而严羽之前的江西诗学反对者,包括修正者们都未能真正解决这一困难。尽管如此,他们提供的各种解决方案还是对严羽诗学产生了一定启示。

3. 心学思想的影响

通过清理严羽所继承的诗学资源,可以看到,严羽诗学曾深受诗学自身发展规律的影响。除了这些诗学自律因素的影响,严羽还受到了诗学他律因素的深刻启示。正是由于禅学与心学思想启示,才使严羽找到从根本上解决宋诗创作问题的方法。具有深邃历史意识的严羽由史"识"领悟到诗"识",他洞悉到江西诗学问题的根本症结所在。众所周知,在如何重构儒学以应对佛、道思想的问题上,新儒学内部出现分歧;南宋新儒学所处的思想文化语境产生较大变化;昔日相互争鸣的儒家思潮被一家独大的朱熹理学所取代。其批评者象山心学也逐渐被挤压出主流社会思潮,与新儒学的外部批评者佛教禅学一起屈居社会意识形态的边缘。在此语境中,为根本解决宋代诗学面临的难题,严羽试图挣脱程朱理学对诗学的控制与支配。他将目光转向程朱理学的批评者象山心学与佛教禅学。

从现有研究看,在内在的思想信念上,严羽的确受到了象

第二章 《沧浪诗话》的诗学核心"悟"

山心学思想影响。①有人指出:"严羽的论点一如包恢,带有心学的色彩。二人皆假设心象于心中即完成了完全的表现。包恢所谓'有似造化之未发者'的风格,类似于严羽所谓诗的朴真期。这种'有似造化之未发者'的风格是指心象的呈现,回归于在心中表现前所有的本然如此的完全状态……二人皆认为不能依赖才学、文字、议论、典故;诗人之旨归在于捕捉心象原绝并给予直接的呈现,而没有文字的逻辑的、论述的、报导的诸障。"②论者从一个较新角度阐发了严羽诗学"心象"的心学特质,有一定的启发性。研究者注意到"心学"对严羽诗学的影响,他们认为"空中之音,相中之色,水中之月,镜中之象"这类表述,大概与严羽所受陆象山"心学"影响有关。③然而此影响并未得到更进一步揭示。据其传记载,严羽"尝问学于克堂包公"④。包克堂即包恢之父包扬。包扬,字显道;《宋元学案》卷77载:"恢父扬,世父钧,叔父逊,同学于朱陆,而趋向于陆者为多。"另据载,陆象山曾与包钧、包逊、包扬讲学,并有专门与包扬论学的书信;《象山语录》中的一部分还是包扬亲自记述的。⑤这表明,包扬是陆象山"心学"的嫡系传人。包扬既然教授过严羽,那么,其心学思想就可能影响严羽。

包恢也曾与严羽一起就学于包扬;而且他们两人的诗学思

---

① 钱锺书在《宋诗选注》(人民文学出版社1957年)注释严羽诗歌时曾提及此点。
② 叶维廉:《严羽与宋人诗论》,《中国诗学》,三联书店1992年,第112页。
③ 王运熙、顾易生主编:《中国文学批评通史》卷四,上海古籍出版社1996年,第389页。
④ 朱霞:《严羽传》,载郭绍虞《沧浪诗话校释》,第263页。
⑤ 陆象山:《象山全集》,中国书店1980年。

想颇为相似。包恢论诗主"真",他论戴复古诗时指出:"石屏自谓少孤失学,胸中无千百字书。予谓其非无书也,殆不滞于书,与不多用故事耳,有靖节之意焉。果无古书,则有真诗,故其为诗自胸中流出,多与真会。"① 在此,包恢严厉批评江西诗派以书为事、以事为诗的不良创作倾向,这与严羽批判江西诗学"以文字为诗,以才学为诗"不谋而合。包恢同时还肯定自出胸臆为真诗,并指出"古书"与"无书"的对待关系,这与严羽所提出的"学"与"无学"的辨证主张也大致相同。包恢进一步指出:"然真实岂易知者?要必知仁智、合内外,乃不徒得其粗迹形似,当并与精神意趣而得。境触于目,情动于中,或叹或歌,或兴或赋,一取而寓之于诗,则诗亦如之,是曰真实。"② 所谓触境动情,实际上就是试图恢复"兴"体艺术特性,这其实也是严羽诗学主张之一。包恢还认为诗"其体有似造化之未发者,有似造化之已发者,而皆归于自然,不知所以然而然也。所谓造化之未发者,则冲漠有际,冥会无迹;空中之音,相中之色,欲有执著,曾不可得而自有……所谓造化之已发者,真景见前,生意呈露,浑然天成。"③ 包恢以"空中之音"论诗歌艺术特性,与严羽以"兴趣"论诗几乎完全相同;其"浑然天成"论也与严羽论汉魏诗如出一辙。要之,从这些论述中足可见出严羽诗学与包恢之心学诗论相似之处。这也表明,严羽诗学受到过心学思想影响。

然而,象山心学又是如何影响严羽诗学的呢?它与程朱

---

① 包恢:《石屏诗后集序》,《宋代文艺理论集成》,第1035页。
② 包恢:《书吴百成游山诗后》,《宋代文艺理论集成》,第1034页。
③ 包恢:《答傅当可论诗》,《宋代文艺理论集成》,第1036页。

理学对诗学的影响又有何差异？我们知道，象山的论敌朱熹，以性即理、性为心之体、化心为性、性其情等命题展开其心性说，其实质乃是性体说，即以性为本体，性与心不能相等。其主题便是建构性的本体地位；其目标便是以理性本体改造、规范、净化感性体验。从积极的方面说，程朱理学体现了道德自觉原则，但另一方面，由于过于强调理性本体对感性经验的规范制约，这必然会在一定程度上束缚主体的主观能动性。在诗学中，程朱理学强调理性对情感经验进行反省规范的特质固然可以使诗人澄汰与诗性情感不相干的世俗情感，使审美情感不掺杂任何实用功利性情绪，使诗可以成为纯诗。但弊端也正在于此：由于理学过于强调理性对感性情感经验的制约改造，这必然会使诗人的情感体验被改造为理性化、概念化的情感，甚至还可能会被抽象为刻板、僵硬的说理、议论，从而丧失其原初自然鲜活的生命灵性。诗人生命情感的刻板僵化也必然导致诗歌中表达情感的直白浅露，有些时候甚至干脆就表现为赤裸裸的议论说理，这样创作出来的诗歌必然会缺少一咏三叹的含蓄韵味。

象山心学认为"心即理"，与程朱理学"性即理"说不同。朱熹认为"理"虽是"心"核心的部分，但"理"却只是"心"的一部分，两者不可相等。而陆象山则认为"心"就是"理"，两者相同。他指出："心一心也，理一理也，至当归一，精义无二，此心此理，实不容有二。"[①]"人皆有是心，心皆具是理，心即理也。"[②] 反复论说的其实都是"心即理"的观点。由于所

---

① 陆象山：《与曾宅之书》，《象山全集》卷1。
② 陆象山：《与李宰书》，《象山全集》卷11。

持根本观点不同，陆象山对朱熹割裂天理、人欲，道心、人心的做法表示不满。他说："天理人欲之言，亦自不是至论，若天是理，人是欲，则是天人不同矣。此其源盖出于老氏……《书》云：'人心惟危，道心惟微。'解者多指人心为人欲，道心为天理，此说非是。心一也，人安有二心？自人而言则曰惟危，自道而言则曰惟微。"① 由此可见，象山心学与程朱理学有很大区别：程朱理学主张以外在的道德理性来制约规范人心中的情感欲望，使之合乎天理伦常。而象山心学认为，根本没有外在于人心的天理伦常，道德天理其实就在人心中；换言之，"理"即"心"，"心"即"理"；当下朗现，"反身"即是，无需外求。

与程朱理学将"理"与"心"分割开来不同，象山心学将"理"与"心"融合为一。"理""心"合一，天理便开始内化于人心。这样，道德本体（"理"）落实到道德主体（"心"）上，道德个体的主体性对道德的实践开始起关键作用。王阳明四句教将这一思想发挥到极致，与陆象山一起构成陆王心学。这种思想虽带有较浓的"唯我主义"色彩，但却极大地提升了人的主体性地位，使主体与本体能够合而为一。这使心学开始得以体现出"自立"的道德自愿原则，用康德的话说，这是一种真正自律的道德。陆象山曾说："收拾精神，自作主宰，万物皆备于我，有何欠阙？当恻隐时自然恻隐，当羞恶时自然羞恶。""若能自立后，论汲黯便是如此论，论董仲舒便是如此论。""自得，自成，自道，不倚师友载籍。"② 这些论述都体现

---

① 《象山语录》上，《象山语录·阳明传习录》，上海古籍出版社2000年。
② 《象山语录》下，《象山语录·阳明传习录》。

出鲜明的个体意识及主体意识。所谓"自作主宰",可以视作个体意识与主体意识双重的自觉。一方面,它意味着主体摆脱外在事物的制约,其中还包括摆脱天理对人的限制,它拒斥了人被天理道德物化的趋向;另一方面,它还意味着:在一定意义上,心学承认人内心感性情感经验的合法性。

与汉代经学儒生倡导"礼"(礼仪)相比,程朱理学只不过将汉儒之"礼"——外在于人心的现实规范——置换为"天理"——内在于"人心"的规范。从发挥人的道德主体性这个角度讲,程朱理学的"天理"尽管已内化成为"道心",但实际上仍与感性"人心"存在隔膜。虽然它能在一定程度上体现出道德自觉原则,但却仍束缚着道德主体的主观能动性,实质上还是一种强制的他律道德;它不符合人们内心的感性需求。陆王心学认为"心"即"理",要求外在的规范必须通过主体内心产生作用。陆象山认为,"心"实际就是一切,所谓"宇宙即吾心,吾心即宇宙"。戴复古《次韵胡公权》曰:"日用无非道,人心实在平。果能行实学,何必问虚名。"就将心学思想融进人们日常生活中。王阳明也认为:"夫物理不外吾心,外吾心而求物理,无物理矣。"[1]"心即理也,天下又有心外之事,心外之理乎?"[2] 融通"心""理"。而王艮所谓"百姓日用是道",明确将人们日常的感性经验与"理"融汇为一。这极大地促进日常生活中人们发挥其主观能动性。

为凸显此"心",陆象山主张以"明心"为根本,其他皆

---

[1] 王阳明:《传习录》中,《象山语录·阳明传习录》。
[2] 王阳明:《传习录》上,《象山语录·阳明传习录》。

是枝叶。他说:"某屡言先立乎其大者。"① "此(心)天之所以予我者,非由外铄我也。思则得之,得此者也;先立乎其大者,立此者也。"② 所谓"先立乎其大者",其实就是要凸显"心"的本体地位,确立个人(个体性)主体的本体地位。与程朱理学拒斥人的感性情感经验,将感性情感规范化、理性化乃至刻板僵化不同,象山心学重新肯定了个体生命鲜活自然的情感体验,并使其仍保持在富有生命灵性的自然状态;其意义在于:当诗人进行艺术创作时,他所表达的情感不再是经过理性处理了的概念化情感,而是葆有活泼自然特性的生命情感体验。当然,它并非魏晋"兴"体的翻版。毕竟,心学终究属于广义的理学,其中并未完全剔除理性因素。在心学中,"理"已不再占据绝对主导地位,而是被融汇整合进"心"灵世界中去了。陆象山主张对本"心"的把握是一种整体的把握,这是一次性的、直接明了的、整体的彻悟,它与程朱理学"格物致知穷理"渐进把握人之本"性"不同。朱熹强调,"格物是零细说,致知是全体",实际上只是指由分析、归纳到综合的渐进方法;这是一种由局部而整体的逻辑理性方法。陆象山"先立乎其大者"的直觉把握方法对严羽以"悟"建构其诗学理论体系有一定影响。

包恢的诗学观,就是心学影响诗学的一个范例。包恢强调自出胸臆"与真会"者为"真诗",就是拒绝对情感进行过多理性化的处理。他的目的实际上就是想使诗人的情感体验保持在一种未受过多理性污染的鲜活自然状态,使其能具有渗透性、

---

① 陆象山:《与邵叔谊》,《象山全集》卷10。
② 陆象山:《与邵叔谊》,《象山全集》卷1。

流动性、扩展性，富有多种韵味，即"有余味"之"韵"也。象山之后，陈献章对文学的看法也典型地体现了心学家的诗学观。他说："受朴于天，弗凿以人；禀和于生，弗淫以习。故七情之发，发而为诗。虽匹夫匹妇，胸中自有全经，此风雅之源也。而诗家者流，矜奇炫能，迷失本真，乃至句锻月炼，以求知于世，尚可谓之诗乎？"① 这是对明代诗坛袭古、拟古之风的激烈针砭。陈献章主张，诗人作诗要抒写真性情，如果无真性情，"迷失本真"，那就不再是作诗了。他还指出："大抵论诗当论性情，论性情先论风韵，无风韵则无诗矣。今之言诗者异于是。篇章成即谓之诗，风韵不知，甚可笑也。性情好，风韵自好；性情不长，亦难强说。"② 所谓"风韵"，与"性情"是紧密联系的。如果没有真性情（所谓"真性情"即"性情好""性情长"），那么也就无所谓风韵了；而无风韵，也就无好诗。这种观点与包恢关于"真诗"的看法大致相同。严羽不满江西诗学以文字为诗、以才学为诗，认为他们诗中没有"真性情"，而主张恢复诗人的"兴趣"（即真性情）；这与心学家的诗学观不谋而合。

4. 禅学的直接启示

从理论上看，心学对严羽诗学的影响，可谓禅学对心学影响的延伸。从根本上说，心学对严羽的影响，实质上也是禅学对诗学的影响。陆象山心学在当时就被朱熹指责为"禅学"。朱熹指出："子静说话常是两头明中间暗……他所以不说破，

---

① 陈献章：《文惕斋诗集后序》，《陈献章集》卷1，中华书局1987年。
② 陈献章：《与汪提举书》，《陈献章集》卷3。

便是禅所谓'鸳鸯绣出从君看,莫把金针度与人'。他禅家自爱如此。"①"江西之学只是禅,浙学却专是功利。"②这些述评揭示了心学与禅学的紧密联系。事实上,陆象山"心即理"这一命题在禅宗中早就有。唐代惠光(大照禅师)指出"心是道,心是理,则是心外无理,理外无心"。③早就提出了与象山相同的命题。不过,这只是一种外在相似。实际上,陆九渊之"心"是一种伦理实体,是万物根源所在。而禅宗之"心"则是一种功能性(关系性)存在,它并非实体事物;"心"的本性是"空",以此"空""心"方可彻见万物本"空"。这只是禅学与心学不同的一个方面。那么,禅宗究竟是在什么层面上影响诗学的呢?它又是如何启示严羽诗学的呢?

一般来说,禅学对诗学的影响主要集中在对"悟"这一问题的理解上。从思想哲学的角度看,禅悟的特点大致可分为两个方面:一方面是形式上的特点;另一方面则属于内容上的特点。由于禅"悟"与诗"悟"都来自现实生活,并且又都超越现实生活;因此,在针对现实生活这一点上,禅"悟"与诗"悟"极易耦合。于是,有人将禅"悟"等同于诗"悟"。关于禅学对诗学的影响,禅"悟"与诗"悟"之异同一直是众说纷纭。如果一味从理论角度阐发禅"悟"对诗"悟"的影响,而忽略从具体历史语境出发讨论禅学与诗学关系;就可能出现疏离现实的空谈。在理解禅学如何启示严羽诗学时,关键在于如何从严羽身处的历史文化语境出发来把握其理论特质。众所周

---

① 朱熹:《朱子语类》卷104,中华书局1986年。
② 朱熹:《朱子语类》卷123。
③ 慧光:《大乘显性顿悟真空论》,《大正藏》85册。

知，尽管江西诗派中很多人都曾受过禅宗思想影响，但那只是对其人格心态的一种补充而已；真正对他们的思想人格起主导影响的实际上还是理学思想。对于严羽而言，他的思想并不认同程朱理学，而属于象山心学。象山心学作为广义理学之一种，也处在理学范围之内。可以说，严羽的思想人格渊源于象山心学，禅宗思想并未对其思想信仰、人格心态构成影响。

从严羽所处的思想文化语境看，程朱理学与象山心学根本旨趣相同，他们都要从理论上维护封建伦理纲常。这必然从根本上对文学产生制约，极不利于诗学思想的发展与创新。叶适指出："程氏兄弟发明道学，从者十八九；文字遂复沦坏。"[1]所谓"文字沦坏"，就含有这种意思。在这种情况下，作为理学潜在的批判者——佛教禅学有可能为严羽创建新的诗学思想提供一定的启示。严羽曾说："吾叔谓：说禅非文人儒者之言。本意但欲说得诗透彻。初无意于文，其合文人儒者之言与否，不问也。"[2]在一定程度上表露了他的这一初衷。这就是为何严羽虽在其诗学理论中借用了大量禅学语源，而人们却难看出他人格心态中具有禅宗思想的原因。换句话说，尽管严羽在其诗学中借用了大量的禅学思想方法，但他自己本人却并非禅宗信徒。从这个层面上讲，严羽"以禅喻诗"根本就只是一种对禅宗思想方法的挪用，其本质不过是诗学他律因素的启示。基于此，本文既关注禅"悟"与诗"悟"之关系，也会讨论禅法与诗法之关系。

从历史发展的角度看，"以禅喻诗"并非始自严羽。正如

---

[1] 叶适：《习学记言》卷47，上海古籍出版社1992年。
[2] 严羽：《答出继叔临安吴景仙书》，《沧浪诗话校释》，第251页。

郭绍虞所指出,"诗禅之说原已成为当时人的口头禅了"。① 既然如此,严羽自称"以禅喻诗……是自家实证实悟者,是自家闭门凿破此片田地,即非傍人篱壁、拾人涕唾得来者"。② 岂非大言不惭?其实不然。郭绍虞认为沧浪之诗禅说可以分为二义。"以禅论诗",其说与以前一般的诗禅说同;"以禅喻诗"才是沧浪的特见。"以禅论诗,是就禅理与诗理相通之点而言的;以禅喻诗,又是就禅法与诗法相类之点而比拟的。"③ 郭绍虞关于宋代诗学"以禅论诗""以禅喻诗"的划分较为精当;但对严羽"以禅喻诗"含义的解释却值得斟酌。钱锺书也曾说:"沧浪别开生面,如骊珠之先探,等犀角之独觉,在学诗时工夫之外,另拈出成诗之后境界,妙悟而外,尚有神韵。不仅以学诗之事,比诸学禅之事,并以诗成有神,言尽而味无穷之妙,比于禅理之超绝语言文字。他人不过较诗于禅,沧浪遂欲通禅于诗。"④ 与郭绍虞的看法刚好相反。钱锺书的观点虽更可信,但实际上仍是从"以禅论诗"的角度来论述严羽之"悟"。这种看法是否符合严羽诗学的精神,是否与严羽所处的诗学文化语境吻合,值得怀疑。

研究者将已有的讨论诗禅关系的看法归纳为三种:(1)诗禅相异说。从诗禅宗旨看,对立性是很明显的:禅在见性,诗为明志。前者忘情,后者主情。禅反对文字表达而诗是语言艺术。(2)诗禅相似说。突出体现于宋人以禅喻诗。最主要是以

---

① 郭绍虞:《中国文学批评史》,第270页。
② 严羽:《答出继叔临安吴景仙书》,《沧浪诗话校释》,第251页。
③ 郭绍虞:《中国文学批评史》,第275页。
④ 钱锺书:《谈艺录》,中华书局1998年版,第257页。

下两方面：一是从诗的欣赏角度，把赏诗的极致比成参禅的悟；二是从诗人修养的角度，把诗人通过对前人作品的长期学习，而最后自觉掌握作诗规律比成参禅以后的悟。（3）诗禅相同说。明清时代，将诗与禅从根本上等同起来，认为诗禅相同处并非外在表现——禅话与诗句，而在两者内在根本——禅境与诗境。①从诗学发展的角度看，认为宋人"以禅喻诗"属诗禅相似说的看法较为恰当。这种立场对把握严羽诗学"以禅喻诗"说的含义非常重要。

实际上，对江西诗学而言，以禅、以道，或用其他方法说诗均无不可。江西诗学"以禅说诗"只不过是一种形式方法的借用（由字、词、诗眼而领悟全篇，所谓如禅家有悟门，一超直入如来地也）；并不存在等同禅理与诗理（"以禅论诗"）的情况。这种形式上的借用就是所谓"诗禅相似说"。对严羽诗学而言，除了这种形式上的借用外，还有一种内容上的挪用；即以禅（"悟"）喻诗（"悟"），钱锺书谓"沧浪遂欲通禅于诗"。但这并非真正的沟通诗"悟"与禅"悟"，它仅仅是一种禅"悟"对诗"悟"内容上相似性的启发。最重要的是，严羽诗禅说对禅学话语的借用最根本的目的是要摆脱主流儒家意识形态对诗学话语的支配与控制，他以禅喻诗的首要目的是摆脱理学话语霸权，这是严羽诗"悟"与江西诗学"悟"的根本不同之处。至于诗与禅本质是否相通，严羽并未展开讨论。

从历史发展来看，慧能时代，禅宗南北分宗对立，禅宗方始真正成立。慧能为南宗禅奠定了思想根基，提倡"见性成

---

① 李壮鹰：《诗与禅》，《北京师范大学学报》（哲学社会科学版）1988年第4期。

佛""顿悟""无念""无相""无住"等；其后禅宗仍有较大发展。禅宗史上将慧能之前的禅称为"如来禅"，慧能时代的禅则命之为"祖师禅"，慧能之后的禅则曰"分灯禅"。"分灯禅"时代，其他禅系虽仍有发展，但都不如南宗禅隆盛势炽。禅宗无论南北派，其目标都是追求"本源自性清净心"，即真如佛性，或"如来藏自性清净心"。北宗禅"修心"建基于"心性本净，客尘所染"的观念，"时时勤拂拭，莫使有尘埃"本义即是息妄显真。神秀的目标是要求修行者观妄心之为幻，以磨垢而去妄，最后达到安静以明照的"自性清净心"。这本质上是般若空宗与楞伽宗的混合。对现实生活而言，它采用的是减负的方法，实际上就是远离、逃避现实生活。

　　慧能不像神秀那样认为真如佛性是一种先验存在。他认为清净心就在人们的肉团心（即当下现实的世俗人心）中；就好比摩尼宝珠被放在水中一样（朱熹"理在气中"理论就借用了这一道理），或如被灰尘覆盖的宝珠一样。慧能说："自性常清净，日月常明，只为云覆盖，上明下暗，不能了见日月星辰，忽遇惠风吹散卷尽云雾，万象森罗，一时皆现。世人性净，犹如青天，惠如日，智如月，知惠常明。于外著境，妄念浮云覆盖，自性不能明。"[①]就是此意。慧能指出，修行者只要顿悟"清净心"，即可识心见性，于当下成佛，慧能谓"烦恼即是菩提"，[②]后学谓之"即心即佛"。这不是对现实生活的减负，而是强调修行者直接在日常现实生活的"世俗心"（"肉团心"）上顿悟"清净心"；就像门由原来的向外开转变为向里开一样。

---

① 惠能著，郭朋校释：《坛经校释》，第39页。
② 惠能著，郭朋校释：《坛经校释》，第77页。

对现实生活而言，这既未增加什么，也未减少什么。慧能强调肉团心、世俗心与清净心的紧密联系，在一定程度上肯定了现实生活的合理性，为后学提出"平常心"埋下了伏笔。

然而，在慧能那里仍然存在对本源心性作净、染二分的倾向，在注重世俗人心、肉团心与顿悟清净心之间左右摇摆。比如，慧能一方面虽强调"人性本净"[1]，另方面却又说"妄念浮云盖覆，自性不能明"[2]；一方面高唱"佛性常清净，何处染尘埃"，另方面又强调"除却从前诳狂心永断"[3]。慧能虽在一定程度上承认日常生活的合理性，但现实生活最终还是要被否定、被离弃，其现实价值仍然受限。可以说，慧能时代，南北禅都强调证悟"自性清净心"，在客观上与现实生活保持着一定距离。慧能之后，南宗禅情况发生了变化。与慧能时代的祖师禅相比，分灯禅时代的江西和石头禅系向当下日常生活大大跨进了一步。马祖道一禅系将慧能的"清净心"发展为"平常心"。马祖道一指出："平常心无造作，无是非，无取舍，不断常，无凡无圣。……只如今行住坐卧，应机接物尽是道。道即是法界，乃至河沙妙用。"[4] 后学概括其为"平常心是道"。

从慧能的"清净心"演变为道一等人的"平常心"；他们把活生生"人"的生命突出到重要地位，强调人们从当下的一举一动、一言一行中去把握自己本来就是佛，佛就是人的自然任运的自身之全体，就是本来的生命，这就是道一"触境皆

---

[1] 惠能著，郭朋校释：《坛经校释》，第36页。
[2] 惠能著，郭朋校释：《坛经校释》，第40页。
[3] 惠能著，郭朋校释：《坛经校释》，第45页。
[4] 杜继文、魏道儒：《中国禅宗通史》，江苏古籍出版社1993年，第266页。

如""随处任真"所蕴含的意义。今人指出:"由'道'或'性'取代'佛'的地位,再由'无心'会'道'、'道即是心',到'道'超心、佛、智,是一个级差很大的飞跃。在理论上,它在完成佛性论向心性论转变的基础上,同时开拓了由心学向道(理)学发展的新领域……他们呼唤按照人身固有的自然本性生活,争取有畅达这种本性的自由。他们所反对的,是对自然本性的种种拘束,而追求不受这些拘束的解脱。因此,在形式上,他们依旧带有禅者浓厚的非理性色彩,实质是在模糊地肯定人的自然本能和满足这些本能的合理性。"[①] 从禅宗史来看,此论较为精当。

禅宗史表明,人们日常的现实生活(世俗生活)在禅宗证悟过程中获得了越来越重要的意义;这在一定程度上肯定了修行者现实生命存在的合理性。它使禅宗之悟由最初彻悟自性清净心——"空"观——演变为顿悟活泼泼自然生命的本来面目,现实自然生命的灵性诗意在此得到了一定彰显。道一禅系阐发的禅宗这一重要特征一直被南宗禅各系所继承,成为禅林正统思想。在宋代,禅宗思想从各方面渗透并影响到文人士大夫的文化心理结构,进而影响到他们的日常生活乃至生命存在。大慧宗杲的"看话禅"及宏智正觉的"默照禅"是南宋有影响的两个支系,对当时禅学及文人士大夫的心灵产生了较大影响。严羽谓"妙喜(即大慧宗杲)自谓参禅精子,仆亦自谓参诗精子"表明他曾深受当时风行的"看话禅"影响。

妙喜"看话禅"属于"临济宗",宏智正觉"默照禅"属于"曹洞宗";他们同属南宗禅系的"五家七宗"。从禅学史上

[①] 杜继文、魏道儒:《中国禅宗通史》,第272页。

看，临济、曹洞的宗旨纲要大体相同，只是接引门人弟子的宗风稍有不同；实际并无高下之分。而严羽谓"学汉魏晋与盛唐诗者，临济下也。学大历以还之诗者，曹洞下也"，就有轩轾之别，似乎有违常识，故遭人诟病。有人说："临济曹洞有何高下，而乃剿其门庭影响之语，抑勒诗法，真可谓杜撰禅。"①就是对严羽违背禅学常识的批评。但是，严羽选择了大慧宗杲而不是宏智正觉作为论诗的参照对象，自然就会有厚此薄彼的个人主观评判。在严羽看来，大慧宗杲属于临济宗系，宏智正觉属于曹洞宗系；临济与曹洞当然有轩轾之别。在严羽，抬高临济宗、贬低曹洞宗明确体现了严羽选择宗杲为参照标准的意图。这种高下之分仅仅属于诗学方法的挪用，而非严格的禅宗判教。这一点，那些指责严羽者为何没看到呢？

然而，严羽为何要选择宗杲作为其诗学参照对象呢？这与其教法内涵有一定联系。一般认为，南宗禅特别重视"悟"，因为"悟"是禅的生命与灵魂。慧能"道由心悟"观念确立为禅宗思想的根本内核；南宗禅历代禅师都以此为旗帜，弘扬禅法。但到宗杲时，禅林出现文字禅泛滥，一些人热衷于公案的注解和问答，他们轻视"悟"，甚至反对"悟"。宗杲对此予以尖锐批判："近来丛林有一种邪禅……以悟为落第二头，以悟为枝叶边事。"②"如此等辈，不求妙悟，以悟为落在第二头，以悟为诳呼人，以悟为建立，自既不曾悟，亦不信有悟底。"③"而今默照邪师辈（以宏智正觉为代表），只以无言无说

---

① 陈继儒：《偃曝谈余》，转引自《沧浪诗话校释》，第25页。
② 大慧宗杲：《答曹太尉》，《大慧普觉禅师语录》卷29，《大正藏》47册。
③ 大慧宗杲：《答张舍人状元》，《大慧普觉禅师语录》卷30。

为极则，唤作威音那畔事，亦唤作空劫已前事，不信有悟门，以悟为诳，以悟为第二头，以悟为方便语，以悟为接引人之辞。如此之徒，谩人自谩，误人自误。"[①]宗杲再次强调"道由心悟"的观念。他强调指出"参禅要悟"[②]，"禅无文字，须是悟始得"[③]。那么，宗杲之"悟"又有何特征呢？和南宗禅传统一致，他比较强调自证自悟。他认为禅悟的体验只能是个体的，别人无法教授，也不能替代。禅悟是一种个人的亲证亲悟，宗杲曾说："到这里如人饮水，冷暖自知，除非亲证亲悟，方可见得。若实曾证悟底人，拈起一丝毫头，尽大地一时明得。"[④]就是此意。宗杲禅悟更强调：看话头是一种长期的践行工夫，要求与禅僧的生活打成一片，而不是停留在一时一刻。因为它的终极目的在于全悟，而不仅仅是对一则公案的简单理解。也就是说，它要求体验整体的禅精神，而不是纠缠在公案的文句上。因此，看话头的本质，在于摆脱公案，超越文字。[⑤]

从思想哲学的角度看，宗杲"看话禅"的意义在于：禅悟是与日常现实生活密切相关的生命体验活动；一切文字都只是获得这种本真生命体验的符号或工具。从这一点上看，宗杲之"悟"是对道一系禅悟根本特征的继承；它较好地保留了禅悟生命体验的特性：禅悟就是顿悟活泼泼自然生命本来面目，顿悟"平常心是道"，领悟"平常心"中蕴含的生命诗意。这与严羽诗学追求的诗意目标基本一致。正是在生命体验的层面上，

---

① 大慧宗杲：《答宗直阁》，《大慧普觉禅师语录》卷28。
② 大慧宗杲：《大慧普觉禅师语录》卷14。
③ 大慧宗杲：《大慧普觉禅师语录》卷16。
④ 大慧宗杲：《大慧普觉禅师语录》卷17。
⑤ 杜继文、魏道儒：《中国禅宗通史》，第439页。

严羽从禅悟的内在特征上借用了宗杲"看话禅""悟"的生命体验特性,将其从禅学挪用到诗学中,试图以此恢复诗人生命体验的诗意灵性。而宗杲禅悟的这一特点在宏智正觉"默照禅"中就没有。正觉所谓"照",本是般若智慧的运用,主要指空观之贯彻于世间事物,而不排除日常的认识活动。但正觉的孤坐"默照"在于"自照",既不与世间交往,也没有特定的观照对象,即"灵然独照,照中还妙"。他曾说:"不触事而知,其知自微;不对缘而照,其照自妙。"① 所谓"不触事""不对缘"就是"默";即"默"而"照",其直接结果即达到"照体独立,物我俱亡"。② 在正觉看来,这只是忘却物我在相待和对立中的存在,对于绝对我的"本来面目"而言,这就是一种自觉。③ 所以,"默照禅"最高目标就是契会"心"的空虚静默本性,其宗风必然也以"守静"为主旨。宗杲认为,这类禅师教人"是事莫管""只管守静",是迎合了一部分士大夫逃避世事的遁世趋向,与禅悟必须贯彻在世事之中的精神相违背。换句话说,它不仅不能激活人们对现实生命的诗意体验,反而还要泯灭这种活泼生命体验的自然灵性,使其终于湮没无闻。这与诗学艺术精神恰好南辕北辙,无怪乎为严羽所不喜了。

三、"悟"什么:严羽之"兴趣"与"入神"

在理学占据主导支配地位的思想文化语境中,严羽欲恢复

---

① 宏智正觉:《坐禅箴》,《宏智正觉禅师广录》卷8,《大正藏》48册。
② 宏智正觉:《宏智正觉禅师广录》卷5。
③ 杜继文、魏道儒:《中国禅宗通史》,第454页。

诗性文学（诗）的本来面目，就得突破儒家理学所构筑的诗学藩篱，摆脱理学思想所支配的话语霸权。他试图从当时处于主流话语边缘的禅学话语中吸取思想资源，重新审视诗禅说，提出"以禅喻诗"。他明确说："吾叔谓：说禅非文人儒家之言。本意但欲说得诗透彻，初无意于为文，其合文人儒者之言与否，不问也。……仆意谓：辨白是非，定其宗旨，正当明目张胆而言，使其词说沈着痛快，深切著明，显然易见。所谓不直则道不见，虽得罪世之君子，不辞也。"明确反对以儒家思想宰制诗歌，不认同儒家思想对文学诗意的规训与支配。严羽自谓"定诗之宗旨，且借禅以为喻"，"妙喜自谓参禅精子，仆亦自谓参诗精子"。其诗禅说试图突破儒家理学的话语霸权，以禅学话语对抗理学话语对诗性文学的控制与支配。

如何激活这种诗意体验呢？严羽从禅悟所具有的生命体验特性中受到启发，这启发他重构自足独立的诗学体系。南宗禅谓"平常心是道"在一定意义上肯定了现实生命存在的价值；而且还使悟道者注重从当下现实生活获得证悟。它可让悟道者体验活泼泼的自然生命，葆有生命体验的流动性、鲜活性等灵性诗意；并获得对日常生活余味不绝的诗意体验。这不仅是参禅者要历经的次第（心理体验过程），也是悟诗者要达到的（诗意）境界。在此层面上，禅悟与诗悟相似、相通；也是在这一点上，严羽诗学"妙悟"从禅悟中获得了启示。

1. "兴趣"

严羽诗道妙悟首先要激活人们对日常生活、人生世事的诗性体验，这是严羽诗悟本体性的第一义。从这一点看，严羽诗"悟"无须长期积累，也不存在渐修而"悟"的可能。相反，长期经验积累的惯性思维（接近于机械理性认识）倒是会妨碍诗人获得顿然转换的诗意领悟。对日常生活的诗意体"悟"就是主体内在心灵、生活态度的一种转换，就是将原来日常生活中人们看待问题的功利态度（如是非、对错等）转化为审美诗意态度；好比门由原来的向外打开转变为向里打开，一如南宗禅"悟"。对个体而言，它不同于江西诗"悟"对现实生活采取累加的办法；严羽诗"悟"既没有给生活增加什么，也没有减少什么。而且，"悟"之诗意转换往往在一瞬间领悟完成，它不像逻辑理性对事物进行分析归纳，最后得到完整看法。江西诗"悟"实际上只是一种分析与归纳、综合与抽象的逻辑思维，它需要对事物进行全面完整分析，必须历经格物致知式的"渐修"，经过长期的经验积累，才能一朝豁然开朗，而最终归纳出事物本质。而日常的经验积累（"渐修"）与诗意体"悟"在根本方向上完全相反，所以，严羽诗"悟"本质上不同于江西诗"悟"。

从理论上讲，严羽诗学需要解决谁在悟和悟什么的问题。前者主要针对创作（欣赏）主体，即诗人（读者）而言；后者则主要针对诗的本体问题而言。事实上，严羽诗"悟"在涉及所"悟"内容（诗本体）的同时，也深入论述了"悟"诗者（创作主体）的一些重要问题，如天分与学力等问题。严羽将"悟"分为几个层次："悟有浅深，有分限，有透彻之悟，有但得一知半解之悟。汉魏尚矣，不假悟也。谢灵运至盛唐诸公，透彻之悟也；他虽有悟者，皆非第一义也。"这种划分一方面依据的是各人天分、能力的差异，但更重要的依据则是所悟内容的差异。所谓"第一义悟"，就是"透彻之悟"，指诗人体悟到人生世事、日常生活中余味不绝的诗意韵味，领悟到自然生命活泼泼的诗意灵性，这是汉魏盛唐诗歌共同的艺术特点。严羽又说"汉魏尚矣，不假悟也"，这并非自相矛盾。他认为，汉魏时代，诗人"感物兴情"，兴发天然，不假人力，更不必日锻月炼，所以"不假悟"。盛唐时代诗人创作虽能保持生命体验活泼泼的诗意韵味，但却需经诗人体"悟"，所谓"透彻之悟"也。中唐迄至宋代诗歌创作虽然有"悟"，但领悟的已不是那种鲜活流动生命的活泼泼诗意，而是因理性介入变得僵化、刻板的生命体验；所以它并非"第一义之悟"，只是"一知半解之悟"。这也大致体现了严羽"悟有浅深，有分限"的看法。

宋人在理学思想的浸染下，一方面澄汰与审美诗性不相干的自然感情，使其理性化、概念化；另一方面，他们着力于诗歌艺术形式、技巧法则的探寻。宋人对生命情感的理性化处理，使其失去了灵动鲜活的生命诗意。严羽诗"悟"试图激活诗人日常生活的诗意灵性；这种诗性体验就是诗歌本体——"兴趣"。"兴趣"既是对诗歌内容的重释，也涉及诗歌艺术形式。在《沧浪诗话》中他使用了"兴趣""兴致"（近代诸公"其作多务使事，不问兴致"）"意兴"（"诗有词理意兴。南朝人尚词而病于理，本朝人尚理而病于意兴，唐人尚意兴而理在其中，汉魏之诗，词理意兴，无迹可求"）三种说法，都以"兴"为中心，但与汉魏"兴"体诗歌艺术又不完全相同。"兴趣""兴致""意兴"都与诗歌语言、技法形式有密切联系。"兴致"与"用事"（诗歌技法）联系在一起。宋人写诗的问题不在于"用事"（前人写诗时也"用事"），而在于"用事"无"兴致"；这说明，两者应该有一种内在联系。严羽认为"意兴"应与词、理紧密联系，水乳交融，无迹可求；否则，诗就会病于"理"，或病于"词"。

如果说"兴"偏于从诗人角度立论，那么"趣"则偏于从读者方面立论，"兴趣"为两者合论，含义更全面。① 魏晋画论多以"趣"论人，如谢赫评论戴逵人物画"情韵连绵，风趣巧拔"②，姚最也曾说沈粲"颇有情趣"③，此处论"趣"与魏晋人物品藻渊源颇深。人物品藻将人作为欣赏品评的对象，偏于从欣赏者角度立论。刘勰《文心雕龙》较早多次以"趣"论诗文，如《练字》云"扬马之作，趣幽旨深"，"趣"通"趋"，"趋向"之意，此处与"旨"义同，故此"旨趣"合用。《颂赞》曰"挚虞品藻，颇为精核，至云杂以风雅，而不变旨趣"，《丽辞》谓"反对者，理殊趣合者也"之"趣"均有此意。此外，"趣"也有其他构词，如《章句》"斯固情趣之指归"之"情趣"，《体性》"风趣刚柔，宁或改其气"之"风趣"，《章表》"应物制巧，随变生趣"之"生趣"等。此"趣"多指作品内含的情调、趣味，它需要读者仔细欣赏品味，才能体会。因此，它与作品审美趣味有内在关系。钟嵘《诗品》谓阮籍诗"厥旨渊放，归趣难求"，谓谢瞻诗"殊得风流媚趣"等，此中"趣"与"味"（审美意味）意思大致相当。殷璠《河岳英灵集》评储光羲诗云："格高调逸，趣远情深"，此"趣"与格调联系在一起，本质上就是一种审美"趣味"。司空图《与王驾评诗书》则指出，"右丞、苏州趣味澄夐"，此"趣味"就是审美趣味，与严羽"兴

---

① 张少康、刘三富：《中国文学理论批评发展史》（下卷），北京大学出版社1995年，第114页。
② 谢赫：《古画品录》第三品，载俞剑华《中国画论类编》，人民美术出版社1957年。
③ 姚最：《续画品》，《中国画论类编》。

趣"之意接近。

宋人以"趣"论诗者多。如惠洪《冷斋夜话》有"五言四句诗得于天趣"条，而"柳诗有奇趣"条引苏轼评柳宗元诗云："诗以奇趣为宗，反常合道为趣，熟味此诗，有奇趣。"[①] 苏轼所论"趣"与司空图"趣味"有一定差别。司空图之"趣"富于灵动变化的生命诗性意味，而苏轼之"趣"则理性色彩较浓，含有抽象理趣的意味。黄庭坚曾谓"凡作一文，皆须有宗有趣"[②]，也含有此意。结合文字语境理解，黄庭坚之"趣"指文章中要有一种清晰的意味，并且，这种意味理性可以把握。无疑，此"趣"之理性化色彩浓厚，与苏轼之"趣"意思大致相同；是"理趣"的一种表现形式。叶适谓刘克逊诗云："怪伟伏平易之中，趣味在言语之外"，[③] 强调诗的审美趣味与语言形式应紧密联系在一起。姜夔评陶渊明诗云："天资既高，趣诣又远，故其诗散而庄、澹而腴。"[④] 姜夔所谓"趣诣又远"，与叶适一样，强调诗歌创作要"言有尽而意无穷"，有余味不绝的审美诗意，这与严羽诗学已较接近。综观"兴""趣"范畴的演变可见，它们都源于人们的情感体验，与审美趣味有紧密联系。同时，它们又都与一定的外在表现形式，包括语言、意象等技法形式有关。

严羽认为"诗之法有五"，即：体制、格力、气象、兴趣、音节。这五者紧密相连，融合为一，生成一个有机生命

---

① 惠洪：《冷斋夜话》，《宋代文艺理论集成》，第 563 页。
② 黄庭坚：《与洪甥驹父》，《宋代文艺理论集成》，第 346 页。
③ 叶适：《跋刘克逊诗》，《宋代文艺理论集成》，第 945 页。
④ 姜夔：《白石道人诗说》，《宋代文艺理论集成》，第 963 页。

体——诗歌生命体。作为一个生命体,诗歌自然具有鲜活流动性等活泼泼的诗意灵性。作为其中重要部分,"兴趣"也分有诗歌体的生命,从而具备自己的生命力。从这个意义上说,"兴趣"就是诗歌生命体的表现形式。如陶明浚比喻的那样,兴趣如人的精神,气象如人之仪容,音节如人之言语。可以说,"兴趣"是生命内在的表现形式,而"气象""音节"则是生命外在的表现形式。如果没有"气象""音节""格力""体制"等外在表现形式,诗歌内在之"兴趣"也无法单独存在。"兴趣"泛指一切具有外在表现形式的诗意情感,它可以包容"悠游不迫""沉着痛快"两种截然不同的审美风格。

今人释"意兴",有认为"指诗人有所感触而萌发的具体情意状态,它必须和物象联系在一起"①。也有人认为,"兴趣"是指诗人"情性"融铸于诗歌形象整体之后所产生的那种蕴籍深沉,余味曲包的美学特点。② 有人则从美学视角释"兴趣"谓,严羽说的"兴趣",就是从"兴"的这种涵义(即:"兴"就是触兴、感兴、兴发,也就是指外物形象直接感发诗人内心的情趣。这种感发是感性的直觉的触发)引申出来的概念,它指的是诗歌意象所包含的审美情趣。这种审美情趣是由外物形象自然触发的,而不是人的理性的有意安排的。③ 这些看法大体一致,都认为"兴趣"与外在物象、艺术形象,或艺术形式紧密联系在一起。可见,"兴趣"的核心是一种"言有尽而意无穷"的诗意审美情感体验,它与具体艺术形式(或艺术形象)

---

① 张少康、刘三富:《中国文学理论批评发展史》(下卷),第114页。
② 陈伯海:《严羽和沧浪诗话》,上海古籍出版社1987年,第58页。
③ 叶朗:《中国美学史大纲》,上海人民出版社1985年,第314页。

紧密联系在一起；但这种联系却不能以逻辑理性去把握获得。

有人因此认为，"兴趣"具有可以目睹而不可求实的特征；因为"兴趣"像"空中之音，相中之色，水中之月，镜中之象"，都是可以看见，却不可实在的把握，所以是无法会合在一起的，你可以目睹它、意会它、感叹它，但你却无法用确切的语言"落实"它、"确定"它、"砸死"它。总而言之，"兴趣"是"言有尽而意无穷"的一种诗的境界。[①]因此，从这种意义上说，"兴趣"就是一种关于生命体验的诗意情感形式。在此需要特别强调，"兴趣"不仅是一种灵动生命的诗意情感，或者说是一种"心象"，[②]而且还是一种与外在形式紧密相连的诗意生命体验。

诗人精神活动（内心情思）是无形的，因此需要借助物质性的中介（如语言、图像符号等）予以外化展现，西方诗学谓此中介为艺术形象，中国古典诗学谓之"象"（意象）、"境"（意境）。无论《易·系辞》的"观象""立象"，或刘勰的"窥意象"，都有一个经验主体"我"存在，"我"观（外在）事物，"感"物而动，观物取象。"观"（看）与听、嗅等均为具体感官活动，因此溯源于"观物取象"的"观物"论也是一种"感物"论；"感"是"我"感，主体"我"作为不言自明的前提隐而不显，它构造了"感"和"象"的特质。钟嵘《诗品》序云："气之动物，物之感人，故摇荡性情，行诸舞咏。"阐释了"感物"论的心物感应含蕴。要而言之，意象是诗人内心情思和外物相

---

① 童庆炳:《严羽诗论诸说》,《北京师范大学学报》(哲学社会科学版) 1997 年第 2 期。
② 叶维廉:《中国诗学》,人民文学出版社 2007 年, 第 113 页。

互感应（心物感应）的结果。格式塔心理学认为，意象是诗人内在情思与外物异形同构的产物，刘勰《文心雕龙·物色》云："写气图貌，既随物以婉转；属采附声，亦与心而徘徊"，明确指出，意"象"就是心物同构的结晶；"神与物游"更是此意的直接表达。它也揭示出先秦汉魏六朝诗之意"象"与"物"紧密联系在一起，是物"象"。

无论严羽之水月镜像或司空图之"象外之象"都建基于"象"，是对意"象"的深入展开。从诗学理论上看，无论诗、骚、赋中"比兴"直接呈现的，还是"感物"论直觉感应的，都是"象"；实质都是诗人通过意象来表诠诗意情感（"假象见意"）。与此不同，司空图、严羽强调超越此"象"，而以"象外之象"、水月镜象来委婉曲折地暗示（遮诠）诗意情感。如果从传统心物交感（情景交融）角度分析，司空图"象外之象"的前"象"、严羽水月镜象之水、镜是实的、可见的物象，司空图后"象"与严羽月、象是虚的、想象的"象"，是一种寄寓于前"象"与水、镜中的包含读者审美想象在内的诗意感情。有人从虚实相生角度出发，指出前"象"是"实境"，后"象"是"虚境"，水、镜是实境，月、象是虚境，由实出虚，虚实相生。而情景相融实际上也是虚实相生的，因为"景"、"象"是实的，"情"思是虚的。由此可见，无论"象外之象"还是水月镜象都与诗歌之"象"一样，都强调优秀诗歌应具有情景交融的特点。

有人认为"象外之象"的前"象"是诗人所呈现的审美意象，后"象"是读者在领悟诗人内心意象基础上融入自己情感的新的审美情感（这种看法强调了读者接受的重要性）。与此类似，水月镜象之水与镜被理解为诗人描绘之审美意象，而月与象被阐释为读者的接受产物。还有人认为"象外之象"的前"象"是一层意思，是"象内意"（或"象下意"）；后"象"是另一层意思，是"象外意"，一种"言外之意"。"隐秀"之"复意"、"两重意"或"多重意"即指此意（这实质上也是读者反应论的延伸）。同理，水、镜是"象内意"，月、象是"象外意"。优秀诗歌的审美意象事实上都具备了"象内意"和"象外意"；比如，"胡马依北风，越鸟巢南枝"，"采菊东篱下，悠然见南山"等，不都能引发人"余意""余味"的诗意感受，具备"复意"或"两重意"吗？这种观点与情景交融论并无实质区别。司空图、严羽时代可能意识到读者接受对于作品意味的意义，但显然不会像今天那样明确强调读者反应的本体性存在。它也不能从根本上阐释为何司空图、严羽要在意"象"之外标举"象外之象"、水月镜象。

还有学者以为，"象外之象"的前"象"和后"象"是局部与整体的关系。前"象"是局部的有限的"象"，后"象"则是在时间和空间上对有限的前"象"的突破，是趋向于无限的"象"（亦即老子所谓"大象无形"之"象"）。简单地说，后"象"是前"象"和"象外"虚空的统一整体，即刘禹锡所谓"境生于象外"之"境"。这种观点指出了象与境的区别，有一定的说服力。然而，这种观点在解释严羽的水月镜象时存在困难。很明显，水和月、镜和象不是局部与整体的关系；月、象并非在时间和空间上对有限的水、镜的突破，更不是趋向于无限的"象"，它们只是被映照在水、镜中的虚象而已。不过，可以将月与象视作有独立生命之象（类同于先秦汉魏六朝之象），而置于水与镜之世界；于是，水中月、镜中象各自构成一个整体。水中月、镜中象很难说是对月和象的突破，它只不过是为月和象增添了背景而已。倒不妨说，月、象是局部，而水中月、镜中象构成一个整体的生命世界。

众所周知，事物总是与其所处背景共存的，月和象在先秦汉魏六朝被描绘为一个独立的意象，而在严羽，月和象增添了背景，被一个模糊和不确定的世界渗透，构成了它的周围环境，从而幻化成水中月、镜中象，这就是一个没有穷尽且永远不能完全主题化的世界，简单说，就是日常生活世界之显现。质言之，意"象"只是凸显对某一生命对象的情绪感受，而"象外之象"、水月镜象呈现的则是诗人对此生命对象及其生存于其中的生活世界整体的心境体验。"象"与"象外之象"、水月镜象不只是简单的局部与整体之关系，"象"是一个完整的生命对象，而"象外之象"、水月镜象则是整个日常生活世界的呈现。这种不同使得两者之诗意诗情显现为根本不同的面目。这就是司空图在"滋味"说外提出"韵外之致""味外之旨"，严羽在"兴象"说外提出"兴趣"说之原因。

作为一种审美直觉，"妙悟"能够将诗人所获得的诗意体验与其外在表现形式紧密融合在一起。换言之，严羽诗学"兴趣"既保持了汉魏"兴"体艺术的特性：它使诗歌表现的生命体验，未被理性规范改造而变得僵硬刻板。它保持了自然生命活泼泼的灵性，具有自然生命的鲜活灵性，让人可以体味到余味不绝的诗性韵味。这是严羽阐释"兴趣"为"羚羊挂角，无迹可求。故其妙处透彻玲珑，不可凑泊，如空中之音，相中之色，水中之月，镜中之象，言有尽而意无穷"的依据，它也是对"兴趣"的最好解释。从格式塔心理学角度看，诗人并非机械复制对象（音、色、月、象），而是将对象置于新情境（空、相、水、镜）中予以重构，是创造性地把握对象；诗人捕捉到的"空中之音,相中之色,水中之月,镜中之象",是含有丰富的想象性、创造性、敏锐性的美的形象(所谓"言有尽而意无穷"也),是对音、色、月、象的诗性重构,这就是"兴趣"的诗意本质所在。

如果说司空图"象外之象"、严羽水月镜像是对盛唐以来以"境""象"论诗观念的承继与发展,那么"韵外之致""言有尽而意无穷"之"兴趣"就是独到的创新。学界以读者反应来阐释"韵外之致""兴趣",的确能在读者阅读层面给出较有启发性的阐释。但先秦汉魏六朝之"象"与"味"也可以用读者反应论来阐释,而且其内蕴之发掘更需要读者阅读来共同完成。比如,如果从读者反应的角度看,《诗经》之《关雎》《蒹葭》篇的确含有韵内、韵外之意;细细品味,也似乎有诗内味、诗外味之别。从这个意义上说,意"象"与"滋味""象外之象"与水月镜象都适用读者反应论,这就是为什么钟嵘说"兴"是"文已尽而意有余",严羽也说"兴趣"是"言有尽而意无穷"的原因。

然而,读者之阅读反应只是问题的一面,更重要的是,作品本身是否蕴含着被读者阅读发现的意味;如果没有,那么读者阅读的反应就是一种"感受谬见"。比如《关雎》,描写君子对淑女的追求;如果认为它吟咏的是后妃之德,那就与文本无甚相关,显然是读者主观臆断的"感受谬见"。从这个意义上看,韵外意、诗外味不是毫无限制的无穷遐想;它只是强调,诗歌用意"象"表达情感,这种情感要能让人回味,而不是理性领悟。所谓"文已尽而意有余",只是强调在文字之外有可令人回味的余情、余味罢了,所谓"余味曲包"也。但是,"情在词外曰隐,状溢目前曰秀"与司空图强调"不著一字,尽得风流"的"韵外之致"、严羽强调"无迹可求""言有尽而意无穷"还是不同的。换句话说,司空图"味外之旨"不同于"余味曲包",严羽之"兴趣"也非简单重复钟嵘之"兴";读者阅读反应论不能揭示严羽"兴趣"蕴含的新意。

那么,"韵外之致""兴趣"诸概念新意何在?和意"象"表现一种情感意"味"不同,司空图"象外之象""韵外之致",严羽"无迹可求"之"兴趣"呈现的是一种复杂微妙的心境。意"象"表现的情感意"味"通常是单纯明朗的(心理学谓之"情绪",或"感觉""情感"),比如《蒹葭》之爱怜、《硕鼠》之厌恶,或者古诗十九首中的思乡、惜生。一般来说,悲就是悲,喜就是喜,很少(或者根本没有)既悲又喜、悲喜交织的复杂情感表现。而具有创新意义的唐诗蕴含的是可能包含多种微妙情绪的复杂心境。比如,《春晓》既有春日景致的清新明丽,也有韶华春光逝去的淡淡感伤;《闻官军收河南河北》呈现的则是既悲且喜、悲喜交织的复杂微妙心境。在这种复杂心境中,各种微妙情绪,甚至截然相反的两种情绪也有可能蕴含于其中。只不过,一种情绪凸显得稍明显一些,而另一种(或几种)情绪被暗示得朦胧含蓄一些。

现代心理学探讨情感时,将其划分为(相对单一的)情绪与(复杂微妙的)心境。情绪的产生通常由具体刺激物所导致,因而其体验中有明确的反映客体,并且在意识上是清晰的、分化的和易于称名的(感物兴情,即景会心,情景皆由直寻,这些论述都指出了情绪清晰明朗、易于称名的特点);而心境作为重大情绪事件的后效持续物,产生的原因通常是不明显的,因而其体验中没有明确的反映客体,并且在意识上是朦胧的、泛化的和难以称名的("无迹可求"和"透彻玲珑"的水月镜象指出了心境朦胧弥散、难以称名的特点)。其次,心境在强度上比较微弱而在持续时间上比较持久,因而对注意的影响更多地表现为增强和维持对与心境一致事物的注意兴奋性或警觉性;而情绪相对于心境来说强度较大且持续较短,因而对注意的影响更多地表现为尽可能地集中注意能量以应付引发情绪的客体或情境。[1]

现象学的心理描述也指出,情感可以分为"感觉(feelings)"和"心境(moods)"。"心境(moods)"也许会突然产生但是持续时间相对地长,而且它们很少突然地结束。与持续的情感相反,感觉来也匆匆去也匆匆,因此可以说成是短暂的。[2]"象"即感觉的对象,它所融摄的情感大多是较短暂的感觉情绪。与之相比,"象外之象"、水月镜象融摄的情感是也许会突然产生但是持续时间相对长的"心境"。从格式塔心理学角度看,与"象"同构的是一种短暂明朗的感觉情绪,与"象外之象"、水月镜象同构的则是某种较为复杂微妙的心境。如何体认复杂心境中包含的微妙情绪?这就是"象外之象""韵外之致"与"无迹可求"之水月镜像所强调的主旨。质言之,

---

[1] 现代心理学教材都提到了情绪与心境的大致区别。乔建中:《从"知—情"相互作用看情绪与心境的区别》,《心理科学》2003年第26卷第6期,有扼要论述。需要指出,Pintrich等在1996年提出,兴趣是一种心理状态,具体地说就是个体的个人兴趣与有趣的环境特征相互作用而产生的心理状态(章凯:《兴趣与学习:一个正在复兴的研究领域》,《宁波大学学报》〈教育科学版〉2000年2月第22卷第1期)。此观点指出兴趣非单一情绪,而是一种复杂的心理活动,简言之,就是一种心境。

[2] 莱斯特·恩布里:《现象学入门——反思性分析》,靳希平等译,北京大学出版社2007年,第91页。

司空图之前"象"是指复杂心境中凸显出来的情绪（处于出场状态的显在情绪），而后"象"则指那些被显在情绪暗示烘托出的朦胧的情绪（未出场之隐匿情绪）；前"象"与后"象"共同构成意境，呈现出由显在情绪与隐匿情绪混合成的复杂心境。严羽水月镜像之水：镜指处于出场状态的显在情绪，是复杂心境中显现出来的基调情绪，一种作为背景的情绪；而月、象指由显在情绪暗示烘托出的未出场（隐匿）情绪，严羽"兴趣"所谓"无迹可求""透彻玲珑"就是指这种朦胧的情绪。而水与月、境与象共同构成意境，呈现一种由显在情绪与隐匿情绪混合成的复杂心境。

司空图"韵外之致""味外之旨"及严羽"言有尽而意无穷"强调通过感知各种微妙情绪进而领悟复杂心境，"致""旨"及"意"都是指整体心境。心理学认为心境中的意识朦胧、泛化，难以指明，也是指这种由各种微妙情绪混合构成的复杂心境。与此相较，意"象"表现的情感意"味"就比较单一明朗，无所谓韵内、韵外之别。而且这种情绪感觉与引发情绪的客体联系比较明显（即感物起情，物感），它难以容纳其他感觉情绪，所以这些诗并没有内味、外味之别；从实际情况看，钟嵘"滋味"说也不是只强调诗内味而忽略了诗外味，真实情况是此时的诗歌基本只有一种情味。

而富有创新意味的唐诗呈现的是混合各种情绪的复杂心境，包容了各种微妙情绪（通常不止一种），而且，处于出场状态的显在情绪与未出场之隐匿情绪相互混合，这就使得诗歌在呈现一种情绪时又暗示烘托出另外的情绪。"象外之象""韵外之致"与"无迹可求"之水月镜象形成韵内、韵外之别，诗内味与诗外味之分，就是指复杂心境中各种情绪的表现。以

《诗经·硕鼠》和孟浩然《春晓》为例即可说明情绪与心境二者间的审美差别。《诗经·硕鼠》中看到大老鼠,一下子就想到贪官污吏的贪得无厌(情绪产生的原因明确),这是典型的感物兴情,它触发一种明晰地对贪官憎恶、愤慨之情,在意识上是清晰的、分化的(主体我与客体对象贪官主客分明)和易于称名的。从心理活动的角度看,这种厌恶、憎恨情绪激越,强度较大,虽可转变为一种持续的深仇大恨,但一般而言它只是短暂的来去匆匆的持续较短的感受。由于这种感受比较清晰单纯,因而可以被鲜明地表达出来。《诗经》、楚辞、《古诗十九首》及六朝诗有大量类似例证。

与《诗经·硕鼠》表达的明朗情绪不同,孟浩然《春晓》呈现的是一种复杂朦胧的心境。诗有时令,如春天、夜晚、早晨,有物象,如啼鸟、风雨、落花。诗人将这些习见事物予以重构,产生了一个新的日常生活世界(春天的早晨)。由春、夜、晓、鸟、雨、花等种种物象重构的"春天的早晨",融摄了诗人对日常生活世界的感受体验,是一种也许突然产生但持续时间却很长的心境。相比《诗经·硕鼠》引发情绪原因明确、情感表达明朗,《春晓》呈现的微妙心境的原因并不清晰;人们难以将其解读为某种确定的情绪感受,清新、宁静、恬淡、感伤、忧郁……似乎都有一点,但又都难以确定。诗歌前两句凸显了春日清晨的清新明丽、生意盎然,呈现了一种处于出场状态的清新明快之情,后两句则暗示烘托出隐约朦胧的伤感之情,指向未出场的隐匿情绪;出场和未出场的种种微妙情绪共同构成了诗人复杂的心境。也许是"处处闻"听到的鸟啼,也许是夜来风雨声,更有可能是早上醒来所见的缤纷落花,触发了诗人淡淡感伤的心境,此心境中内蕴之情绪大体来说较为弥散，朦胧且微妙，远非前人诗中那种单纯明朗的情绪。这些情绪感受由种种物"象"同构融摄，它们构成一个日常生活世界，共同生成一个新格式塔质，即诗歌的"味外之旨""韵外之致"，"言有尽而意无穷"；简单说，这新的格式塔质就是诗人幽深复杂心境中各种微妙难言情绪的流露呈现。而这种微妙复杂的情绪在"象"里显然难以体现，它只能凭"象外之象"、水月镜象来呈现。

从根本上说，严羽"兴趣"是一种生命情感体验（简单说就是心境）的形式，它必须由"悟"而得，其特性由"妙悟"构造。严羽诗"悟"与江西诗"悟"不同，它强调同时体"悟"到诗歌内容和艺术形式。如果只注意领"悟"诗歌的审美内容，如有人认为诗只须领悟"心象"（实即心境），而忽略诗是文字作品的观念；无视诗歌艺术形式问题，那么严羽诗"悟"将可能存在与江湖、四灵诗派同样的错误。江湖诗派因一味师心自用，而不注重学习前人优秀诗歌艺术形式，结果出现了艺术视野狭隘，创作枯竭的弊端。在本质上，这会与江西诗学一样，都将面临诗歌艺术形式与审美内容分裂的困境。关于这一困境，严羽在批判江湖诗派弊病时已经见到；因此，严羽"兴趣"将尽力避免"心象"之缺点。考虑到这一诗学文化语境，可以说，严羽"兴趣"不仅是一种诗意情感（心境），更是一种具备表现形式的美的形象（意象，意境），是一种"生命体验的情感形式"。

2."入神"

宋代理学思潮已经打破汉魏"兴"体"物感"说所建基的心物融合的思想文化语境，明显凸显了思想主体的地位；人们对外部世界的看法不再仅仅停留于被动反应的直接状态,而进入主体理性省思的能动创造境界。这样,人们对事物的看法可能会不够新鲜直接,但却因此而变得深刻,也更贴近事物本质。在此思想文化语境中,严羽诗学"妙悟""兴趣"范畴,必然具有时代思潮所赋予的理性特色。对"兴趣"而言,它虽蕴含了一些关于生命存在的直接情感反应;但更是经诗"悟"赋予艺术形式的生命情感体验,其中蕴含着非常明显的理性化因素。当然,严羽诗"悟"蕴含的理性特质已完全融入直觉体"悟"中了,就像水中盐、花中蜜,体匿性存,无痕有味。

有人将"兴"体艺术阐释为感性直觉,认为"兴"的感发大多由于感性的直觉触引,而不必有理性的思索安排,这种感发是自然的,无意的。[①]这虽指明了"兴"体"感物兴情"与审美直觉有一定的内在联系;但是,"兴"体毕竟又不能等同于直觉体验(撇开二者巨大的思想文化语境差异及完全异质的话语表达方式不谈,即使单从理论逻辑角度看,二者也有很多不同)。尽管直觉体验是一次性的、不可分割,且必须在短暂的时间内完成;但从逻辑理性的角度看,它依然还是可以划分成几个阶段。因此,"兴"体"感物兴情"实际上也只是直觉体验状态中的一个环节而已;有点类似于后世的"灵感""迷狂"状态。后世诗人如邵雍曾说:"意去乍乘千里马,兴来初上九重天。"[②] 所论述的其实就是诗人在创作时的颠峰"灵感"状态。

"灵感",即柏拉图所谓"迷狂"状态。从现代人本主义心理学角度看,其实就是"高峰体验"。在这一刻,体验者本人

---

① 叶朗:《中国美学史大纲》,第86页。
② 邵雍:《安乐窝中诗一编》,《宋代文艺理论集成》,第154页。

具有"海洋感情"①，他好像和世界万物合为一体了，此亦即心物融合的"天人合一"之境，也是一种"物我两忘"的状态。这种状态逻辑理性思维既无法解释，也不能达到，所以它又被称为"神秘体验"。这既是灵感状态的体验，也是直觉妙悟时的最高境界。在这一点上，被阐释为灵感的"兴"和直觉体"悟"可以相通。当然，对于"兴"而言，如何达到这种高峰体验状态，是一个既无法解释，也无法预期的神秘问题；在很多情况下，人们只有求助于天分，其中所包含的神秘主义色彩不言而喻。但对于"悟"而言，要达到这种状态，主体发挥其主观能动创造性至关重要。可以说，主体只要充分发挥其主观能动创造性，"悟"的高峰体验状态既可以预期，也能够达到。毫无疑问，其中有明显的逻辑理性思想介入。

"悟"的这种高峰体验状态，严羽谓之"入神"；同时，它也是严羽诗学追求的最高境界。那么，如何理解"入神"说呢？从文字本身所蕴含义看，"入神"之"神"，《说文解字》释云："天神引申出万物者也，从示，从申"；示，"天垂象见吉凶以示人"；申，"电也"，又说，"申，神也"。它反映了初民对自然神祇的崇拜，兼具原始思维与泛神论色彩。"神"后来成为中国古典哲学中一个重要范畴，并逐渐转变为一个诗学艺术范畴，一种美学审美形态。《庄子·在宥》指出，"抱神以静，形将自正"、"神将守形，形乃长生"，较早对事物作"形""神"区分，认为"神"就是事物内在的生命，它统摄"形"。这实际上就是认为"神"贵于"形"，类似于柏拉图"理念"。基于此，《庄子·天下》云："天地并，神明往"，此"神"

---

① 马斯洛：《动机与人格》，华夏出版社1987年，第192、193页。

并非无思无虑、不见不闻，而是超越形而下"形"的层面，乃至超越思虑见闻而别证妙境圣谛的状态，这实际上就是一种直觉智慧。至于《庄子·达生》谓"津人操舟若神"，则是指基于直觉的对技艺活动规律的掌握达到自由状态的高超境界。《论语·先进》则认为："未能事人，焉能事鬼。"因此，《论语·述而》又云："子不语怪、力、乱、神。"此"神"与"鬼"属同一世界，它们具有超常的、比现世人类强大得多的力量，所以在人们眼里它显得神秘而恐怖。在此基础上，它发展演变为具有生成万物、并支配万物命运的超人类灵妙能力的神秘存在。《孟子·尽心下》在谈到人格自我完善时曾说："大而化之之为圣，圣而不可知之之为神"，依次涉及善、信、美、大、圣、神六个境界，当人进入"圣"境并进一步与天地大化融为一体时，人格便进入妙不可测的境界，是谓之"神"。

  《周易·系辞上》曾云："一阴一阳之为道"、"阴阳不测之为神"，从表面上看，它指阴阳消长规律之"道"微妙难测。然而，这些微妙难测的"道"并非真的不可测。《周易·系辞上》还指出："圣人立象以尽意……鼓之舞之以尽神"、"神而明之存乎人"；《周易·系辞下》则云："通其变，使民不倦，神而化之，使民宜之"、"精义入神，以致用也"、"穷神知化，德之盛也"、"知几其神乎，……几者，动之微，吉之先见者也"、"阴阳合德而刚柔有体。……以通神明之德"，等等，都强调精微难测之"神"并非绝对不可琢磨、完全难以领会的事物，"神"可由具体可见的事物来体认、领会，所谓"神而明之存乎人"也，从而最终达到"尽神""入神""穷神""知几其神""通神明"的境界。《周易》关于"神"的可知论思想反映了先民处于天人谐和状态时对外部世界初步的理性认识。而且，在认识外部世界时,关于"神"的这种思想基本保持了物我相融时的主客和谐立场。综括儒、道思想关于"神"的看法,可以发现,"神"的根本之处在于,它高于外在具体可见之"形",并且是它的主宰支配者。在此基础上,它更进一步由单个事物的内在支配者飞跃迁变为一种出神入化、微妙难测的自由境界,一种与天地大化、万物之道融为一体的极致境界;这是遍及于天地万物的"天人合一"之境。在此境界中,所有事物内在主宰之"神"可以相通。因此,入"神"是宗教最高境界,延伸至诗学世界,"入神"自然也成为诗学追求的最高艺术境界。

宗教哲学中"神"的特质渗透影响到诗学中"神"的观念。刘勰《文心雕龙·神思》指出:"古人云:形在江海之上,心存魏阙之下。神思之谓也。文之思也,其神远矣。……故思理为妙,神与物游。神居胸臆,而志气统其关键。……关键将塞,则神有遁心。……夫神思方运,万途竞萌。"此篇结尾还指出:"神用象通,情变所孕。物以貌求,心以理应。"分析可见,刘勰所谓"神"具有以下几层含义:首先,"神"是主体(即诗人与读者,在一定意义上也包括其他有生命的事物)内在的主宰和支配者,所谓"神居胸臆""神思方运"也;其次,"神"是非常神秘的、微妙隐秘的事物,它不易被把握认知,所谓"其神远矣""神有遁心"也;第三,然而从根本上来说,"神"(主要对主体而言)通过具体"物"与"象"(主要对外在客体而言)的依托辅助,又可以被体悟领会,所谓"神与物游""神用象通"也。可以看出,刘勰诗学中"神"的含义受到周易思想中"神"的观念影响。刘勰在强调"神思",也即"物""形"与"心""神"巨大差异的同时,也强调"形似"。《文心雕龙·物色》云:"自近代以来,文贵形似。窥情风景之上,钻貌草木之中。吟咏所发，志唯深远；体物为妙，功在密附"，虽是强调描绘外在物象，但也有助于"神与物游""神用象通"。

殷璠《河岳英灵集》序言指出，"文有神来、气来、情来"；这是对"兴象"艺术特点的描述。所谓"神来"，要求诗人在创造"兴象"时必须注重以神似为主。神似达到了，形似也就具备了。殷璠主张诗歌应有"兴象"，说明他认为诗歌必须"形""神"并重。其后王昌龄在论述"物境"时说："欲为山水诗，则张泉石云峰之境，极丽绝秀者，神之于心，处身于境，视境于心，莹然掌中，然后用思，了然境象，故得形似。""一曰生思，久用精思，未契意象，力疲智竭，放安神思，心偶照镜，率然而生……三曰取思，搜求于象，心入于境，神会于物，因心而得。"① 所谓"神之于心""神会于物"也是强调"神"的重要地位；如果有"神"似，就会有"形似"。"形似"的主张表明诗人认为在艺术创作中"形""神"应兼备。这既是对书画领域"传神写照"思想的继承，也是对刘勰"神与物游""神用象通"诗学思想的进一步发挥。

杜甫曾反复强调诗画创作要有"神"。他认为艺术形象不仅要传形，还要传神；而自然真实是"传神"的重要条件，在此意义上，"真"与"神"可以相通。其《通泉县署屋壁后薛少保画鹤》云："薛公十一鹤，皆写青田真。画色久欲尽，苍然犹出尘。"《姜楚公画角鹰歌》云："此鹰写真在左绵，却嗟真骨遂虚传。"《丹青引赠曹将军霸》曰"将军画善盖有神"；《画马赞》曰："韩干画马，毫端有神。"《李潮八分小篆歌》云："书

---

① 王昌龄：《诗格》，载王利器《文镜秘府论校注·论文意》，中华书局1983年。

贵瘦硬方通神",等等,实际上都是强调书画艺术不仅要达到"形似",而且还要在"形似"中写出"神"似之"真"。杜甫不仅主张书画创作要"传神",而且诗文创作也要"传神"。如他曾说:"文章有神交有道,端复得之名誉蚕"(《苏端薛复筵简薛华醉歌》);"挥翰绮绣扬,篇什若有神"(《赠太子太师汝阳群王琎》),指文章能"传神",能达到"神似"境界。"神似"之"神"被放在诗歌创作的首位,被赋予了绝对性地位。如果没有"神","形似"就显得多余;要创作出优秀作品也不可想象。

杜甫认为,诗人如果处在入"神"状态,诗歌创作自然会有"神",并能"传神"。如他曾云:"野寺江天豁,山扉花竹幽。诗应有神助,吾得及春游"(《游修觉寺》);"感激时将晚,苍茫兴有神"(《上韦左相二十韵》);"醉里从为客,诗成觉有神"(《独酌成诗》),等等,都说明诗歌"传神"是诗人处在自己也未曾意识到的"入神"状态中达到的;这一观念对严羽诗学"入神"说影响较为深远。皎然也指出这一点,《诗式·取境》云:"取境之时,须至难至险……有时意静神王,佳句纵横,若不可遏,宛如神助。不然,盖由先积精思,因神王而得乎?"① 这些看法无疑都突出了"神"的重要地位。然而,杜甫在强调"神"的同时,又并未将对"神"——事物内在生命——的领会神秘化、天才化。杜甫认为,要达到"入神"境地,把握事物的内在生命,必须要有长期创作经验的积累,要有学识、才力以及对形式技巧的长期钻研。其《奉赠韦左丞丈》谓"读书破万卷,下笔如有神";《寄薛三郎中璩》云"乃知盖代手,才力老益神";《戏为六绝句》谓"别裁伪体亲风

---

① 李壮鹰:《诗式校注》,齐鲁书社1986年。

雅，转益多师是汝师"；实际上都强调了此意。这是一种较为明晰的理性观念，没有任何神秘主义、不可知论的色彩。严羽谓"诗而入神，至矣，尽矣，蔑以加矣！惟李、杜得之。他人得之盖寡也"，表明其"入神"说曾深受杜甫这一观念影响。

《二十四诗品》认为优秀的诗歌应该"离形得似，庶几其人"（《形容》），"超以象外，得其环中"（《雄浑》），"不着一字，尽得风流"（《含蓄》），等等；都要求诗歌创作应超越具体"形""象"（"离形"）；达到"神似"境地（"得似"）。这同绘画、音乐领域的艺术追求类似。陶渊明常常手抚素琴（即无弦琴）低吟；与其说他在倾听具体的音符与旋律，还不如说在倾听内心的声音、自然生命世界的声音，此亦即庄子"自然的天籁"。总之，艺术家们注重的不是物象外在的表现形式，而是事物内在的自然生命。他们以自己本真的生命与自然万物的生命交流、沟通，最终达到物我融合为一。这意味着他们能听出"大音希声"的天籁，能看出"象外之意"的意味，能读出"不着一字"的风流；意味着他们自己已投入最终极、最根源的本真生命，并与之融合为一，这就是"入神"。这种诗学观念毫无疑问对严羽诗学产生了较大影响。

当然，严羽对"神"的观念也有自己的独特看法。《沧浪诗话·诗辨》提出："诗之法有五：曰体制，曰格力，曰气象，曰兴趣，曰音节。诗之品有九：曰高，曰古，曰深，曰远，曰长，曰雄浑，曰飘逸，曰悲壮，曰凄婉。其用工有三：曰起结，曰句法，曰字眼。其大概有二：曰优游不迫，曰沉着痛快。诗之极至有一，曰入神。诗而入神，至矣，尽矣，蔑以加矣！惟李杜得之。他人得之盖寡也。"这段话表明，严羽诗学"入神"说建基于各种具体的诗法技巧，而非横空出世的神秘之物。严羽诗学"入神"说是对历史上各种"神""入神"观念的总结，其中诗人杜甫的观念对他影响较显著。严羽谓诗之"入神"惟李、杜得之表明，严羽"入神"说对杜甫诗歌创作成就及理论进行了总结。杜甫关于诗歌"入神""传神""写真"的一些看法也影响到严羽"入神"观念。而严羽诗学谓"兴趣"如"空中之音，相中之色，水中之月，镜中之象"的阐释，也是对司空图"象外之象，景外之景""味外之旨""韵外之致"等诗学思想的继承发挥。

　　严羽诗学"入神"建基于具体的艺术形式及创作技法；即以"诗法""用工"为依托和基础。这是为进入"入神"境界所做的形式上的铺垫，与传统的"形似""神似"理论接近。同时，严羽诗学"入神"含有几分"技进乎道"的意味，这与江西诗学又有吻合之处。陶明浚阐释严羽"入神"谓："万事皆以入神为极致。……一技之妙皆可入神。……魁群贯伦，出类拔萃，皆所谓入神者也。"① 所谓"一技之妙皆可入神"，实际上就含有"技进乎道"的意思。然而，不管是形式铺垫，还是技巧学习，都仅仅只是"入神"的基础；诗歌创作最主要的目的还是要"传神"，要进入"神似"的境界。优秀诗人具有使这种自然生命从人们日常生活中得到再现的能力；他们直观妙"悟"到这种自然内在的生命——神，并通过诗句把它们表现出来，这就是诗歌艺术的极致——神似。诗人（读者）进入这种状态后就会达到心物融合（也即神与物化）、天人合一（乃至物我两忘）的诗意澄明之境，这其实也是"禅悟"之境界。在这种状态下，我与物、主与客之间无一毫间隔，化合为一，

---

① 陶明浚：《诗说杂记》卷7，郭绍虞《沧浪诗话校释》，第9页。

又重新达到了和谐相融的境地；它在一定程度上克服了理学凸显主体给诗学带来的过度理性化的负面影响。但是，它毕竟也不是先秦汉魏时代那种原始思维色彩强烈的天人混融不分的和谐状态，而是在一个更新、更高层面上的主客和谐。

钱振鍠批评严羽说："入神二字诚为非易，然以彼支支节节为之，入魔则有之矣，入神则未也。"[①] 钱振鍠指出"入神"不易诚为的论。但他指责严羽"入魔则有之矣，入神则未也"，则未必理解严羽诗学的主旨。严羽指出"入神"必须以艺术形式的铺垫、技巧的学习积累为基础，从表面看似乎有些"支支节节"；但严羽诗学"入神"须经妙"悟"而直觉万物内在生命。也就是说，严羽之"入神"强调诗人通过观察人类社会生活及周围客观自然的各种生命情态，领"悟"到它们相互之间内在相通；并且在那一刻直觉体"悟"到它们都是宇宙终极生命的外在表现形式。当诗人直观到这种自然内在生命之"神"时，他们会创造（重构）出相应的艺术形式（含融审美意象的诗句）将其呈现出来，而艺术家对此可能并无知觉，这就是诗歌艺术的极致——"神似"。诗人（读者）在进入这种状态后就会达到主客融合（乃至物我两忘）的诗意澄明之境，亦即天人合一的超越境界，这才是诗学中的"入神"境界。在抵达"入神"境界之前，需要漫长地对艺术形式感知能力的培养训练。无疑，这需要对艺术技巧的刻苦学习与积累。钱振鍠只看到了一点，就贸然宣称严羽"支支节节""入魔则有之矣，入神则未也"；至于严羽诗学由妙"悟"而"入神"的思想，钱振鍠则全不理会。

---

① 钱振鍠：《谪星说诗》，郭绍虞《沧浪诗话校释》，第10页。

严羽所悟之"入神"在古代文艺实践中有很多例证。如罗大经记述:"大概画马者,必先有全马在胸中,若能积精储神,赏其神俊,久久则胸中有全马矣,信意落笔,自然超妙,所谓用意不分,乃凝于神者也。……曾云巢无疑工画草虫,年迈愈精。余尝问其有所传乎,无疑笑曰:'是岂有法可传哉?某自少时,取草虫笼而观之,穷昼夜不厌。又恐其神之不完也,复就草地之间观之。于是始得其天,方其落笔之际,不知我之为草虫耶,草虫之为我也。此与造化生物之机缄盖无以异,岂有可传之法哉!'"① 不管是对画马者的要求,还是无疑画草虫心境的自述,都是将自己的全部心灵、神灵(即"神")附着在对象(马或草虫)上,达到主、客合一境地;对象与画家完全纯粹的心物合一妙境,就是艺术家自身与造化、造物者合为一体的境地;也可谓忘象之境。石涛指出:"山川使予代山川而言也。山川脱胎于予也,予脱胎于山川也。……山川与予神遇而迹化也。"② 意思是说,主体的"我"以对象所具有的"神"——自然内在的生命——为媒介而活现在对象之中,对象所具有的"神"也活现在"我"的存在之中。

在主客合一的"入神"境界中从事创作,就是把"我"的自然生命存在投入到这种关系中进行活动,即庄子所谓"以天合天"。只有通过这样的行为,以这样的行为为媒介,才能使对象所具有的"神"不致停留在对象自身,"形"作为其外在呈现,而为"我",即艺术家(欣赏者)所直觉、所领悟,通过"我"使

---

① 罗大经:《鹤林玉露》,中华书局1983年,第343页。
② 石涛:《石涛画语录·山川章第八》,人民美术出版社1959年。

它显现出来。① 这样，艺术创作（欣赏）就呈现为主体自动地、无意识地创作（欣赏），主体面对的对象好像和人一样具有生命。在这种状况下，似乎不再是人在创造、表现（书写）生命对象，而是生命对象在创造、表现自己，是生命对象自动地呈现出其本来面目。而作为生命对象之"神"的外在呈现——（艺术）形式，也自动显现了出来。有人指出："诗并非'作'出来的，而是自我呈现的，所以杨万里有诗云'好诗排闼来寻我，一字何曾捻白须'（《晓行东园》）、'炼句炉锤岂可无，句成未必尽缘渠。老夫不是寻诗句，诗句自来寻老夫'（《晚寒题水仙花并湖山》）。诗句自我呈现，所以是天机而非人力，'默契神会，不知其然而然'。"② 揭示了诗歌"入神"的自然境界。

这就是中国古代诗学艺术精神的最高境界——诗"悟"境界；它渊源于道家思想"以天合天"境界，相通于佛教"禅悟"境界。这既不是非理性的神秘主义，也不是理性化意味浓厚的"移情"说；它是融合感性与理性（假设说李白代表感性天才，杜甫代表理性学识），同时又超越这两者的一种创造性活动。当然，创作（欣赏）主体的这种无意识自动创作状态既非神灵附体庇佑，也非天生本能；它是主体经过漫长艰苦的对于诗歌艺术形式的学习掌握，最后将这种对艺术形式的感知能力融入其无意识结构之中而获得的。从这一点上讲，"入神"体现的无意识创作并非原始本能的无意识，而是更高层次经过理性学习的无意识状态。

---

① 笠原仲二：《古代中国人的美意识》，北京大学出版社1987年，第158、159页。
② 龚鹏程：《中国文学批评史论》，北京大学出版社2008年，第428页。

如果达到这种境界,"诗之法""诗之品""用工""大概"就会一一具备。从抵达艺术的终极目标来看,"入神"境界其实也是对"兴趣"的超越。学者谓诗歌:"有于高古浑朴见神韵者,有于风致见神韵者,有在实际中见神韵者,亦有于虚处见神韵者,神韵实无不该之所。"①或"神韵非诗品中之一品,而为各品之恰到好处,至善尽美。……必备五法而后可以列品,必列九品而后可以入神。优游痛快,各有神韵。"②他们所强调的虽是"神韵",但其意义的重心都偏于"神",其实质都是对严羽诗学"入神"说的补充与注解。严羽谓"入神""惟李、杜得之,他人得之盖寡也",并不等于说严羽认为其他诗人没有达到"入神"的艺术至境。《沧浪诗话·诗评(二十二)》又强调说,"论诗以李、杜为准,挟天子以令诸侯也。"这表明,严羽本意只是强调李、杜诗歌创作对后世诗歌创作的经典启示性意义;他无意抹杀其他诗人的艺术成就。

四、"悟"特质的探讨:直觉与重构

就已有研究来看,学界目前对"悟"的共识是将其阐释为直觉,诗"悟"一般也被理解为审美直觉(或艺术知觉)。③学者将妙悟解释为直觉:"'妙悟'是什么样的心理机制呢?用我们今天的话来说就是'直觉'。直觉是无需知识的直接帮助的,

---

① 翁方纲:《神韵论》,《复初斋文集》卷8,台北文海出版有限公司1974年。
② 钱锺书:《谈艺录》,第40页。
③ 程国赋:《二十世纪严羽及其〈沧浪诗话〉研究》,《文献》1999年第2期,任先大:《20世纪国内严羽研究述评》上、下篇,《甘肃社会科学研究》2006年第3、6期。

无需经过逻辑推理而对事物的本质作直接的领悟。直觉是通过最朴素的方式达到最玄妙的境界。一旦有知性的介入,就有了'知性'的障碍,那就不是直觉了。"[1] 这种对直觉的理解十分符合西方传统的直觉理论(这种观念认为直觉是一种非理性思维,现代克罗齐、柏格森等人都明确指出直觉与理性的相互排斥)。有人则直指:"'妙悟'是情物应感,属感性或直觉活动的范畴,而不是理性的思维活动。所谓'形象思维'、'直觉思维'的说法是没有根据的。"[2] 可见诗"悟"之直觉特性不兼容于形象思维,也排斥理性的思维活动。

还有人认为,严羽"'妙悟'是一种感性的、直觉的触兴,它与一个人的学力并无必然的联系。……妙悟说的贡献主要在于把审美感兴和逻辑思维区分开来,强调审美感兴是构成艺术家的本质的东西,从而对艺术家的审美创造力做了一个重要的规定。"[3] 这实际上是以诗学感兴说阐释诗"悟"。类似的观点还有:"严羽以妙悟论诗,其实质是在强调诗歌艺术有自己特殊的特点,从主体对客体的关系、心对物的关系上说,它不是理性的认识,而是直感的默契。"[4] 也认为妙悟直觉具备感兴特点,而与理性思维无关。"'悟'由于与理性认知活动不同,自然与感性审美活动最为接近。"[5] 换言之,此"悟"相通于"非

---

[1] 童庆炳:《严羽诗论诸说》,《北京师范大学学报》(社会科学版)1997年第2期。
[2] 王文生:《中国美学史》(上卷),上海文艺出版社2008年,第171页。
[3] 叶朗:《中国美学史大纲》,上海人民出版社1985年,第316、317页。
[4] 张少康、刘三富:《中国文学理论批评发展史》(下),北京大学出版社1995年,第117页。
[5] 谢思炜:《禅宗的审美意义及其历史内涵》,《文艺研究》1997年第5期。

补假"之"直寻",是一种"即景会心"式的审美感兴。可以说,对诗"悟"直觉的这种阐释揭示了"悟"与"感"共同的审美直觉特性。而且,由于此类观点比较符合20世纪末主流的文艺审美论思潮,因而被大多数研究者所接受。

然而,上述对诗"悟"直觉的理解并未揭示其中蕴含的一些重要特质。铃木大拙将直觉与理性的互斥阐释为悟的"不合理性",他指出,"悟的主要特征如下:(1)不合理性。所谓不合理性是说,悟不是由推理作用得到的结果,悟不受一切理智作用的决定。那些体验到悟的人,往往无法以逻辑方法对它加以解释。……悟的体验的特色,往往是不合理、不可说明和不可传授的。"从表面上看,铃木也认为悟之直觉活动是排斥理性理智作用。细究铃木此意,可以发现,他所谓的理性主要指逻辑推理活动。但是,铃木大拙又指出悟的另一主要特征:"(2)直觉的洞见。詹姆斯在其《宗教经验种种》一书中曾经指出,神秘主义者的经验中,有一种纯粹理智的性质,这个说法也可以适用于所谓开悟的禅的体验。悟的另一个名称是中国人所谓的见性,意即'见到一个人的本质或本性',这显然告诉我们,在悟里面有一种'见'或'知觉'成分。……悟是对个别对象的知,如果我们可以这样说的话,悟也是对那立于个别对象之后的实相的知。"[①] 所谓人的本质、对象之后的实相实质上都是纯粹理智的经验,具备十分明显的理性特征。

实际上,铃木大拙认为悟之直觉特性和理性特质是可以融合在一起的。在他看来:"悟的原则就是不依赖于概念而达到

---

① 铃木大拙:《禅与生活》,刘大悲、孟祥森译,黄山书社2010年,第75、76页。

事物的真理。……直观性的心理虽然也的确存在缺点,但其最大的优点将会在处理生活中最根本的事情——与宗教、艺术、形而上学相关的事情——时会得到显示。正是禅,奠定了这一事实——悟的意义。生命及事物的终极真理通常不是通过概念,而是通过直觉获得的观念。""悟,一旦表现于艺术,将会创造出随精神节奏跳动的、展现'妙'的、让人瞥见到深不可测的'幽玄'的作品。"① 铃木认为,对于禅悟和诗"悟"而言,直觉活动与理性思维不能也不应分开;如果要把握终极真理,禅悟、诗"悟"必须融合直觉体验与理性特质。

对于诗"悟"直觉活动兼具理性思维特点,研究者们其实也有明确阐述,如:"严羽提倡妙悟,在重视直觉体验的同时,还要求与理性认识相结合。……严羽认为,艺术形象不是按逻辑说理的路径创造出来的,也不是仅仅停留在语言文字本身,堆砌才学辞藻。它是作者真情实感的自然流露,其主旨含蓄、蕴藉,空明透脱,言有尽而意无穷,于欣赏者有一唱三叹之感。"② 此论不仅指出直觉体验与理性认识兼容,而且指出此理性非逻辑说理,而是兼融情感的直觉理性。对于诗"悟"理性特点的认识,研究者们有深入的探讨。有人将妙悟阐释为"慧的直觉",这种观点认为:"一般所说的直觉可分为感性直觉和理性直觉两类,前者强调通过直接知觉和想象直观,和外在对象发生关系,后者是通过直接的认识而发现对象的本质。而慧

---

① 铃木大拙:《禅与日本文化》,钱爱琴、张志芳译,译林出版社2014年,第131、133页。
② 曾祖荫:《中国佛教与美学》,华中师范大学出版社1991年,第130、131页。

的直觉既不是立足于感性基础上的瞬间超越,也不是立足于理性基础之上的忽然间对对象本质的把握,而是对灵魂深层的智慧力量的发现,对人的存在真实地位的发现。……中国哲学和文学艺术理论中的妙悟,在一定程度上就是一种审美认识活动,是一种以直觉为其特征的特殊审美认识活动,同时,又以智慧观照的特性与西方的直觉理论划然有别。"① 研究者意识到妙悟直觉超越感性的特性;而所谓智慧观照,类似于铃木大拙的"般若直观",既与理性思维有相通处,又有差别。类似的观点还有,"严羽的'妙悟',则是指学诗者对诗歌的审美特征和独特规律的领悟。这个学诗的'妙悟'过程,是一个由理性到直觉、由知识到审美的过程",② 也指出诗"悟"直觉与理性之间的相通。

研究者们试图揭示蕴含于诗"悟"中的中国文化特性。有论者指出:"所谓感悟近乎理性直觉,或直觉的理性,但比之多了一点奇妙和超越。""悟性是介入情感的形象思维和理智的抽象思维之间的特异的思维形态,它是理论与材料之间的桥梁。……唯有悟性才能打通理论和材料之间的间隔,也唯有悟性才能打通西方理论与中国经验之间的间隔。"③ 不同于上述智慧观照说,此观点认为诗"悟"直觉含融有理性特质。有研究者进一步指出:"'悟'是一种反思,是一种颇具理性意味的直觉,类似于胡塞尔现象学的'本质直观';从完形心理学角度

---

① 朱良志:《论审美"妙悟"概念之成立》,《江海学刊》2004年第1期。
② 张晶:《当代文艺美学视点对"妙悟"说的理解》,《解放军艺术学院学报》(季刊)2013年第1期。
③ 杨义:《感悟通论》,人民出版社2008年,第100、115页。

看，这种反思就是对所感之物（对象材料）的重构，对于其内在联系（所谓本质）的直觉。""相比'感'对事物的感性知觉（当下直接觉知），'悟'的反思与重构特点理性意味不言而喻；这也是同属审美直觉的'感'与'悟'的根本区别。"① 此论不仅指出了诗"悟"直觉的理性特质，还揭示了其与（审美）"感兴"直觉的区别。实际上，中国古典诗学中的"感"与"悟"都可以阐释为法国学者雅克·马利坦所谓的诗性直觉；其中，"感"接近于马利坦所谓认识性的诗性直觉，而"悟"更接近于其创造性的诗性直觉。②

有人援引格式塔心理学观点分析诗"悟"直觉的理性特质："格式塔心理学认为，'人的诸心理能力在任何时候都是作为一个整体活动着，一切知觉中都包含着思维，一切推理中都包含着直觉'，'知觉活动在感觉水平上，也能取得理性思维领域中称为"理解"的东西'③。我们说直觉是一种不经过自觉地理性分析和逻辑推理而直接和完整的认识和把握客体事物的能力，不等于说直觉和理性、思维没有关系。理性既可以以概念的形式存在，也可以以形象的方式存在，思维既可以是抽象

---

① 程小平：《反思与重构：论诗"悟"的理性面相》，《人文杂志》2013 年第 7 期。
② 雅克·马利坦：《艺术与诗中的创造性直觉》第四章，刘有元、罗选民等译，三联书店 1991 年。马利坦指出，诗性直觉既是创造性的又是认识性的。认识性的诗性直觉既是对事物的实在的认识，又是对诗人的主观性的认识（101 页）。这同"即景会心""目击道存"之兴"感"内在实质相通。
③ 鲁道夫·阿恩海姆：《艺术与视知觉》，滕守尧、朱疆源译，中国社会科学出版社 1984 年，第 5、56 页。

思维，也可是形象思维。直觉正是通过形象思维活动而和理性达到统一的。"① 这种观点不仅揭示了诗"悟"直觉的理性特质，而且还使人们认识到形象思维与直觉活动的内在关联；对诗"悟"直觉的研究较有启示性。不过，这并非格式塔心理学所揭示的诗"悟"直觉的基本内涵；实际上，从哲学角度看，诗"悟"直觉的重要理性特质在于其创新重构特性。

那么，诗"悟"直觉的这种重构特质究竟是什么呢？实际上，诗"悟"直觉并非通常以为的无中生有式的横空出世，它的理性特质体现为破旧立新式的解构与重构。不同于传统逻辑理性的演绎归纳，诗"悟"直觉首先需要解构原有一切，然后才能在此基础上重新建构。解构是否定，不同于演绎归纳，但重新建构又须引入理性；否定和肯定特质融合在一起，就形成了诗"悟"的创新重构特质。这一点从心理学及禅学材料中都可得到说明。

格式塔心理学是现代有意识研究顿悟问题的心理学派，随后由之发展出专业的顿悟心理学。柯勒曾于 1913 年—1917 年间对黑猩猩进行了经典的箱子和竹竿实验研究。② 箱子实验即黑猩猩利用箱子解决问题。在单箱情境中，将香蕉悬挂于黑猩猩笼子的顶板，使它够不着。但笼中有一箱子可利用。在顿悟箱子与香蕉的关系后，饥饿的黑猩猩将箱子移近香蕉，爬上箱子，摘下香蕉。在更复杂的叠箱情境中，黑猩猩把握了箱子之

---

① 彭立勋：《严羽〈沧浪诗话〉审美心理学思想辨析》，《云南社会科学》2015 年第 6 期。
② 蒋明澄：《猩猩的思维和语言》，《西南师范大学学报》（人文社会科学版）1981 年第 4 期。

间的重叠及其稳固关系后,也解决了这一较复杂的问题。更能说明顿悟问题的是竹竿实验,实验者观察发现,黑猩猩处于对香蕉的可望而不可即的问题情境中,在几次用短竹竿够取香蕉失败后,突然顿悟,将两根短竹竿连接起来,从而摘到了香蕉。有别于行为主义学派的刺激－反应论及相关的尝试－错误学习理论,柯勒提出与之相对的完形－顿悟理论。

考察柯勒的两个实验,可以发现,尝试－错误理论(其实质就是逻辑理性)尽管指出了黑猩猩在根本解决问题之前的尝试－错误行为,但并没有发现黑猩猩顿悟(这一刹那亦可谓之直觉或灵感)单箱－多箱－香蕉、短竿－长竿－香蕉情境的内在关系性这一事实;依此直觉(顿悟的一环),黑猩猩创造性地重构了整个情境。在此实验中,黑猩猩对情境内在关系的直觉,从实质上看,只是解构突破(试错、证伪)原有的事实格局(黑猩猩的跳跃摘香蕉)之后找到正确的方向(发现可用箱、竿摘香蕉)。直觉的出现有赖于黑猩猩突破之前试错、证伪的困顿历程(无数次跳起摘香蕉),其距离解决问题的创新重构(通过叠箱、接竿摘香蕉)仍有一段路程。

马利坦论创造性诗性直觉说:"包含在诗性直觉中的一切都已存在在那儿,一切都被赋予;所有的生命,所有的悟性,所有正处于行动中的创造性力量,就像赋予黑暗以智性方向的能力;在某种意义上(集中地——无论意外的机会在发展中起到何种作用)行将产生的作品的完形已在发展中呈现出。"[①] 所谓"一切都已存在在那儿",事实上也可以阐释上述实验中黑猩猩利用已有事物重构新情境的行为。而所谓"行将产生的作

---

① 雅克·马利坦:《艺术与诗中的创造性直觉》,第109、110页。

品的完形已在发展中呈现出",接近于"文章本天成,妙手偶得之"之意;"作品的完形"更是直接采用了格式塔心理学的概念。这都可以说明诗"悟"直觉的创新重构特点。简言之,就经典的格式塔心理学实验而言,箱子、竹竿都是房间里本来存在的事物,黑猩猩在进行数次试错后,顿悟直觉到事物之间的新关系,它解构原有事物的格局秩序,进行创新重构,才产生了新质的事物。仔细研究可见,对事物新结构(秩序、格局等)的直觉和对旧格局的重构几乎同时进行;所以,顿悟直觉的创造性从本质上看其实是一种解构与重构。

重构的理性特质也体现在禅悟中。禅(梵语音译"禅那"的略称)本于印度佛教,即冥想之意,具有浓厚的印度特色。作为一种修持方式,禅传入中国后被改造为禅、悟兼重之禅悟,这是与印度佛教所讲的禅大相径庭的。[①] 在禅被重构为禅悟的过程中,慧能赋予悟以创造性的革新意义。慧能禅悟不只是对永恒超越佛性的直觉,而且还是在解构日常生活心态后在新情境中对佛性的创新重构。他说:"凡夫即佛,烦恼即菩提。前念迷即凡夫,后念悟即佛。前念著境即烦恼,后念离境即菩提。……故知不悟,即佛是众生,一念若悟,即众生是佛。故知一切万法,尽在自身中,何不从于自心顿现真如本性。"[②] 慧能禅悟明确人皆有佛性,并指出了明心见性的成佛方向。对每个人而言,惯常的思维定势只知向外求,反而见不到内心本性(佛性);悟就是要在解构日常生活的人生心态后突破这种思

---

① 方立天:《中国佛教哲学要义》下卷,中国人民大学出版社2002年,第901页。
② 惠能著,郭朋校释:《坛经校释》,第58页。

维定势，直觉内心本性，从而最终成佛（即心即佛）。

那么，怎么重构印度人的成佛观念，又如何解构人们的常识？慧能指出："我此法门，从上以来，顿渐皆立无念为宗，无相为体，无住为本。何名无相？无相者，于相而离相；无念者，于念而不念；无住者，为人本性，念念不住，前念、今念、后念，念念相续，无有断绝。……于一切上，念念不住，即无缚也。此是以无住为本。……于一切境上不染，名为无念；于自念上离境，不于法上生念。若百物不思，念尽除却，一念断即死，别处受生。"① 慧能借助道家之"无"重构印度佛教之"空"：它解构常人理解的"百物不思，念尽除却"的"念断"，突破常人理解的什么也没有的"无相"、什么都不想的"无住"。他顿悟直觉自"心"（路径明确）；创造性地将"空"重构为"于念而不念"的"无我"、"于相而离相"的"无相"、"念念相续"的"无住"。质言之，"空"即"于一切境上不染"（心）的"无念"，也即"无我""无心"。不管是"无念""无我"，还是"无心"，都是对日常生活诸境之"念"、世俗之"我"、尘劳之"心"的解构和突破，是对人们日常人生心态的重构创新。慧能禅悟以创新重构精神拆解人们固化僵硬的心态人格，使其能在新情境（格局）中以全新眼光看待日常生活；其革新意义犹如"一灯能除千年暗，一智能灭万年愚"。

青原惟信以亲身悟道历程实践了慧能顿悟的主张，他说："老僧三十年前未参禅时，见山是山，见水是水。及至后来，亲见知识，有个入处，见山不是山，见水不是水。而今得个休歇

---

① 惠能著，郭朋校释：《坛经校释》，第31、32页。

第二章 《沧浪诗话》的诗学核心"悟"

处,依前见山只是山,见水只是水。① 形象阐释了慧能禅悟的重构创新特质。常人沉迷于日常生活,为常识所限,便"见山是山,见水是水"。参禅者重新审视日常生活,他们试图拆解常规,突破旧生活。然而,由于未能直觉(悟)到解决问题的新视角,找到正确的新方向(新情境、新格局),修道者依然只能在旧思路中左冲右突。在一种矛盾迷惑的心态中自然"见山不是山,见水不是水"(禅宗灯录里记载了许多禅师悟道过程中经历的困惑与纠结)。所谓大疑方有大悟,仅凭传统的直觉认识恐无法抵达。在历经漫长困顿后,旧有思维定势被打破,新视角蓦然浮现,在新情境中正确的新方向终于敞显出来。修道者在豁然开悟后对日常人生进行重构,所有的疑惑与迷茫一扫而空,如桶底子脱。伴随着积思顿释的体验,修道者长期参禅的紧张内心顿然放松("得个休歇处",即佛教所谓得大自在,就是很多禅宗灯录记载的禅师悟道后脱胎换骨、焕然一新的心理体验)。

悟道者所见并非无中生有的横空出世,而是"依前见山只是山,见水只是水"。一切好像回到了起点;然而,就好像门由以前的向外开转变为向内开,悟道者开始以一种新视角来审视老问题;其实质乃是破旧立新式的重构创新。正如心理学家 Csikszentmihalyi 指出的那样,当个体面对新信息时,若能以一个新方式看待老问题,以使先前未得到理解的特点得到理解的话,顿悟就产生了。② 悟道者看到的尽管还是那些山和

---

① 《青原惟信禅师》,普济辑:《五灯会元》卷17,中华书局1984年。
② 师保国、张庆林:《顿悟思维:意识的还是潜意识》,《华东师范大学学报》(教育科学)2004年第3期。

水，但已无法再令他心生烦恼。因为，他不再是当初那个知其然而不知其所以然的参禅者；他是站在一个新的更高（广、深）的境界中来看待原有世界的，因此，他看到的是一个新的生活世界。苏轼诗"庐山烟雨浙江潮"即脱胎于这一公案，它形象地诠释了这种顿悟体验。也有人从另一角度描述这种体验说："世之未悟者，正如身坐窗内，为纸所隔，故不睹窗外之境，及其点破一窍，眼力穿透，便见得窗外山川之高远，风月之清明，天地之广大，人物之错杂，万象横陈，举无遁形。所争惟一膜之隔，是之谓悟。"① 形象地指出悟其实就是解构旧格局（为纸所隔，点破一窍）、突破旧经验（眼力穿透），然后在（一膜之隔）新情境中重构日常生活世界（万象横陈，举无遁形）。正是顿悟在新情境中对日常生活心态的重构创新，才使悟道者摆脱人生"无明"的烦恼，在当下获得解脱，进而抵达心灵的自由自在；此也是"平常心是道"的真义。

　　受禅悟启示的理学虽不明言顿悟，但其思想深处却深深浸染了重构创新的特质。《二程遗书》（卷18）指出："张旭学草书，见担夫与公主争道，又公孙大娘舞剑而后悟笔法。莫是心常思念，至此而感发否？曰：然。须是思，方有感悟处；若不思，怎生得如此？然可惜张旭留心于书，若移此心于道，何所不至？"心常思而有感发，方有感悟，从而悟到新笔法。"感"（感发）是"思"之起点，"悟"（感悟）是"思"之结果。此"思"并非通常理解的逻辑抽象反思，而是基于直接具体体验的感悟，其实质乃是他人（哲学、诗学）经验的一种重构创新。张旭见担夫与公主争道、公孙大娘舞剑而顿悟笔法，看似不相干

---

① 刘壎：《隐居通义》卷一，四库全书本。

的事情引发其顿悟,实则符合顿悟心理的内在理路。顿悟心理学中的选择加工理论认为,选择性编码有助于人们重构心理表征,使那些先前被认为与问题解决无关而实际有关的信息被重新利用,同时将那些先前被认为有关而实际无关的信息排除。①争道、舞剑是先前被认为与(笔法)问题解决无关而实际有关(对于动态笔法的处理)的信息,它拆解了张旭既有的思维定势,打破了以前书法中有关动态笔法处理的常规,使张旭在新情境中"悟笔法",从而重构笔法。夫子总结道,"须是思,方有感悟处";所谓"移此心于道",意指理学之理也需由思而"悟",其实质则是对日常生活世界的重构。

　　禅悟之重构特性不仅影响了理学,也深刻影响到宋人诗学。在主导的理学思想影响下,主流宋代诗学倾向于载道(理),苏、黄及江西诗学的终极追求是适性达理,而非鲜活的审美自由。(据惠洪记述)苏轼说:"诗以奇趣为宗,反常合道为趣。"②虽与程朱理学之道有较大差异,但暗含于"反常合道"之中的理性色彩无疑很浓厚。"反常合道"之反常,就是拆解突破常规生活,重构日常世界以合道(理);由此而生"奇趣",达理适性,使人归于心灵的平淡宁静。这与严羽诗学追求透彻玲珑之审美"兴趣"大异其趣。

　　但江西诗人受当时流行禅学思想浸染,也好以禅喻诗;其诗"悟"说脱胎于禅悟。吕本中说:"《楚辞》、杜、黄,固法度

---

① 邢强、曹贵康、张庆林:《顿悟认知机制研究述评》,《天水师范学院学报》2006年第3期。
② 惠洪:《冷斋夜话》,载吴文治主编《宋诗话全编》第3册,凤凰出版社1998年,第2446页。

所在，然不若遍考精取，悉为吾用，则姿态横出，不窘一律矣……要之此事，须令有所悟入，则自然越度诸子。悟入之理，正在工夫勤惰间耳。如张长史见公孙大娘舞剑，顿悟笔法。如张者，专意此事，未尝少忘胸中，故能遇事有得，遂造神妙。"①吕本中用理学家二程提及的材料阐述了江西诗学由学句而悟诗的学诗策略，强调由渐修（即历经质疑与试错的困顿，工夫勤惰就是这种困顿的体现）而得悟（理性重构）；既吸收了理学重"学"的特质，又融合了禅宗重"悟"的特质。他还认为，"悟入"不只是对前人（或他人）精妙之处的直觉领悟，还需要"越度诸子"，超越诸人。这种超越之"越度"，实质就是对他人诗学经验的重构创新。

范温描述的材料更能说明诗"悟"重构创新的特点；他说："盖古人之学，各有所得，如禅宗之悟入也。山谷之悟入在韵，故开辟此妙，成一家之学，宜乎取捷径而径造也。如释氏所谓一超直入如来地者。""识文章者，当如禅家有悟门。夫法门百千差别，要须自一转语悟入。如古人文章直须先悟得一处，乃可通其它妙处。"②范温从创作和欣赏两方面以禅喻诗。尽管作诗在历经困顿和创新时的情感激烈程度要远高于赏诗，但二者心理状态所具有的运思结构存在相似处，即都需要突破解构常态思维而重构材料对象。范温指山谷诗"悟"入在韵、文章须自一转语悟入，都是从诗句、诗眼等语言形式上着手讨论诗歌，其实质则是重构前人诗学经验。

黄庭坚有所谓"夺胎法""换骨法"等观点，与范温表述

---

① 吕本中：《与曾吉甫论诗帖》，《宋代文艺理论集成》，第 629 页。
② 范温：《潜溪诗眼》，《宋诗话辑佚》，第 328、372 页。

虽不同，但其重构前人诗学经验的特质却一致。黄有"桃李春风一杯酒，江湖夜雨十年灯"句，似是对李白《古风五十九首》"桃李何处开"、《春夜洛城闻笛》"散入春风满洛城"及王维《秋夜独坐》"雨中山果落，灯下草虫鸣"（或司空曙《喜外弟卢纶见宿》"雨中黄叶树，灯下白头人"）的重构；但这种重构绝非对前人诗句生搬硬套的拼凑，而是一种突破常规的重构创新，一种新诗意的顿悟。曾季狸曾指出："后山论诗说换骨，东湖论诗说中的，东莱论诗说活法，子苍论诗说饱参，入处虽不同，然其实皆一关捩，要知非悟入不可。"[①]"换骨""中的""活法""饱参"等观念的要点皆在诗"悟"；它们用类比的方式展示了诗"悟"活动时的心理状态，十分符合顿悟心理学"类比理论"对此过程的描述。此理论认为，顿悟问题的解决关键在于，问题解决者通过一个类比过程，以创造性的方式将原本不直接相关的思路或者方法应用于当前的问题情境，比如，用骑士进攻城堡的情景来类比放射治疗肿瘤的手段。[②]"换骨""中的"等说形象地表达了突破常态、重构对象之意。

同样主张诗"悟"，江西诗"悟"与严羽诗"悟"存在着根本差别。江西诗"悟"多从语言形式角度着手，遵循的是由学句而悟诗的策略。严羽认为江西诗"悟"未见根本，他主张："禅道惟在妙悟，诗道亦在妙悟。且孟襄阳学力下韩退之远甚，而其诗独出退之之上者，一味妙悟而已。惟悟乃为当行，乃为本色。"对严羽而言，当行、本色之悟意味着它首先必须拆解突破日常生活的功利态度，使内在心灵瞬间发生顿然转换，在

---

① 曾季狸：《艇斋诗话》，《宋代文艺理论集成》，第549页。
② 罗劲：《顿悟的大脑机制》，《心理学报》2004年第2期。

新情境中重构日常生活，这样才可重新激活人们对日常生活的诗性体验。它不像逻辑理性那样对事物的认识进行试错调整，最后归纳完整看法。并且，由于经验积累在根本方向上与审美体悟完全不同，因此，经验积累的理性认识反有可能妨碍诗人顿悟直觉诗意。

孟浩然学问虽不及韩愈，但其诗的审美价值却可以高出韩愈，就是因为孟浩然受限于理性认识有限，比较容易打破常态思维，进而重构生活诗意。而韩愈由于学问很好，却受限于严密的理性思维，难以突破学问的理性思维定势，这必然阻碍韩愈重构生活的诗意。因此，严羽才强调："夫诗有别材，非关书也；诗有别趣，非关理也。然非多读书、多穷理，则不能极其至，所谓不涉理路、不落言筌者，上也。"诗之别材别趣，不是书本知识，也不是理论教条，而是对日常生活世界的诗意感受。知识理论正是妙悟所要解构的关于日常生活的常态定势；如果不"多读书、多穷理"，就不知道这种常规定势，也不能拆解突破它，更"不能极其至"。而"不涉理路、不落言筌，上也"，就是指诗人在新情境中以别材别趣重构日常生活体验，进而顿悟直觉新诗意。

严羽此观念来自对唐诗精神的妙悟。他说："诗者，吟咏情性也。盛唐诸人惟在兴趣，羚羊挂角，无迹可求。故其妙处透彻玲珑，不可凑泊，如空中之音，相中之色，水中之月，镜中之象，言有尽而意无穷。"盛唐诗人作诗有"兴趣"，这是一种充满灵性的情性，如"羚羊挂角，无迹可求"。它不能以逻辑推理的方式拼凑（不可凑泊），也不能以实用可见的方式坐实（透彻玲珑）。"空中之音，相中之色，水中之月，镜中之象"，就是诗人解构实用理性思维对日常生活音、色、月、象等的常规成见，使生活态度瞬间发生顿然转换（像门由外开转变为由内开），诗人将音、色、月、象置于空、相、水、镜等新情境中予以重构，从而呈现出一种新诗意。简言之，就是诗人将日常生活世界置于新情境中予以重构，顿悟生活世界的新诗意，这是严羽诗"悟"突破江西诗"悟"由学句而悟诗的关键节点。

比如，受禅悟思想影响，王维思想心态也有所重构；这也渗透到他对生活世界的审美观照，进而影响他重构日常生活的诗意。在用语言外化这种审美诗意时，王维必须面对其他诗人相同的诗句描写，这也需要重构他人诗句。裴迪有同题《辛夷坞》（"绿堤春草合，天孙自留玩。况有辛夷花，色与芙蓉乱"），由于心态人格发生根本转变，王维对辛夷花的观照与裴迪大相径庭。诗人将裴迪绿堤春草边的辛夷花置于深山涧户之中予以重构。无人光顾的深山涧户中辛夷花孤寂地盛开凋落，这呈现出与绿堤春草边色与芙蓉乱的辛夷花完全不同的诗意。可以说，在空谷幽兰的新世界（新情境）中王维重构日常生活，创造性地呈现诗人领悟生活宁静悠然的心境。再如，蝉噪鸟鸣是人们日常生活中习见的事物，南朝王籍有"蝉噪林愈静，鸟鸣山更幽"佳句，形象地传达了人们日常生活中的动静感受；这种动中有静的知觉进而成为人们日常生活的经验常识。而王维却解构这种常识，突破人们的习惯感受，将鸟鸣置于静夜空山的新情境中予以重构，创造性直觉"月出惊山鸟，时鸣春涧中"诗境，呈现了诗人悠闲空寂的心境。

禅悟有层次，严羽指出诗"悟"亦有层次。他说："悟有浅深，有分限，有透彻之悟，有但得一知半解之悟。汉魏尚矣，不假悟也。谢灵运至盛唐诸公，透彻之悟也；他虽有悟者，皆非第一义也。"严羽强调妙悟是从根本上悟（透彻之悟），他反对江西诗派一知半解之悟（这种悟只是从前人书本、诗句里讨生活）。在严羽看来，江西诗"悟"着眼于重构诗句诗眼，期望在此基础上重构诗意诗境，这种（自下而上的）悟未悟根本，是本末倒置，非第一义也。它不可能突破日常生活的平庸，更不能重构生活世界的诗意。

包恢将严羽诗"悟"层次说描述得更形象，他说："顿悟如初生孩子，一日而肢体已成；渐修如长养成人，岁久而志气方立。此虽是异端语，亦有理可施之于诗也。"[1] 孩子初生及成长的比喻形象地揭示了禅悟顿渐之别。顿悟如孩子初生，亦如透彻之悟，是第一义；长养成人是渐修，有浅深、分限，这十分契合顿悟心理学的"层次发生理论"。[2] Nilsson 指出，顿悟是在不同的工具水平上完成表征的过程。就是说，在复杂的问题解决过程中，顿悟不是一次完成的，而是在思考过程中逐步获取更多的启发信息，因此对问题的表征逐步发生一次又一次的变化，采用的思维策略也随之一次又一次地向启发性更高的方向转化。无可否认，没有江西诗派的悟，也不可能有严羽的直截根源、单刀直入；实际上，严羽之妙悟就是对江西诗"悟"的解构，这是在启发性更高的方向上的转化与突破，是诗人在全新格局中的重构。

综上所述，受禅悟终极关怀理性特质的影响，宋代诗"悟"具有较浓厚的理性色彩。通过借助格式塔顿悟心理学的相关研究可见，诗"悟"的理性特质体现在：不同于传统逻辑

---

[1] 包恢：《答傅当可论诗》，《宋代文艺理论集成》，第1036页。
[2] 张庆林：《人类思维心理机制的新探索》，《西南师范大学学报》（人文社会科学版）2000年第6期。

理性的演绎归纳，诗"悟"直觉首先需要解构原有一切，然后才能在此基础上重新建构。解构是否定，不同于演绎归纳，但重新建构又须引入理性；否定和肯定特质融合在一起，就形成了诗"悟"的创新重构特质。就诗"悟"直觉的结果而言，对事物新结构（秩序、格局等）的直觉和对旧格局的重构几乎就是同一回事。可以说，诗"悟"直觉具备一般直觉不具备的理性特质，而这种理性特质就是对他人诗学经验的一种重构创新。

第三章 明清诗学对《沧浪诗话》"悟"之重构:"悟"之歧异

从诗学史角度看,《沧浪诗话》产生时并无任何影响;其中原因较为复杂,这里面既有严羽人微言轻、势单力薄的个人原因。如果他当时有像刘克庄那样的社会文化地位,那么对诗坛的影响就会大不一样。当然,另一个更重要的原因,还是当时理学势力太盛,对社会文化影响太大,完全牢牢地压制了严羽诗学对诗坛可能产生的影响。严羽曾提及自己论诗会"获罪于世之君子"(《诗辨》),此君子无疑即指当时受儒家理学思想浸染的文人。为何会获罪于他们,当然是因为严羽论诗的战斗性姿态,"仆之《诗辨》,乃断千百年公案,诚惊世绝俗之谈,至当归一之论。其间说江西诗病,真取心肝刽子手"(《答出继叔临安吴景仙书》)。由于他敢于与千百年来主宰诗学的儒家诗论公然决裂,震惊了当时的文人学士,挑战了当时文人诗学观念的认知底线,理所当然地遭到文坛的冷遇。晚宋诗坛(除了寥寥几个亲朋故友外)几乎无人提及严羽诗学就可说明这一点。如果仅从此时考察严羽诗学的意义和价值,那么几乎可以忽略不计;这可能让自视甚高的严羽颇为尴尬。然而,三十年河东,三十年河西;从明清诗学的发展变化来看,严羽诗学对明清诗坛的影响大大超出他在晚宋诗坛的寂寂无闻,这可能又

第三章　明清诗学对《沧浪诗话》"悟"之重构："悟"之歧异

会让严羽内心觉得比较安慰。

　　从古典诗学史的角度看，严羽《沧浪诗话》的诗学意义在于，他阐述了后期古典诗学的核心命题，即：对中国诗歌而言，什么样的诗才是好诗？怎样才能识别出这样的好诗？以及怎样才能做出这样的好诗？围绕此命题，明清诗学、诗坛进行了大规模的理论探讨和创作实践。在这种探讨和实践过程中，严羽《沧浪诗话》关于好诗的观点得到了深入辨析和大力实践，其创建之观念和存在之弊端都被放大，从而被鲜明地呈现出来。可以说，无论是所讨论议题的设置，还是话语方式的表述，严羽《沧浪诗话》都对明清诗学产生了深远的影响。由此可见，仅从严羽所处的历史文化语境出发来探讨《沧浪诗话》是远远不够的，我们还须从后世诗学对其接受与重构的角度才能更清晰、更深入地建构《沧浪诗话》的诗学意义和价值。我们认为，本质不是先验地内蕴于事物（学说、观念）中的，而是在后来的认识中不断地被重新建构出来的；所谓一切历史都是当代史，一切历史都是思想史，就是指历史上的学说（观念）的内涵都是在后来者不断地重新阐释中被建构出来的。《沧浪诗话》就是典型的例证；可以说，《沧浪诗话》在宋代诗学、晚宋诗坛中是面目模糊的，但是，随着明清诗学对严羽诗学一系列问题的重新阐发，《沧浪诗话》的面目也逐渐被建构得清晰起来。

　　在明清，不管是赞同严羽的人，如李东阳、前后七子及王渔阳等人；还是批判严羽的人，如钱谦益、冯班、钱振鍠等人，都不能回避严羽提出的诗学命题；即：何为好诗？如何识别好诗？如何做好诗？在严羽看来，有"兴趣"的诗就是好诗，最典型的就是盛唐诗，盛唐诗全在兴趣，所以是好诗。要识别出有"兴趣"的诗,就需要"妙悟";建基于"参"("熟参""饱参")和(诗)"识",诗人"妙悟"盛唐诗的"第一义"。只有师法盛唐"第一义",才能"妙悟""兴趣",具备"别材别趣"才能做出好诗。梳理《沧浪诗话》被明清诗学引述的频率,不难发现,在明清诗学视域中,《沧浪诗话》的大部分论题被接受了。这些命题主要有"师法盛唐"的问题、"兴趣"与"妙悟"、"参"与"识"、"别材别趣"等问题。通过考察可知,明清诗学完全接受了严羽师法汉、魏、晋、盛唐的观念,几乎没有任何异议。但是,在"悟"的问题上,尽管明清诗学诸家大体认同严羽诗学,但在"悟"什么的具体指向上却存在歧异。本章拟就这一系列歧异对《沧浪诗话》与明清诗学之内在关联展开讨论。

一、"悟"歧异之一:"格调"

南宋覆亡以后,异族入主中原,令信奉儒家思想的士人深感震惊,他们更为自觉地谨守儒家思想文化,加之元朝统治历时短暂,对儒家理学思想文化实际冲击不大。明代思想文化自朱元璋立国始就自觉沿袭了程朱理学。不仅如此,统治者还进一步巩固加深了儒家理学在社会意识形态中的主宰统治地位。这种思想文化语境与南宋较类似;它影响到文人的思想文化心态及创作。可以说,明代前期诗学因循守旧,缺乏创新,诗坛也是一潭死水,台阁体、性气诗都乏善可陈。这种沉闷局面令少数有识之士颇为不满,他们试图革新此僵局,为沉寂的诗坛带来新变化。正是在这样的诗学文化语境下,以明前期高棅、李东阳为先导,以明中期前、后七子为主力,以清代沈德潜、王士禛为余响，发起了一场声势浩大的学习盛唐的诗歌运动；文学史、诗学史上谓之为复古主义。这种试图以师法盛唐（复古）来革新诗坛僵局的主张无疑来自严羽《沧浪诗话》的启示和影响。尤珍指出了这一点："唐诗之分初盛中晚，本无定论。其截然以盛唐为宗，自宋严仪卿始，所谓不落言筌，不涉理路者也。其选诗者不一家，世之作者多以杨伯谦之《唐音》、高廷礼之《正声》、李于鳞之《诗选》为职志。而廷礼一选推仪卿者尤力，渔洋选《三昧集》亦以仪卿为称首，而其宗旨则专取神韵，视杨之上格，高之上气，李之上声调者，超然绝出其上矣。"①

1. 师法盛唐之"格调"

从常识来看，学习前人是古今中外诗歌史、诗学史上最为人熟知的一种方法策略（主张）；在文学史、诗学史中这类例子比比皆是。中国古代文化有尚古的特点，在这种文化语境中师法古人（学习前人）被视为一种美好的德行，因此，复古在古典文化语境中意味着一种赞誉，而非今人理解的贬抑。因此，无论是初唐陈子昂提倡恢复兴寄风骨，中唐韩愈恢复道统的古文运动，还是北宋欧阳修等人为矫正西昆浮艳的文风而倡导复古，都得到了后来者的大力赞扬和深入学习（研究）。明清诗学也大力实践严羽"师法盛唐"的主张，这一点在高棅、李东阳以及前后七子那里都得到了体现。

但是，同为诗学史中的复古，明代的复古思潮，尤其是前后七子并未得到后来者的积极评价，就是在七子当时，也曾

---

① 尤珍:《介峰续札记》卷1，康熙刊本。

遭人诟病。同是复古，后来者为什么会厚此薄彼呢？其中的原因十分复杂，这一方面和当时的具体历史文化语境有关，比如明清易代之际，清人对明代诗学复古主潮进行了深刻的反思和严厉的批判，苛责甚至偏见之下，对明代诗学复古自然评价不高；① 而唐宋诗学复古思潮中的主要思想基本被同代人继承，一直在发挥正面主导作用，自然会获得较高评价（学界对此有较多深入研究，无须一一列举）。另一方面，明代复古诗学不被看好也有自身客观原因，那就是，前后七子的复古主张并未产生如唐宋诗学复古主张那样显著的成就。客观地说，前、后七子及其流派所取得的成绩确实不如陈子昂、韩愈及欧阳修辈的成就。在功利实用思潮主导的文化语境下，成就不高的明代复古诗学自然也不会得到较高评价。

即使是导夫先路的严羽诗学，也因其被后学所继承并放大的复古言论，而遭后来者指斥。严羽《沧浪诗话·诗法（19）》曾说："诗之是非不必争，试以已诗置之古人诗中，与识者观之而不能辨，则真古人矣。"被视为一种比较直露的复古论。冯班《钝吟杂录》（卷5）驳斥说："沧浪之论，惟此一节最为误人。沧浪云于古今体制，若辨苍素，又云作诗正须辨尽诸家体制。沧浪言古人不同，非止一处。由此论之，古之诗人，既以不同可辨者为诗，今人作诗，乃欲为其不可辨者，此矛盾之说

---

① 陈文新：《近二十年来明代诗学研究综述》，《青海社会科学》2001年第4期；左东岭：《20世纪明代诗歌研究综论》，《华中师范大学学报》（人文社会科学版）2013年第1期；蒋寅：《清初诗坛对明代诗学的反思》，《文学遗产》2006年第2期；廖可斌：《关于明代文学与清代文学的关系——以诗学为中心的考察》，《文学评论》2016年第5期，等对此有比较深入的探讨。

也。"① 指出了严羽复古论中貌似自相矛盾的一面。钱振锽《谪星说诗》也说:"我诗有我在,何必与古人争似。如其言,何不直抄古诗之为愈乎?"② 这是从诗歌表现自我的角度对严羽复古论的反驳。从逻辑上看,批评者的这些指责似乎都不无道理。

然而,从同情者的角度看,这却包含另一种意涵,如陶明浚阐释说:"姜白石之言曰,作诗求与古人合,不如求古人异;求与古人异,不如不求与古人合而不能不合,不求与古人异而不能不异。总之姜氏以古人为标准,故能精思独造,有以自立也。今严氏之说以古人为绳尺,长短曲直,自然可见,诚无上之妙法也。"③ 这是对严羽复古说的称扬。郭绍虞解释道:"盖陶氏以为置之古人诗中而不能辨者,指境界言,指工力言,非指风格言。此说亦通。"④ 冯班认为严羽让人学古(辨体制),而又指出古有多种(古人不同),那么到底学哪种?这看似矛盾,但实际上只要看到严羽力倡"以盛唐为法"就知这二者一点也不矛盾。只有辨尽诸家体制,才知道盛唐(古人)诗是好诗,是第一义,是需要师法的对象。由此看冯班的指责似乎是有意的挑刺。如果做出好诗,自然会诗中有我,因此钱振锽诗中无我的批驳就显得无的放矢,是自说自话了。

需要指出的是,与陈子昂、韩愈、欧阳修等人大力宣扬复兴儒家思想不同,严羽从禅学引入思想资源,"以禅喻诗",绝

---

① 冯班:《钝吟杂录》(卷5),载郭绍虞《沧浪诗话校释》,人民文学出版社1961年,第291页。
② 钱振锽:《谪星说诗》,《沧浪诗话校释》,第138页。
③ 陶明浚:《诗说杂记》,《沧浪诗话校释》,第138页。
④ 郭绍虞:《沧浪诗话校释》,第138页。

口不提儒家诗教;《沧浪诗话》只有一处提及《诗经》,"《风》、《雅》、《颂》既亡,一变而为《离骚》,再变而为西汉五言,三变而为歌行杂体,四变而为沈、宋律诗"(《诗体》),这只是客观祖述诗歌演变规律,其他地方再也未提及。而且,在体现其论诗宗旨的师法对象中,严羽根本就没有罗列《诗经》,这和那些信奉儒家诗教的文人截然不同。明代格调派诗学主要从技法形式层面引申严羽观点,而不曾从儒家诗教的主导层面改造严羽诗学。李梦阳就说过:"宋人主理不主调,于是唐调亦亡。……宋人主理,作理语,于是薄风云月露,一切铲去不为;又作诗话教人,人不复知诗矣。诗何尝无理,专作理语,何不作文而诗为邪?"[①] 李梦阳指斥儒家理学对诗歌的霸凌操控;王世贞的追随者胡应麟也说:"曰仙、曰禅,皆诗中本色。惟儒生气象,一毫不得著诗;儒者语言,一字不可入诗。"[②] 胡应麟对诗中的儒家思想更是激烈排斥。这都表明,格调诗学无意从儒家诗教层面修证严羽诗学,否则,就不会出现这种排斥理学儒家诗教的激烈观点。从政治正确性上看,这种倾向自然会遭到占据社会主流地位的儒家思想文人的拒斥;因此之故,诗学史对唐宋陈子昂、韩愈、欧阳修等人复古评价很高,而对严羽诗学、明代前后七子的格调复古评价则较低。像冯班、吴乔、钱振锽等批评者都曾明确强调要维护儒家诗教。

其实,只要不是出于意气,对严羽诗学的评价断不会出现这种欲加之罪的情况。但是,由于明代复古格调派诗学将

---

① 李梦阳:《缶音序》,载吴文治主编《明诗话全编》第2册,江苏古籍出版社1997年,第1981页。
② 胡应麟:《诗薮内编》卷5,《明诗话全编》第5册,第5512页。

第三章 明清诗学对《沧浪诗话》"悟"之重构:"悟"之歧异

严羽诗学的某些观点推到极端而出现问题,在批评者那里这种问题又被放大,因此难免出现各种无的放矢的攻击和指斥。那么,明代复古诗学究竟接受了严羽诗学的哪些具体观点呢?又重构了哪些命题呢?这些观点和命题又存在什么问题,从而招致诟病呢?首先,无疑就是前、后七子提出的标志性主张"(文必秦汉,)诗必盛唐",这与严羽要求诗人"以盛唐为法"如出一辙。尽管如此,严羽只是举起了师法盛唐的大旗,至于如何师法盛唐,严羽在提出较为玄虚的"妙悟""兴趣"外,就再无下文。众所周知,盛唐既有李、杜这样的大家,也有王、孟、高、岑等这样的名家,严羽只是笼而统之地倡言师法盛唐,根本就未曾细论该师法哪些盛唐诗人、何种技法。像诗"悟"这种玄妙高深的口号,实在是叫后学者难以措手(严羽也曾教人"熟参""饱参",要有诗"识",但还是让人不知从何入手)。这可能是严羽诗"悟"中存在的一个毛病。

这实际上也就是明清格调诗学发展和重构严羽诗"悟"的着力点。许学夷曾指出:"古今诗赋文章代日益降,而识见议论则代日益精。诗赋文章代日益降,人自易晓;识见议论代日益精,则人未易知也。试观六朝人论诗,多浮泛迂远,精切肯綮者十得其一,而晚唐宋元则又穿凿浅稚矣。沧浪号为卓识,而其说浑沦,至元美始为详悉。逮乎元瑞,则发窾中窍,十得其七。继元瑞而起者,合古今而一贯之,当必有在也。盖风气日衰,故代日益降;研究日深,故代日益精,亦理势之然也。"[①]这种文学退化论固不足取,但关于后人识见日精的观点却较为精当;许学夷固然十分推重严羽,但却也中肯地指出

---

① 许学夷:《诗源辩体》卷35,人民文学出版社1987年,第348页。

严羽的毛病是"其说浑沦",也就是笼而统之。前、后七子避开了严羽较为深奥玄虚的(偏于审美内容的)"妙悟""兴趣",而直接落实在较具体的形式技法层面,即后人所谓"格调"问题。简单说,严羽所"妙悟"之"兴趣"被前后七子之"格调"所重构、取代。

2."格调"之"法"与"悟"

由于历史遗留问题,明代诗学的重点仍是须反拨江西诗学的不良影响,严羽诗学自然就成为七子的思想资源。前七子李梦阳指出宋诗积弊,说道:"夫诗,比兴错杂,假物以神变者也。难言不测之妙,感触突发,流动情思,故其气柔厚,其声悠扬,其言切而不迫,故歌之心畅而闻之者动也。宋人主理作理语……诗何尝无理?若专作理语,何不作文而诗为耶?"[①] 所谓"宋人主理作理语",缺乏"感触""情思",与严羽指宋人"以议论为诗"看法类似。李梦阳有"真诗在民间"[②]之说,他认为很多文人"情寡词工",缺少像民间诗歌那样的真情,自然也难达到形式(格调)的"宛亮""高古"。

李梦阳论诗主张格高调古,他指出:"夫诗有七难,格古、调逸、气舒、句浑、音圆、思冲,情以发之,七者备而后诗昌也。"[③] 他还说:"高古者格,宛亮者调,沉着雄丽、清峻闲雅者才之类也,而发于辞。"[④] "格古、调逸"是诗的高格,它需

---

① 李梦阳:《缶音序》,《明诗话全编》第 2 册,第 1981 页。
② 李梦阳:《诗集自序》,《明诗话全编》第 2 册,第 1988 页。
③ 李梦阳:《潜虬山人记》,《明诗话全编》第 2 册,第 1974 页。
④ 李梦阳:《驳何氏论文书》,《明诗话全编》第 2 册,第 1985 页。

要诗人通过学习、体味前人优秀作品才能领"悟"。优秀的诗歌不仅格高调古（形式高妙），而且还须有内在鲜活的情感生命。李梦阳强调"情以发之"，就是意识到如果诗歌创作不因情而发，那么它就既不能格高，也不能调古，而只是徒有其表，如同江西末流的创作那样缺少令人感动的内在生命力。这也说明，李梦阳实际上在诗歌的形式与内容两方面都有明确的主张。

然而，李梦阳虽认为格调应由"情以发之"，但在被文人接受的过程中却由于文人的"情寡"而无法落到实处。相反，"词工"因其可操作性而成为众人的依赖路径。于是，李梦阳论诗之格调就偏向于"法式""规矩"。他说："文必有法式，然后中谐音度，如方圆之于规矩。古人用之，非自作之，实天生之也。今人法式古人，非法式古人也，实物之自则也。"① 所谓"文必有法式"并不等于拘泥僵化；而是强调诗人要法"物之自则"，要把握事物，即诗歌的内在自然规律。他又说："假令仆窃古之意，盗古形，剪截古词以为文，谓之影子诚可。若以我之情，述今之事，尺寸古法，罔袭其辞，犹班圆垂之圆，垂方班之方，而垂之木非班之木也，此奚不可也？夫筏我二也，犹兔之蹄，鱼之筌，舍之可也。规矩者，方圆之自也，即欲舍之乌乎舍？"② 既然法是"物之自则"，那么舍弃"物之自则"，也就舍弃了物本身。文学艺术的根本规律的确是古今都应遵循的法则；舍弃它，文学就不再是文学。这是一种较为透辟的看法。

---

① 李梦阳：《答周子书》，《明诗话全编》第 2 册，第 1987 页。
② 李梦阳：《驳何氏论文书》，《明诗话全编》第 2 册，第 1984 页。

这样讨论"法式""规矩",尚较通达。但李梦阳却又画蛇添足说:"古人之作,其法虽多端,大抵前疏者后必密,半润者半必细,一实者必一虚,叠景者意必二。此予只所谓法,圆规而方矩者也……夫文与字一也,今人摹临古帖,即太似不嫌,反曰能书,何独至于文而欲自立一门户邪?"① 所谓"前疏者后必密,半润者半必细"只是具体的诗歌创作方法;它并非文学艺术的不变规律。而以"摹临古帖,即太似不嫌"反对"至于文而欲自立一门户",就极不妥当。如果将它理解为不可改变的法式,就难免走上摹拟古人形迹的道路,从而将诗歌创作导向狭隘的空间。

同样学古论法,何景明则主张学古而不拟古,得古诗风神而不袭其字句。他追求神似古人,这需要"悟",类似于严羽诗"悟"。何景明批评李梦阳"尺寸古法",指出,"空同子刻意古范,铸形宿模,而独守尺寸。仆则欲富于材积,领会神情,临景构结,不仿形迹……佛有筏喻,言舍筏则达岸矣,达岸则舍筏矣。"② 所谓"达岸则舍筏",指学习者不能拘泥于字、句等形式的相似。只有"不仿形迹",才能从内在神情上领"悟"古人诗歌形式与意味的妙处,这是一种"透彻之悟"。然而,它需要天分,全靠后天学习不可能完全获得。同为学古(复古),李梦阳强调学习前人诗歌表现形式与创作技法,因为重形迹而近于江西诗"悟";而何景明则重神情,他主张"达岸则舍筏",更近于严羽诗"悟"。

尽管李、何都强调领会古人诗歌形式和内容的精妙,但大

---

① 李梦阳:《再与何氏书》,《明诗话全编》第 2 册, 第 1986 页。
② 何景明:《与李空同论诗书》,《明诗话全编》第 3 册, 第 2255、2256 页。

多数文人既情寡，且少有领会神情之天分；在学古过程中不自觉地偏向于操作性强的"法式""规矩"，于是，不可避免地形成复古诗学的路径依赖。在此语境中，继之而起的后七子试图矫正时弊，他们继续深入地探讨"悟"与"法"问题。谢榛曾指出，"学者能集众长，合而为一，若易牙以五味调味，则为全味矣。"① 他还说："予以奇古为骨，和平为体，兼以初唐、盛唐诸家，合而为一，高其格调，充其气魄，则不失正宗焉。若蜜蜂历采百花，自成一种佳味，与芳香殊不相同，使人莫知所蕴"。② 在此，谢榛从格调论思想出发阐述了他的学古思想；即集初唐、盛唐诸家优秀之处合而为一的"采蜜法"。与前人学古不同，谢榛学古不拘泥于某家某派，而是集众长；并且，他不只学习形式技巧等"法式"，而是力图高其格调，充其气魄。他突破了从技法形式上学古的局限，开始进入领"悟"诗味的层面。

谢榛指出："诗无神气，犹绘日月而无光彩。学李、杜者，勿执于句字之间，当率意熟读，久而得之。此提魂摄法也。"③"历观十四家所作，咸可为法，当选其诸集中之最佳者，录成一帙，熟读之以夺神气，歌咏之以求声调，玩味之以裒精华。得此三要，则造乎浑沦，不必塑谪仙而画少陵也。"④ 所谓"提魂摄法""夺神气"，与严羽诗学"入神"说不无关联，要之都是非"悟"而不可得。由"夺神气"而"求格调"，这是谢

---

① 谢榛：《四溟诗话》卷3，载谢榛、王夫之《四溟诗话·姜斋诗话》，人民文学出版社1961年，第69页。
② 谢榛：《四溟诗话》卷4，第115页。
③ 谢榛：《四溟诗话》卷2，第46页。
④ 谢榛：《四溟诗话》卷3，第80页。

榛与李、何的不同。谢榛还说："'问不可无者有四：曰体，曰志，曰气，曰韵。'作诗亦然。体贵正大，志贵高远，气贵雄浑，韵贵隽咏。四者之本，非养无以发其真，非悟无以入其妙。"① 所谓"非悟无以入其妙"就是指"提魂摄法""夺神气"非"悟"而不可得，也强调以"悟"统摄"体""调"。

　　谢榛将"诗之本"比作"造物"，一个鲜活的生命。他说："诗有造物。一句不工，则一篇不纯，是造物不完也。造物之妙，悟者得之。譬诸产一婴儿，形体虽具，不可无啼声也。赵王枕易曰：'全篇工致而不流动，则神气索然。'亦造物不完也。"② 这很明显是将诗歌比作一个有机生命体，与严羽诗学相似。如果诗歌没有内在生命，就会神气索然；就如同婴儿虽具形体，却没有啼声（生命）一样。而这种"造物之妙"——"神气"，诗歌的内在生命——只有"悟者得之"，其他方式均无法获得。他曾说："严沧浪谓：'作诗譬诸刽子手杀人，直取心肝。'此说虽不雅，喻得极妙。凡作诗，须知道紧要下手处，便了当得快也。其法有三：曰事，曰情，曰景。若得紧要一句，则全篇立成。熟味唐诗，其枢机自见矣。"③ 所谓紧要处，即"造物之妙"——神气，诗的内在生命。

　　鉴于"宋人谓作诗贵先立意"④，谢榛主张恢复"兴"；他强调作诗要有"兴"，此"兴"由"悟"而得。他说："诗有不立意造句，以兴为主，漫然成篇，此诗之入化也。"⑤ "诗有四格：

---

① 谢榛：《四溟诗话》卷1，第10页。
② 谢榛：《四溟诗话》卷1，第6页。
③ 谢榛：《四溟诗话》卷4，第103页。
④ 谢榛：《四溟诗话》卷1，第23页。
⑤ 谢榛：《四溟诗话》卷1，第28页。

曰兴,曰趣,曰意,曰理。……悟者得之;庸心以求,或失之矣。"① 其他如:"诗有天机,待时而发,触物而成,虽幽寻苦索,不易得也。如戴石屏'春水渡傍渡,夕阳山外山',属对精确,工非一朝,所谓'尽日觅不得,有时还自来'。"② 所谓"天机""自来"是对"悟"特性的描述。郭绍虞认为,这样论"兴",不仅与性灵说不抵触,与神韵说也可沟通。郭绍虞指出,以天机论"兴",则由感兴一点言,与性灵说为近;由不涉理路一点言,又与神韵说为近。③ 此论精当;它指出了后期诗学相互渗透、交织影响的共性特征。严羽强调"兴趣"须由"悟"而得;谢榛也认为"兴""趣"惟"悟者得之"。因此,谢榛将"兴"与"悟"联系起来论"兴",这明显是对严羽诗学"兴趣"说的接受和细化。

谢榛之后,后七子领军人物王世贞论诗仍主格调,但主旨已有变化,尤其是后期其诗学观念有较大转化。王世贞认为:"大抵诗以专诣为境,以饶美为材,师匠宜高,捃拾宜博。"④ 所谓"师匠宜高,捃拾宜博",当指广览博取。他晚年时说:"余所以抑宋者,为惜格也。然而代不能废人,人不能废篇,篇不能废句,盖不止前数公(指欧、梅、苏、黄等诗人)而已。此语于格之外者也。……虽然,以彼为我则可,以我为彼

---

① 谢榛:《四溟诗话》卷2,第45页。
② 谢榛:《四溟诗话》卷2,第41页。
③ 郭绍虞:《中国文学批评史》,第366页。
④ 王世贞:《艺苑卮言》卷1,载丁福保辑《历代诗话续编》(中),中华书局1983年,第960页。

则不可。子正非为伸宋者也,将善用宋者也。"① 此处虽仍以格调论诗,但却主张吸纳宋诗优点,而不只读唐以前的诗;这样论诗,眼界就更开阔。

王世贞不仅在学古时较通达,而且在阐释格调时也极富创见。他说:"才生思,思生调,调生格;思即才之用,调即思之境,格即调之界。"② 指出格调之分出于才思之别。这样论格调而兼容才思、才情,与前七子相比有明显变化。王世贞论诗"法"已经涉及诗人的才情、才性,这不能不与"悟"产生联系。他说:"诗有常体,工自体中。文无定规,巧运规外。……故法合者,必穷力而自运;法离者,必凝神而并归。合而离,离而合,有悟存焉。"③ 就明确指出"悟"与"法"之间的内在关联;而这又与各人才情有联系。郭绍虞指出:"他是以格调说为中心,而朦胧地逗出一些类似性灵说与神韵说的见解,所以只是格调说之变。"④ 指出王世贞论格调之变与其后性灵说、神韵说的关联,可谓透彻。

与谢榛类似,王世贞论诗也强调"兴""神",他指出:"篇法之妙,有不见句法者,句法之妙,有不见字法者,此是法极无迹,人能之至,境与天会,未易求也。有俱属象而妙者,有俱属意而妙者,有俱作高调而妙者,有直下不偶对而妙者,皆兴与境诣,神合气完使之。"⑤ 所谓"兴与境诣""境与天会"皆

---

① 王世贞:《宋诗选序》,载郭绍虞主编《中国历代文论选》第3册,上海古籍出版社1980年,第110页。
② 王世贞:《艺苑卮言》卷1,第964页。
③ 王世贞:《艺苑卮言》卷1,第964页。
④ 郭绍虞:《中国文学批评史》,第370页。
⑤ 王世贞:《艺苑卮言》卷1,第961页。

第三章　明清诗学对《沧浪诗话》"悟"之重构："悟"之歧异

由"神合气完使之"。王世贞之"兴"乃天机自动，所以自然与"境"诣、与"境"会；而"神合气完使之"，实际就是严羽"入神"说的另一提法；要之，这一切都非"悟"不可得。王世贞还说："西京以还至六朝及韩、柳，便须铨择佳者，熟读涵咏之，令其渐溃汪洋。遇有操觚，一师心匠。气从意畅，神与境合，分途策驭，默受指挥，台阁山林，绝迹大漠，岂不快哉！世亦有知是古非今者，然使招之而后来，麾之而后却，已落第二义矣。"① 王世贞强调仔细学习前人诗歌，"熟读涵咏之，令其渐溃汪洋"；从而深入领"悟"其内在的神韵，并将其融入自己无意识心理结构中，以便诗人创作时能达到"气从意畅，神与境合"的境界。这同严羽主张由熟"参"而妙悟，庶几类似。总之，王世贞在强调诗"境"时始终都将其与"神"紧密联系在一起。所谓"神与境合""境与天会"等等，实际上都是指诗人在"神合气完"中达到"心物交感""物我融合"的天人相通境界。一言以蔽之，就是诗歌"入神"境界，这也是严羽"妙悟"所追求的最高艺术境界。王世贞诗学中"神与境触"的观念已深入涉及诗"悟"思想；他重构严羽诗学"妙悟""入神"论，突破七子僵化的复古观念，将明代诗学格调论引向一个新境界。

与王世贞交谊颇深的末五子之一的胡应麟坦承对严羽诗学的接受，他说："汉、唐以后谈诗者，吾于宋严羽卿得一悟字，于明李献吉得一法字，皆千古词场大关键。第二者不可

---

① 王世贞:《艺苑卮言》卷1，第964页。

偏废，法而不悟，如小僧缚律；悟不由法，外道野狐耳。"① 在接受"悟"的同时，他特别强调"法"，揭示了复古诗学对严羽诗学的具体展开和细化。胡应麟还提出"化"来解决"法"与"悟"之对立与冲突，并阐释了"化"与格调之关系。他说："近体盛唐至矣，充实辉光，种种备美，所少者曰大、曰化耳。故能事必老杜而后极。杜工诸作，真所谓正中有变，大而能化者。今其体调之正，规模之大，人所共知。惟变化二端，勘核未彻，故自宋以来，学杜者十九失之。不知变主格，化主境；格易见，境难窥。变则标奇越险，不主故常；化则神动天随，从心所欲。如五言咏物诸篇，七言拗体诸作，所谓变也。宋以后诸人竞相师袭者是，然化境殊不在此。"② 不管是格调，还是"化""境"，都是对严羽迷离恍惚"兴趣"论的具象和细化；这无疑是对严羽诗学思想的重构与发展。

　　胡应麟对复古格调诗学做了自己的理解和阐发，他说："作诗大要不过二端：体格声调，兴象风神而已。体格声调有则可循，兴象风神无方可执。故作者但求体正格高，声雄调鬯，积习之久，矜持尽化，形迹俱融，兴象风神，自尔超迈。譬则镜花水月，体格声调，水与镜也；兴象风神，月与花也。必水澄镜朗，然后花月宛然。讵容昏鉴浊流，求睹二者？故法所当先，而悟不容强也。"③ 胡应麟提出诗有"体格声调，兴象风神"，并以"镜花水月"为喻，具体说明了"法"与"悟"

---

① 胡应麟：《诗薮内编》卷5，《明诗话全编》第5册，江苏古籍出版社1997年，第5520页。
② 胡应麟：《诗薮内编》卷5，《明诗话全编》第5册，第5511页。
③ 胡应麟：《诗薮内编》卷5，《明诗话全编》第5册，第5520页。

所施对象,将严羽诗学"妙悟""兴趣"论未予明言的内容具体展开,实际就是对严羽诗"悟"之接受,对其"兴趣"之重构。可以说,胡应麟的诗学观点,是对明代复古诗学所接受的严羽诗"悟"的一种典型代表。

3. "法""悟"与"才"

明清易代之际,复古诗学在文人学士的深刻省思中遭到指斥,一度沉寂。清中期时,随着社会文化思潮逐渐缓和平稳,文士们开始对明代格调诗学进行较为客观的研讨。其中,叶燮及弟子沈德潜重新阐释了格调诗学,对"悟"与"法"及"才"等问题提出了自己的见解。叶燮对"悟"之"神与境会"境界做出了具体的阐发。他曾说:"如玄元皇帝庙作'碧瓦初寒外'句,……设身而处当时之境会,觉此五字之情景,恍如天造地设,呈于象、感于目、会于心。意中之言,而口不能言;口能言之,而意又不可解。划然示我以默会想象之表,竟若有内、有外,有寒、有初寒。特借'碧瓦'一实相发之,有中间,有边际,虚实相成,有无互立,取之当前而自得,其理昭然,其事的然也。……天下惟理事之入神境者,固非庸凡人可摹拟而得也。"① 所谓"理事之入神境者,固非庸凡人可摹拟而得也",强调"神境"从"理事"心领神"悟"而得,非"摹拟而得",从批评实践中指出了"学""悟"的关系。

他又阐发说:"又夔州雨湿不得上岸作'晨钟云外湿'句:以'晨钟'为物而'湿'乎?'云'外之物,何啻以万万计!且钟必于寺观,即寺观中,钟之外,物亦无算,何独湿钟乎?

---

① 叶燮:《原诗·内篇(下)》,人民文学出版社1961年,第30页。

然为此语者，因闻钟声有触而云然也。……此诗为雨湿而作，有云然后有雨，钟为雨湿，则钟在云内，不应云'外'也。斯语也，吾不知其为耳闻耶？为目见耶？为意揣耶？俗儒于此，必曰：'晨钟云外度。'又必曰：'晨钟云外发。'决无下'湿'字者。不知其于隔云见钟，声中闻湿，妙悟天开，从至理实事中领悟，乃得此境界也。"① 叶燮认为，"境界"须经由"妙悟天开"而"从至理实事中领悟"。这说明"神与境会"并不玄虚神秘，它其实是由日常至理实事构成。它不能由摹拟复现而得到，只能经由"妙悟天开"而实现。这既是对王世贞"神与境会"论的深入解释，也是对严羽诗学"妙悟"论的继承与重构。

需要指出的是，严羽诗"悟"包含"才"情天分（"别材别趣"）因素，但未具体阐明，经过明代前后七子对"法"的大规模实践，到王世贞时明确提出"才"的问题，他所谓"才生思，思生调，调生格；思即才之用，调即思之境，格即调之界"，鲜明地强调才思、才情，并认为这是联通"悟"与"法"的津梁。这就将严羽诗"悟"中未具体阐明的意涵揭示了出来。叶燮在此基础上更进一步，对诗学中的"才"情天分问题做了较为全面的探讨。他指出："大凡人无才，则心思不出；无胆，则笔墨畏缩；无识，则不能取舍；无力，则不能自成一家。"② 将"才"情天分与相关因素联系起来讨论，思路较格调说更开阔。他详述其关系说："大约才、识、胆、力，四者交相为济。苟一有所歉，则不可登作者之坛。四者无缓急，而要在先之以识；使无识，则三者俱无所托。无识而有胆，则

---

① 叶燮:《原诗·内篇（下）》，第31页。
② 叶燮:《原诗·内篇（下）》，第16页。

为妄、为卤莽、为无知,其言背理、判道,蔑如也。无识而有才,虽议论纵横,思致挥霍,而是非淆乱,黑白颠倒,才反为累矣。"①叶燮这样论"才",较之王世贞论"才"无疑更全面深刻,显然也是对严羽诗"悟"、诗"识"论的一种发展和创见。

沈德潜深入阐述了诗歌创作中学力与"才"情(也即"法"与"悟")的关系。他说:"作诗谓可废学,持严仪卿'诗有别才'之说而误用之者也。而反其说者又谓诗之为道全在征实,于是融洽贯串之弗讲,而剿猎僻书、篡组繁缛以夸奥博,若人挟类书一部即可以诗人自诩者。究之,驳杂支离锢其灵明,愈征实而愈无所得。夫天下之物以实为质,以虚为用。学,其实也。才,其虚也。以实运虚则滞,以虚运实则灵。……虚者足以用实,而学人之学非才人之才无以善之也。"②沈德潜对"作诗谓可废学""诗之道在征实"两种观点做了深入剖析,提出"以虚运实"、以才运学的观点。他强调"学人之学非才人之才无以善之",即诗歌创作、欣赏是一种特殊的情感活动,它不像学术研究那样须运用逻辑理性思维。它需要特殊的才情(即"才人之才")来领"悟"获得,这必然涉及"悟"。沈德潜认为诗歌创作需要"才人之才"来领"悟"诗人内在的生命情感,获得对现实生活的诗意体验;而"学人之学"虽不能体"悟"生命的诗意情感,却有助于认识、掌握诗歌艺术的形式技巧,从而提高诗歌创作的艺术水准。这样论述"才"与"学"、"悟"与"法"的关系就比较通达,也是对严羽"别材"、

---

① 叶燮:《原诗·内篇(下)》,第29页。
② 沈德潜:《许双渠抱山吟序》,《沈德潜诗文集》,人民文学出版社2011年。

"别趣"论、诗"悟"、诗"识"论的进一步阐发与重构。然而,与明代复古派格调论只强调形式技法不同,沈德潜之格调论还强调诗歌情感内容必须合乎温柔敦厚的儒家诗教。这就使得格调说在诗歌情感内容上也趋于保守,其实质是对严羽诗学精神的背离。

总体说来,明清复古诗学格调论主旨在于强调从音律、字句等形式方面学习盛唐诗歌的技巧"法"度。在学习实践"法"的同时,他们也强调诗"悟"。然而,他们的诗"悟"同江西诗"悟"类似,仅局限于领悟诗歌的格调形式。严羽诗"悟"被格调诗学落实为追求具体的形式技"法"。而且,由于天分才情限制,格调论者大多只知摹古,而不知新变神"悟"。一言以蔽之,严羽之诗"悟"被接受,而其所"悟"之"兴趣"则被重构为"格调"。

二、"悟"歧异之二:"性灵"

明清格调派诗学强调从格调形式上学习盛唐诗歌技"法",这从诗歌形式方面实践了严羽诗学师法盛唐的要旨。然而,严羽所谓师法盛唐实质乃是要改变江西诗学作诗理性化的弊端,恢复诗歌创作的鲜活诗意;因此,严羽师法盛唐其实还包含更重要的含义,那就是要从诗歌情感内容上改变江西诗派"以文字为诗,以才学为诗,以议论为诗"的缺陷。格调论者虽注意到这一点,如批评"宋诗主理",强调诗歌须有"兴"发动、"情"触感等等,但是,格调论者更多的精力在于学习盛唐诗"法"格调,尚无力解决临摹师法过程中抒发自我真情的问题;因而,格调论者常常被人诟病为摹拟剽窃。七子之后,公安、竟陵竞相崛起，所针对就是格调派复古、拟古而无本我真性情的问题。

1. "童心"与"性灵"

在前后七子主导文坛时，王阳明心学逐渐取代程朱理学而占据社会文化思潮的主导地位。宋代理学有"心统性情"论，程朱理学主张"心之体"即"天理"（又称"道心"，区别于"心之用"，即"人心"或"人欲"），强调"性即理"、"性其情"，实质是以"理"宰制"心"，以"理"统性情。与理学不同，王阳明心学主张"心即理"，强调以"心"而非"理"统性情；阳明此"心"（"良知"）类似于禅学之"本心"（"本源清净心""平常心"；关于阳明心学与禅学之关系，学界早有定论），是一种本体。阳明四句教（"无善无恶心之体，有善有恶意之动，知善知恶是良知，为善去恶是格物"）表明此"心"包容善恶，超越善恶，兼有理性和感性色彩，与理学之"理"迥异。阳明此"心"在王学左派那里被发展至极端，鲜明地凸出了人的自然本性与情感。其代表人物李贽明确肯定人们自然本性的正当性，他指出："穿衣吃饭，即是人伦物理。除却穿衣吃饭，无伦物矣。世间种种，皆衣与饭类耳。故举衣与饭，而世间种种自然在其中，非衣饭之外，更有所谓种种绝与百姓不相同者也。"[①]人伦物理不是理学家所供奉的神圣的高高在上的神秘"天理"，而是和普通百姓生活息息相关的本性欲求，这和禅宗"平常心""行住坐卧，应机接物尽是道"的精神是一脉相承的。

李贽对文人思想人格影响最大的还是其"童心说"，他指

---

① 李贽：《焚书》卷1，社会科学文献出版社2000年。

出,"童心者,真心也。若以童心为不可。是以真心为不可也。夫童心者,绝假纯真,最初一念之本心也。若失却童心,便失却真心;失却真心,便失却真人。人而非真,全不复有初矣。"① 此"本心",类似于老子所谓婴儿"赤子之心",从无伪绝假的真人角度看,二者相似。然而,婴儿所有的只是本能的人性情感,进入到社会生活中后,人会失去此宝贵的童心。为何如此?李贽说:"盖方其始也,有闻见从耳目而入,而以为主于其内而童心失。其久也,道理闻见日以益多,则所知所觉日以益广,于是焉又知美名之可好也,而务欲以扬之而童心失;知不美之名之可丑也,而务欲以掩之而童心失。"② 闻见知觉、是非道理会改变人们的心态,从而影响对世界的看法,于是,各种执念(佛禅谓之"妄念")便会产生,成为童心全失的假人。

很显然,人在社会中生活,经验常识、读书明理是少不了的,那么,如何应对处理这些经验知识而葆有童心呢?李贽并没有像老子那样主张"绝圣弃智",也不似庄子那般"坐忘""心斋",更非一般人以为的不读书。李贽指出:"古之圣人,曷尝不读书哉!然纵不读书,童心固自在也,纵多读书,亦以此护此童心而使之勿失焉耳。"③ 不读书,固然能保持童心不失;但古代圣人书并非不读书。一般人读书被知识道理所累,圣人读书不会为书所累;正如王弼所谓圣人"应物而无累于物",圣人读书能够更好地保护童心使其勿失。李贽前驱陈

---

① 李贽:《童心说》,《焚书》卷3。
② 李贽:《童心说》,《焚书》卷3。
③ 李贽:《童心说》,《焚书》卷3。

第三章　明清诗学对《沧浪诗话》"悟"之重构："悟"之歧异

献章所谓"无累于外物，无累于形骸"之"得道"①，就是此意；可惜此思想只是草蛇灰线，未被凸显出来而已。佛禅所谓"心迷法华转，心悟转法华"，也是这个道理。从这个角度看，李贽"童心"更接近佛禅"本源清净心"（"本心"），而非老子的"婴儿""赤子之心"。

袁宏道与李贽有密切交往，深受其"童心说"思想影响。袁宏道强调诗人必须抒发内心真实的生命情感，不要掺杂任何道德功利思想。他指出，诗人创作"大都独抒性灵，不拘格套，非从自己胸臆流出不肯下笔。有时情与境会，顷刻千言，如水东注，令人夺魄。其间有佳处，亦有疵处，佳处自不必言，即疵处亦多本色独造语"。②所谓"独抒性灵"即认为诗歌应抒写诗人内在的真实心灵情感，应该是生命天性（即使"疵处"亦是天性）的自然流露，所谓"本色独造语"也，这实际就是"童心"思想在诗学中的体现。袁宏道"独抒性灵"的思想反对理学思想扭曲诗人心灵人格，这类似于严羽诗"悟"反对理学思想支配、控制诗学。袁宏道之"性灵"、严羽之"兴趣"本质上相通，两者本意都在于重新激活人们对生命灵性的诗意体验；简言之，就是重获"诗心"。

除了在诗学中翻版李贽"童心"思想，袁宏道还将"性灵"思想阐释为"真""趣""韵"等观念。既然诗人要"独抒性灵"，抒写内心真实的情感体验，那么任何虚伪矫饰都会破坏本色情感的真实性。根据这一点，袁宏道指出："大抵物真则

---

① 陈献章：《与太虚》，《陈献章集》，中华书局1987年。
② 袁宏道：《序小修诗》，《明诗话全编》第6册，江苏古籍出版社1997年，第6782页。

贵，真则我面不能同君面，而况古人之面貌乎。"[①] "其万一传者，或今闾阎妇人孺子所唱《擘破玉》《打草竿》之类，犹是无闻无识真人所作，故多真声，不效颦于汉、魏，不学步于盛唐，任性而发，尚能通于人之喜怒哀乐嗜好情欲，是可喜也。"[②] 这明显是针对格调派复古论调而倡导的主张。格调派其实也意识到"真"之可贵，李梦阳所云"真诗在民间"与袁宏道"今闾阎妇人孺子所唱《擘破玉》《打草竿》之类，犹是无闻无识真人所作"岂不是一个意思？奈何格调派文人专注于辞工而寡情，更少"真"情，所以袁宏道特别强调"真"。袁宏道所谓"真"，指诗人内心未受道德功利理性污染的真实情感；它发自肺腑，出自"性灵""本心"，与格调文人拟古的优孟衣冠截然不同。然而，即便情"真"也不一定就能做出好诗，赵凡夫曾云："情真、景真，误杀天下后世。不典不雅，鄙俚叠出，何尝不真？于诗远矣。古人胸中无俗物，可以真境中求雅；今人胸中无雅调，必须雅中求真境。如此求真，真如金玉；如彼求真，真如砂砾矣。大抵汉唐之真如此，宋人之真如彼；初、盛之真如此，晚唐之真如彼。二法悬殊，不可不辩。"[③] 这也就是说，不真绝不可能有好诗，但只讲真也不能保证就有好诗。要写出好的古典诗歌，除了性情必真这个基本前提外，还必须重视诗歌的法度技巧，还应该有对品格、境界的追求，否则，即使是真性情的流露，也有可能流入鄙俗。[④]

---

① 袁宏道：《丘长孺》，《明诗话全编》第 6 册，第 6783 页。
② 袁宏道：《序小修诗》，《明诗话全编》第 6 册，第 6783 页。
③ 许学夷：《诗源辩体》卷 32，人民文学出版社 1987 年，第 309 页。
④ 廖可斌：《关于明代文学与清代文学的关系———以诗学为中心的考察》，《文学评论》2016 年第 5 期。

"真"出自"本心","趣"亦来自"性灵",袁宏道指出:"世人所难得者唯趣,趣如山上之色,水中之味,花中之光,女中之态,虽善说者不能下一语,唯会心者知之。……夫趣得之自然者深,得之学问者浅,当其为童子也,不知有趣,然无往而非趣也。面无端容,目无定睛,口喃喃而欲语,足跳跃而不定。……孟子所谓不失赤子,老子所谓能婴儿,盖指此也。趣之正等正觉,最上乘也。山林之人,无拘无束,得自在度日,故虽不求趣,而趣近之。……迨夫年渐长,官渐高,品渐大,有身如梏,有肉如棘,毛孔骨节,俱为闻见知识所缚,入理愈深,然其去趣愈远矣。"[1] 袁宏道之"趣"与严羽之"兴趣""别趣"有内在的逻辑关联。简言之,它们与逻辑理性、道德功利没有关系,是对个人主体性的张扬。稍有不同的是,"兴趣"指一种生命情感形式;尽管主体性色彩较突出,但整体基本保持在主客和谐的状态。而性灵派之"趣"由于心学"童心"说影响,已经逐渐突破主客和谐的自然状态,上升为一种个性解放的自由思想,这是一种接近于现代意义的强调主体性的思想。

　　袁宏道所谓"韵"更彰显出"性灵"的主体性特质。他指出:"山有色,岚是也,水有文,波是也。学道有致,韵是也。……大都士之有韵者,理必入微,而理又不可以得韵。故叫跳反掷者,稚子之韵也。嬉笑怒骂者,醉人之韵也。醉者无心,稚子亦无心。无心故理无所托,而自然之韵出焉。由是以

---

[1] 袁宏道:《叙陈正甫〈会心集〉》,《明诗话全编》第6册,第6784页。

观,理者,是非之窟宅,而韵者,大解脱之场也。"① 在此语境中,"韵"与"趣"一样,都是与"学""理"相对的范畴。袁宏道之"趣"是主体"性灵"的外在表现,如儿童天真无暇、山林人自由无碍等;其中包含"本心"对外物的感受。"韵"亦完全是主体率真性情("性灵")的流露,是诗人"本心"的显现。

与"性灵"派诗学相比较,严羽之"兴趣"并不排斥"理"。尽管他说诗关"别趣",但他也说诗人如果不多穷理(这自然要求学习师古),就不能达到诗的极致,这是注重主客统一的灵活观点。袁宏道则认为,不能有任何道德功利理性思想介入;一旦有道德功利理性思想介入,主体就会失去"趣"与"韵",就没有"性灵";与当时主流诗学(以儒家诗学为代表)的断裂比较决绝。如果说严羽之"兴趣"是主观感性和客观理性统一的诗学范畴,那么袁宏道之"趣""韵"则是偏重主观感性、排斥客观理性的诗学范畴。这必然发展出"性灵"派诗学"师心自用",反对拟古、复古的激进主张。性灵诗学之"趣""韵"范畴虽避免了理性化的污染,保持了诗人"本心"的自然灵性。然而,如果只顾抒发自我性灵,师心自用,一味沉浸于自我"本心",丝毫不暇顾及古人(在某种意义上也是他人)的情感心灵世界,其结果只能是自我的"本心"也无法被他人容纳和理解。这种主张落实到实践中,就只能使其创作缺少历史文化底蕴,从而使创作空间变得愈加狭隘。公安三袁之后的竟陵派也面对着和性灵派类似的困境。

---

① 袁宏道:《寿存斋公七十序》,《袁中郎全集》卷2,上海古籍出版社1981年。

第三章　明清诗学对《沧浪诗话》"悟"之重构:"悟"之歧异

既然不师古,那么如何获得"趣""韵"性灵呢？一般人以为性灵派只是教人恢复"童心",从而能自动获得"性灵",其他一概不谈。但其实,公安派还是主张学习古人的,袁宏道论"悟"就鲜明地体现出这一点。他指出,"古之为文者,刊华而求实,敝精神而学之,唯恐真之不及也。博学而详说,吾已大其蓄矣,然犹未能会诸心也。久而胸中涣然,若有所失焉,如醉之忽醒,而涨水之思决也。虽然,试诸手犹若掣也。一变而去辞,再变而去理,三变而吾为文之意忽尽,如水之极于淡,而芭蕉之极于空。机境偶触,文忽生焉。风高响作,月动影随。天下翕然而文之,而古之人不自以为文也,曰'是质之至焉者矣'。"① 今人将其阐释为灵感问题,② 有一定道理。

但实际上,这是袁宏道对整个诗"悟"过程的描述:"博学而详说,吾已大其蓄矣"指通过广泛深入的学习研究(古人优秀作品),提高自己的艺术积累,为诗歌创作做准备,这是诗"悟"的准备。"久而胸中涣然,若有所失焉,……一变而去辞,再变而去理,三变而吾为文之意忽尽"指将学到的东西融会贯通,融入自己无意识的深层心理结构,而不再停留于表面上刻意追求言辞、义理及文意,这是对诗"悟"复杂过程深刻的揭示;这一过程蕴含着对古人作品的深入学习研究,是实实在在的"师古"。"机境偶触,文忽生焉"指诗歌创作的灵感瞬间,这是诗"悟"短暂瞬间的高潮环节。诗"悟"作为一种直觉体验,虽只是一个短暂过程,与转瞬即逝的灵感本质上相通;但在理论上,诗"悟"还是比"灵感"包容更复杂丰富的过程。

---

① 袁宏道:《行素园存稿引》,《袁中郎全集》卷3。
② 成复旺等:《中国文学理论史》第3册,北京出版社1987年,第252页。

"风高响作,月动影随。天下翕然而文之,而古之人不自以为文也"意指,由诗"悟"创造的诗歌完全出于自然,诗人好像在无意识状态中自动创作诗歌,此即宋人的"无意为文"。由此可见,"机境偶触"说既可指灵感,更指顿然了"悟"创作对象;它与"触物起情"的"兴"体论也可相通。

袁宏道这样论诗"悟",就不是一般所认为的"独抒性灵",只论"真""韵""趣";实际上,像严羽诗学一样,他也师法学习古人。只不过,他没有像严羽那样明确主张"师法盛唐"而已。稍晚,其弟袁中道更是意识到"不拘格套"的流弊,明确主张学习唐人诗以补偏救弊,他指出:"诗以三唐为的,舍唐人而别学诗,皆外道也。国初,何、李变宋元之习,渐近唐矣。隆、万七子辈,亦效唐者也。然倡始者不效唐诸家,而效盛唐一二家,若维若倾,外有狭不能收之景,内有郁不能畅之情,迫胁情境,使遏抑不得出,而仅仅矜其縠,率以为必不可逾越,其后浸成格套,真可厌恶。后之有识者矫之,情无所不写,景无所不收,而又渐见俗套,而趋于俚矣。……当熟读汉魏及三唐人诗,然后下笔,切莫率自吟臆,便谓不阡不陌可以名世也。……取汉魏三唐诸诗,细心研入,合而离,离而复合,不效七子诗,亦不效袁氏少年未定诗,而宛然复传盛唐诗之神,则善矣!"① 袁中道指出七子格套之弊,也认识到性灵派俚俗之病,他给出的"熟读汉魏及三唐人诗"的药方同严羽如出一辙。其后,竟陵派延续了公安派抒发性灵的思路,并以"求古人真诗"补救其弊。

---

① 袁中道:《蔡不瑕诗序》,《明诗话全编》第 7 册,第 7122、7123 页。

2. "性灵"与"真""趣"

竟陵派钟惺、谭元春继承并发挥了公安派崇尚性灵、反对模仿的诗学观点。他们认为诗歌要抒发自己内心的真实性情。钟惺说："夫诗道性情者也，发而为言，言其心之所不能不有，非谓其事之所不可无而必欲有言也。以为事之所不可无而必欲有言者，声誉之言也；不得已而有言，言其心之所不能不有者，性情之言也。"① 谭元春也说："夫作诗者，一情独往，万象俱开，口忽然吟，手忽然书。即手口原听我胸中之所流，手口不能测；即胸中原听我手口之所止，胸中不可强。"② 两人都主张诗歌应该抒写心中真切的情感，不应该为陈规旧俗所拘束。这种意思近似于公安派"独抒性灵，不拘格套"的主张。钱谦益指出："世之论者曰：钟、谭一出，海内始知性灵二字。"③ 也指出了他们与公安派的内在联系。

竟陵派钟、谭在主张性灵时还提出与公安派类似的"灵""妙"与"趣"以贯彻性灵论。如钟惺指出："今之选东坡文者多矣，不察其本末，漫然以趣之一字尽之；……夫文之于趣，无之而无之者也。譬之人，趣其所以生也，趣死则死。人之能知觉运动以生者，趣所为也。能知觉运动以生，而为圣贤、为豪杰者，非尽趣所为也。故趣者止于其足以生而已。……是故老、庄者，出世之文之妙者也，毅然斥之不疑；商、韩者，经世之文之妙者也，竟鄙其人、陋其说而已。夫

---

① 钟惺：《陪郎草序》，《明诗话全编》第 7 册，第 7568 页。
② 谭元春：《汪子戊巳诗序》，《明诗话全编》第 9 册，第 9060 页。
③ 钱谦益：《列朝诗集小传·谭解元元春》，上海古籍出版社 2008 年。

东坡而非文人也则可,东坡而文人也,岂有不知其文之妙者哉!"① "妙""趣"并论,接近严羽诗学之"妙悟""兴趣"精神;这与钟、谭二人深厚的佛禅修养也有一定联系。谭元春曾记述钟惺精研佛禅说:"研精《楞严》,眠食藩涵,皆执卷熟思,著《如说》十卷,病卧犹沾沾念之。"② 他自己也浸染佛禅,自诩说:"明公以佛作诗,而春以诗作佛。"③ 这表明二人对佛禅有较深了解。今人指出,(钟、谭评诗)"好用'幽'、'微'、'幻'、'说不出'等字,即禅人所谓'不可说'、'不可说'也。"④ 可以说,钟、谭之"妙""趣"论受佛禅思想启示,亦如严羽之"妙悟""兴趣"受佛禅之启发。

公安派性灵诗学求"真"贵"趣",钟、谭二人则主张在性灵诗学"真""趣"论基础上"求古人真诗所在";钟惺说:"今非无学古者,大要取古人之极肤、极狭、极熟,便于口手者,以为古人在是。使捷者矫之,必于古人外,自为一人之诗以为异,要其异,又皆同乎古人之险且僻者,不则其俚者也,则何以服学古者之心?无以服其心,而又坚其说以告人曰:'千变万化不出古人'。问其所为古人,则又向之极肤、极狭、极熟者也。世真不知有古人矣。惺与同邑谭子元春忧之,内省诸心,不敢先有所谓学古、不学古者,而第求古人真诗所在。"⑤ 不同于公安派"不拘格套"的师心自用,钟、谭重视师

---

① 钟惺:《东坡文选序》,钟惺评选《东坡文选二十卷》,明万历刻本。
② 谭元春:《退谷先生墓志铭》,《谭元春集》,上海古籍出版社1998年,第682页。
③ 谭元春:《谭元春集》,第755页。
④ 钱锺书:《谈艺录》,三联书店2008年,第262页。
⑤ 钟惺:《古诗归·序》,《明诗话全编》第7册,第7321页。

法前人，力图找到古人真诗所在，这就需要学习古人，需要读书养气。钟、谭有感于前人诗中深厚的生命体验，他们提出"厚"之境界。

钟惺说："夫所谓反覆于厚之一字者，心知诗中实有此境也；其下笔未能如此者，则所谓知而未蹈、期而未至、望而未之见也。何以言之？诗至于厚而无余事矣。然从古未有无灵心而能为诗者，厚出于灵，而灵者不即能厚。弟尝谓古人诗有两派难入手处：有如元气大化，声臭已绝，此以平而厚者也，《古诗十九首》、苏、李是也；有如高岩浚壑，岸壁无阶，此以险而后者也，汉《郊祀》、《铙歌》、魏武帝乐府是也。非不灵也，厚之极，灵不足以言之也。然必保此灵心，方可读书养气，以求其厚，若夫以顽冥不灵为厚，又岂吾孩之所谓厚哉！"① 在此，钟惺明确提出要读书养气，从而体验古人深"厚"的境界。

谭元春也对"灵"与"厚"二者关系提出自己的看法，他说："夫诗文之道，非苟然也。其大患有二：朴者无味，灵者有痕。故有志者常精心于二者之间，而验其候以为浅深。必一句之灵能回一篇之运，一篇之朴能养一句之神，乃为善作。谭子曰：古人一语之妙，至于不可思议，而常借前后左右宽裕朴拙之气，使人无可喜而忽喜焉。如心居内，目居外，神光一寸耳，其余皆皮肉肤毛也。若满身皆心，心外皆目，人乃大不祥矣！"② 这就与严羽诗学倡导学习前人诗歌精神一脉相承，而比公安派师心自用更合乎诗学实践，也是对公安派性灵诗学的

---

① 钟惺：《与高孩子观察》，《明诗话全编》第 7 册，第 7575 页。
② 谭元春：《题简远堂诗》，《明诗话全编》第 9 册，第 9078 页。

一个发展。

公安派性灵诗学对性灵(即人内心真实的情感、感受)做了全面深刻地讨论,这与七子复古诗学的格调技法讨论迥异其趣。但他们分别从审美情感和形式技巧两个角度对严羽诗学做了详细讨论,并做出了一定的推进。紧承公安派,竟陵派以"灵""妙""趣""厚"等观念深入揭示了性灵内涵,继承并发展了严羽诗学"兴趣"论。而且,竟陵派"诗,活物也"、"诗,清物也"论还在一定程度上拓展了严羽诗学"兴趣"论的理论空间。钟惺说:"诗,活物也。游、夏以后,自汉至宋,无不说《诗》。不必皆有当于诗,而皆可以说诗,其皆可以说《诗》者,即在不必皆有当于诗之中,非说《诗》者之能如是,而诗之为物,不能不如是也。……夫诗,取断章者也。断之于彼,而无损于此;此无所予,而彼说之。说《诗》者盈天下,达于后世,屡迁数变,而诗不知;而诗固已明矣,而诗固已行矣。然而诗之为诗自如也,此《诗》之所以为《经》也。……业已刻之吴兴,再取披一过,而趣以境生,情由目徙,已觉有异于前。友人……难予曰:'过此以往,子能更取而新之乎?'予曰:'能。以予一人心目,而前后已不可强同矣。后之视今,犹今之视前,何不能新之有?'盖诗之为物,能使人至此,而予亦不自知,乃欲使宋之不异于汉,汉之不异于游、夏,游、夏之说《诗》,不异于作《诗》者,不几于刻舟而守株乎?故说《诗》者散为万,而《诗》之体自一;执其一,而《诗》之用且万。噫!此《诗》之所以为'经'也。"[①]诗为"活物",不因人们断章取义而失掉本来生命,它是有生命力的事物,是在

---

① 钟惺:《诗论》,《明诗话全编》第 7 册,第 7552 页。

发展变化的，也不会几千年都一成不变，而是常读常新的。谢榛将诗比作"造物"，也蕴含此意。视诗为"造物""活物"的阐释是对严羽将诗视作由体制、格力、兴趣、气象、音节组成的生命体（陶明浚将其喻为体干、筋骨、精神、仪容、言语）的发展和重构，是一种较新的阐释。

钟惺还曾说："诗，清物也，其体好逸，劳则否；其地喜净，秽则否；其境取幽，杂则否；其味宜淡，浓则否；其游止贵旷，拘则否。之数者，独其心乎哉！"① 钟惺分别从外在氛围、内在感受等方面对诗为"清物"的论断做了阐释，这就比严羽以镜花水月释"兴趣"具体得多，也全面丰富得多。结合"活物""清物"两种观念的具体内涵来看，竟陵派对严羽诗学"兴趣"论的揭示较之公安派要具体深入得多，这也是对严羽诗学的重构拓展。

3. "性灵"与"性情"

在公安、竟陵之后，对性灵论诗学做出突破性阐释的是袁枚。和公安派一样，袁枚论诗也主性灵，他曾说："自三百篇至今，凡诗之传者，都是性灵，不关堆垛。"② 袁枚认可心学"真"之思想，曾援引王阳明说："王阳明先生云：'人之诗文，先取真意。譬如童子垂髫肃揖，自有佳致；若带假面，伛偻而装须髯，便令人生憎。'顾宁人与某书云：'足下诗文非不佳。奈下笔时，胸中总有一杜一韩放不过去，此诗文之所以不至

---

① 钟惺：《简远堂近诗序》，《明诗话全编》第 7 册，第 7554 页。
② 袁枚：《随园诗话》卷 5，人民文学出版社 1960 年，第 146 页。

也。'"① 同公安派类似,他也欣赏"真"之"趣",他说:"熊掌、豹胎,食之至珍贵者也;生吞活剥,不如一蔬一笋矣。牡丹、芍药,花之至富丽者也;剪彩为之,不如野蓼、山葵矣。味欲其鲜,趣欲其真,人必知此,而后可与论诗。"② 袁枚服膺于李贽"童心说"思想,指出:"余尝谓:诗人者,不失其赤子之心者也。沈石田《落花》诗云:'浩劫信于今日尽,痴心疑有别家开。'卢仝云:'昨夜醉酒归,仆倒竟三五。摩挲青莓苔,莫嗔惊着汝。……近人陈楚南《题背面美人图》云:'美人背倚玉阑干,惆怅花容一见难。几度唤他他不转,痴心欲掉画图看。'妙在皆孩子语也。"③ 这明确表明他受到"童心"说的影响。

从所受心学思想影响来看,袁枚的"性情"偏重于感性之性"情",而不同于道学家道德理性化的情"性"。它与严羽所谓"诗者,吟咏情性"之"情性"较相近。袁枚说:"诗者,由情生者也,有必不可解之情,而后有必不可朽之诗。"④ 就表达了这个意思。他还说:"最爱周栎园论诗曰:'诗,以言我之情也,故我欲为则为之,我不欲为则不为。原未尝有人勉强之,督责之,而使之必为诗也……'"⑤ 诗歌是抒发自己内心的真情的,勉强和督责都不能作诗,因为内心的真情是勉强不来的。袁枚在强调抒发真情、"师心"自用的同时,也注重"师古",强调学习前人优秀的诗歌艺术成就。这与公安

---

① 袁枚:《随园诗话》卷3,第70页。
② 袁枚:《随园诗话》卷1,第20页。
③ 袁枚:《随园诗话》卷3,第74页。
④ 袁枚:《答蕺园论诗书》,载王英志主编《袁枚全集》,江苏古籍出版社1993年。
⑤ 袁枚:《随园诗话》卷3,第73页。

派不同。袁枚指出，"不学古人，法无一可；竟似古人，何处著我。"① "万卷山积，一篇吟成，诗之与书，有情无情。钟鼓非乐，舍之何鸣，易牙善烹，先修百姓。不从糟粕，安得精英？曰不关学，终非正声。"② 和严羽一样，袁枚认为诗歌创作要以吟咏情性为主，但知识学问也是诗歌创作的重要因素，它能有助于提高诗歌创作的艺术水准。如果没有知识学问铺垫，而只凭才情写作，必然会使诗歌创作走向越来越狭隘的空间，公安派就是前车之鉴。因此，袁枚既强调诗歌抒发内心的"真""情性"，要"著我"；同时又强调学习前人优秀诗歌的成就，要"师古"。他曾说："诗境最宽，有学士大夫读破万卷，穷老尽气，而不能得其阃奥者。有妇人女子、村氓浅学，偶有一二句，虽李、杜复生，必为低首者。此诗之所以为大也。作诗者必知此二义，而后能求诗于书中，得诗于书外。"③ 这是对严羽诗学"诗有别材，非关书也；诗有别趣，非关理也。然非多读书、多穷理，则不能极其至，所谓不涉理路、不落言筌者，上也"的具体阐释，也是对"师古"与"著我"矛盾关系的辩证认识，较为通达。

袁枚在强调吟咏性情、表达真情的同时，也重视诗歌"神韵"趣味。袁枚认为，"格调"可后天学而会，"神韵"趣味则是先天真性情，不能强学而得；在很大程度上它取决于各人的天分才情。他说："足下论诗讲体格二字，固佳；仆意神韵二

---

① 袁枚:《续诗品·著我》，载郭绍虞等编《中国历代文论选》第3册，第479页。
② 袁枚:《续诗品·博习》，《中国历代文论选》第3册，第476页。
③ 袁枚:《随园诗话》卷3，第88页。

字尤为要紧。体格是后天空架子,可仿而能;神韵是先天真性情,不可强而至。"① 通过天分才情,袁枚将性灵、格调与神韵统一了起来。今人指出:"假使说'性'接近于实感,则'灵'接近于想象,而随园诗论也即是实感与想象的综合""假使说'性'是情的表现,则'灵'便是才的表现,而随园诗论也可说是情与才的综合""假使说'性'近于韵,则'灵'便近于趣,而随园诗论又可说是韵与趣的综合。"② 通过揭示随园诗论清空与质实的两面性,郭绍虞恰当地指出袁枚诗论是质实"性情"与空灵"韵"趣两者的统一。

"神韵"趣味既是先天真性情,自然与各人天分联系紧密。袁枚指出:"凡作诗,写景易,言情难。何也?景从外来,目之所触,留心便得;情从心出,非有一种芬芳悱恻之怀,便不能哀感顽艳。然亦各人性之所近:杜甫长于言情,太白不能也。永叔长于言情,子瞻不能也。王介甫、曾子固偶作小歌词,读者笑倒,亦天性少情之故。"③ "诗文之道全关天分,聪颖之人,一指便悟。霞裳初见余时,呈诗十余首。余不忍拂其意,尽粘壁上,渠亦色喜。遂同游天台,一路唱和,恰无一言及其前所呈诗也。往返两月,霞裳归家,急奔园中,取壁上诗撕毁烧之,对余大笑。"④ 袁枚所谓"天分""聪颖",在此是指对现实生活中的诗意情感具有比一般人更细微、更敏锐的感受领"悟"能力,王介甫、曾子固因"天性少情之故",天分较

---

① 袁枚:《答李少鹤》,王英志主编《袁枚全集》。
② 郭绍虞:《中国文学批评史》,第568、569页。
③ 袁枚:《随园诗话》卷6,第183页。
④ 袁枚:《随园诗话》卷14,第488页。

差,"悟"性一般。诗人作诗须"悟",要领"悟"出现实生活中的诗意情感;这仅靠逻辑思维根本不行。只有"悟"才能把握诗的内在艺术特征,区分诗与非诗、好诗与坏诗;这与严羽诗"悟"的第一层含义大致相同。只是,严羽比较重视理性学习积累,而袁枚更强调诗人的先天才情;这正是对严羽诗"悟"的深化发展。

袁枚认为诗人天才、性情体现在诗"悟"中,所谓"鸟啼花落,皆与神通。人不能悟,付之飘风。惟我诗人,众妙扶智。但见性情,不著文字。宣尼偶过,童歌沧浪。闻之欣然,示我周行。"① 此"悟"与严羽"悟"而"入神"的含义相通。"鸟啼花落,皆与神通"指世间万物内在生命可以相通,它们统一在"入神"境界,即心物交融、物我合一的天人相通境界,这种境界非"悟"不可得。只有心领神"悟"此通"神"境界,诗人才能把握诗歌的意境韵味。性灵之"悟"正如今人所言:"盖性之灵言其体,悟之妙言其用,二者本一气相通。悟妙必根于性灵,而性灵所发,不必尽为妙悟;妙悟者,性灵之发而中节,穷以见几,异于狂花客慧、浮光掠影。此沧浪之说,所以更为造微。"② 这表明,袁枚性灵之"悟"既继承了严羽诗"悟"的一些特点,同时又对它进行了重构。

考察袁枚诗学的总体观念,可以发现,与公安派从心学(尤其是李贽"童心说")角度论性灵不同,袁枚主要从各人的

---

① 袁枚:《续诗品·神悟》,《中国历代文论选》第 3 册,第 478 页。
② 钱锺书:《谈艺录》,第 201 页。

天分才情角度论述性灵。^① 这是对严羽诗学"妙悟""兴趣"论的发展与重构。公安派的性灵论主要揭示了严羽诗学"兴趣"中的"真""趣""韵"等意涵，而袁枚则揭示了严羽"妙悟"（包括"兴趣"）中的天分才情要素，并且，袁枚还从严羽诗学上溯到其前驱杨万里那里。他说："杨诚斋曰：'从来天分低拙之人，好谈格调，而不解风趣，何也？格调是空架子，有腔口易描；风趣专写性灵，非天才不办。'余深爱其言。须知有性情，便有格律，格律不在性情外。《三百篇》半是劳人思妇率意言情之事，谁为之格，谁为之律？而今之谈格调者，意能出其范围否？况皋、禹之歌，不同乎《三百篇》；国风之格，不同乎雅、颂，格岂有一定哉？许浑云：'吟诗好似成仙骨，骨里无诗莫浪吟。'诗在骨不在格也。"^② 受杨万里启发，袁枚将性灵（性情）、格调（格律）与天分才情三者联系起来，阐释了自己对明清诗学主要论题（格调、性灵与神韵）的看法。这样说，能够在一定程度上解释为何自严羽提出好诗标准（师法盛唐）后的几百年间只有极少数人能做出这样的好诗。其中原因固然复杂，但从诗人主体性角度看，无疑是因为诗人缺乏天分才情的缘故。不仅提出独创性诗学观念但短于才情的严羽做不出好诗来，就是开宗立派的王士禛也被袁枚讥为情伪才涩；毕竟他也说过"阮亭主修饰，不主性情，观其到一处必有诗，诗中必

---

① 张健认为公安派的性灵说系建立在心学基础之上，而袁枚的性灵说则建立在才性论基础之上（张健《清代诗学研究》第 16 章"古典与近代之间：袁枚的性灵说"，北京大学出版社 2000 年），有参考性，见第 726 页。
② 袁枚：《随园诗话》卷 1，第 2 页。

第三章 明清诗学对《沧浪诗话》"悟"之重构:"悟"之歧异

有典,可以想见其喜怒哀乐之不真矣"① 这样的话。

基于对天分才情无比推崇的立场,袁枚消解了严羽诗学"以盛唐为法"的第一义原则,他认为:"诗有工拙,而无古今。"② 这样,只要是有天分才情的诗,都会受到他赏识,都会被他学习,这就不存在所谓师古、师心之争了。他自称:"余于古人之诗,无所不爱,恰无偏嗜者;于今人之诗,亦无所不爱……"③ 所以,"人或问余以本朝诗,谁为第一?余转问其人,'《三百篇》以何首为第一'?其人不能答。余晓之曰:'诗如天生花卉,春兰秋菊,各有一时之秀,不容人为轩轾。音律风趣,能动人心目者,即为佳诗;无所为第一、第二也。'有因其一寸偶至而论者,如'不愁明月尽,自有夜珠来'一首,宋居沈上;'文章旧价留鸾掖,桃李新阴在鲤庭'一首,杨汝士压倒元、白是也。有总其全局而论者,如唐以李、杜、韩、白为大家,宋以欧、苏、陆、范为大家是也。若必专举一人,以覆盖一朝,则牡丹为花王,兰亦为王者之香。人于草木,不能评谁为第一,而况诗乎?"④ 这样论诗,的确是只见才情天分而不拘泥于祧唐祢宋的。

以天分才情固然可以解释为何严羽能提出好的诗学理论却做不出好诗来,也能说明前后七子亦步亦趋于格调技法但其诗作为何乏善可陈。是的,各人天分才情有限,做出的诗好不到哪里去。但是,将格调、性灵、神韵等问题都归结于天才,等

---

① 袁枚:《随园诗话》卷 3,第 81 页。
② 袁枚:《与沈大宗伯论诗书》,《袁枚全集》(文集卷 17),江苏古籍出版社 1993 年。
③ 袁枚:《随园诗话》卷 4,第 123 页。
④ 袁枚:《随园诗话》卷 3,第 70 页。

于是将问题悬置起来,置于一个不可讨论的位置,这无异于在学理上为这个自明清以来纷争不绝的问题划上了句号。[①]然而,一个不能回避的问题是,难道历经元明清三朝数百年,浩如烟海的诗人难道都没有作出好诗的天分才情吗?很显然,袁枚的天才论难以回答这一疑问。这实际上涉及另一问题,那就是,一个时代的社会文化思潮发展所呈现出来的主导趋势。严羽诗学"以人而论""以时而论"的各种诗体论,以及"气象"问题("气象"若从个体角度看指个人的艺术风貌,若从群体角度看指时代的艺术风貌)都曾讨论这一问题。

众所周知,自元明清以来,诗文等传统士人主导的诗文等雅文学逐渐被平民文人主导的戏曲、小说等俗文学所取代,诗的时代已经结束,散文时代已经来临。在这样的时代大势之下,任何一个天分才情再高的诗人恐怕也难做出如李、杜那样的诗来。原因很简单,世易时移,沧海桑田,人们所处社会生活的方方面面都已经发生了翻天覆地的变化,与之相应的表达生命体验的文学艺术方式也发生了巨变。因此,即使李、杜复生,如严羽所谓"论诗以李、杜为准,挟天子以令诸侯也",也难做出李、杜那样的好诗。

三、"悟"歧异之三:"神韵"

从明清易代宏阔的历史文化语境来看,严羽"取法乎上""师法盛唐"的主张经过明清格调派复古诗学大规模的实践尝试终告失败,而性灵派诸人对复古诗学的批判革新又是破

[①] 蒋寅:《袁枚诗学的核心观念与批评实践》,《文学遗产》2013年第4期。

第三章 明清诗学对《沧浪诗话》"悟"之重构:"悟"之歧异

多立少,欠缺必要的诗学建树。在这种诗学文化语境中,王士禛提出的"神韵"说就是退而求其次策略的较好体现。如今人所言:"明代复古派想驾骏马,娶西施,心高气傲,目标远大,结果是完全落空;清人鉴于明人的教训,非常现实,结果驾着普通的马,娶了个小家碧玉,日子过得还挺滋润。"①王士禛的"神韵"说就是那个小家碧玉。袁枚曾评严羽"以禅喻诗"说:"沧浪借禅喻诗,不过诗中一格。宜作近体短章,半吞半吐,以求神韵。若作七古长篇、五言百韵,即以禅喻,自当天魔献舞,花雨弥空,造八万四千宝塔不为多,岂作小神通哉。"②这显然是对严羽"以禅喻诗"的误读。严羽诗学是"取法乎上""师法盛唐",是想驾骏马,娶西施;但王士禛不一样,他知道那些远大目标难以实现,于是退而求其次,驾普通马,娶小家碧玉,专攻诗中一格、近体短章,于是就有"神韵"说的诞生。

其实,在王士禛提出"神韵"说之前,胡应麟就主张诗歌要有"风神",实即"神韵"也。胡应麟指出:"作诗大要不过二端:体格声调,兴象风神而已。体格声调有则可寻,兴象风神无方可执……譬则镜花水月,体格声调,水与镜也;兴象风神,月与花也。必水澄镜朗,然后花月宛然。讵容昏鉴浊流,求睹二者?故法所当先,而悟不容强也。"③格调是诗的外在形式,"水与镜也","有则可寻",可以师法学习;而"风

---

① 廖可斌:《关于明代文学与清代文学的关系——以诗学为中心的考察》,《文学评论》2016年第5期。
② 袁枚:《随园诗话》卷8,第273页。
③ 胡应麟:《诗薮内编》卷5,《明诗话全编》第5册,第5520页。

神""神韵"则是诗的内在生命,"月与花也","无方可执",无法通过学习获得。它只能经各人领"悟"而获得,不能强求,所谓"悟不容强也"。作为格调派后学,胡应麟论诗时还是"悟"与"法"兼重;他指出:"汉唐以后谈诗者,吾于宋严羽卿得一悟字,于明李献吉得一法字,皆千古词场大关键。第二者不可偏废,法而不悟,如小僧缚律;悟不由发,外道野狐耳。"① 他还指出"禅悟"与"诗悟"的异同,"严氏以禅喻诗,旨哉。禅则一悟之后,万法皆空,棒喝怒呵,无非至理。诗则一悟之后,万象冥会,呻吟咳唾,动触天真。然禅必深造而后能悟,诗虽悟后,仍须深造。"② 胡应麟澄清了人们对"以禅喻诗"的误解,深化了人们对严羽诗"悟"的理解,对王士禛诗悟也产生了一定的影响。

王士禛论诗主"神韵",他指出:"汾阳孔文谷云:'诗以达性,然须以清远为尚。薛西原论诗,独取谢康乐、王摩诘、孟浩然、韦应物……总其妙在神韵矣。'神韵二字,予向论诗,首为学人拈出,不知先见于此。"③ "七言律联句神韵天然,古人亦不多见。如高季迪'白下有山皆绕郭,清明无客不思家',杨用修'江山平远难为画,云物高寒易得秋。'……皆神到,不可凑泊。"④ 这些论述表明,"神韵"是诗的内在生命,它由自然神到而天成,是一种清远的审美意境。如何获得诗歌"神韵"呢?王士禛主张诗歌创作必须"伫兴",要"兴会神到",

---

① 胡应麟:《诗薮内编》卷5,《明诗话全编》第5册,第5520页。
② 胡应麟:《诗薮内编》卷2,《明诗话全编》第5册,第5520页。
③ 王士禛:《池北偶谈》,《带经堂诗话》卷3,第73页,人民文学出版社1963年。
④ 王士禛:《香祖笔记》,《带经堂诗话》卷3,第71页。

这样才能写出"自然入妙"富有"神韵"的诗作。他说:"唐人五言绝句,往往入禅,有得意忘言之妙,与净名默然,达磨得髓,同一关捩。观王裴辋川集及祖咏终南残雪诗,虽钝根初机,亦能顿悟。程石瘟有绝句云:'朝过青山头,暮歇青山曲,青山不见人,猿声听相续。'予每叹绝,以为天然不可凑泊。予少时在扬州亦有数作,如'微雨过青山,漠漠寒烟织;不见秣陵城,坐爱秋江色','萧条秋雨夕,苍茫梦江晦;时见一行舟,蒙蒙水云外'……皆一时伫兴之言,知味外味者当自得之。"① 此"兴"与魏晋盛唐"兴"体艺术特质类似,即:它们都主张诗歌创作应自然本色,不要有刻意人为痕迹。有人将"兴"理解为"灵感";虽有理,却将"兴"局限为诗歌写作方法,忽略了它本身的审美特质。王士禛"伫兴"主要指主体发挥其主观能动创造性;这实际上包含了主观创造因素,和"悟"相通;而与"兴"体艺术特性已有区别。

　　王士禛自称深受严羽诗"悟"说影响:"严沧浪诗话借禅喻诗,归于妙悟。如谓盛唐诸家诗,如镜中之花,水中之月,镜中之象,如羚羊挂角,无迹可求。乃不易之论。"② "严沧浪以禅喻诗,余深契其说,而五言尤为近之。如王、裴辋川绝句,字字入禅。他如'雨中山果落,灯下草虫鸣','明月松间照,清泉石上流',以及太白'却下水晶帘,玲珑望秋月',常建'松际露微月,轻光犹为君'。……妙谛微言;与世尊拈花、迦叶微笑等无差别。通其解者,可语上乘。"③ 从表面上

---

① 王士禛:《香祖笔记》,《带经堂诗话》卷3,第69页。
② 王士禛:《池北偶谈》,《带经堂诗话》卷2,第65页。
③ 王士禛:《蚕尾续文》,《带经堂诗话》卷3,第83页。

看，王士禛完全继承了严羽诗"悟"论。但是，明清诗人以禅论"悟"时大多将二者合说，他们认为诗禅不仅相通，且相同。因此，他们往往"以禅论诗"。

王士禛曾说："舍筏登岸，禅家以为悟境，诗家以为化境，诗禅一致，等无差别。"① 将"诗悟"与"禅悟"等同。而严羽则是"借禅论诗"，是"以禅喻诗"。严羽认为，在某些层面上，"诗悟"和"禅悟"可以相通，可相互挪用；但到此为止，诗和禅再无其他共同处。和王士禛诗"悟"相比，无论在思想内容上，还是在形式风格上，严羽诗"悟"都涵盖各类诗歌创作，具有普适性；它是对所有诗歌共同艺术特质的认识与把握。而王士禛诗"悟"只欣赏某些艺术风格，比如清远淡雅；其它风格很难进入他的艺术视野。不仅诗歌形式风格如此，就是内容韵味也如此。因此，王士禛"神韵"说只涉及诗歌的某些艺术特质，它对诗歌艺术的有些规定显得狭隘。这与严羽诗"悟""兴趣"不大相同。可以说，王士禛"神韵"说是对严羽"兴趣"说的重构。

王士禛曾就当时文人诗和学人诗的讨论发表意见说："夫诗之道，有根柢焉，有兴会焉，二者率不可得兼。镜中之象，水中之月，相中之色，羚羊挂角，无迹可求，此兴会也。本之以风雅以导其源，泝之楚骚、汉魏乐府诗以达其流，博之九经、三史、诸子以穷其变，此根柢也。根柢原于学问，兴会发于性情。于斯二者兼之，又翰以风骨，润以丹青，谐以金石，故能衔华佩实，大放厥词，自名一家。"② 文人诗主兴会、发性

---

① 王士禛：《香祖笔记》，《带经堂诗话》卷3，第83页。
② 王士禛：《渔洋文》，《带经堂诗话》卷3，第78页。

第三章 明清诗学对《沧浪诗话》"悟"之重构:"悟"之歧异

情,学人诗自然是有根柢、讲学问的,一般人很难兼善二者,但王渔洋却主张二者兼之,这显然是一种调和论。照这种讲法,王士禛也是包容格调派和性灵派的,能够兼顾到性情兴会与格调根柢的。这实际上也是对严羽诗学"诗有别材,非关书也;诗有别趣,非关理也。然非多读书、多穷理,则不能极其至,所谓不涉理路、不落言筌者,上也"的另一种阐释,是对严羽诗学的一种重构。

学界关于性灵与神韵关系的讨论非常深入,颇能给人启示。如有人曾指出:"性灵和神韵是比较接近的。在神韵诗中虽不易见其个人强烈的感情,却易见其个人的风度。神韵说与性灵说同样重在个性,重在有我,不过程度不同:神韵说说得抽象一些,性灵说说得具体一些罢了。"① 而有人则反驳说:"如此辨析,看似细微,却反而容易混淆两者的差别。其实两者的区别不在于抽象与具体,而在于间接与直接。神韵诗学经常是通过环境、景物或两者与人的互动来间接地表现一种美感体验,而性灵诗学则往往直接地表达某种人生体验。写景句在两者的批评中占有截然不同的比重,正是这个缘故。……他(袁枚)虽然也重视神韵,但将神韵看作是真性情;而在王渔洋那里,神韵首先是与景物或环境而非与人的性情有关的。由此可以很方便地将神韵说与性灵说区别开来,神韵论是一种基于审美趣味的诗学,而性灵说则是一种人性论的诗学。"② 两人说的其实是一个意思,只是所处的角度不同而已。而从根本上来说,这两种观点恰恰是对严羽"妙悟""兴趣"及"别材别

---

① 郭绍虞:《中国文学批评史》,第 567 页。
② 蒋寅:《袁枚诗学的核心观念与批评实践》,《文学遗产》2013 年第 4 期。

趣"观点的展开与重构。

四、"悟"歧异之四:"比兴"及其他

严羽诗学曾受冯班、钱振鍠等人激烈攻击,这可视作严羽诗学的反面影响。其实,早在宋人"以禅喻诗"时,刘克庄就指出:"诗家以少陵为祖,其说曰:'语不惊人死不休'。禅家以达摩为祖,其说曰:'不立文字'。诗之不可为禅,犹禅之不可为诗也。……夫至言妙义,固不在于言语文字,然舍真实而求虚幻,厌切近而慕阔远,久而忘返,愚恐君之禅进而诗退矣。"①刘克庄从语言论角度否定了诗禅相通。这对严羽的批评者产生了一些影响。李重华曾说:"诗教自尼父论定,何缘堕入佛事?"②也否定了诗禅相通说。潘德舆则指出:"诗乃人生日用中事,禅何为者?""理语不必入诗中,诗境不可出理外,谓诗有别趣非关理也,此禅宗之余唾,非风雅之正传。""以妙悟言之,犹之可也;以禅言诗则不可。"③潘德舆虽认可以"悟"论诗,却否定了诗禅相通。因之,潘德舆所"悟"非"兴趣",而是传统的儒家"比兴"诗教。

冯班最不满严羽"以禅喻诗",曾著《严氏纠谬》诘难严羽诗学。他指出,声闻辟支本是小乘,而严羽说"大历以还是小乘,晚唐是声闻辟支",则是小乘之下别有权乘。另外,临济、曹洞俱为禅宗南派,无高下之分,而严羽却抬高临济宗,

---

① 刘克庄:《题何秀才诗禅方丈书》,《宋代文艺理论集成》,第1068页。
② 李重华:《贞一斋诗说》,《沧浪诗话校释》,第18页。
③ 潘德舆:《养一斋诗话》,《沧浪诗话校释》,第18页。

第三章　明清诗学对《沧浪诗话》"悟"之重构："悟"之歧异

贬抑曹洞宗。这些观点违背了禅宗常识，因此冯班指斥严羽"剽窃禅语，皆失其宗旨，可笑之极"。①从表面看，冯班的指责道理。后来学者认为严羽对禅学只是一知半解，可能是受了他的误导影响。但真实情况并非如此。在佛教思想体系中，声闻、辟支是小乘果位，佛、菩萨是大乘果位。严羽谓"大历以还（之诗）是小乘，晚唐（之诗）是声闻辟支"只是强调大历以还、晚唐之诗逊于盛唐而已，并未判定大历诗优于晚唐。但冯班却硬说严羽在小乘之下别有权乘，显得很牵强，纯粹是欲加之罪。至于指严羽分临济、曹洞二宗为南北派，并定其高下，则更荒谬。只要熟悉佛教史的人都知道，南宋时禅宗分化出临济系的"看话禅"与曹洞系的"默照禅"。在严羽生活的时期，"看话禅"压倒"默照禅"，占据着禅宗主导地位；对文人士大夫的日常生活产生了较大影响。严羽亦受其影响"借禅喻诗"。从个人的主观感受（而非佛教史学者的客观论述）说，受"看话禅"影响的严羽完全有理由认为临济宗"看话禅"高于曹洞宗"默照禅"。严羽的这一立论恰恰是以常识性的禅学背景为依托，绝非冯班指责的缺乏常识。反过来说，倒是冯班及那些指责严羽缺乏禅学常识的人对当时禅学缺乏最基本了解。

由于对严羽所处禅学语境缺乏基本了解，因此冯班对严羽诗"悟"的认识也存在较大偏差。冯班指责严羽"不落言筌，不涉理路"二言最为惑人，他说："夫迷悟相觉，则假言以为筌；邪正相背，斯循理而得路。迷者既觉，则向来之言还归无言；邪者既返，则向来之路未尝涉路。是以经教纷纭，实无一

---

① 冯班：《严氏纠谬》，《沧浪诗话校释》，第284页。

法可说也。……至于诗者言也,言之不足故长言之,长言不足故咏歌之,但其言微不与常言同耳,安得有不落言筌者乎!诗者,讽刺之言也。凭理而发,怨诽者不乱,好色者不淫,故曰思无邪。但其理玄,或在文外,与寻常文笔言理者不同,安得不涉理路乎!"①

如果仔细考察严羽诗悟所处的整体文化语境,同情理解"不落言筌,不涉理路"意涵;就会发现,严羽并非不读书、不穷理。他只是说"不涉理路,不落言筌者,上也",试图将其树立为诗歌艺术的高标。所谓"不落言筌",就是主张:诗人在创造艺术形式以传达内在的情感体验时,不要拘泥于语言文字本身;而要尽力使语言文字融入整体审美意象之中,使其与审美意象浑然一体,而不再成为一种与作品分离的外在事物。这样,读者在阅读时,也不会感觉到语言文字的突兀存在。这实际上就是文学艺术的化境,是审美艺术的高标。冯班隐约意识到这一点,他说"其诗言微不与常言同耳"可能就是指此;但他对文学语言特点的认识远不及严羽深入。所谓"不涉理路"是指:不能以日常生活中的逻辑理性、功利主义认识方式来创造审美意象,而要以妙悟直觉、审美之"悟"的方式创造审美意象;这也是一种"理"。但它与逻辑理性的刻板机械完全不同;它具有极大的灵活性、不可捉摸性,与人们生命体验的鲜活流动性类似。惟有直觉体验之"悟",而不是逻辑理性、功利实用的态度,才可把握并传达出人们内在的生命体验。

将潘德舆"理语不必入诗中,诗境不可出理外"之"理

---

① 冯班:《严氏纠谬》,《沧浪诗话校释》,第284页。

第三章　明清诗学对《沧浪诗话》"悟"之重构："悟"之歧异

语"理解为逻辑理性之"理"，后一"理"理解为审美直觉妙"悟"之"理"，就是对严羽诗学两种"理"的最好解释。冯班没有理解严羽诗"悟"的审美直觉含义，却以逻辑之"理"解释严羽"不涉理路"，自然会南辕北辙。其实，冯班未必不懂艺术；他说严羽种种比喻不如刘梦得"兴在象外"一语妙绝，就是对艺术审美特性准确的把握。然而，严羽"妙悟""兴趣"和"不落言筌，不涉理路"其实是对"兴在象外"的更深入阐释；这一点冯班根本没意识到；难怪王士禛讥讽他是"风雅罗织经"。

　　明清对严羽诗学持批评态度者大多站在儒家诗教立场上来检视严羽"妙悟""兴趣"；他们缺乏对严羽诗学的同情理解；即使接受以"悟"论诗，也大多以儒家"比兴"诗教来取代严羽"兴趣"论；如钱谦益、吴乔、冯班、贺裳、潘德舆等人。即便不秉持儒家诗教立场，其他各种立场的诗学也多对严羽诗"悟"进行苛评。如钱振锽曾说："禅语者，活泼泼之谓也。何谓活泼？不拘泥之谓也。分界大乘小乘，一义二义，拘泥极矣。天下有拘泥不活泼而谓知禅理者耶。……岂有活泼不拘泥而有沾沾于禅理中分甚大小邪正哉？诗也者，写性情者也。开辟以来非有扎就一种老诗架子也，非谓作诗必戕贼性情而俯就架子也。羽乃分解时代，彼则第一义，此则第二义。索性能指出各家优劣，亦复何辨？无奈他只一种荣古虐今见识，犹自以为新奇，此真不可教训！"① 钱振锽本于性灵论对严羽"第一义之悟"进行了激烈批判。如钱振锽所言，并非自开辟以来就有一种"老诗架子"供人写诗，诗人需要各自发挥其创造灵性，才能写出优秀诗歌；因此，各人天生的禀赋对他们的创作

---

① 钱振锽:《谪星说诗》,《沧浪诗话校释》,第 10 页。

非常重要。但这并不意味着仅靠天分就足够了；如果诗人对艺术形式的知识一无所知，即便他生性敏感，能够感受现实生活的诗意，但依然无法将其表达出来，传递给他人；就不能作诗。

严羽诗学高明在，一方面，他承认现实生活的诗意只能各人自己领会；这无法通过学习，或他人帮助代替而获得；此即"透彻之悟"。另一方面，他也意识到，只有学习把握前人优秀诗歌艺术形式，才能在此基础上创造新的适合于表达内心情感的艺术形式；这就必须通过学习、领悟前人诗歌艺术形式而获得；此即"第一义之悟"。由于钱振锽固守性灵派"师心自用"的信条，忽视学习前人优秀的诗歌艺术形式，这必然使其创作走向狭隘的天地，最后无疾而终。相对而言，严羽诗学由于充分考虑了诗歌创作的各种情况，因此显得较为通透精辟。然而，由于后学拘泥于各自立场，缺少对严羽诗学同情之理解，以致对其看法聚讼纷纭，让人莫衷一是。

不过，同样持儒家诗学立场的王夫之却并未以"比兴"诗教来取代严羽之诗"悟""兴趣"；他以佛教之"现量"来重构严羽诗"悟"。他说："'敲月下门僧'，只是妄想揣摩，如说他人梦，纵令形容酷似，何尝毫发关心？知然者，以其沉吟'推'、'敲'二字，就他作想也。若即景会心，则或推或敲，必居其一，因景因情，自然灵妙，何劳拟议哉？'长河落日圆'，初无定量；'隔水问樵夫'，初非想得；则禅家所谓'现量'也。"[①] 相较诗"悟"的理性重构，"现量"呈现出更纯粹的

---

① 王夫之：《姜斋诗话》，谢榛、王夫之《四溟诗话·姜斋诗话》，人民文学出版社 1961 年，第 147 页。

第三章 明清诗学对《沧浪诗话》"悟"之重构:"悟"之歧异

直觉性,也更接近汉魏"感兴"诗学。需要指出,同为佛家思想影响,"悟"与"现量"对诗学影响的异同较少被人关注。

晚清王国维对严羽"妙悟""兴趣"说进行了极为重要的重构,他指出,"沧浪所谓兴趣,阮亭所谓神韵,犹不过道其面目,不若鄙人拈出'境界'二字,为探其本也"(《人间词话》九),以"境界"(意境)重构"兴趣",赋予其创新之意义,遂使今人多直接将"兴趣"阐释为"意境",这说明二者意涵上存在着千丝万缕之紧密联系;这也可谓明清诗学对严羽诗"悟"之"兴趣"最富创见性的阐释,是对严羽诗"悟"的创造性的重构。

总体来看,严羽之后,不管是反对他,还是赞同他,都要涉及其"悟""兴趣""别材别趣"等范畴与命题。"格调"说、"性灵"说以及"神韵"说,都曾深受严羽诗"悟""兴趣"影响。可以说,明清诗学大体都接受了严羽诗"悟";只不过,所"悟"之内容"兴趣"则被"格调""性灵""神韵"所取代。其中,"神韵"说与严羽之"兴趣"气质最接近;"神韵"其实质就是"兴趣"的重构。但由于神韵派认为诗、禅等无差别而"以禅论诗";这与严羽认为诗、禅有别而"以禅喻诗"不太相同。这使两种诗学观存在一定差别,是后来研究者需注意的一个问题。最重要的是,借用禅学话语的严羽诗学有意识地拒斥理学话语、疏离儒家诗教,将此前由儒家理学主导的载道(他律)诗学,转变为专注于诗歌自身形式与内容的审美(自律)诗学。受严羽诗学影响,明清诗学主流话语专注于诗歌自身问题的讨论。比如格调派关于格调形式技法的讨论,性灵派关于审美情感之抒发,神韵派关于神韵之探讨,都是对诗歌自身

（自律）问题的讨论。可以说，严羽诗学转变了此前由儒家诗学（服务于言志、载道或教化等外在目的）主导的他律论诗学话语，使诗学话语回归到诗歌自身问题的探讨，从而开启了诗歌独立自足的自律地位。

第四章　日本诗学对《沧浪诗话》"悟"之受容：从禅悟到诗学"悟"

　　《沧浪诗话》在对明清诗学产生巨大影响的同时，也逐渐传播到东亚汉字文化圈内其他国家。通过明清诗学的发散辐射效应，《沧浪诗话》也慢慢渗透浸染到东亚各国诗学中，产生了一些明显的影响（如王世贞、李攀龙等后七子对日本诗坛产生过一定影响，[①]严羽诗学透过这种影响对日本诗话也产生过一定影响）。这其中，日本诗学对《沧浪诗话》的受容、改造最有特色；除汉诗创作外，和歌、俳句、能乐等都接受过《沧浪诗话》诗"悟"思想的影响与启示。[②]正如前文所指出的，本质不是先验地内蕴于事物（学说、观念）中的，而是在后来的认识中不断地被重新建构出来的。日本诗学受容《沧浪诗话》诗"悟"的事实说明，不仅后来者明清诗学通过阐发《沧浪诗话》建构了较为清晰的严羽诗学面目；而且，作为明清诗学的他者，日本诗学对《沧浪诗话》诗"悟"的受容与改造也使我们

---

① 刘方亮：《日本江户汉诗对明代诗歌的接受研究》，山东大学出版社2013年，第47页。
② 祁晓明：《中日诗学研究》代序，对外经济贸易大学出版社2016年，第1—4页。

对蕴于《沧浪诗话》的新特质有更多的认识。换句话说,通过探讨《沧浪诗话》诗"悟"对日本诗学中和歌、俳句、汉诗等的影响,可以发现哪些与明清诗学的阐释相同,哪些不同于明清诗学对《沧浪诗话》诗"悟"的阐释,以及它是否是一种新质的认识。通过揭示这种诗学上的异同新质,我们不仅对《沧浪诗话》诗"悟"、明清诗学、日本诗学有新的认识,而且,还能进一步发现东亚诗学某些共同的规律。

在探讨日本诗学对《沧浪诗话》诗"悟"的受容改造之前先简单地探讨一下《沧浪诗话》传入日本的大致时间。严羽写作《沧浪诗话》后并未单独刻印,南宋魏庆之《诗人玉屑》将其全文收入。日本学者市古贞次指出,《诗人玉屑》在"日本南北朝时代之前就已经渡来,当时的和刻刊本'五山版'中就有无跋本和正中元年(1324)跋本(可能是朝鲜刊本)二种。此外,室町时代尚有写本流传"。[①] 这说明,《沧浪诗话》传入日本的时间较早。另一日本学者大曾根章介在《日本古典文学大事典》"诗人玉屑"条中也指出:"(《诗人玉屑》)早在镰仓末期就已渡来我国,正中元年(1324)二月下旬玄惠法印施以'批点句读'者(五山版扉页),即渡来后不久的次年记载于《花园天皇宸记》'12月28日'条中'近代有新渡书,号《诗人玉屑》诗之脑髓也'的。"[②] 这也可基本印证《沧浪诗话》传入日本的时间。

[①] 市古贞次:《日本古典文学大辞典》第2卷,东京岩波书店1984年,第192、193页。
[②] 大曾根章介:《日本古典文学大事典》"诗人玉屑"条,东京明德出版社1999年。

第四章　日本诗学对《沧浪诗话》"悟"之受容：从禅悟到诗学"悟"

随着《诗人玉屑》传入日本，《沧浪诗话》也开始受到日本诗人、学者们关注。在镰仓、室町时代，五山文学代表人物虎关师炼在其《济北诗话》中涉及过《沧浪诗话》，他谈及和韵诗时说："和韵者，《诗话》曰'始于元、白'。"①这里的《诗话》，即指《沧浪诗话》。因为《沧浪诗话·诗评（41）》有"和韵最害人诗，古人酬唱不次韵。此风始盛于元白、皮陆"的话。因此，虎关师炼接触过《沧浪诗话》应无疑义。临济宗禅僧义堂周信（1325—1388）《空华日用工夫集》中记载他曾经为众僧讲过《诗人玉屑》。原田正俊《日本中世禅僧讲义与室町文化》中专列《〈空华日用工夫集〉中所见讲义与读书一览表》，从中可知，义堂周信于应安五年（1372）5月28日曾做过"玉屑诗"的讲义。②明确《沧浪诗话》传入日本的大致时间后，我们可以开始探讨，《沧浪诗话》与日本诗学（包括汉诗、和歌、连歌、俳句等等）到底有哪些相似与相通？又究竟在哪些方面产生了影响呢？

首先，以《沧浪诗话》对明清诗歌创作和诗学的巨大影响，余波所及，日本汉诗创作及诗学也会受到《沧浪诗话》的相应影响。其次，日本文人在继承和反省他们特有的文学形式和歌时，吸取了某些汉诗理论和创作主张，因此，日本和歌创作和歌学理论也体现出某些与《沧浪诗话》诗"悟"类似的主张与特质。再次，在和歌发展演变出连歌和俳句的过程中，由于佛教禅宗思想的渗透和影响，俳句的某些理论主张和创作实

---

① 池田四郎次郎：《日本诗话丛书》卷6，东京文会堂店1920—1922年。
② 原田正俊：《日本中世禅僧讲义与室町文化》，日本关西大学《东亚文化交涉研究》第2号，第38页。

践也表现出与"以禅喻诗"的《沧浪诗话》诗"悟"较接近的精神气质;也由于这一因素影响,日本能乐的理论及精神表现出与《沧浪诗话》诗"悟"相通的一些特点。因本课题侧重探讨东亚文化语境中《沧浪诗话》诗"悟"的诗学影响,故不探讨能乐与《沧浪诗话》的类似和相通。另外,需要指出的是,由于本课题重心在研究东亚诗学对《沧浪诗话》诗"悟"面目的重构,因此,除非特别需要,《沧浪诗话》诗"悟"对东亚诗学产生影响的过程、轨迹不在本课题研究的范围内,那更应该是比较诗学的相关课题。

一、和歌之"悟":幽玄

作为日本文学的主流样式,和歌在一千多年的发展演变中融入了日本人细腻深厚的生命感受与体验,在语言形式上独具日本民族特点,因此,和歌这种文学样式所蕴含的文学特质体现出极其鲜明的日本文化的精神气质。从比较的角度看,和歌之于日本人的重要性就好比诗之于中国人的重要地位。因此,日本学者将和歌研究理所当然地视作国文学研究的最重要对象,就好像中国文学最重要的研究对象是诗一样。

在和歌这种文学样式成为日本诗歌的主流后,其美学特质越来越鲜明地凸显出日本文化的精神气质。那么,和歌最主要的美学特质是什么?这种美学特质蕴含着怎样的日本文化精神?从和歌创作发展变化的历史及大量的作品来看,日本和歌最主要的美学特质就是"幽玄"。然而,何谓"幽玄"?它具有哪些特点?对于这些问题,今人都很难确切回答;由于其模糊、暧昧、游移等特性,很难全面把握和歌的美学特质。

第四章 日本诗学对《沧浪诗话》"悟"之受容：从禅悟到诗学"悟"

从创作实践及理论建树的历史来看，和歌"幽玄"的诗学特性与《沧浪诗话》"兴趣"说有相似与相通之处。这种相似相通原因很多，其中一个原因是，和歌"幽玄"特性在形成过程中有部分思想文化资源与塑造《沧浪诗话》的诗学资源有共同的诗学特性。如同惟有仔细探讨严羽诗"悟"的诗学资源，才能理解严羽为何要"以禅喻诗"，为何要选择诗"悟"；如果要理解和歌歌论中为何会出现"以佛（禅）喻（和）歌"之"幽玄"，我们也需检视和歌歌论的早期历史，为何会出现后来的仿"以禅喻诗"而出现"以禅喻歌"（当然，这种研究并非严格的影响研究；而是兼具平行研究策略的影响研究，是对深层的理论架构进行研究）。只有通过对促进"幽玄"形成的诗学资源进行梳理，才能理解为何后世歌人要仿严羽"以禅喻诗"而"以禅喻歌"，才有可能出现类似于"兴趣"之"幽玄"。

1. "幽玄"与"以禅喻歌"

众所周知，平安、奈良时期日本曾大规模遣使出访中国隋、唐，带回大量中国书籍，其中思想方面有佛学、道家玄学，文学方面有《昭明文选》《诗品》《世说新语》等资料，都被日本贵族文人所吸收，并产生了一定影响。如日本学者古桥信孝提到，万叶中期，大伴旅人（665—731）作了一组《赞酒歌》，其中一首为："生者终将逝，人死不知待何时，死后万事空，在世日日和夜夜，趁早行乐当及时。"就这样，出现了可称之为享乐主义的诗歌。这首《赞酒歌》以中国魏晋南北朝时期的竹林七贤为原型。这就表明大伴旅人读过描写竹林七贤事迹的文献《世说新语》。① 熟悉"古诗十九首"的人都知道，这首诗几乎就是"人生寄一世，奄忽若飙尘""为乐当及时，何能待来兹"等话语的翻版。这说明，大伴旅人等万叶歌者也深受《文选》的影响。事实上，《万叶集》以"相闻""挽歌""杂歌"三大类编辑全书，就是受到《昭明文选》的影响。

平安时代的歌人藤原滨成（724—790）在《歌经标示》中指出："夫和歌者，所以通达心灵，摇荡怀志者也。故在心为志，发言为歌。……和歌之时，厥义优矣。虽正明屡移，质文更变，而清浊之音是一，宫商之调斯在。功成作乐，非歌不宜；理定制礼，非歌不感。照烛三才，辉丽万有，……达于幽微之旨，小大之际，动天地，感鬼神，莫近于和歌。"② 这与钟嵘《诗品》序"气之动物，物之感人，故摇荡性情，行诸舞咏。照烛三才，晖丽万有，灵祇待之以致飨，幽微藉之以昭告，动天地，感鬼神，莫近于诗""感荡心灵，非陈诗何以展其义；非长歌何以骋其情"何其相似？实际上，藤原滨成歌论就是受《诗品》序的影响。《石见女式》有"夫原和歌者，感鬼神之幽情，慰天人之恋心"③ 之说，也是受到了《诗品》序的影响。

除物感说外，钟嵘《诗品》序还论及"比兴"："文已尽而意有馀，兴也；因物喻志，比也；直书其事，寓言写物，赋也。宏斯三义，酌而用之，干之以风力，润之以丹彩，使味

---

① 古桥信孝：《日本文学史》，徐凤、付秀梅译，南京大学出版社2015年，第35页。
② 藤原滨成：《歌经标示》，载《日本古典文论选译》古代卷（上），王向远译，中央编译出版社2012年，18页。
③ 《石见女式》，《日本古典文论选译》古代卷（上），第25页。

第四章 日本诗学对《沧浪诗话》"悟"之受容:从禅悟到诗学"悟"

之者无极,闻之者动心,是诗之至也。"这也对和歌理论产生了一定影响,如菅原道真(845—903)为《新撰万叶集》作序说:"夫万叶者,古歌之流也。……古者飞文染翰之士,兴咏吟啸之客,青春之时,玄冬之节,随见而兴既作,触聆而感自生。"① 所谓"随见而兴既作,触聆而感自生"就是"感""兴"合论,基本上吻合钟嵘诗学的精神,与《沧浪诗话》所继承的诗学源流大体一致。

著名歌人纪贯之(约870—945)指出:"夫和歌者,托其根于心地,发其花于词林者也。人之在世,不能无为。思虑易迁,哀乐相变。感生于志,咏形于言。是以逸者其词乐,怨者其吟悲,可以述怀、可以发愤。动天地,感鬼神,化人伦,和夫妇,莫宜于和歌。和歌有六义,一曰风,二曰赋,三曰比,四曰兴,五曰雅,六曰颂。"② "词人之作,花实相兼而已。今之所撰,玄又玄也。非唯春霞秋月,润艳流于言泉;花色鸟声,鲜萍藻于词露,皆是以动天地,感神祇,厚人伦,成孝敬,上以风化下,下以讽刺上。"③ 纪贯之在"感兴"说基础上加入了毛诗序"正得失,动天地,感鬼神,莫近于诗。先王以是经夫妇,成孝敬,厚人伦,美教化,移风俗"等的内容,这是儒家诗学渗透进和歌理论的实例。

纪贯之在分析歌人创作时提出了"词""情""心""姿"等具体概念,他说:"花山僧正,尤得歌体,然其词华而少实,

---

① 菅原道真:《新撰万叶集》序,《日本古典文论选译》古代卷(上),第29页。
② 纪贯之:《古今和歌集》真名序,《日本古典文论选译》古代卷(上),第32页。
③ 纪贯之:《新撰和歌集》序,《日本古典文论选译》古代卷(上),第40页。

如图画好女徒动人情。在原中将之歌，其情有余，其词不足，如菱花虽少彩色而有薰香。"① 在《古今和歌集》假名序中，纪贯之也评论这些歌人说："僧正遍昭也，歌风得体，而'诚'有所不足。正如望画中美人，徒然心动。在原业平之歌，其'心'有余，其'词'不足，如枯萎之花，色艳全无，余香尚存。文屋康秀之歌，用词巧妙，而歌姿与内容不甚协调，如商人身穿绫罗绸缎。"② 两者意思大体一致，就是对歌人所处理的语言形式和情感内容进行评价。简言之，"词""情""心""姿"实际上就是和歌的语言形式和情感内容。

纪贯之认为的理想的和歌是深得"歌心"，具体表现就是语言形式（词、姿）和情感内容（心、情、诚）的和谐。如果歌姿与内容不协调，即使用词巧妙，也未得"歌心"，因此不是理想的和歌。关于"歌心"，纪贯之谓："奈良盛世，人深谙歌心，正三位柿本人麻吕者，为'和歌之仙'也。……时至《万叶集》之时，深知古代和歌，深谙古代'歌心'者，不过一二人而已，而其见解瑕瑜互见、深浅有别。"③ "我等自作之和歌，少春花之馨香，恐流布日久污人耳目，徒然博取空名，于'歌心'诚惶诚恐，思之坐卧不宁。……藉此通晓和歌，得

---

① 纪贯之:《古今和歌集》真名序,《日本古典文论选译》古代卷（上），第33页。
② 纪贯之:《古今和歌集》假名序,《日本古典文论选译》古代卷（上），第37、38页。
③ 纪贯之:《古今和歌集》假名序,《日本古典文论选译》古代卷（上），第37页。

第四章 日本诗学对《沧浪诗话》"悟"之受容：从禅悟到诗学"悟"

其歌心者，如仰观太空之月，思古抚今，不亦乐乎哉！"① 这是一个非常重要的关于和歌的概念（王向远将其阐释为"指吟咏和歌所应具备的审美心胸"②；十分恰当地指出了问题的关键）；实际上，"歌心"就是一种审美诗意之"心"，是一种"诗意"（或"诗心"）。这与严羽《沧浪诗话》之"兴趣"（是一种审美诗意）的观念十分接近；之所以如此，因为二者都受共同的思想资源——钟嵘《诗品》序的"感""兴"说影响所致。

与纪贯之同时代的壬生忠岑提出和歌十体，对和歌文体形式做了大致分类。他提到"高情体"说："此体虽凡流，义入幽玄，诸歌之为上科也，莫不任高情。"③ 将和歌情感内容"义"（即"心"或"情"）描述为"幽玄"，这是首次以"幽玄"描述和歌审美情感内容。关于"幽玄"的语源，据能势朝次考证，最早见于佛典，姚秦僧肇《宝藏论》中的《离微体静品第二》云："……混于疑照，万象沉没。真一宗乱，诸见竞兴，乃为流浪，故制离微之论，显体幽玄。学者深思，可知虚实矣。"④ 日本现代学者能势朝次将"幽玄"释为指佛法幽深奥妙、微妙难测；幽深冥暗、难以捕捉之意。⑤ 这一意义被挪用到对和歌审美情感内容的描述上，意即歌者内心的情感是幽深微妙难以预测的。这对其后和歌美学特质的形成有一定影响。能势朝次

---

① 纪贯之：《古今和歌集》假名序，《日本古典文论选译》古代卷（上），第39页。
② 参见：《日本古典文论选译》古代卷（上）第37页注释④。
③ 壬生忠岑：《和歌体十种》，《日本古典文论选译》古代卷（上），第43页。
④ 能势朝次：《幽玄论》，载能势朝次等《日本幽玄》，王向远编译；吉林出版集团有限公司2011年，第10页。
⑤ 能势朝次：《幽玄论》，能势朝次等《日本幽玄》，第12、13页。

论及这一点时指出，和歌中必须蕴含作者的高雅之情，才能达到高洁幽远的境界。由这种对"高情体"和歌的推崇尊重，可以看出后世"风雅"这一审美理想形成的根源，这已经是十分日本化的审美理想了。①

藤原公任（966—1041）提出和歌佳作应该在语言形式和情感内容方面达到的标准，他指出："凡和歌，'心'深，'姿'清，赏心悦目者，可谓佳作，而以事体繁琐者为劣，以简洁流畅者为优。'心'与'姿'二者兼顾不易，不能兼顾时，应以'心'为要。假若'心'不能深，亦须有'姿'之美也。所谓'形'，即追求'姿'之'清'，讲求情趣。"②藤原公任对"心""姿"（也就是内容与形式）关系提出了自己新的见解。他所称许的上品和歌都具备"心"深"有余"的特点，他说："上品上：用词神妙，'心'有余也。……上中：用词优美，'心'有余也。……上下：'心'虽不甚深，亦有可赏玩之处。"③和歌情感内容的"心"深"有余"将幽深微妙的"幽玄"具体化了。

藤原俊成（1114—1204）沿用了"姿""词"等概念，还将"心""姿"合用，意指和歌的情感内容与语言形式融合协调的状态，他曾指出："人麻吕的和歌不仅与那个时代的'姿心'相契合，而且随着时代变迁，他的歌无论是在上古、中古、还是在今世、末世，都可以普遍为人所欣赏。"④"和歌，惟有在

---

① 能势朝次：《幽玄论》，能势朝次等《日本幽玄》，第48页。
② 藤原公任：《新撰髓脑》，《日本古典文论选译》古代卷（上），第46页。
③ 藤原公任：《和歌九品》，《日本古典文论选译》古代卷（上），第52、53页。
④ 藤原俊成：《古来风体抄》，《日本古典文论选译》古代卷（上），第89页。

第四章　日本诗学对《沧浪诗话》"悟"之受容：从禅悟到诗学"悟"

'心姿'上下功夫才好。"① 更重要的是，藤原俊成首次以佛道论歌道，指出和歌与佛道相通，他说："《止观》首先介绍了释迦牟尼如何向弟子传授佛法，说明佛道古今传承的轨迹。……了解其中的传承过程，才能有神圣庄严之感，和歌也是同样。和歌从古代传来日本，多有结集，其中以《万叶集》为滥觞，经《古今集》《后撰集》《拾遗集》等，和歌发展演变的情形可以一目了然。只是，佛法为金口玉言，博大精深，而和歌看似浮言绮语的游戏之作，但实际上亦可表达深意，并能解除烦恼、助人开悟，在这一点上和歌与佛道相通。……关于和歌的论述，也像佛教的空、假、中三谛，两者相通。"② "很难说明什么是和歌的'姿心'，但它与佛道相通，故可以借经文加以阐释。……倘若我能在世上留下笔墨，多年之后，读者读之会热爱和歌，批评我的人也会倾心于歌道。而千万年之后，由和歌的深意而领悟佛法的无限奥妙，结往生极乐之缘，入普贤誓愿之海，将和歌之词变为佛赞，听佛法而往生十方佛土，愿以此引导现世众生。"③ 将和歌作为往生净土世界的赞词，这与白居易发愿以毕生诗文为往生西方净土世界的偈赞如出一辙。④

在继承和歌语言形式和情感内容协调融合的观念后，藤原俊成以佛道论歌道，试图汇通佛学与和歌。这与严羽《沧浪诗话》"以禅喻诗"借用佛禅文化资源较为类似。藤原俊成写在慈镇和尚的歌合判词之后的一段文字，可见其歌论与《沧浪

---

① 藤原俊成：《古来风体抄》，《日本古典文论选译》古代卷（上），第96页。
② 藤原俊成：《古来风体抄》，《日本古典文论选译》古代卷（上），第82页。
③ 藤原俊成：《古来风体抄》，《日本古典文论选译》古代卷（上），第83页。
④ 蔡敏骐：《净土信仰对晚年白居易的积极影响》，《净土》2017年第4期。

● 181

诗话》诗学主旨之相似；他指出："大凡和歌，一定要有趣味，而不能说理，所谓咏歌，本来只是歌唱，只是吟咏，无论如何都要听起来艳美、幽玄。要写出好歌，除了词与姿之外，还要有景气。例如，春花上要有霞光，秋月下要有鹿鸣，篱笆的梅花上要有春风之香，山峰的红叶上要降时雨，此可谓有景气。正如我常说的，春天之月，挂在天上飘渺，映在水中飘渺，以手博之，更是朦胧不可得。"① 所谓和歌要有趣味，不能说理，与《沧浪诗话》"诗有别趣，非关理也"何其相似耳。

更重要的是，藤原俊成指出，"要写出好歌，除了词与姿之外，还要有景气。"他提出所谓"景气"概念，并以春花之霞光，秋月下鹿鸣等一系列自然景物为例予以说明；有学者认为和歌之"景气"主要指自然景色之"气"、之美。② 然而，藤原俊成之"景气"除包含自然景色之美这一含义外，还蕴含更重要一层含义，那就是景色之外的隐约朦胧之美，即所谓"春天之月，挂在天上飘渺，映在水中飘渺，以手博之，更是朦胧不可得"。换句话说，藤原俊成"景气"更强调的是景外之景、象外之象，类似于司空图"景外之景、象外之象"观念，也就是《沧浪诗话》所谓的"水中之月，镜中之象"的体现。

实际上，这就是唐代诗学"境"之观念影响的体现。众所周知，平安初期高僧空海（774—835，谥号弘法大师，灌顶名为遍照金刚）留学中土，回国后编纂《文境秘府论》，其中就有王昌龄等人提出的诗"境"观念，这对平安朝及之后的文人

---

① 大西克礼：《幽玄·物哀·寂》，王向远译，上海译文出版社2017年，第18页。
② 参见：《日本古典文论选译》古代卷（上）第108页注释②。

第四章　日本诗学对《沧浪诗话》"悟"之受容：从禅悟到诗学"悟"

产生了较深远的影响。藤原俊成之"景气"观就是这种影响的典型实例。能势朝次将其阐释为"幽玄"之魅力，他说："吟咏的调子的'幽玄'，这不仅仅是音乐性的和谐问题，而是在吟咏中，和歌之'心'即内容发出的情趣之流以及遣词造句的巧妙，而在鉴赏者心中产生的一种感受，在吟咏的谐调与浑融之中，产生出'幽玄'之感。"① 也就是说，藤原俊成歌论中的"心""姿""词""心姿""景气""幽玄"等概念共同构筑起和歌美学中的"幽玄"特质，它与《沧浪诗话》所蕴含的诗学精神不仅相通，而且有部分甚至是相同的。

　　需要指出，藤原俊成虽提到"幽玄"，但并未以之论述和歌文体风格及美学特质（大西克礼谓之"样式概念"与审美价值概念）。日本现代美学家大西克礼指出："我对日本的歌学文献加以概览的时候，发现所解释的'幽玄'一词，在许多场合属于'幽玄体'这一样式概念，或者是从这一样式概念导出的概念。（即便并没有使用'幽玄体'或'幽玄调'这样的表述。）而有的时候，在这些文献中以及歌学以外的文献中，也有脱离样式概念，而作为纯粹的审美价值概念加以使用的例子。本来，不言而喻，'幽玄体'这个词是在'幽玄'这个词的基础上形成的，然而一旦作为样式概念而确立，其意义固定之后，在从中导出的新的含义中，例如在'歌合'的判词中，与样式概念形成之前的、作为最初审美概念的'幽玄'未必是一致的。"② 俊成之后的鸭长明就是从"幽玄"的两个含义上论述和歌风格及特质的。

---

① 能势朝次：《幽玄论》，能势朝次等《日本幽玄》，第55页。
② 大西克礼：《幽玄论》，能势朝次等《日本幽玄》，第210页。

鸭长明（1155—约1216）指出："今世歌人，深知和歌为世代所吟诵，历久则益珍贵，便回归古风，学'幽玄'之体。……和歌抒怀言志，悦人耳目，供时人赏玩而已，何况和歌本身亦非出自今人之工巧。《万叶集》时代已经古远，就连《古今集》中的和歌也有人读不懂了，所以才提出如此的责难。《古今集》中有各式各样的体式，中古的歌体就出自《古今集》。同时，'幽玄'之样式也见于《古今集》。"很明显，这是指"幽玄体"的和歌文体（风格样式）。而从审美情感价值角度论述"幽玄"的则有，"吟咏和歌时若自己心里尚且懵懂，其结果必然是所咏和歌令人莫名其妙。此种和歌不能进入'幽玄'之境，确实可以称之为'达摩宗'。"① 值得注意的是，鸭长明所谓"'幽玄'之境"明确指出"幽玄"是一种境界，将俊成未予明言的观念明确化了。

鸭长明还详细阐释了"'幽玄'之境"的内涵，他说："或问：对事物之情趣略有所知，但对'幽玄'究竟为何物，尚未了然，敢问其详。答曰：和歌之'姿'领悟很难。古人所著《口传》《髓脑》等，对诸多难事颇为详尽，至于何谓和歌之'姿'，则语焉不详。何况所谓'幽玄之体'，听上去就不免令人困惑。我自己也没有透彻理解，只是说出来以供参考。进入境界者所谓的'趣'，归根到底就是言词之外的'余情'、不显现于外的气象。假如'心'与'词'都极'艳'，'幽玄'自然具备。例如……在浓雾中眺望秋山，看上去若隐若现，却更令人浮想联翩，可以想象满山红叶层林尽染的优美景观。心志全在词中，如把月亮形容为'皎洁'、把花赞美为'美丽'，何

---

① 鸭长明：《无名抄》，《日本古典文论选译》古代卷（上），第100页。

第四章　日本诗学对《沧浪诗话》"悟"之受容：从禅悟到诗学"悟"

难之有？所谓和歌，就是要在用词上胜过寻常词语。一词多义，抒发难以言状的情怀，状写未曾目睹的世事，借卑微衬托优雅，探究幽微神妙之理，方可在'心'不及、'词'不足时抒情达意，在区区三十一字中，感天地泣鬼神，此乃和歌之术。"①

鸭长明认为，"幽玄"是一种"境""趣"，是一种言词之外的"余情"，是一种不显现于外的气象。这与《沧浪诗话》谓"兴趣"为"言有尽而意无穷"，是"羚羊挂角，无迹可求"岂非一个意思？他所谓"一词多义，抒发难以言状的情怀，状写未曾目睹的世事，借卑微衬托优雅，探究幽微神妙之理，方可在'心'不及、'词'不足时抒情达意"意思就是用尽可能少的字呈现表达尽可能多的情思；翻译成中国诗学话语，就是"不著一字，尽得风流"；或曰"状难写之景如在目前，含不尽之意见于言外"。这是与严羽诗学精神都有异曲同工之妙。鸭长明虽早于严羽，但由于吸收了中土"感""兴"论、诗"境"论等诗学观念，他们拥有共同的诗学资源，因此会有相当接近的诗学观点；这也说明和歌和汉诗在精神气质上是相通的。

鸭长明认为好的和歌要有"余情""幽玄"；藤原定家（1162—1241）则认为好的和歌要心"深"，他说："所谓优秀的和歌，是无论吟咏什么，心都要'深'。"② 他提出一种与其余各体密切相关的"有心体"，从审美情感角度指出，好的和歌要"有心"。藤原定家之"有心"与鸭长明之"余情"实质

---

① 鸭长明：《无名抄》，《日本古典文论选译》古代卷（上），第100—101页。
② 藤原定家：《每月抄》，《日本古典文论选译》古代卷（上），第107页。

相通，定家说过："作歌的高手，都故意使词意点到为止，不做过分表现，这种不求清晰、但求朦胧的手法，正是高手的境界。"① 这种"有心"产生了"余情"效应。定家指出："实际上，'有心'存在于各种歌体中。"同时，他也强调："和歌的重要一点，就是词的取舍。……亡父俊成卿说过，'应以'心'为本，来做词的取舍。'……'心'与'词'兼顾，才是优秀的和歌。"② 如果说鸭长明提倡和歌要有"余情""幽玄"，那么定家则主张和歌要"有心""幽玄"。如何做到和歌"有心""幽玄"？他论述歌人创作时的审美心胸说："诗贵在胸怀高洁，心地澄明，和歌也是如此。……作歌首先要心胸澄澈，这是一个必须养成的习惯。平日心有所感，不论是汉诗还是和歌，都要出自肺腑，用心吟咏。"③ "据说俊惠曾说过，'作歌只需赤子之心'，……咏歌时必须心地澄澈，凝神屏气，不是仓促构思，而应从容不迫，如此吟咏出来的歌，无论如何都是'秀逸'的。"④ 所谓"赤子之心"，稍异于老子的婴儿、赤子之心，它强调歌者"平日心有所感"，作歌时应该"心胸澄澈""心地澄明"；这就比鸭长明对"余情""幽玄"的论述更细致深入了。

与上古奈良、平安朝时代由贵族主导文化不同，中世镰仓、室町时代形成由武士主导的文化，史称"公家"与"武家"。公家、武家既有对立又有联系。其中，对两者影响都比较大的是佛教思想文化。与上古传入的佛教宗派不同，中世的

---

① 藤原定家：《每月抄》，《日本古典文论选译》古代卷（上），第109页。
② 藤原定家：《每月抄》，《日本古典文论选译》古代卷（上），第108页。
③ 藤原定家：《每月抄》，《日本古典文论选译》古代卷（上），第112页。
④ 藤原定家：《每月抄》，《日本古典文论选译》古代卷（上），第109页。

第四章　日本诗学对《沧浪诗话》"悟"之受容：从禅悟到诗学"悟"

佛教宗派具有新的特质。佛教史学者杨曾文指出："日本民族佛教的格局是在镰仓时期基本确立的。从佛教传入到镰仓时期开始已经过了 600 多年，佛教已深入到日本社会各个阶层之中，与日本的以神道为代表的传统思想和宗教信仰、生活习俗已逐渐结合，相继产生了不少适应传统需要而写成的佛教著作。在这种历史背景之下，镰仓时期有些僧人为打破旧有佛教的腐败、混乱和日益脱离民众的局面，提出了新的教说，创立了新的宗派。其中源空创立净土宗，亲鸾创立净土真宗，一遍创立时宗，日莲创立日莲宗。……这个时期形成的新佛教宗派，与旧有的奈良佛教宗派，平安时期形成的天台和真言二宗，构成了日本民族佛教的基本格局。"①

在形成民族佛教的同时，日本的统治者武士阶层还有意引进中国的佛教禅宗。由荣西等人从中国传入禅宗临济宗，道元传入禅宗曹洞宗。禅宗的全面传入标志着中日文化交流进入一个新的阶段。禅僧不仅把在中国已成为佛教主流的禅宗传入日本，也把宋元文化源源不断地传到日本。由于禅宗与日本朝廷、旧有佛教宗派关系较少，并提倡"道在日用""自修自悟"的简易教理和修行方法，因此特别受到以幕府为首的武士的欢迎。② 而且，由于新登上历史舞台的武士要创造属于自己的文化，以区别于旧有的王朝贵族文化。"幕府将荣西请到镰仓，标志着新建立的武士政权开始在思想文化方面产生了欲与公卿

---

① 杨曾文：《日本佛教史》，人民出版社 2008 年，第 212、213 页。
② 杨曾文：《日本佛教史》，第 212 页。

贵族文化相抗衡的意识。"① 然而，旧有佛教宗派与王朝贵族的关系千丝万缕，不太可能助力新兴的武士阶层。研究者指出："在镰仓初期，禅宗之所以一进入日本就立刻获得了武士阶层的支持，可能与当时的政治形势有关。当时从宋代中国来日的大多数禅师都定居在武士政权的所在地镰仓，镰仓成了禅宗修行的根据地，甚至可以说禅宗是在镰仓幕府的庇护下兴盛起来的。"② "禅宗之所以率先在武士间传播，以及日本的武士阶级把禅宗看作是自己的精神支柱，并视之为武士道的哲学理论，其最主要的原因也是因为禅宗首先得到了镰仓幕府的支持。"③ 在这种历史文化语境中，在中国佛教中占据主导地位而对日本仍较新鲜的禅宗思想文化自然会受到武士阶层的强力支持。

严羽"以禅喻诗"表现出与佛教禅宗密切的关系，其在《答出继叔临安吴景仙书》中私淑的大慧宗杲属禅宗五家七宗的杨岐宗，《沧浪诗话》自然会作为宋代诗学文化著作传入日本。而日本禅宗二十四流中，有二十流源自杨岐宗。据佛教学者宇井伯寿《支那佛教史》所说："渡来日本并居住在京都、镰仓一带的杨岐宗一派之人非常之多"。因此可以推断，本来就对沧浪诗论抱有极大关心的渡日杨岐宗门人将《沧浪诗话》传来的可能性极大。④ 前述虎关师炼对《沧浪诗话》的征引表明其接触并受到了一定的影响。与虎关师炼大约同时的著名歌人

---

① 何慈毅、赵仲明、陈林俊：《日本文化史的点与线》，南京大学出版社2013年，第118页。
② 何慈毅、赵仲明、陈林俊：《日本文化史的点与线》，第118页。
③ 何慈毅、赵仲明、陈林俊：《日本文化史的点与线》，第120页。
④ 太田青丘：《日本歌学和中国诗学》，东京弘文堂1958年。引文为祁晓明译，下同，第162页。

第四章　日本诗学对《沧浪诗话》"悟"之受容：从禅悟到诗学"悟"

京极为谦（1254—1332）就深受《沧浪诗话》精神影响。

京极为谦指出："若一味按自己的主张和方法来吟咏和歌，并炫耀自己的学识，对于和歌优劣，就难以做出正确判断。歌之道，似浅实深。似易实难，在这一点上有似佛法之教。"① 此段有两点与《沧浪诗话》相通：一是所谓炫耀自己的学识，即严羽所谓"以才学为诗"；二是"歌之道……有似佛法之教"，与藤原俊成沟通歌道与佛道不同，为谦只是以佛法喻（有似）歌道，与严羽"以禅喻诗"思路一致。为谦还指出，"对于一切事物都要加以体会，并切实有所感动，然后再用恰当的词语表现出来，那就会吟咏出情趣盎然的歌。"② 为谦是当时歌学"京极派"的核心人物，他们强烈反对"二条派"歌学拘泥于古训家学的保守的、形式化、程式化的崇古歌风，③ 所以，为谦强调心有所感，就会吟咏出情趣盎然的歌。这与严羽反对江西诗学"以文字为诗、以才学为诗"的形式主义如出一辙，严羽主张诗者吟咏性情，诗要有言有尽而意无穷之"兴趣"，也给为谦提出心有所感就会吟咏情趣之歌以很大的启示。

更重要的是，为谦在回答一系列歌学根本问题时表现出鲜明的师法严羽《沧浪诗话》的印记。他说："要明白和歌究竟是什么，作歌要有怎样的态度，什么是好歌，什么是不好的歌，从前与现在歌风是有变化的，在哪方面有变化？怎样区分和歌的高下优劣，自己能够成为出色的歌人吗？对诸如此类的

---

① 京极为谦：《为谦卿和歌抄》，《日本古典文论选译》古代卷（上），第124页。
② 京极为谦：《为谦卿和歌抄》，《日本古典文论选译》古代卷（上），第129页。
③ 王向远"京极为谦"简介，《日本古典文论选译》古代卷（上），第123页。

问题，一开始就要有强烈的追问。然而，一般人并不具备这种态度，入门时方向不对，方法也不正确，只是一味地追随效法古人，于是路子越走越窄，对于别人提出的这些问题不知如何应对，或者答非所问，倘若仅仅靠背诵古歌，熟读古代各家的歌学书，就可以成为一个优秀歌人，那么后世之人读了前代的许多名歌，和歌创作上也应该超过前人。然而，以人丸、赤人为代表的古代歌人，只是吟咏自己的真性情，并不以任何人做楷模，后人却难以企及，今天足令我辈感到汗颜。这种情况无论古今都是相同的。因而我们必须思考，在和歌创作方面要想不亚于古人，我们应该如何做才好？即便最终不能超越古人，我们也应该有这样的追求。只是在风体、用词等方面模仿古人，是不可能与古人并肩齐踵的。古人只是抒发自己的感情，而现在的人则是模仿古人的用词技巧，两者是大相径庭的。"①

如前文所述，为谦反对二条家末流拘泥于古训家学的保守的、形式化、程式化的崇古歌风，为谦认为那些人只是在风体、用词等方面模仿古人，是模仿古人的用词技巧，他们并没有自己内心真实的感动和体验，不能抒发自己的情感；因此，他们所作的和歌不能感动他人。因此，为谦主张心有所感，抒发自己的感情，吟咏自己的真性情，就能感动他人，因而是好的和歌，可以与古人并肩齐踵，甚至超过古人。二条家的形式化、程式化歌风，缺乏自我内心的真实情感，只知道在用词技巧形式上模拟古人等缺陷，与严羽所批评的江西诗学的弊端如出一辙；江西诗学"点铁成金""夺胎换骨"等语言形式上的模

---

① 京极为谦：《为谦卿和歌抄》，《日本古典文论选译》古代卷（上），第126页。

第四章 日本诗学对《沧浪诗话》"悟"之受容：从禅悟到诗学"悟"

拟，后学缺乏自己内心真实的情感体验，不也是二条家存在的这个问题吗？面对此问题，严羽提出"入门须正"，他说："夫学诗者以识为主：入门须正，立志须高。……若自退屈，即有下劣诗魔入其肺腑之间；由立志之不高也。行有未至，可加工力；路头一差，愈骛愈远；由入门之不正也。"为谦所谓"怎样区分和歌的高下优劣，自己能够成为出色的歌人吗？对诸如此类的问题，一开始就要有强烈的追问。然而，一般人并不具备这种态度，入门时方向不对，方法也不正确，只是一味地追随效法古人，于是路子越走越窄"此段话可以说就是严羽上述话语的翻版。严羽谓"学其上，仅得其中；学其中，斯为下矣。又曰：见过于师，仅堪传授；见与师齐，减师半德也。工夫须从上做下，不可从下做上。"也启发为谦说出"在和歌创作方面要想不亚于古人，我们应该如何做才好？即便最终不能超越古人，我们也应该有这样的追求"这样的观念。可以说，在了解所处的诗学文化语境，并认清各自所针对的诗学问题后，只要稍加比对，就会发现，京极为谦歌学主张的主要观点基本都受到了《沧浪诗话》的影响。

为谦之后，二条良基（1320—1388）的连歌理论也深受《沧浪诗话》启示。作为著名的歌人，二条良基是当时"二条派"歌学的代表人物，其理论主张较保守。他的主要建树在连歌理论上，其观念受《沧浪诗话》启发较大。首先，良基以禅悟喻歌道，他说："问曰：……连歌所应真正具备的风体究竟是由什么来决定的呢？可能有各种不同的品级，可否请您尽可能说得仔细些？答曰：将所知道的东西讲出来并不困难，但要启发蒙昧，使其聪明颖悟，则很困难。《诗人玉屑》一书，谈的是如何学诗，但却说'学诗浑似学参禅'，强调'以心传心'，连歌的学习也是同样的。"① 十分明显，这与《沧浪诗话》（就收录于《诗人玉屑》中）"以禅喻诗"的思路一致，显然受过其影响。

良基借鉴说："中国《诗人玉屑》有云：'去俗心、去俗词、去俗风。'连歌亦如此。"② 又说："《万叶》之古语，《三代集》之艳言，皆宜广而学之，以去俗言、俗态也。"③ 无论连歌"去俗心、去俗词、去俗风"，还是和歌"去俗言、俗态"，很明显都借鉴袭用了《沧浪诗话·诗法》"学诗先除五俗：一曰俗体，二曰俗意，三曰俗句，四曰俗字，五曰俗韵。"良基还谈到如何避免"俗"，他谈到连歌"去俗"说："四问：怎样去俗呢？答曰：所谓俗词，就是那种听起来趣味低下、粗野无文的词。相反，'幽玄'应是优美细腻、典雅流畅的词。晚近的连歌用词，应向救济、周阿等人学习。有'风情'的词虽俗，也有可取之处，但风情不可怪异，不可叫人难以理解。要让人听上去感觉合情合理，如实描写、平易近人的风情，不能称其为'俗'。要之，用词含有花的芳香，就是不俗，反之即为俗。"④ 良基认为，无论和歌还是连歌，"去俗"是和"幽玄"之境趣联系在一起的；只要具有"幽玄"之境趣，自然就能"除俗"，反之则不能。他所谓"热心歌道者，必先入'幽玄'之境，然

---

① 二条良基：《筑波问答》，《日本古典文论选译》古代卷（上），第311页。
② 二条良基：《十问最秘抄》，《日本古典文论选译》古代卷（上），第316页。
③ 佐佐木信纲：《日本歌学大系》第5卷，东京风间书房1989年。引文为祁晓明译，下同，第124页。
④ 二条良基：《十问最秘抄》，《日本古典文论选译》古代卷（上），第316页。

后再从其他方面用功"① 即是此意。这种观念显然受到了严羽强调诗有"兴趣"才能"除俗"之观念的影响。

良基论连歌时说:"在各自领域自成一家者,未必全盘承袭老师,古人云:'羚羊挂角,无迹可求。'自己有所领悟,方能自成一家。诗歌之道亦如此。……初学时要好好向老师学习,自成一家则是学成以后的事情了。尽管如此,初学时应该志存高远,但在达到'中品'的程度之前,不应该有脱离老师的想法。"② 所谓"古人云:'羚羊挂角,无迹可求。'"明显是袭用了《沧浪诗话》"盛唐诸人惟在兴趣,羚羊挂角,无迹可求";而"自己有所领悟,方能自成一家"也是对严羽"妙悟"说的借鉴。他说到向老师学习和自成一家的意思,也是严羽"见过于师,仅堪传授;见与师齐,减师半德也"意思的另一种表达。

和藤原俊成、鸭长明类似,良基也试图沟通佛道与歌道,他说:"问曰:有人说:'连歌是善物,不仅对于现世有益,而且亦可成为菩提的因缘。'此说言过其实否?答曰:一般说来,过去、现在的诸佛,没有不喜欢诗歌的。一切神佛,还有从前的圣人,都靠诗歌而引导众生,这一点不必一一细说了。连歌尤其值得有心者细细琢磨。所以,近来有佛国禅师、梦窗国师昼夜沉浸于此,必定有其原由,而且也肯定有所得益。仔细想来,和歌的'前念'与'后念'是不连续的。而尘世间则是在盛与衰、喜与忧之间不断变化移动;连歌与浮世的这种情形并

---

① 二条良基:《筑波问答》,《日本古典文论选译》古代卷(上),第305页。
② 二条良基:《十问最秘抄》,《日本古典文论选译》古代卷(上),第315页。

无不同。"① 良基在此主要从生命体验角度阐释佛道、连歌之相通共同处，与前辈俊成、长明等人融合歌道、佛道的精神保持了联系。②

2. 歌"悟"与"幽玄"

耕云，即花山院长亲（？—1429），他的歌学理论也深受《沧浪诗话》影响。③他法号耕云明魏，著有《耕云千首》《耕云口传》等。耕云在为《七百番歌合》所作的序中提到过《沧浪诗话》："抑古诗之体亦屡屡随时代而变化，而风雅之姿不显。故沧浪之诗法有除五俗之事，所谓俗体、俗意、句俗、字俗、韵俗也。"④ 这与二条良基所援引的一致。《耕云口传》曾说："抑连缀三十一字者，有堪能与不能。堪能者与生俱来，理正而语优柔。不堪则心不动而词不达意。然期于堪能，则不读书

---

① 二条良基：《十问最秘抄》，《日本古典文论选译》古代卷（上），第305页。
② 祁晓明认为，良基、顿阿主要表达的是二条派家传秘授的歌学立场，这本身就决定了其与沧浪诗论存在抵触。他们认为在"和歌盛兴而歌论中六义、十体始定，其后歌学如果仍固守上古淳朴之体，反而是一种偏见。敕撰始于《万叶》之后，歌合盛于宽平以还，而皆能据此明歌道之好坏，辨和歌之优劣。加之浜成之《式》，应光仁天皇之诏敕，《孙姬式》遗圣庙之制，皆能除歌病，辨歌体，谁人可不从之者？"（佐佐木信纲：《日本歌学大系》第5卷，124页）从这一段论述来看，良基与顿阿墨守的是藤原浜成《歌经标式》、孙姬《孙姬式》以来以探讨歌病、体制、修辞为主的歌论传统，尚未脱离形式主义的束缚，与主张"妙悟"的沧浪诗论在精神上不能同日而语（《沧浪诗话与日本镰仓、室町时代歌论》，《暨南学报》（哲学社会科学版）2011年第4期）。
③ 祁晓明：《沧浪诗话与日本镰仓、室町时代歌论》。
④ 太田青丘：《日本歌学和中国诗学》，第167页。

明理，则终难臻于秀逸矣。"① 这明显借鉴了《沧浪诗话》"诗有别才，非关书也。诗有别趣，非关理也。然非多读书多穷理，则不能极其至"的观念。又如沧浪以禅喻诗云："诗道亦在妙悟"，也被耕云借鉴来评论西行等人歌云："虽朦胧难读，实为具幽玄高妙之真体。非知音不能悟此义。"②

　　耕云认为，体悟歌道之真谛，须依靠澄静内心的直接领悟，而非其他，《耕云口传》曾说："其上，此道之秘事，别无所在，不过出于我心而心有所悟而已。悟则体得大方和歌之趣向，关键只在数寄之心志一事而已。"③ 耕云所谓"すき"（好き、数寄）是指作歌时的清澄心境，④ 即"忘却寝食，忘却万事，闻朝夕之风声而内心澄澈，凝视浮云之色而心不为尘间仇事所乱"⑤。这与沧浪的"大抵禅道在妙悟，诗道亦在妙悟"、"诗有别才，非关书也，诗有别趣，非关理也"之精神是相一致的。耕云借鉴严羽"以禅喻诗"，也以禅喻歌；《耕云口传》说："天地之间所有技艺，岂与此歌道相离耶？谓吟咏之间当怜花哀露，已落言筌，歌之第二义门也，非歌之真体。故古人云'和歌乃日本之陀罗尼也'。又神明、佛陀、菩萨、圣众，歌志得之于此，歌之深理亦在此。"⑥ 这和严羽以大乘、小乘，第一义、第二义来评价汉魏盛唐诗和宋诗是一个意思。耕云的歌论注重和歌内在的本质（"体悟歌道之真谛"），探讨和歌普遍的

---

① 耕云：《耕云口传》，佐佐木信纲《日本歌学大系》第 5 卷，第 155 页。
② 佐佐木信纲：《日本歌学大系》第 5 卷，第 163 页。
③ 耕云：《耕云口传》，佐佐木信纲《日本歌学大系》第 5 卷，第 164 页。
④ 久松潜一：《和歌史歌论史》，东京樱枫社 1969 年，第 271 页。
⑤ 耕云：《耕云口传》，佐佐木信纲《日本歌学大系》第 5 卷，第 156 页。
⑥ 耕云：《耕云口传》，佐佐木信纲《日本歌学大系》第 5 卷，第 155 页。

"深理";与俊成类似,耕云也认为"幽玄高妙"的歌道通过佛教的"悟入"才能够体得。这些论述与《沧浪诗话》精神如出一辙。耕云之后正彻、心敬等人对于《沧浪诗话》的摄取,也都是遵照这样的路径。

临济宗僧人,歌人正彻(1381—1459)同样深受严羽《沧浪诗话》的启发。正彻字清岩,庵号招月,出家后法号正彻,有和歌论著《正彻物语》(上卷《彻书记物语》,下卷《清岩茶话》)。在《彻书记物语》中,正彻说:"定家的末流有二条、冷泉两派,后又有为谦为代表的的京极派,三足鼎立,正如大自在天有三只眼,三派相互抑扬褒贬。学习者何弃何取,难以定夺。应该对三家作为一个整体,取其所长,不可偏于一家。如若做不到这一点,也要追慕定家的遗风,此乃进取之正道,其他途径无可替代。也有人不学定家,而学习末流之风体。但我认为,学上道者,可得上道,若不能至,心向往之;上道不能,中道可得。佛法修行以得佛果为目的,不能只是以修成声闻、缘觉、菩萨三乘之道为最终目的。难道不是这样吗?学习末流之风体,只模仿遣词造句,岂不可笑吗?"① 正彻以定家的和歌为最上乘正道,强调作和歌就要学习定家,其中有谓"学上道者,可得上道,若不能至,心向往之;上道不能,中道可得",就借鉴自《沧浪诗话》"入门须正,立志须高";"从顶额上做来,谓之向上一路";"学其上,仅得其中。学其中,斯为下矣";"工夫须从上做下,不可从下做上"等观点,与其精神一脉相承。

---

① 正彻:《正彻物语》(上卷),《日本古典文论选译》古代卷(上),第131页。

第四章 日本诗学对《沧浪诗话》"悟"之受容：从禅悟到诗学"悟"

正彻基本吸收了严羽在《沧浪诗话》中提出的诗"悟"、"兴趣"说。如他认为和歌需要"悟"，他说："和歌不是靠知识吟咏出来的。惟有好好理解歌心才好。所谓'好好理解'，就是要'悟'。能够很好地理解和歌的人，作和歌也能成为高手。"① 正彻指出和歌不靠知识吟咏，只有靠领"悟"歌心才行。这就是受严羽《沧浪诗话》"诗道在妙悟"、"诗有别才，非关书也"等观念的启发。在《清岩茶话》(即《正彻物语》下卷)中，正彻说："依此随意咏习之可也。然则此歌乃至于极致而返于初学者，故而能写之也。取水中之月，取之似易而终不可得。此事虽非水中月可比，要亦难得之事也。"② 就是借鉴了《沧浪诗话》谓"兴趣"如"故其妙处，透彻玲珑，不可凑泊，如空中之音，相中之色，水中之月，镜中之象，言有尽而意无穷"之意。正彻在《清岩茶话》中还说："细观此和歌，好歌常若无意于缀词而咏，吟咏而不陷于理窟，忧柔而有幽玄之致。至极好歌在理之外，不可曲为之解者，又不可以词说之而使人知者也，唯自然领悟而已矣。"③ 又云："不涉凡虑，除了理外之玄妙，更似一无所为。将上下两句相隔甚远之意结合起来，即臻于自在歌境之工夫。"④ 这些观点实际上都是借用了《沧浪诗话》"不涉理路，不落言筌者上也"以及反对"尚词而病于理""尚理而病于意兴"之意。

正彻从文体角度区分了"幽玄"体与"余情"体、"物哀"

---

① 正彻：《正彻物语》(上卷)，《日本古典文论选译》古代卷(上)，第132页。
② 正彻：《清岩茶话》，佐佐木信纲《日本歌学大系》第5卷，第256页。
③ 正彻：《清岩茶话》，佐佐木信纲《日本歌学大系》第5卷，第246页。
④ 正彻：《清岩茶话》，佐佐木信纲《日本歌学大系》第5卷，第251页。

体的不同,他指出,"'幽玄'体只有达到一定程度才能使人体会到。许多人听到'幽玄'的事,其实那只是'余情',而不是'幽玄'。或者有人将'物哀体'说成是'幽玄体'。'余情'体与'幽玄'体有很大差别。"[①] 更重要的是,正彻从审美意蕴角度阐发了他对"幽玄"论的看法,对歌学中的这一核心概念作了理论总结。他指出:"所谓'幽玄',就是虽有'心',却不直接付诸'词'。月亮被薄云所遮,山上的红叶被秋雾所笼罩,这样的风情就是'幽玄'之姿。若问:'幽玄'在何处? 真是不好言说。不懂'幽玄'的人,认为夜晴空晴朗、月亮普照天下才有趣。所谓'幽玄',是说不清何处有趣、哪里美妙的。"[②] "月亮被薄云所遮,山上的红叶被秋雾所笼罩"对这种风情美的欣赏直接来源于藤原俊成和鸭长明,但其精神"虽有'心',却不直接付诸'词'"就是"不著一字,尽得风流"的翻版。而"所谓'幽玄',是说不清何处有趣、哪里美妙的"显然是借用了严羽"兴趣"之"其妙处,透彻玲珑,不可凑泊,如空中之音,相中之色,水中之月,镜中之象,言有尽而意无穷"的精神。这种高度相似的原因在于,正如祁晓明指出的那样,正彻的歌论,旨在通过反对二条派将藤原定家凡庸化、平淡化而重新确立藤原定家歌学的正统地位,这种现实需要与严羽反对宋人"以文字为诗,以才学为诗,以议论为诗",以

---

① 正彻:《正彻物语》(上卷),《日本古典文论选译》古代卷(上),第134页。
② 正彻:《正彻物语》(下卷),《日本古典文论选译》古代卷(上),第137页。

第四章　日本诗学对《沧浪诗话》"悟"之受容：从禅悟到诗学"悟"

"汉魏晋与盛唐之诗"为诗之极致的观点十分契合。①

可以说，正是在类似于魏晋唐诗学精神的文化语境中，正彻的和歌"幽玄"论才完全接受了精神气质完全一致的严羽《沧浪诗话》的影响，并以自己的语言阐释之。他多次指出"幽玄"不可说、说不清，犹如禅宗所谓"说似一物即不中"。正彻说："何谓'幽玄体'呢？所谓'幽玄体'就是无论是心，还是词，都不能随意表达。行云飘雪才是幽玄体，空中云气氤氲、雪花随风飘旋的情景，就是'幽玄'。定家写的《愚秘》中有云：'要说明什么是幽玄体，可以举一个例子。唐国有一位襄王，他午睡的时候，有一位神女从天而降，分不清是梦境还是现实，襄王与她有了枕席之欢。事后襄王依依不舍，神女说：'妾在巫山，在靠近宫中的山上，旦为朝云，暮为行雨。'说罢消失。此后，襄王想念神女，以巫山的朝云暮雨作为神女行迹，咏而歌之。这种'朝云暮雨'体，即可谓'幽玄体'。'若要问'幽玄'在何处？在心中是也。岂能是心中清楚明白、并能付诸言词的东西呢？只有朦胧之体，才能够称得上是'幽玄体'吧；南殿樱花盛开、身穿丝裙的女子四五人对花咏叹，才能够称为'幽玄'吧？若有人问'幽玄'在何处？这一问恐怕就已经不再'幽玄'了。"②

定家将"幽玄体"释为"朝云暮雨"体，就是取朝云暮雨的朦胧迷离、飘忽不定之意，以此来说明"幽玄"之境的朦胧

---

① 祁晓明：《〈沧浪诗话〉与日本镰仓、室町时代歌论》，《暨南学报》（哲学社会科学版）2011年第4期。

② 正彻：《正彻物语》（下卷），《日本古典文论选译》古代卷（上），第138页。

缥缈,这实际上也是俊成、长明以来歌学对"幽玄"美的共识。正彻以更明确的语言指出了"幽玄"美的朦胧暧昧特质(在一定意义上这种文化特质仍旧遗存于现代日本文学、文化之中[①]),即所谓"只有朦胧之体,才能够称得上是'幽玄体'吧"。而这种行云飘雪式的朦胧暧昧"不能随意表达";"'幽玄'在何处?在心中是也。岂能是心中清楚明白、并能付诸言词的东西呢";"若有人问'幽玄'在何处?这一问恐怕就已经不再'幽玄'了。"这种典型的不可说、不可说,明显打上了禅宗"说似一物即不中"的印记。这一切,实际上都阐明了"幽玄"作为一种意境的特质,在这一点上,它与严羽"兴趣"之意境化特质是高度吻合的。因此,从这一角度看,正彻对"幽玄"意境特质的阐明就是对严羽《沧浪诗话》的借鉴。而这一点,也正是东亚文化交融语境中《沧浪诗话》所产生的独特的诗学价值。

受正彻影响,正彻之弟子心敬(1406—1475)也多借鉴《沧浪诗话》理论。心敬,初名新惠,又称连海、心惠、心教,是当时知名的歌人、连歌师。他继承老师和前辈的观点,主张连歌之道,要以"幽玄"为本,他说:"古人说过,一切歌句都有体现'幽玄'之姿,连歌修习时也要以此作为最高宗旨。……古人对'幽玄体'最为用心。一般人只注意'姿'的优美,而心之'艳'的修炼却是最难的。"[②] 心敬强调心之"艳"对"幽玄"的重要性。值得注意的是,心敬明确地以佛道释歌

---

① 王向远:《入"幽玄"之境——通往日本文学文化堂奥的必由之门》,《日本幽玄》译序,第17、18页。
② 心敬:《私语》,《日本古典文论选译》古代卷(上),第323页。

第四章　日本诗学对《沧浪诗话》"悟"之受容：从禅悟到诗学"悟"

道，以此深入阐释"幽玄"之心"艳"。他说："四一、问：从前有人请教歌仙，应该如何咏歌？答曰：'枯野的荒草，拂晓的残月。'然否？这是在难以言喻之处用心，在冷寂之处开悟，凡入境者的和歌，必具有此种风情。……凡是有志于歌道者，都应以'艳'为目标努力修行。不应只着眼于句之姿及言辞的优美，清心寡欲，人间色欲要淡，在万事万物中深悟人世无常，不忘世间人情，对他人之恩，要以命相报，歌句方可从内心深处涌出。"① 所谓"在冷寂之处开悟"心"艳"，就是强调心灵妙悟，而强调"在万事万物中深悟人世无常"，实质是顿悟生命情感；只有生命体验深厚，"歌句方可从内心深处涌出"。心敬在强调妙悟心"艳"时提及顿悟无常，实际上就已经援引佛道入歌道，是典型的"以禅喻歌（诗）"，明显借鉴了严羽的《沧浪诗话》。

心敬多次强调了歌道即是佛道，他说："无论何种艺道，学习与修炼的方式各有不同，无论看过多少先贤的书，却对于修行不能具备冷暖自知的自觉，都不能达其目的。西行上人说过：'歌道便是禅定修行之道。'的确，进入歌道，也就找到了悟道的方式与途径。经信卿说过：'和歌是隐遁之径，是走向菩提之路。正如实相之理，尽在三十一字之中。'定家卿曾对此言大加推崇。俊成卿老年时讲道：'人生有一大事，就是沉溺于歌道，忘掉当前一切，而耽于遐想。'当他初入此道后，住吉大明神显身，微笑道：'莫要小看歌道！此道必通往往生之路。歌道是即身成佛的直路修行。'……《古今集》的传授也仿效佛教的灌顶，与密宗所重视的传授没有二致。原本歌道

---

① 心敬：《私语》，《日本古典文论选译》古代卷（上），第343页。

就是我国的陀罗尼。"① 这完全是融合歌道与佛道之论，与严羽《沧浪诗话》"以禅喻诗"又存在一定的差别。

心敬明确指出："歌道与佛道，先哲有明确教诲，而心地肤浅之辈不至。能否入道，取决于对先贤教诲之领悟。历代歌集，佳作纷呈，而冥顽不灵者熟视无睹。……和歌、连歌犹如佛之三身，有'法'、'报'、'应'三身。'空'、'假'、'中'三谛的歌句，能够即时理解的歌句，相当于'法身'之佛，因呈现出'五体'、'六根'，故无论何等愚钝者均能领会。用意深刻的歌句，相当于'报身'之佛，见机行事，时隐时现，非智慧善辩之人不能理解。非说理的、格调幽远高雅的歌句，相当于'法身'之佛，智慧、修炼无济于事，但在修行功夫深厚者眼里，则一望可知，合于中道实相。"② 总之，作为禅宗僧人正彻的弟子，心敬更自觉地运用禅宗心法以禅论歌，他所谓"在冷寂之处开悟"，"在万事万物中深悟人世无常"，等等，实际上都是严羽《沧浪诗话》"以禅喻诗"精神的借鉴。至于"歌道便是禅定修行之道"，"歌道是即身成佛的直路修行"，就不再是比喻，而是融合禅道与歌道。这与《沧浪诗话》隔了一层，而与清代"神韵"派有异曲同工之妙；事实上，和歌"幽玄"之道与清代"神韵"美的确存在审美风貌上的类似和相通。③

铃木大拙则从现代哲学角度阐释了和歌"幽玄"与禅悟之间的关系，他说："生命充满了神秘。有神秘感的地方，必有

---

① 心敬：《私语》，《日本古典文论选译》古代卷（上），第346、347页。
② 心敬：《私语》，《日本古典文论选译》古代卷（上），第354页。
③ 谷山茂就认为"幽玄"与清代"神韵"说非常相近（《谷山茂著作集·幽玄》，角川书店1982年，第163页）。

第四章　日本诗学对《沧浪诗话》"悟"之受容：从禅悟到诗学"悟"

禅的存在。这在艺术家之间被广泛称作为'神韵'或'气韵'（精神的节奏），掌握了这一点，可以说形成了悟。……概念性的知识有它的技法——进步的方法，人可以通过这种技法一步一步向前迈进；但是，却不可以通过它达到事物的神秘境界。若到达不了事物的神秘境界，则不可能成为任何方面的师匠或艺术家。任何一种艺术中都存在着一种神秘性、一种气韵，以及日本人所谓的'妙'。正如前面所述，禅与任何领域的艺术都密切相连。如禅师一样，真正的艺术家是懂得如何领悟事物之妙的人。妙，在日本文学里有时被称之为'幽玄'或'玄妙'。曾有一位评论家说过，所有伟大的艺术作品，其中都包含了'幽玄'，通过'幽玄'，我们瞥见了变化世界中永恒不变的事物，洞察到了客观存在的秘密。哪里有'悟'的忽然闪现，哪里就有创造力的出现，艺术就会表现出妙和幽玄。……悟，一旦表现于艺术，将会创造出随精神节奏跳动的、展现'妙'的、让人瞥见到深不可测的'幽玄'的作品。像这样，禅在日本人对所有艺术领域中的神秘创造本能的接触和理解方面给予了极大的帮助。"[①]这可以说是对"幽玄"与禅（诗）悟关系进行现代阐释的较好范本。

综上所述，中世和歌理论有两点直接受到了严羽《沧浪诗话》的启发，一是中世"幽玄"论与严羽"兴趣"说的高度相似，两者皆具有意境之镜像水月、飘渺朦胧的特质。二是歌论特别强调以佛道喻歌道，或以禅道释歌道，这也是受严羽"以禅喻诗"、以悟论诗的启发。中世歌论受严羽《沧浪诗话》影

---

① 铃木大拙：《禅与日本文化》，钱爱琴、张志芳译，译林出版社2014年，第132页。

响启示的原因主要和当时的历史文化语境有关,这具体表现在两个方面:

  首先,从文学内部的原因来看,主要是中世歌论所继承的诗学文化资源与《沧浪诗话》的诗学文化资源几乎同源,即钟嵘《诗品》序所阐释的"感""兴"论传统和唐代诗学的境象论经验。祁晓明还指出,和歌理论在中世也面临着深刻的变革。这个时期歌论分裂为以藤原氏御子左家嫡传的当家人二条为世为首的"二条家",和以同属御子左家的京极为谦为首的"京极家",以及冷泉为相为首的"冷泉家"。作为正统派的"二条家"墨守陈规,坚持繁琐的形式主义的家传秘授的立场,"京极家"则努力突破拘泥形迹的歌学传统束缚。而耕云、正彻和心敬都不同程度地站在反对"二条家"的立场之上。例如《耕云口传》就否定歌道"秘传"的必要性:"此道之秘事,别无所在,不过出于我心而心有所悟而已"云云,表达了其努力摆脱二条派形式主义歌论传统束缚的倾向。而正彻的歌论,旨在对为二条派凡庸化、平淡化的藤原定家歌学注入新的生气,因而也被正统派"二条家"视为异端。这种反对墨守家传,陈陈相因的批判精神与严羽"非傍人篱墙,拾人涕唾"、"自家闭门凿破"的精神相通,在突破旧的传统束缚,创新歌学理论方面《沧浪诗话》都给予他们深刻启发。①

  其次,从文学外部原因来看,无疑就是禅宗思想的影响,无论是严羽《沧浪诗话》还是中世和歌论,都深深打上了禅宗

---

① 太田青丘:《日本歌学和中国诗学》认为,耕云、正彻、心敬是真正能够学到沧浪诗论的真精神的。参阅祁晓明《〈沧浪诗话〉与日本镰仓、室町时代歌论》。

第四章　日本诗学对《沧浪诗话》"悟"之受容：从禅悟到诗学"悟"

思想的印记。祁晓明指出，任何外来文化的成功移植，客观上都要求作为移植对象的地域、国度具备适宜的土壤。日本既有的歌论观点与《沧浪诗话》存在着许多相通之处，这为沧浪诗论的接受提供了条件。镰仓、室町时期的佛教与和歌关系密切，京极为兼深受法相宗唯识论影响，而顿阿、心敬是天台宗僧侣，耕云、正彻是临济禅僧侣。一遍上人（1239—1289）所创的时宗信徒中颇多以和歌、连歌、谣曲著称者。[①]一遍上人主张唱念"南无阿弥陀佛"，这个主张亦以和歌表达。[②]在歌与佛（禅）的关系问题上，上文藤原俊成就提出过"歌、佛共通论"。对此，太宰春台（1680—1748）《独语》说："俊成卿学天台之佛法，以一心三观之理为歌道之极意。"[③]而镰仓初期的歌人西行法师也有"歌道即禅定修行之道也"的观点。在对和歌由外在形式转向内在本质的探究方面，藤原俊成强调和歌的本质在于"余情"，鸭长明更以"余情"与"幽玄"并重。这与严羽以"妙悟""兴趣"论诗的精神相通。可以想象，本来就熟悉藤原为家此论的歌人和歌论家们，读到《沧浪诗话》的相关论述，一定会有似曾相识的感觉。藤原俊成、鸭长明和西行法师、藤原为家都没有接触过《沧浪诗话》，因而也不可能在其和歌论中引用沧浪诗论。这表明，歌以佛（禅）喻等观点，在《沧浪诗话》传入之前就已经是歌人和歌论家们的一个较普遍

---

① 朱谦之：《日本哲学史》，人民出版社2002年，第22页。
② 铃木范久《宗教与日本社会》说："一遍所达到的境界，也许可以通过这句和歌完全表达出来：'唱念阿弥陀佛，即无佛无我，惟有南无阿弥陀佛之声。'"牛健科译，中华书局2005年。
③ 日本随笔大成编辑部：《日本随笔大成》第1期，第17页，东京吉川弘文馆1975、1976年，第263页。

的看法，正是因为有了这样的共识，来自异域的《沧浪诗话》才更易于为歌论家接受。

如我们所知，严羽在《沧浪诗话》中"以禅喻诗"，其目的是将佛教禅宗作为一种他者话语，以与当时占据主流意识形态话语霸权的理学话语对抗。而日本中世引入的佛教禅宗，则是作为当时社会主流意识形态话语出现的；禅宗对日本人的宗教信仰和日常生活的影响，是其他佛教宗派所不可比拟的，禅宗已经深深地渗透到日本民众生活的各个领域。可以说，在日本，禅宗掌握着当时文化话语的主导权，它对日本文化的方方面面都产生了深远的影响。比如，日本文化中最具代表性的茶道、花道、剑道、围棋、俳句等传统文化，无一不受到禅宗思想的影响。祁晓明指出，中世文艺思想由于禅宗的流行及宋代理学的传入而发生着深刻的变化，其总的特征是对于理论性思考的重视以及重内轻外、重精神轻形式、重抽象轻具象的价值取向。一般来说，日本人理论思辨少有能与其艺术能力相匹敌的成果，而镰仓新佛教（禅宗）中却可以见到即使列于中国、西洋哲学思想当中亦未必逊色的理论思考，① 镰仓新佛教与京都佛教（6世纪传入的天台宗、真言宗）主要研究经典、祈祷法令不同，禅宗主张见性成佛，探求本原、性相，是在不擅长理论思考的日本文化中罕有其类的思辨成果。

从这个时期开始，理论性思考的尝试见于文化思想诸领域。王朝时代的日记文学如《枕草子》不过记述作者的感觉、

---

① 日本曹洞宗的开祖道元著有《正法眼藏》，此著是以和文写成。家永三郎《日本文化史》（东京岩波书店 1959 年）说：这表明道元意识到，即使从中国移入禅宗，其哲学思辨也需要由日本人的独立思考来进行。

第四章　日本诗学对《沧浪诗话》"悟"之受容：从禅悟到诗学"悟"

印象而已，缺乏对于人生、世界的理性思考。而镰仓、室町时代却出现了含有哲学思考的随笔，如鸭长明的《方丈记》（成书于1212年）及吉田兼好的《徒然草》（成书于1330年）。镰仓、室町时代传入的深受禅宗影响的宋代经学，突破了唐代以前以研究古注为正轨的传统，与以往汉、唐的注疏、文字之学相比，其抽象思辨色彩尤其突出。镰仓、室町时代的歌论也具有相同的倾向。尽管探讨和歌本质及技巧的歌论著述早在王朝时代就曾大量存在，例如藤原俊成的《古来风体抄》、藤原定家的《每月抄》《咏歌大概》等，但这些著述一般都不具备艺术论的性质。而镰仓、室町时代以后的歌论则提出了作为日本独自美学原理的"幽玄"概念。① 镰仓、室町时代传入的禅宗及宋代理学，使得日本文艺思想更趋理论化和思辩性。

禅宗及宋代理学注重内在的精神而非外在的形式。日本的禅宗寺院不重寺院、佛像的造型，而是将广大的自然压缩于狭小的空间，以象征的手法来表现即使渺如微尘，亦可见出宇宙生命这一泛神论哲学观念。② 日本禅僧创作的水墨画，用单一的墨色，极度抽象化的线条和构图，从精神的角度来表现对象。这与前代以色彩为命脉的大和绘不同。这种重内轻外、重精神轻形式，重抽象轻具象的价值取向也给予这个时期的和、汉文学论以深刻影响。例如虎关师炼的《济北诗话》，论诗以"醇全"为宗旨，注重天然的气质和内在的精神，摒弃人为的

---

① 家永三郎：《日本文化史》，东京岩波书店1959年，第130页。
② 京都龙安寺庭院中除了白沙之上摆放着大小不等的十数个石块之外别无它物，以此象征着大海。又如大德寺庭院，在猫额那样狭小之地，通过石块的组合而呈现出深山幽谷川流奔腾的复杂景观。

雕饰，摆脱了《文镜秘府论》以来的偏重修辞及体裁的繁琐的形式主义诗学的束缚，从而完成了诗歌理论的由注重外在形式而重视内在思想的转变。而此时的歌论亦呈现出与前代迥异的时代特征，即脱离讨论"歌病""六义"，偏重形式、技巧的歌论，开始热衷于"幽玄""有心"等抽象的和歌内在本质的探讨。岩津资雄认为，就歌"心"而论，古代歌论主要将其作为题材、"趣向"来考虑，而中世歌论则更多地将其作为表现内容（余情）来看待；就词"姿"而论，古代歌论主要是指单纯的修辞、技巧而言，而中世歌论则更注重修辞、技巧背后的心理、态度，前引《耕云口传》强调作歌时的清澄心境"すき"（好き、数寄）即其一例。作歌态度论与余情共同构成了中世歌论的两大主题。[①] 京极为谦《为谦卿和歌抄》提出著名的直写心声的创作理念，所谓"心のままに詞の匂ひゆく"（随心所欲词自香）。[②] 其歌论的内容，不同于以往的以歌语解说为主的歌论书，而是围绕和歌的本质，"心"与"词"的关系等根本性问题展开议论。他说，《万叶集》时代的和歌不过是说出"随心之所感"而已，"随心之所感而言所欲言。"[③] 其歌论的内容，不同于以往的以歌语解说为主的歌论书，而是围绕和歌的本质，"心"与"词"的关系等根本性问题展开议论。

在这样的背景下，与大部分宋代诗话主要是诗、诗人的逸事琐话迥异，有着完备的诗论体系、鲜明的诗学纲领，好为形而上的高论，具有抽象思辨的色彩，且主张"妙悟"，反对

---

① 佐佐木信纲：《日本歌学大系》第5卷，第253页。
② 佐佐木信纲：《日本歌学大系》第5卷，第112页。
③ 佐佐木信纲：《日本歌学大系》第5卷，第110—111页。

"以文字为诗、以才学为诗、以议论为诗"的《沧浪诗话》之为日本人所接受，就决不是偶然的。它适应了日本中世文艺思想转向思辨性、抽象化、注重内在精神的变化趋势。[①] 我们认为，祁晓明的这种阐释具有一定的说服力。

3. 江户时代歌论之受容《沧浪诗话》诗"悟"[②]

在近世的相当长一段时期内，《沧浪诗话》并无单行本流传，日本人接触《沧浪诗话》的途径，主要是收载《沧浪诗话》的南宋魏庆之的《诗人玉屑》。此外，还有明代徐师曾的《文体明辨》及托名李攀龙的《唐诗训解》，这两部书也载有《沧浪诗话》的主要部分。具有汉诗百科全书性质的《诗人玉屑》，在《沧浪诗话》的传播过程中发挥了很大的作用。人们通过它，可以接触到很多中国诗话、诗论，因而受到普遍欢迎。[③] 例如新井白石（1657—1725）《新井白石全集》卷六《室新诗评》就说，对《诗人玉屑》应该"再三熟览"。[④]《诗人玉屑》流传至近世，已经不像中世那样，仅限于天皇宗室、公卿大臣以及与皇室关系密切的僧侣之间流传。隐居于京都深草的元政上人（1623—1668）的书信中曾提到友人向他借阅《诗人玉

---

① 祁晓明：《〈沧浪诗话〉与日本镰仓、室町时代歌论》，《暨南学报》（哲学社会科学版）2011年第4期。
② 此节即祁晓明：《〈沧浪诗话〉与日本江户时代歌论》，《暨南学报》（哲学社会科学版）2013年第5期。
③ 市古贞次：《日本文学全史》，东京学灯社1978年，第285页。
④ 松下忠：《江户时代的诗风诗论》，东京明治书院1969年，第350页。

屑》之事。① 可见，即便是与朝廷没有关系的民间人士，也藏有《诗人玉屑》。此外，德川幕府的《御文库目录》（1722）中记载《文体明辨》的入藏时间为宽永十九年（1642），同年，野间静轩尚刻有木活字版《文体明辨粹抄》二卷。而1701年刊行的《文林良材》中也著录过《文体明辨》。宽文元年（1660）和六年（1666）有和刻本《文体明辨》问世。② 藤原惺窝（1561—1619）《文章达德纲领》亦曾引用过《文体明辨》。贝原益轩（1630—1714）《初学诗法》的"考用书目"中，不仅有《沧浪诗话》《诗人玉屑》，还有托名李攀龙的《唐诗训解》和徐师曾的《文体明辨》。③ 至于《沧浪诗话》的和刻本，则直至近世中期才有享保本问世。享保十一年（1726），荻生徂徕（1666—1728）的门人石川清之将《沧浪诗话》与徐祯卿《谈艺录》、王世懋《艺圃撷余》合刻而成《三家诗话》。

近世各个时期，《沧浪诗话》在儒学者们的著作中曾经被频繁引述。最早接触到《沧浪诗话》的是近世初期（1589—1646）儒学的开祖藤原惺窝。其《次韵梅菴由己并序》中就引用过沧浪"优游不迫"一语。④ 松永尺五（1592—1657）在其为石川丈山（1583—1672）《覆酱集》作的序中几乎全文引述了《沧浪诗话》"论诗如论禅"之论。⑤ 丈山《北山纪闻》和《诗法

---

① 太田青丘：《日本歌学和中国诗学》，东京弘文堂1958年，第205—206页。
② 太田青丘：《日本歌学和中国诗学》，第205页。
③ 池田四郎次郎：《日本诗话丛书》卷3，东京文会堂店1920、1922年，第175页。
④ 山岸德平：《日本近世汉文学史》，东京汲古书院1966年，第53页。
⑤ 太田青丘：《日本歌学和中国诗学》，第210页。

第四章 日本诗学对《沧浪诗话》"悟"之受容：从禅悟到诗学"悟"

正义》中多处大段引述过《沧浪诗话》。① 伊藤仁斋《四季倭歌选引》说："唐诗尚意兴，宋诗主义理"，也来自沧浪诗论。② 贝原益轩《初学诗法》直接引用沧浪诗论处更是不胜枚举，有时在引文后注明出自"沧浪诗话"，有时则作"严沧浪"或作"严氏"。③ 近世中期（1649—1783），《沧浪诗话》的地位已经超过其他宋人诗话，与胡应麟《诗薮》一道，成为唐诗鼓吹者的诗学宝典。④ 木下顺庵（1621—1699）不仅在其《三体诗绝句跋》引用过沧浪"兴趣"之语，⑤ 而且据久保甫学《木石园诗话》说，"其所奉书，仅止于《沧浪诗话》、《品汇》、《正声》、《沧溟伪唐诗选》、胡氏《诗薮》而已。"⑥ 另据石川清之《三家诗话》的跋文说，荻生徂徕对来向自己请益有关作诗问题的人一定要称道《三家诗话》。⑦ 徂徕最得意的两个弟子太宰春台（1680—1747）和服部南郭（1683—1759）也都极推崇《沧浪诗话》。

近世后期（1787—1867），《沧浪诗话》的影响仍然很大。冢田大峰（1745—1832）说他年轻时"作诗者"依然"依严沧浪及明人之指挥"。⑧ 古贺侗庵（1788—1874）在斋藤拙堂（1797—1865)《拙堂文话》的序中说，历代诗话"可取者不过

---

① 池田四郎次郎：《日本诗话丛书》卷10，第351页。
② 太田青丘：《日本歌学和中国诗学》，第203页。
③ 池田四郎次郎：《日本诗话丛书》卷三，第228、229页。
④ 中村幸彦：《近世文学论集》，东京岩波书店1966年，第10页。
⑤ 松下忠：《江户时代的诗风诗论》，第326、327页。
⑥ 池田四郎次郎：《日本诗话丛书》卷7，第518、519页。
⑦ 中村幸彦：《近世文学论集》，第305页。
⑧ 池田四郎次郎：《日本诗话丛书》卷1，第376、377页。

数种",其中以《沧浪诗话》为"鸡中之鹤"。①受清初钱谦益的影响,沧浪诗论曾一度被当作复古诗学鼻祖而遭到性灵派的代表人物山本北山(1753—1812)的抵制,②然《沧浪诗话》对于诗坛的影响并没有因此而减弱。甚至性灵派诗人也并不一概拒绝沧浪诗论。例如篠崎小竹(1781—1851)就在其《丹生樵歌总评》里引用过《沧浪诗话》。③其后,清代王士禛"神韵说"盛行于日本,而王士禛本人又是十分欣赏《沧浪诗话》的。因此,沧浪诗论仍然对神韵派如三浦梅园(1723—1789)、津阪东阳(1757—1825)、长野丰山(1738—1837)及广濑淡窗(1782—1856)诸人发挥着重要的影响,对于《沧浪诗话》的引用也频繁地见于他们的诗话当中。④

《沧浪诗话》的传播,并非仅限于汉诗领域,歌论中亦不乏对于沧浪诗论的征引。中院通茂(1631—1710)在当时的堂上歌人的歌论集《咏歌金玉论》(为范所辑)中曾说:"深刻体味古歌的内容、描绘的景致以及歌词写作技巧而烂熟于心……不知不觉中自成其趣"。⑤此论即来自《沧浪诗话》的"先须熟读《楚辞》,朝夕讽咏,以为之本……久之,自然悟入"。又如"秀歌之味,似淡如水,以此之故,浅尝辄止,则难知其真味"云云,⑥也是对《沧浪诗话》"盛唐之诗……故其

---

① 市野泽寅雄注:《沧浪诗话》,5页,东京明德出版社1993年。
② 中村幸彦:《近世文学论集》,第304页。
③ 松下忠:《江户时代的诗风诗论》,第638页。
④ 池田四郎次郎:《日本诗话丛书》卷2,第225、226,491页,卷4,第395页。
⑤ 佐佐木信纲:《日本歌学史》,东京本の友社1949年,第202页。
⑥ 佐佐木信纲:《日本歌学史》,第202页。

第四章　日本诗学对《沧浪诗话》"悟"之受容：从禅悟到诗学"悟"

妙处，透彻玲珑，不可凑泊，如……水中之月"的发挥。同集中飞鸟井雅章（1661—1667）也说："以和歌为才智之事者一病也"。① 此即沧浪"诗有别才，非关书也"之论。又如契冲（1640—1701）《代匠记》卷一评柿本人麿（689—700）"可谓以李白飘逸之仙才而兼杜陵翁之沉郁"。卷五评山上忆良（660—733）"质素平淡，若准于诗则可谓似陶渊明"，② 都出自《沧浪诗话·诗评》。贺茂真渊（1697—1769）《续万叶集论序》中说："而且即如唐国，亦有'诗有别才'之说。"③ 表明他是了解《沧浪诗话》的基本观点的。本居宣长（1730—1801）《玉胜间》卷十"唐人说诗之语一二"条中直接提到过"严沧浪诗话"，并引沧浪"诗之是非不必争，试以己诗置之古人诗中，与识者观之而不能辨，其真古人矣"之论指出："和歌亦然"。④

近世文艺理论对于《沧浪诗话》的摄取与中世不同。概而言之，中世侧重于沧浪的新变，近世则侧重于沧浪的复古。中世文艺理论由于受到从中国传入的禅宗和理学的影响而更趋理论化和思辨性，体现出重内轻外、重精神轻形式、重抽象轻具象的价值取向。《沧浪诗话》受到中世诗、歌论的关注，也是由于其理论性及思辨色彩。特别是其《诗辨》，不仅与唐人侧重规矩、形式的《诗格》《诗式》《诗议》《诗髓脑》等不同，而且在缺乏严谨的逻辑架构，大多为漫然无序的即兴随笔的宋人诗话中，也可谓独树一帜。

---

① 佐佐木信纲:《日本歌学史》，第202页。
② 太田青丘:《日本歌学和中国诗学》，第210页。
③ 太田青丘:《日本歌学和中国诗学》，第260页。
④ 吉川幸次郎、佐竹昭次、日野龙夫编:《本居宣长》，东京岩波书店1978年，第316页。

中日文化交融语境中的《沧浪诗话》研究

沧浪以禅论诗,认为诗之妙在于"羚羊挂角,无迹可求","透彻玲珑,不可凑泊,如空中之音,相中之色,水中之月,镜中之象"。此论虽主要是针对"只知求诗于诗内,论其内容,以道德绳诗"而言,也有纠正"论其辞句,以规律衡诗"的用意。① 而上世(奈良、平安时代)文艺理论,长期为《文镜秘府论》以来诗论偏重声韵、体势、对偶、诗病,歌论则主要讨论歌语、"七病""六义"等烦琐的形式主义所束缚。中世诗、歌论要纠正的,正是不知"求诗于诗内"的问题。而沧浪主张"入门须正",否定江西诗派学前人专从句法入手,由字而句而篇的"悟入"之法。这正好适应了中世诗、歌论挣脱形式主义束缚的现实需要。

尽管严羽的着力点在于纠正"尚理而病于意兴"、"以议论为诗",具有鲜明的反理学、反江西诗派的特征,但这并没有成为中世诗、歌论摄取严羽诗论的障碍。因为在注重内在精神,摈弃外在形式方面,严羽与理学是共通的。中世歌论更看中的是沧浪对于读书穷理的肯定。耕云就说:"抑连缀三十一字者,有堪能与不能……然期于堪能,不读书明理,则终难臻于秀逸矣。"② 在理学和禅宗甫传日本的中世时期,以禅论诗的沧浪诗学与理学及江西诗派并非水火不相容。中世欣赏严羽诗学的,也是与理学关系颇深的禅僧和歌人。理学家斥单纯追求形式美的文学为"害道",也为中世诗、歌论矫正上世繁琐的形式主义提供了一定的理论依据。因此宋儒的说理、议论,不仅未遭遇反对,反而还受到欢迎。

---

① 郭绍虞:《中国文学批评史》,第 274 页。
② 佐佐木信纲:《日本歌学大系》第 7 卷,第 155 页。

第四章　日本诗学对《沧浪诗话》"悟"之受容：从禅悟到诗学"悟"

例如虎关师炼是"日本最早钻研宋学者",① 其论诗主张"合理","唯理之适而已。"② 京极为谦也有"气性合于天理"之论。③ 耕云则大谈"性理"为"万物之根源",并认为和歌亦当"以此为准则"。④ 甚至直到近世初期,诗坛、歌坛要纠正的,依然还是"论其辞句,以规律衡诗"的问题。贝原益轩反对"徒事于巧丽而无论道、记事之用","雕虫篆织、安排布置以求巧饰",⑤ 认为"虽雕饰奇巧,然不足为法而已"。⑥ 中院通茂也说:"歌中修饰之词过于优美,以至忘却理,以不知诚之故也。"⑦ 益轩、通茂引用《沧浪诗话》,也是出于纠正"论其辞句,以规律衡诗"的目的。

这种情形,直到伊藤仁斋和荻生徂徕的出现,才发生了根本性的改变。近世初期,德川幕府大力提倡儒学,朱子学占据了意识形态的统治地位,形成了"诸儒咏言,率出于性理之续余"⑧ 的局面。为幕府定为官学的朱子学"以道德绳诗",文学无法摆脱其道德附庸的地位。另一方面,由于近世社会商业的繁荣发展,市民阶层日益壮大。新兴的町人文化、市民文化蓬勃兴起。松尾芭蕉(1644—1694)的俳句、近松门左卫门

---

① 木宫泰彦:《日中文化交流史》,胡锡年译,商务印书馆1980年,第413页。
② 池田四郎次郎:《日本诗话丛书》卷6,第294页。
③ 佐佐木信纲:《日本歌学大系》第7卷,第109页。
④ 佐佐木信纲:《日本歌学大系》第7卷,第155页。
⑤ 松下忠:《江户时代的诗风诗论》,第469、470页。
⑥ 太田青丘:《日本歌学和中国诗学》,第212页。
⑦ 中村幸彦:《近世文学论集》,第4页。
⑧ 清水茂、揖斐高、大谷雅夫:《日本诗史·五山堂诗话》,东京岩波书店1991年,第492页。

（1653—1725）的净琉璃、井原西鹤（1642—1693）的小说等，反映町人、市民的生活和思想感情，充分肯定人情、人性和人欲的正当性。这种价值取向与程、朱理学禁欲主义的伦理观发生冲突。表现义理与人情的冲突，反对用义理来压抑人情，逐渐成为新时代的文艺思潮。

町人出身的仁斋古义学的兴起，特别是徂徕的古文辞学的风靡，则为新时代的文艺提供了思想武器。"伊（仁斋）、物（徂徕）之说盛而程、朱之学衰"（广濑淡窗《儒林评》），压抑自然人性的朱子学遂成为仁斋和徂徕批判的对象。仁斋主张，人性于气质之性（性）之外不存在什么本然之性（理），目欲视美色，耳欲听好音，口欲食美味以及父欲子善，子欲父寿等人的欲望，都是天然正当的。[1] 徂徕则强调气质的不可变性，认为每个人的个性、气质与生俱来，不应该受到道德的强制，应顺其自然，就像米不可能变成豆，豆不可能变成米一样。[2] 近世诗、歌论因应时代新思潮变化，也开始回归日本文学固有的抒情传统，抨击宋儒的说理和议论。长期被忽略的严羽诗学的复古、反理学、反议论的一面，又开始受到重视。

综上所述，《沧浪诗话》曾引起了近世各个时期儒者及歌论家的普遍关注，至近世中期，其受欢迎的程度达到了顶峰，并持续影响于近世后期的诗、歌坛。日本人对于《沧浪诗话》的接受，因时代文艺思潮的变化而有所侧重。中世诗、歌论摄取了沧浪的"非多读书，多穷理，则不能极其至"之论，以纠

---

[1] 诹访春雄、日野龙夫：《江户文学与中国》，东京每日新闻社 1977 年，第 215 页。
[2] 诹访春雄、日野龙夫：《江户文学与中国》，第 222 页。

第四章　日本诗学对《沧浪诗话》"悟"之受容：从禅悟到诗学"悟"

正上世文艺理论繁琐的形式主义的积弊；而近世诗、歌论则摄取了沧浪诗论复古、反理学、反议论的方面，以回归日本文学固有的抒情传统。

以契冲、贺茂真渊、本居宣长为代表的近世歌论深受仁斋、徂徕文学观的影响，因此，严羽《沧浪诗话》与近世歌论的关系，也必须结合仁斋、徂徕来考察。沧浪诗论对于近世歌论的影响，主要有两个方面：其一，"入门须正，立志须高"之论；其二，"诗者吟咏性情"及反对"以议论为诗"之论。严羽诗学"向上一路"的复古路径，正是沧浪诗学与仁斋、徂徕儒学方法论的契合点所在。沧浪是要越过中、晚唐、宋诗而直追盛唐。仁斋、徂徕则是要越过宋儒解经而直追"先王、孔子之旧"。仁斋《古学先生文集》卷五说："孔孟之学，厄于注家久矣。汉晋之间，多以老、庄解之。宋元以来，又以禅学混之……余每教学者以文义既通之后，尽废宋儒注脚，特将《语》、《孟》正文，熟读玩味二三年，庶乎当有所自得焉。"[①]

徂徕也抨击朱熹《诗集传》："朱注'和而不流，怨而不怒'，皆以语诗之德，而遗其事，非孔子时语义也。"[②] "后世说《诗》，必付之以道义者，儒家之说也，非先王孔子之旧也。"[③] 春台《倭读要领·学戒》说："宋儒理学之书不可读，性理之说非古圣人之意，违孔子之教而与佛、老同归。"[④] 他主张学孔子之道要"以孔子之言为断"，反对说经"先注而后经"。[⑤] 太田

---

① 太田青丘：《日本歌学和中国诗学》，第219、220页。
② 关仪一郎：《日本儒林丛书》，东京凤出版社1971年，第213页。
③ 日本随笔大成编辑部：《日本随笔大成》第1期，第7，第16、17页。
④ 山岸德平：《日本近世汉文学史》，第187页。
⑤ 池田四郎次郎：《日本诗话丛书》卷3，第133，154页。

青丘指出:"与中世权威及神秘思想的传统对抗,举扬现世人性的精神,是近世初期的时代思潮,其呈现出否定中世回复上代的倾向,毋宁说是理所当然的。"① 仁斋、徂徕、春台而外,益轩也欣赏沧浪"入门须正,立志须高"之论,其《初学诗法》"总论诗法第八"中对此几乎是全文引述。② 其《慎思录》卷一说:"读书之序,须从上做下,不可从下做上;须从本到末,不可从末到本。盖从上做下者,先看古书而后及近世也;从本到末者,先治经传而后及史子也。"③ 可见沧浪的"工夫须从上做下,不可从下做上",适应了近世儒者"与中世权威及神秘思想的传统对抗"的时代思潮。

这一时代思潮也体现于近世歌论,例如仁斋首先将沧浪诗论运用于和歌,其《四季倭歌选引》说:"唐诗尚意兴,宋诗主义理。此唐诗之所以庶几于三百篇而非宋人之所能仿佛也。其于倭歌亦然。若柿本大夫、纪贯之、壬生二品、镰仓右府是也。岂后世纤巧为妙,剽窃为工,用意凡近,务事穿凿者所能梦寐也哉。"④ 此论与仁斋尽废宋儒注脚,直追"先王、孔子之旧"的方法论如出一辙。又如户田茂睡(1629—1706)、下河边长流(1624—1686)等人不能满足于中世对古歌、古文的私家秘传式的注解。他们通过自己的独立研究,觉得像冷泉家、二条家有关和歌的规则没有任何价值,而镰仓以来的古语注解基本都是虚妄不实的。茂睡《宽文五年文词》,就是反对中

---

① 太田青丘:《日本歌学和中国诗学》,第199页。
② 池田四郎次郎:《日本诗话丛书》卷3,第228、229页。
③ 太田青丘:《日本歌学和中国诗学》,第287页。
④ 太田青丘:《日本歌学和中国诗学》,第213页。

世和歌的传授、禁词、制词的宣言。① 他否定了藤原定家设定的制词（禁制之词），指出其作为和歌用语的规制毫无意义。② 而契冲则否定了中世由老师口传给弟子的那种歌道私授、秘传的方法，其《代匠记》运用以古证古的实证的文献学方法来研究和歌。③

最能说明问题的是真渊的《歌意考》。真渊"以《万叶》歌风的实践……超越了忠实继承中世歌学的堂上歌学，开创了诗性丰富的和歌新风"。④ 他主张越过《古今和歌集》而直接取法《万叶集》。其《〈万叶〉考》说："尊古者必习古歌，习古歌者必先读《万叶》。能通《万叶》而得其解，则知古人之心见于辞者，诚朴无伪，既雄壮又风雅。知此则古代之事亦以明矣。"⑤ 其《歌意考》在谈及和歌学习路径时说："应当先于《万叶集》中得古人心之诚、高、雅，而后再下及《古今歌集》。然后世之人忘却此理，以《古今歌集》为学歌之本，而迄今未闻一人咏歌能似《古今歌集》者，亦不闻有能深悟《古今歌集》精神者。"⑥

他的理据是："物若由下而向上观之，则如隔云霞而难睹全貌。若由此得向上之阶梯，登至高处尽览其风景，尔后再视其下可也。如前所述，由高山之顶而望其下，则一目而了然，

---

① 太田青丘：《日本歌学和中国诗学》，第200页。
② 林达也：《读江户时代的和歌——近世和歌史试论》，东京原人舍2007年，第151页。
③ 林达也：《读江户时代的和歌——近世和歌史试论》，第146页。
④ 中村幸彦：《近世文学论集》，第7页。
⑤ 朱谦之：《日本哲学史》，人民出版社2002年，第97页。
⑥ 中村幸彦：《近世文学论集》，第86页。

世间万象可尽收眼底。人心亦然,处下之人难测居上人之心。而居上之人,则易知处下人之心。由此可知,学和歌亦以先古后今,由上而下为好。唐国之人说诗亦言此意。"① 所谓"唐国之人"即指严羽。显而易见,真渊越过《古今和歌集》而直接《万叶集》的理据,即来自严羽的"工夫须从上做下,不可从下做上"。

此外,近世歌学的集大成者宣长的歌论,也体现出这一价值取向。其《排芦小船》主张不加掩饰地表现人的各种情感,他称之为"实情"。而"歌道"又是以风雅为本的:"好歌不仅在于歌词,歌心亦须从古学雅"。宣长的"实情"是指"三代集"所歌咏的平安朝的"雅"情,而非今人的野鄙之情,今人须借"三代集"的歌词作为追溯王朝歌人"雅"情的手段。这是因为后世和歌无论言语还是人情,都已变得污浊、轻薄,若照直咏出,则必然下劣丑恶。② 宣长的这段论述,使人联想到严羽的"若自退屈,即有下劣诗魔入其肺腑之间,由立志之不高也"。

严羽"诗者吟咏性情"及反对"以议论为诗"之论,对于近世歌论的影响则更为广泛。在德川幕府确立的士、农、工、商"四民"身份等级固定化了的封建秩序中,人们只能各安其分。地位卑微的的近世儒者、歌人无从施展抱负。而为幕府定为官学的程、朱理学,又是维护这一封建秩序的意识形态。近世儒者、歌人在现实中受到压抑的自我,借模仿充满浪漫激情

---

① 中村幸彦:《近世文学论集》,第86页。
② 林达也:《读江户时代的和歌——近世和歌史试论》,第234、235页。

第四章 日本诗学对《沧浪诗话》"悟"之受容：从禅悟到诗学"悟"

的盛唐诗而得以高扬和扩张，以求得心理上的平衡。① 正是在这个意义上，近世诗、歌论与沧浪的"诗者吟咏性情"及反对"以议论为诗"产生了共鸣。诚如中村幸彦所说，《沧浪诗话》等宋人诗话助长了徂徕、春台等人的"道人情"和"排议论"说。②

例如仁斋《童子问》下说："盖古人之诗，皆发于咨嗟咏叹之余，而一无非事实者，所谓本于性情，是已。"③《蕉窗余吟序》说："诗本性情，故贵真不贵伪。苟不能出自真情，则虽极巧殚奇，要不足观。"④ 在肯定人情的同时，仁斋提出"排议论"说，认为宋儒的议论与道德无补，⑤ 其《仁斋日札》说："诗家最忌落于议论之关。"徂徕认为《诗经》就是"古人诉其忧、乐，发其呻吟之辞"，⑥ 这与严羽"唐人好诗多是征戍、迁谪、行旅、离别之作"何其相近。徂徕在其《萱园六笔》中说："诗道性情、主讽咏，触类而赋。"⑦ 徂徕也主张"排议论"，

---

① 赖惟勤：《徂徕学派》，东京岩波书店 1972 年，第 518、519 页。
② 中村幸彦：《近世文学论集》，第 6 页。
③ 家永三郎、清水茂等编：《近世思想家文集》，东京岩波书店 1966 年，第 254 页。
④ 诹访春雄、日野龙夫：《江户文学与中国》，东京每日新闻社 1977 年，第 218 页。
⑤ 例如仁斋《童子问》认为宋儒的"议论"与道德无补："是故道德盛则议论卑，道德衰则议论高。犹权衡之量物，随其轻重，互相低昂。道德一分衰则议论一分高；道德二分衰则议论二分高。道德愈衰则议论愈高，及乎议论愈高也，道德蔑如矣。佛老之废人伦，宋儒之失中行，是已。人皆知悦议论之高，而不知其实道德下衰故也。"
⑥ 中野三敏：《日本的近世——文学和美术的成熟》，东京中央公论社 1993 年，第 29 页。
⑦ 日本随笔大成编辑部：《日本随笔大成》，第 1 期，第 1，第 113 页。

其《弁名》上说:"夫古之诗,犹今之诗也,其言主人情,岂有义理之可言哉。后儒以为劝善惩恶之设者,皆不得其解者之言已。"①《与平子彬》中说:"世儒醉理,而道德仁义,天理人欲,冲口以发。不佞每闻之,便生呕哕。"②其弟子春台《读朱氏〈诗传〉》说:"夫诗者,人情之发也。岂可以心言哉。非徒不可以心言,亦不可以道言。"③《文训》说:"诗者,出于人情之不能已者也。"④这与沧浪"须歌之抑扬,涕洟满襟"又是何其相近。又其《诗论》说:"宋则诗衰甚,人皆学唐而不得唐,义理之学害之也。"⑤可见,仁斋、徂徕、春台等都是从排斥宋儒议论的意义上来理解沧浪"诗者吟咏性情"的。

契冲歌学承袭了仁斋的"道人情"说。他认为,诗歌的价值在于表现丰富复杂的人情,提出"歌ははかなくよむ"⑥(歌乃感情的率真流露)的著名歌论。其《代匠记》(初稿本)说:"感情的率真流露,歌之学也。诗歌总不离感情的流露,有感

---

① 吉川幸次郎、丸山真男等编:《荻生徂徕》,东京岩波书店1973年,第222页。
② 赖惟勤:《徂徕学派》,第503页。
③ 太田青丘:《日本歌学和中国诗学》,第256页。
④ 太田青丘:《日本歌学和中国诗学》,第258页。
⑤ 池田四郎次郎:《日本诗话丛书》卷4,第291页。
⑥ 久松潜一编:《契冲全集》第9卷,东京朝日新闻社1927年,第2178页。日语"はかなく"中的"はか"指借助理性判断可以预知的结果,"はかなく"即无法预知,无从依凭之意。"はかなくよむ"就是歌人真实感情的率直自然的流露,而这种无法用理性来判断的情感常常借助天真幼稚的想象、联想来表现。

情斯有歌趣，歌中耽于议论则于情有害。"① 契冲强调，和歌不应该让理性掩盖了率真情感的流露，即便它暴露了人性的软弱，也不必加以掩饰。其《势语臆断》中评论平安初期的歌人在原业平临终歌（见《古今和歌集》）"人在不得不踏上死亡之路的最后关头，就算此前对死亡已经预先有所耳闻，但对于死亡马上就要来临还是没有精神准备"时说："此以'诚'教人之好歌也。后世之人，临死之际所咏之歌或过于夸张，或以'朝闻道，夕死可矣'自慰，不知人情之'诚'，可厌，可憎。惟有此以往所无，亦不复再有之际，杂以不合常理之语咏之，方可归心于'诚'。在原业平一生之'诚'皆于此歌见之。而后世之人则一生之伪至死不变。"② 契冲认为，在原业平这首临终歌率直地表达了即将面对死亡的恐惧和不安，从他的感叹中可以看到没有任何伪饰的人情之"诚"。如果用道学的观点来衡量这首临终歌，似乎不够理性和从容，展示了人性的弱点。但契冲认为，这恰恰就是和歌的价值所在。

契冲的歌论，也是针对宋儒的"好议论"而发。其《河社》卷一评论菅原道真的《劝吟诗》说："此厌弃好议论之诗，劝人置心于诗者也……宋儒之诗远劣于唐诗者，其以议论为诗之故也。诚如藤原定家所教，和歌以感情自然流露而超越常理的'情趣'为贵。"③ 其《源注拾遗》"大意"中说："藤原定家语云'须知歌即感情的非理性流露，舍此并无事可传而习之'。

---

① 丸山真男：《日本政治思想史讲义录》第1册，东京大学出版会1948年，第156页。
② 久松潜一编：《契冲全集》第9卷，第211页。
③ 日本随笔大成编辑部：《日本随笔大成》，第1期，第13，第31页。

见于《古今密勘》。就歌道而言，此语实可诚心研习者也。"①契冲认为，和歌表现的是率直没有伪饰的人情，而这种人情又常常借助想象来传达。和歌所咏并非现实生活，而是幼稚、天真的想象，因此不能用常理来解释。而议论则往往依据现实的常理，如果用之于和歌，则会严重束缚想象，妨碍和歌的抒情。例如《万叶集》卷一中石上麻吕（640—717）的和歌"我妹子をいざ見の山を高みかも大和の見えぬ国遠みかも"（我随从持统天皇行幸来到伊势，无时无刻不在想念留在大和国的妻子。不知是高见山的山峰阻挡了我的视线，还是此行离开她太远的缘故，怎么也望不到她的身姿）。在这首歌中，歌者内心明知无法见到身处异地的妻子，但他仍然相信，只要没有山峰的阻隔，只要两人相距再近一些，凭着对妻子强烈的思念，就一定能见到她。对此，契冲认为，按照现实生活中的常理，身为朝廷大臣的石上麻吕本来不应该在歌中作如此幼稚天真的联想。然而唯有这种超越现实理性的执着，才最能传达出歌者对妻子的思念之情。

真渊主张和歌表现"率直的与所有人共通的真情"。② 其《再奉答金吾君书》明确主张，和歌的本质是表现人情，不可以理及教诫来衡量："歌是乃言人情者，与所有理相异。"③ 而"宋儒专以理说之，以劝善惩恶教人之故也。凡理者，天下之通理也。然仅以理终不能治天下。诗者，所以述人之诚者，人心之实情岂尽为理乎？理自为理，其人情之不堪于理，和语

---

① 丸山真男：《日本政治思想史讲义录》第1册，第159页。
② 关仪一郎：《日本儒林丛书》，第10卷，东京凤出版社1971年，第171页。
③ 太田青丘：《日本歌学和中国诗学》，第251页。

第四章 日本诗学对《沧浪诗话》"悟"之受容：从禅悟到诗学"悟"

谓之情不自禁。例如急切祈望花开，望月而生痛惜之际，犹尚情不自禁，而况关乎自身存亡之事乎？具此情不自禁之心，谁人能不心生哀怜而咏词温调雅之和歌哉。惟理之外则人情可感。"① 中野三敏指出，真渊重视《万叶集》，完全就是将徂徕以《诗经》为"古人诉其忧、乐，发其呻吟之辞"解释移植于和歌。②

宣长提出著名的"ものあわれを知る"（知物哀）的文学观，认为日本民族固有的精神就是"知物哀"，即真率、优柔之心。而自儒教、佛教传入后，知物哀之心渐次丧失，却在传统和歌中保存了下来。研究和歌的目的，就是要重新发现日本的民族精神。传统和歌的特点在于柔弱多情，因此，本居宣长认为，惟其柔弱，才是真情。和歌之道，就是要表现这种真情。③ 其《排芦小船》说："世人之情，喜乐厌苦，感到有趣就欣喜，觉得可悲就伤心。不违背这种自然的人情，就是和歌之道。"其《石上私淑言》在解释"知物哀"时说："触世上所有各类之事……其所宜乐者乐之，其所宜奇者奇之，其所宜悲者悲之，其所宜恋者恋之。故于各类人情皆能感之者，知物哀者也。"④ 因为儒教、佛教有关道德的议论与知物哀相悖，因此他也排斥议论："歌之道就是舍弃美恶的议论而知物哀。"⑤

---

① 中村幸彦：《近世文学论集》，第 409 页。
② 中野三敏：《日本的近世——文学和美术的成熟》，第 29 页。
③ 广濑旭庄《途说》卷下："和歌使人性柔弱多情。"又津阪东阳《夜航诗话》卷二："如学国字卅一之什，直是养成儿女子态耳。余亦尝染指以其易于诗，殆将为专家，既而嫌其无丈夫气，遂焚此笔砚矣。"
④ 日野龙夫：《本居宣长集》，东京新潮社 1999 年，第 299 页。
⑤ 太田青丘：《日本歌学和中国诗学》，第 372 页。

中日文化交融语境中的《沧浪诗话》研究

宣长在《紫文要领》及《石上私淑言》中反复申说,一个知物哀的人,应该不加任何掩饰地去悲其所悲,爱其所爱。尽管这在旁人看来,有时难免有不理智和缺少丈夫气之嫌。但这恰恰反映了真实的人情,就算是给人以不理智、缺少丈夫气的印象也是没有办法的事。那种拘拘于道德说教,因为担心为人耻笑而将真实情感隐藏起来,在人前装出一付理智和丈夫气的样子,该悲的时候不敢悲,该恋的时候不敢恋之人,就不能算是知物哀。他们是中了伪善的儒教之毒。① 宣长充分肯定"愚痴なるさま"(愚痴)和"女女しいさま"(柔弱)的价值,因为"ものあわれ"(物哀)即可从中感知。他甚至说,柔弱就是人的真情。宣长的"女女しいさま",其实就是服部南郭所称的"痴愚的儿女子之态"。《南郭先生灯下书》说:"与朋友分别之时,想起与友人一生的情谊,想到别后的思念、忧愁,于是泪流满面,述说心中之悲戚,尽管这在宋以后理学看来,是痴愚的儿女子之态,而这恰恰就是风人之情。"② 很明显,南郭此论受到沧浪"唐人好诗多是征戍、迁谪、行旅、离别之作"的启发。南郭认为,不加掩饰地将柔弱、缠绵的"儿女子之态"表现出来,才是诗人的使命。③ 南郭、宣长通过其独特的阐释,为沧浪的"诗者吟咏性情"加上了一个日本式的注脚,并赋予仁斋、徂徕的"道人情""排议论"说以新的内容。

综上所述,近世歌论大家契冲、贺茂真渊与本居宣长等人受仁斋、徂徕文学观的深刻影响,这具体表现在他们对沧浪

---

① 日野龙夫:《本居宣长集》,第509页。
② 池田四郎次郎:《日本诗话丛书》卷1,第59页。
③ 日野龙夫校注:《唐诗选国字解》,东京平凡社1982年,第16页。

第四章　日本诗学对《沧浪诗话》"悟"之受容：从禅悟到诗学"悟"

"工夫须从上做下，不可从下做上"之论的摄取，以及将沧浪"诗者吟咏性情"，反对"以议论为诗"之论运用于和歌理论。

近世歌论对沧浪诗论的评价、取舍，而在很大程度上受到近世儒学思潮的左右。诚如太田青丘所说，近世汉诗与和歌，诗学与歌论关系之密切，远超出一般人的预料。① 这种影响，主要表现在以下三个方面：

首先，近世歌论与《沧浪诗话》发生联系，与近世儒学者对沧浪诗论的热衷密切相关。

如上所述，仁斋是首先将沧浪诗论运用于和歌的，本文的论述表明，这对于契冲、真渊的歌论起了很好的示范作用。而徂徕的弟子春台、南郭对沧浪诗论推崇备至，也影响到真渊与宣长对沧浪诗论的摄取。例如春台《新选唐诗六体集序》说："后之知诗者，莫如宋严仪卿……予窃谓，仪卿之论诗至美矣。"又《静馀选序》说："严沧浪论诗，以禅为喻，真知言也。"② 南郭《唐诗选国字解附言》也说："及南宋严沧浪，豁然眼目，全象始见，虽有来者，不能间然。"③ 又《南郭先生灯下书》说："宋末严羽《沧浪诗话》，是乃中兴诗论之好书无疑。"④ 凡此，都深刻影响了其门人对于《沧浪诗话》的评价。例如芥川丹丘（1710—1785）《丹丘诗话》卷下说："古今诗话唯严仪卿《沧浪诗话》，断千古公案，仪卿自称，诚不诬也。"⑤ 又《丹丘诗话小引》说："以吾观之，仪卿、祯卿，首辟

---

① 太田青丘：《日本歌学和中国诗学》，第200页。
② 松下忠：《江户时代的诗风诗论》，第437页。
③ 日野龙夫校注：《唐诗选国字解》，第50、51页。
④ 池田四郎次郎：《日本诗话丛书》卷1，第12页。
⑤ 池田四郎次郎：《日本诗话丛书》卷2，第606页。

众妙之门；元美、元瑞，继演大雅之风。精义透金石，高趣薄云天。尚何所加拟议哉。"① 徂徕的弟子山县周南（1687—1752）的门人林东溟（1708—1780）《丹丘诗话跋》说："古今诗话何限也？其拙于自运而口唯善言之者，严（羽）、高（棅）二家是已。"② 徂徕蘐园古文辞学派将沧浪诗论抬到如此之高的地位，形成了主流话语，这自然会左右曾经是徂徕再传弟子的真渊、宣长等人对于《沧浪诗话》的认识。

其次，近世儒者们与和歌的渊源，也使得沧浪诗论影响于歌论成为可能。近世儒者大都具有很深厚的和歌教养，很多人本身就兼有歌人、诗人的双重身份。例如仁斋是著名连歌师里村绍巴（1524—1602）之孙的外甥，与歌学者北村季吟（1625—1705）也有交往。其"古义堂"中还藏有正彻的歌集，他还著有《古学先生和歌集》《二十一代四季和歌选》等。徂徕本人对和歌也曾给予极高评价，其《蘐园二笔》说："如伊势传在中将和歌，则作序以发明其意，岂问其事之有无，可谓窥《诗序》之意，胜朱子远甚……藤定家开和歌门庭，亦前王、李而得王、李奥矣。"③ 徂徕的弟子春台和南郭也都与和歌关系密切。春台《独语》也曾自述与和歌的渊源："以父母都喜好和歌之故，我从八九岁始，便知连缀三十一字之术。自十岁至十二、三岁止，折腰咏和歌凡三四百首。"④ 南郭生长于和歌之家，其父元矩和歌师从歌学者、俳人北村季吟，连歌师从花之

---

① 池田四郎次郎：《日本诗话丛书》卷2，第555页。
② 池田四郎次郎：《日本诗话丛书》卷2，第625页。
③ 关仪一郎：《日本儒林丛书》，第10卷，第171页。
④ 日本随笔大成编辑部：《日本随笔大成》，第1期，第17，第261页。

木里村家，并有作品存世。其母吟子是江户前期歌人木下长啸子门人山本春正（1610—1682）之女。南郭曾仕幕府第五代将军德川纲吉（1646—1709）的宠臣柳沢吉保（1658—1714），其主要任务也是作为歌人而出席歌会。① 而这些与和歌渊源很深的儒者，都对《沧浪诗话》有着浓厚的兴趣。

再次，歌人、歌论家们的儒学教育背景，也使得近世歌论接受沧浪诗论成为可能。例如契冲与五井持轩（1641—1721）有密切交往，而持轩与仁斋保持着亲密关系，伊藤东涯（1670—1736）撰有《持轩先生五井君墓碑铭》。因此，契冲以持轩为媒介可以了解到仁斋的文学观。② 而仁斋本人就十分欣赏沧浪诗论。如果将仁斋"唐诗尚意兴，宋诗主义理。此唐诗之所以庶几于三百篇而非宋人之能仿佛也"的表述与前引契冲"宋儒之诗远劣于唐诗者，其以议论为诗之故也"之论相比照，二者之间的师承关系显而易见。由此可见，契冲歌论与沧浪诗论发生联系，很难排除来自仁斋的影响。

又如真渊的汉学老师、浜松的儒医渡边蒙庵（1687—1775）是春台的学生，曾为春台《朱氏诗传膏肓》写过序。③ 蒙庵从春台受徂徕古文辞学之后，"还浜松唱古学于东海数郡"，其古文辞学的学风，奠定了日后真渊学的基础。④ 据清水浜臣（1776—1824）《泊洦笔话》记载，真渊与服部南郭之间有过学问上的交流，他曾向南郭请教过汉诗，南郭则向他询问过国学

---

① 吉川幸次郎、丸山真男等编：《荻生徂徕》，第 516、517 页。
② 太田青丘：《日本歌学和中国诗学》，第 203 页。
③ 太田青丘：《日本歌学和中国诗学》，第 136 页。
④ 太田青丘：《日本歌学和中国诗学》，第 336 页。

问题。① 因此，徂徕及其弟子春台和南郭对于《沧浪诗话》的推崇也会影响到真渊。

至于宣长，他曾师事广岛藩的儒医堀景山（1688—1757），而堀景山与徂徕、室鸠巢（1658—1734）都有密切交往。堀景山虽为朱子学者，但对徂徕古文辞学亦有浓厚兴趣。宣长通过堀景山，接受了徂徕古文辞学方法论的熏陶。例如他认为，好歌不仅在于歌词，歌心亦须从古学雅。凡此都是古文辞学派复古精神的体现。堀景山在其《不尽言》中说："诗文依作者天生之别才而有巧拙之分。"② 这证明堀景山是了解沧浪诗论的。而老师的言教，也自然会影响到宣长的歌论。

凡此种种，都提供了和歌论与汉诗论相互影响的有利条件，并使得诗学对歌论的渗透不可避免。在这样一个儒学深刻影响于歌学，诗论强势渗透于歌论的大背景下，歌学表现出对沧浪诗论的浓厚兴趣，也是顺理成章之事。近世儒者、汉诗人的和歌修养以及歌人、歌论家们的儒学教育背景，都不同程度地促成了《沧浪诗话》的传播，扩大了其影响。《沧浪诗话》在近世的流传，是以儒者与歌人，汉诗论与和歌论相互渗透为背景的。

总而言之，在日本的江户时代，《沧浪诗话》不仅引起了儒者们的广泛关注，而且还在歌论中频繁地被征引援用，在歌学理论的构建过程中，更发挥着重要的作用。沧浪诗论适应了江户时代的文化思潮，其"工夫须从上做下，不可从下做上"的观点为近世诗、歌论所广泛接受。其"诗者吟咏性情"、反

---

① 日本随笔大成编辑部：《日本随笔大成》，第 1 期，第 7，第 235 页。
② 太田青丘：《日本歌学和中国诗学》，第 137、138 页。

对"以议论为诗"的主张经过仁斋、徂徕的改造,形成"道人情"和"排议论"说,并深刻影响了契冲、贺茂真渊及本居宣长的歌学理论。儒者对沧浪诗论的热衷,直接或间接地影响到歌学者对于沧浪诗论的取舍,而近世初期即已开始的儒学对歌学,汉诗论对于歌论的强势渗透,以及儒者本身具备的深厚和歌教养,他们与歌学者之间的密切交往,歌人、歌论家们的儒学教育背景,也是《沧浪诗话》对歌论产生影响的原因。

二、俳句之"悟":闲寂

作为日本最重要的诗歌类型,和歌在中世形成"幽玄"的美学风格后逐步达到鼎盛时期(犹如唐诗在中国诗歌史上的地位);此后就基本定型,未能再有根本的新突破。[①] 在和歌发展巅峰之后,其内部逐渐形成连歌、俳谐等新的诗歌类型(类似中国古代从诗歌中发展出词和散曲的诗歌类型)。松尾芭蕉(1644—1694)的弟子服部土芳(1657—1730)说:"俳谐,本脱胎于和歌。……从和歌延伸出来的有连歌、俳谐。"[②] 就指出了连歌、俳谐与和歌的亲缘关系。基于这一原因,俳句师对和歌"幽玄"的美学特性及"以禅(悟)喻歌(悟)"的理念大多是熟谙于心的;而在俳句领域开宗立派的松尾芭蕉,对此及形

---

① 古桥信孝说:"对诗而言,中世是个艰难的时代。处于日语诗歌中心地位的和歌,其形式已固定化,在固定的范围内,和歌试图从捕捉细微现象的发展方向来恢复以前的诗歌。"(古桥信孝:《日本文学史》,徐凤、付秀梅译,南京大学出版社2015年,第53页)

② 服部土芳:《三册子》之《白册子》,《日本古典文论选译》古代卷(下),王向远译,中央编译出版社2012年,第490页。

塑此特性、理念的背后思想——严羽"以禅喻诗"及诗"悟"的观念也不陌生。那么，严羽诗"悟"与芭蕉俳句之"悟"有哪些相同相通处呢？

1. 俳谐与和歌

作为和歌的一种发展，连歌师们大多主张采用和歌美学特质来阐释连歌艺术风格（因为连歌师大多同时身兼和歌人，其和歌论和连歌论区隔并不明显）。因此大多也将和歌和连歌视为同一种诗歌类型，而不予以刻意区分。俳谐情况稍有不同。"俳谐"一词来自汉语。"俳"，《说文解字》释曰："戏也。……亦曰优，曰倡。"《康熙字典》释为"俳优，杂戏"。汉代东方朔曾自嘲类俳优之类，就是取此意。史游《急就篇》说："倡优俳笑，是优俳一物而二名也。"俳优大多说唱搞笑、动作滑稽，因此，俳谐意即诙谐、玩笑、滑稽、幽默等等，而俳谐诗则是取其滑稽、诙谐之意。

服部土芳详细地解释了俳谐的含义，他说："关于俳谐，藤原定家卿曾说过：'巧舌善言，意在以言辞服人。对无心者以心相对，对不可言喻者付诸言辞，是为机智灵活之体。'《韵学大成》一书中有言：唐代诗人'郑綮诗语俳谐多'。此处所谓'俳'者，戏也；'谐'者，和也。因而，唐代将游戏性的诗歌叫做'俳谐'。此外，还有'滑稽'一词。春秋时代有一个叫管仲的人到楚国去，他以'滑稽'的语言回答楚人的问话。在日本，一休和尚善滑稽。这里说的滑稽，指的就是在与他人的言语对答中，能言善辩、巧舌如簧，与上述的定家卿所言是相同的。在连歌中，将日常中的滑稽用语加以巧妙运用，被

第四章　日本诗学对《沧浪诗话》"悟"之受容：从禅悟到诗学"悟"

世人称为'俳谐之连歌'。"① 在此，土芳比较清晰地揭示了俳谐与语言的紧密关系。不过，宋祁《新唐书·郑綮传》说："綮本善诗，其语多俳谐，故使落调，世共号'郑五歇后体'"。据此则郑綮诗语多滑稽，但人们仅以"歇后体"称之，当时并未称之为"俳谐体"。明治时期学者幸田露伴《俳谐字义》指出，唐代首先赋予"俳谐"一语以诗歌样式之意的当推杜甫。《戏作俳谐体遣闷二首》其一"家家养乌鬼，顿顿食黄鱼"特别是其二"於菟侵客恨，粔籹作人情。瓦卜传神语，畬田费火声"四句传达出了今天我们所说的俳意，这恰与我邦所谓俳谐几乎是完全相同的东西。②

　　日本人一般认为俳谐是从连歌的首句独立出来的。俳谐的说法早在《古今和歌集》第十九卷"杂体诗"中就出现过，当时称为"俳谐歌"，当然这并不意味着五七五的诗歌形式。一般认为俳谐是滑稽的，但未必都是这样。"新大系"③《古今和歌集》的脚注中提道："'俳'的意思是'不好'，'谐'是指调查之意，大概是指与前边的主体诗歌相比有某些缺点的诗歌吧？另外，'俳'指诽谤、说坏话之意，'谐'指轻微戏谑之意，所以'俳谐'大概是指开玩笑、讲坏话、嘲笑之意。"④ 俳谐也被称为俳谐连歌，由长连歌的开头部分演化而来，是一种游戏性的集体和歌形式。虽然从连歌发展而来，但与连歌紧密

---

① 服部土芳：《三册子》之《白册子》，《日本古典文论选译》古代卷（下），第492页。
② 幸田露伴：《芋の葉》，岩波书店1946年，第23页。
③ 指岩波书店推出的新日本古典大系，区别于之前出版的日本古典文学大系，即"旧大系"（古桥信孝《日本文学史》，第51页译者注）。
④ 古桥信孝：《日本文学史》，第56页。

联系和歌不同的是,俳谐与和歌之间的差别更明显。

在俳谐发展过程中,16世纪山崎宗鉴(1465—1553)、荒木田守武(1473—1549)起了开创之功。因为五七五的形式相较和歌五七五七七的形式要容易得多,所以近世初期一下子流传开来。如果没有相应的规则,那所有五七五形式的东西就都可以是俳谐。所以在这种情况下,松永贞德(1571—1653)制定了俳谐格律,并创立了以他为中心的"贞门派"。松永贞德认为俳谐就是连歌,也是和歌中的一体。他说:"从根本上说,俳谐与连歌没有区别。二者为一体,其中使用雅言者谓之'连歌';使用俗语者,谓之'俳谐'。'俳谐'这个词,见于中国的古典文献。在歌学中,有长歌、短歌、旋头歌、混本歌、俳谐歌等名称。这些分别都是和歌中的一体。"①

俳谐与连歌的区别在于运用语言的不同,连歌用雅言,而俳谐用俗语;这表明俳谐具有通俗性特点。贞德还指出俳谐在艺术内容上所具有的特点,他说:"俳谐的趣味何在?就是乘兴而吟,自得其乐而又使人快乐。可谓太平盛世之声。"②俳谐的审美趣味就在于"自得其乐而又使人快乐",简言之就是快乐;就是要语言通俗,多使用汉语和俗语,以表现滑稽幽默为特色(据堀信夫氏所称,滑稽本来是指某种特殊的语言行为,与语言无关的滑稽是毫无意义的③),才能让人快乐,这与中世和歌以语言之"风姿"追求(余情)"幽玄"之境大相径庭。

---

① 松永贞德:《御伞》序,《日本古典文论选译》古代卷(下),第390页。
② 松永贞德:《御伞》序,《日本古典文论选译》古代卷(下),第390页。
③ 栗山理一监修、尾形仂等编:《综合芭蕉事典》(雄山阁,1982年)"滑稽"项(46页)。转引自川本皓嗣《日本诗歌的传统——七与五的诗学》,王晓平、隽雪艳、赵怡译,译林出版社2004年,第111页。

第四章　日本诗学对《沧浪诗话》"悟"之受容：从禅悟到诗学"悟"

在宽文（1661—1673）末期，出现了以西山宗因（1605—1682）为中心的"谈林派"。该派被称为"矢数俳谐"[①]，据说一天能快速吟诵几千首俳谐，甚至达到了可让人参观欣赏的程度。[②] 此派特点是以语言游戏为主，主张句式格律简单化，惟其如此，俳谐师才可能在一天之内快速吟诵出几千首俳谐；这是典型的重量不重质，基本上不会考虑内容层面的问题。在1684年，元禄（1670—1720）文化代表人物之一的井原西鹤在一昼夜之间竟然创作俳句23500首，创下了空前的纪录，之后井原西鹤便自称"二万翁"或"二万堂"。他的俳谐作品集有《生玉万句》及《大矢数》等。[③]

井原西鹤的例子充分说明"谈林派"（包括松永贞德的"贞门派"）的俳谐创作发展成只重量不论质，根本不关注内容，完全演变成一种语言游戏，颇有一种以文字为俳句（诗）的意味。对这种语言游戏的危害学者是很清楚的，如古桥信孝指出："这一时期的俳谐基本上以滑稽、奔放为宗旨，可以说这种俳谐毁掉了近世初期新文化被创造出来之前的前代文化，并对前代文化进行了文字游戏和模仿。……贞德把杜常原来诗句中的季节和时间进行了改变，这本身就是通过文字游戏模仿实现的……在初期俳谐中，有很多像这样把双关语作为文字情趣的中心而创作的作品。"[④]

---

① "矢数俳谐"是当时俳句吟诵比赛的一种形式，就像射箭（矢）比赛看谁射中的箭的数量多，这种比赛看谁吟诵的俳句快且多。
② 古桥信孝：《日本文学史》，第59页。
③ 何慈毅、赵仲明、陈林俊：《日本文化史的点与线》，南京大学出版社2013年，第199页。
④ 古桥信孝：《日本文学史》，第60页。

事实上，俳谐创作不止存在以文字为俳句的弊端，而且还存在以讽刺、议论为俳句的问题。如川本皓嗣指出，"众所周知，末流的宗匠俳谐家也常常在作品里掺进一些有道学味道的处世训或格言。在欧美，人们解释什么是俳句时是以讽刺诗为例而进行说明已成定式。最先采用此法的是张伯伦的《芭蕉与日本的警句诗》(*Basho and Japanese Poetic Epigram*，1920年)。即使现在，仍有学者如贺兰德在他的英诗入门书中把俳句称为'日本一种独特的表达警句的方式'。然而，在作品中表现出一种机智这并不是成为优秀俳句的条件，而且俳句在形式上以及在用词方面都有严密的规定，西方的讽刺诗并不像俳句那样形成一种较为固定的文学形式。"[1] 欧美他者形成了俳句以讽刺、议论为特点的思维定式至少说明很多俳句存在这一问题。尽管川本皓嗣强调，"俳句虽然在形式上很接近谚语，但是如前所述，它可谓是一种真正的诗。为了表现富有诗意的内容俳句要求一种极度压缩了的、简洁的表达方式，从这点看，也许又可以说俳句近似于一种暗号。"[2] 虽然俳句是一种真正的诗，近似于一种暗号，但仍然不排除末流的俳人以讽刺、以警句（议论）为俳句的弊端。

俳谐创作经过发展，到松尾芭蕉时这两个弊端显露得愈发明显，即以文字为俳句，以议论（警句）为俳句，这十分类似于《沧浪诗话》批评江西诗派"以文字为诗、以议论为诗"的弊病。撇开具体内容不论，松尾芭蕉和严羽实际上面临十分类似的诗学文化语境。正是在这种文化语境中，松尾芭蕉先跟随

---

[1]　川本皓嗣：《日本诗歌的传统——七与五的诗学》，第91页。
[2]　川本皓嗣：《日本诗歌的传统——七与五的诗学》，第92页。

第四章　日本诗学对《沧浪诗话》"悟"之受容：从禅悟到诗学"悟"

北村季吟（1642—1705，松永贞德的弟子）学习贞门俳谐。然而，当时西山宗因的谈林派俳谐表现更自由、更幽默诙谐，受到年轻一代俳谐师的大力追捧，开始迅速崛起，芭蕉受到这种新潮俳谐的影响，转而于1675年投到西山宗因门下，成为谈林派的新秀。在接受这两派影响的同时，芭蕉也意识到其中存在的问题，即以文字为俳句、以警策议论为俳句的弊端，他在解决这些问题的过程中逐渐形成自己独特的艺术风格。

芭蕉弟子向井去来（1651—1704）揭示了这一过程，他说："贞德以降，追求技巧的俳谐长时间流行于世间，……当时许多人认为俳谐就应该这样吟咏，却不知道俳风可以改变。等到西山宗因先生出现，才将凝固的贞门俳谐的俳风打破了。于是，新风开始流行于天下。那时，'不易、流行'之说尚未提出，所以，无论是乡野还是都市，都抛弃了贞门派的古风，力图创立自己的新风格与新流派，然后又长期守成于自己的风格，却不知道应该有所变化。此后，先师芭蕉才领悟到俳谐的本体，并把此称为'不易之句'，又意识到俳谐应因时而变，教导我们'不易'之句与'流行'之句的关系。"① 大西克礼总结指出，"'俳句'这种形式，最初是由芭蕉将它提升为真正的艺术境界的，后来俳论中全部美学问题也都以芭蕉为最早源头。"② 大西克礼将其提炼为美学艺术范畴——"寂"；这是俳句有别于和歌的重要特点。

---

① 向井去来：《去来抄》，《日本古典文论选译》古代卷（下），第476页。
② 大西克礼：《日本风雅》，王向远译，吉林出版集团有限责任公司2012年，第12页。

2. "风雅之诚"与"悟"

如前文所指出的,严羽发现宋代诗学存在"以文字为诗、以议论为诗"的弊端,而这些问题的根本症结在于理学对文人思想人格的主宰控制;为摆脱理学思想的宰制,严羽借助禅宗思想资源试图重新激活诗歌的审美诗意。《沧浪诗话》"以禅喻诗",提出"妙悟"与"兴趣",来解决江西诗派"以文字为诗、以议论为诗"的弊病。与严羽所面对的情形类似,松尾芭蕉也要克服当时俳句创作中"以文字为俳句"(将俳句创作当作文字游戏,如井原西鹤)、"以议论为俳句"(以讽刺、警策之议论来作俳句)的弊端。芭蕉发现俳句创作中存在的这些问题的症结在于,俳人没有表达呈现(抒发)自己内在真实的生命体验,他们只是(玩文字)游戏、滑稽搞笑;或发表自以为警策的议论,或讽刺可笑的人事而已。

在松尾芭蕉看来,俳人只有呈现表达自己内心真实的生命体验,才不会让俳句仅只是游戏和警策的议论,才有可能让俳句蕴含诗意。俳人内心真实的生命体验芭蕉谓之"诚";服部土芳详细解释说:"俳谐从形成伊始,历来都以巧舌善言为宗,一直以来的俳人,均不知'诚'为何物。回顾晚近的俳谐历史,使俳谐中兴的人物是难波的西山宗因。他以自由潇洒的俳风而为世人所知。但宗因亦未臻于善境,乃以遣词机巧知名而已。乃至先师芭蕉翁,从事俳谐三十余年乃得正果。先师的俳谐,名称还是从前的名称,但已经不同于从前的俳谐了。其特点在于它是'诚之俳谐'。'俳谐'这一称呼,本与'诚'字无关,在芭蕉之前,虽岁转时移,'俳谐'却徒然无'诚',奈之若何!先师芭蕉说过:'俳谐之道,并无古人可为楷模。'另一方面,先师又反复说:'看懂古人的技巧并模仿之,容易。

第四章　日本诗学对《沧浪诗话》"悟"之受容：从禅悟到诗学"悟"

如今我所开辟的境界，后来者亦可省察。我深感后生之可畏。'从前诗歌名家众多，均出自'诚'而循之以'诚'，先师芭蕉于无'诚'之俳谐中立之以'诚'，而成为俳谐中永久之先达。时光流转至此，俳谐终于得之以'诚'，是先师不负上天的期待，丰功伟绩，何人可及！"① 土芳在此明确指出，芭蕉之前的俳人不知"诚"，就是指他们创作俳句时没有表达呈现自己内心真实的生命体验，他们创作俳句大多只是在玩文字游戏，或者只是发议论、提炼警句而已。

松尾芭蕉摆脱了俳句创作中不"诚"的态度，于无'诚'之俳谐中立之以'诚'，将俳句创作提升到与和歌一致的艺术境界。芭蕉说："西行之于和歌，宗祇之于连歌，雪舟之于绘画，利休之于茶道，虽各有所能，其贯道者，一也。他们皆追求风雅，顺应造化，以四时为友。所见者无处不是花，所思者无处不是月。若不把寻常之物视为花，则若夷狄；若心中无花，则类鸟兽。故应出夷狄而离鸟兽，顺造化而归于造化。"② 在芭蕉看来，和歌、连歌、绘画、茶道都追求风雅之道；而他所创作的俳句，都是对他自己内心生命体验最真实的表达——"诚"，也是合乎风雅之道的。郑民钦指出，"芭蕉远学李杜、寒山，近学西行，崇尚枯淡闲寂之美与风雅华丽之美的和谐结合，这是对谈林派游戏滑稽的俳谐性格进行改造的结果"。③ 较准确地指出了芭蕉俳句创新的意义。

---

① 服部土芳：《三册子》之《白册子》，《日本古典文论选译》古代卷（下），第492页。
② 松尾芭蕉：《笈之小文》，《日本古典文论选译》古代卷（下），第395页。
③ 郑民钦：《和歌美学》，宁夏人民出版社2008年，第172页。

土芳解释说："汉诗、和歌、连歌、俳谐，皆为风雅。而不被汉诗、和歌、连歌所关注的事物，俳谐无不纳入视野。在樱花间鸣啭的黄莺，飞到檐廊下，朝面饼上拉了屎，表现了新年的气氛。还有那原本生于水中的青蛙，复又跳入水中的发出的声音，还有在草丛中跳跃的青蛙的声响，对于俳谐而言都是情趣盎然的事物。多听、多看，从中捕捉令作者感动的情景，这就是俳谐之'诚'。"① 土芳以非常具体的例子来说明俳谐之"诚"来自俳人对自然世界、日常生活诗意的感动与体验，这种审美诗意体验也是汉诗、和歌和连歌所追求的风雅之道。这样，原本游戏滑稽的俳句创作被芭蕉的风雅之道所提升而拥有与汉诗、和歌、连歌一样的艺术境界。郑民钦从社会文化角度分析这一改造的成因，他指出，"与和歌相比，俳谐属于俗，俳谐本来就是摒弃和歌格律的制约，以通俗的语言、自由的精神追求个性解放的文学。由于俳人迎合元禄时代町人在物质生活上讲求享乐、贪图享受的社会风潮的需要，谈林派俳谐把通俗性变成轻浮的庸俗性，语言卑俗，低级趣味，油腔滑调，拙劣模仿，滑稽俳谐堕入语言游戏的泥沼，失去了初期的生命力。松尾芭蕉对俳谐的雅俗予以正确的认识，主张在保持题材与语言的通俗的同时，心灵不能通俗，以'风雅之诚'的理念改变俳谐的灵魂，把俳谐提高到与和歌、连歌相同层次的文学地位。"② 这种对俳句艺术价值的认识较为透彻。

服部土芳也将这种呈现出来的生命诗意谓之"风雅之诚"

---

① 服部土芳:《三册子》之《白册子》,《日本古典文论选译》古代卷（下），第494页。
② 郑民钦:《和歌美学》，第175页。

第四章 日本诗学对《沧浪诗话》"悟"之受容：从禅悟到诗学"悟"

（又称"风雅之寂"，学者也将其阐释为"寂"）；他指出，先师曾有教诲曰"高悟归俗"，又说："现在我们要做的事情，就是责于'风雅之诚'，使'风雅之诚'归于俳谐之中。"献身于俳谐之道者，要以风雅之心看待外物，方能确立自我风格。取材于自然，并合乎情理。若不以风雅之心看待万物，一味玩弄词藻，就不能责之以"诚"，而流于庸俗。要获得"诚"，远则需要探求古人的风雅精神，近则需要研究先师芭蕉之心。不了解先师之心，则"诚"无从获得。而要了解先师之心，就要研究他的作品，熟悉他的创作，然后方能使自己凝神正心，投身俳谐之道，以求有所自得。下如此功夫，可谓得之"诚"。①土芳阐释芭蕉"诚"之意，认为对于生命诗意的体验，需要以风雅之心看待；而只有"诚"，才能具备风雅之心；因此，"诚"即"风雅之诚"。如果不能体悟内心真实的生命体验，就不具备风雅之心，就不能获得"诚"；俳句创作也就是一味玩弄词藻，最终将会流于庸俗。那么如何获得"诚"而以风雅之心看待外物呢？芭蕉提出"高悟归俗"之说，意即从平庸凡俗的日常生活中体"悟"高洁优雅的诗意，这实际就是严羽诗学"妙悟"说的翻版。而"高悟归俗"所获得的"风雅之诚"也与严羽诗学"兴趣"说异曲同工。

王向远从审美哲学的高度阐释了"风雅"的意义，他说："'风雅'的实质就是变'风'为'雅'，就是将大众的、底层的、卑俗的东西予以提炼与提升，把最日常、最通行、最民众、最俚俗的事物加以审美化，就是从世俗之'风'中见出

---

① 服部土芳：《三册子》之《赤册子》，《日本古典文论选译》古代卷（下），第506页。

美，也就是通常所说的'俗'与'雅'的对立统一。为此，松尾芭蕉提出'高悟归俗'的主张。'高悟'后再'归俗'，就不是无条件地随俗，而是超越世俗，然后再回归于俗。有时表面看上去很俗，实则脱俗乃至反俗。为此，松尾芭蕉还提出了所谓'夏炉冬扇'说。火炉与扇子固然是俗物，但夏天的火炉，冬天的扇子，一般人都认为是不合时宜的无用之物，而'夏炉冬扇'作为一种趣味，恰恰可以表示一个人的不合时宜、不从流俗、特立独行的姿态。"[1] 郑民钦在阐释"风雅之诚"的艺术意义时也说："俳谐的'风雅之诚'是俳谐艺术真诚之美的本质，只有以风雅之心对待俳谐，才能获得俳谐的精神本源。风雅之心就是真诚之心，要以这种真诚之心孜孜不倦地追寻俳谐的美。'诚'作为人生态度的体现，是对生命的认识，'风雅'是艺术精神的体现，是对生命之美的追求。所以'诚'的外在表现是'高悟离俗'（王向远译为"高悟归俗"，意思大体一致），这也是芭蕉人生境界的总结，离俗而不脱俗，其根基仍是通俗。艺术的'风雅'作为人类根本性的审美观念体现于艺术的意志，反映了人对高尚艺术精神的向往。"[2] 从创作者角度表达了与王向远类似的观念。

郑民钦还指出"高悟归俗"与"风雅之诚"之间的紧密关系，他说："俳谐与和歌不同，和歌属于上层贵族阶级，是'雅'；俳谐是庶民表达情绪的形式，属于'俗'。芭蕉对俳谐

---

[1] 王向远：《风雅之"寂"——对日本俳谐及古典文艺美学一个关键词的解析（代译序）》，大西克礼：《日本风雅》，王向远译，吉林出版集团有限责任公司2012年，第10页。
[2] 郑民钦：《和歌美学》，第177页。

第四章 日本诗学对《沧浪诗话》"悟"之受容：从禅悟到诗学"悟"

的革命并没有摒弃俳谐的通俗性，他的'流行'正是对旧风的扬弃，坚持'俗谈平话'，就是风趣性和平民性，作为自己俳谐理论的一个基本思想。但是，芭蕉的'俗'不是庸俗，而是'高悟'的归结，'高悟'又是以'风雅之诚'为前提，在平淡通俗中追求高雅的艺术价值。俳谐虽俗，也应是风雅之艺术，'风雅'原是贵族文学的审美观之一，芭蕉通过传统性与现实性的结合，以'风雅'贯于俳谐道，把'风雅'这个贵族文艺的专利拿来作为民众文艺俳谐的审美理念。"① 郑民钦还从具体的语言角度论述了如何"离俗"，他说："'风雅之诚'的实现必须借助语言的力量，但俳谐语言平俗滑稽的特殊性是通往这个境界的障碍，'雅语'的使用会丧失俳谐作为民众通俗文艺的固有性质。芭蕉以具有局限性语言所构成的有限的、相对的世界暗示'风雅之诚'生命本质的存在。这就是'非言非默'（庄子《则阳篇》）所启示的语言符号存在的象征性，破坏语言习惯化了的体验表现固有性的文体，对俗语的常识性约定进行改革，'非云语言之容易、情趣之轻灵，乃出自心肠至深处，于句上自然而成之谓也'，（许六《俳谐自赞之论》）尤其芭蕉晚期的'轻妙'更体现出以平淡易懂的语言诉诸对事物深层次的感受，用全部情感捕捉对象生命的核心的倾向。"这种阐释有一定的说服力。

为何尽管外在言说没有任何交集，但芭蕉与严羽却有一种内在精神的高度相似呢？为什么说芭蕉之"风雅之诚"（"风雅之寂"，或"寂"）与严羽诗学"兴趣"说有异曲同工之妙呢？这主要因为，无论是"寂"，还是"兴趣"，都由俳人（诗人）

---

① 郑民钦：《和歌美学》，第 175 页。

体"悟"而得，二者都深受禅宗（之"悟"）思想的影响启示。对于严羽，如前文所述，是"以禅喻诗"，是由"妙悟"而得"兴趣"；在诗学中，禅宗之"本心"演变转化为严羽诗学之"兴趣"，此"兴趣"后又流变为明清之"趣"与"韵"。对芭蕉而言，则是以禅宗论俳句，是融禅宗精神与俳句创作于一炉；其"风雅之诚"（"风雅之寂"，或"寂"）亦是禅宗"本心"在俳论中的体现。因此，不管是"兴趣"，还是"风雅之寂"，都是禅宗"本心"转化为诗意之心的体现。这是芭蕉与严羽具有一种高度相似的内在艺术精神的深层原因。

芭蕉融禅宗之"悟"于俳句创作的倾向可以从三个方面看出来，一是受到西行法师、心敬法师等禅师影响；二是他自己以及弟子所记述的言论可见；三是思维言说模式与禅宗的高度契合。

芭蕉曾谓："西行之于和歌，宗祇之于连歌，雪舟之于绘画，利休之于茶道，虽各有所能，其贯道者，一也。他们皆追求风雅。"从这段引文中即可见出芭蕉对西行法师的推崇。研究者对此也有大致相同的看法。[①] 西行上人有谓"歌道便是禅定修行之道"，这是大家经常援引的说明禅悟与和歌之紧密关

[①] 如铃木大拙认为："芭蕉是伟大的漂泊诗人，是热忱的自然爱好者——一位恋慕大自然的诗人。……芭蕉的先驱是镰仓时代的西行（1118—1190）。西行也是一位漂泊诗人。"（铃木大拙：《禅与日本文化》，钱爱琴、张志芳译，译林出版社2014年，152页）郑民钦也认为，"西行的艺术审美观依然着属于贵族社会，通过现实世界与虚无世界的冲撞，形成融会着古代与中世和歌特色的艺术空间，独具一格，无疑代表着平安时代末期至镰仓时代初期的和歌的新特征，对元禄时代的松尾芭蕉产生很大的影响。"（《和歌美学》，第118页）

系的材料。芭蕉虽不是僧侣,但却一心修禅。据说大家熟知的一首俳句《古池》:"寂静古池旁,青蛙跳入水中央,扑通一声响。"就是芭蕉在参禅悟道时有所得而作的。铃木大拙评价说:"这首俳句是芭蕉给17世纪日本俳句界敲响了最早的革新的警钟。……正是芭蕉以这首《古池》俳句,赋予了俳句界新的开端。"① 铃木指出其蕴含的禅意说:"这首俳句的背后,其实显示的是芭蕉对生命本身性质的一种洞彻。他已经洞彻到了宇宙万物的深邃,并通过《古池》这一俳句将他的所见展现了出来。"② 这一阐释非常深刻地指出了芭蕉融禅宗精神与俳句创作于一炉的创作特质。很显然,这与严羽强调"以禅喻诗"的方法借鉴有较大区别。

芭蕉提到宗祇(1421—1502)之连歌,而宗祇对于连歌创作的理论主张主要受其师心敬的影响。前文已经指出,心敬多次强调歌道即佛道,援引西行上人等所谓"歌道便是禅定修行之道"、"歌道是即身成佛的直路修行"来复申明这一主张。他还主张"在难以言喻之处用心,在冷寂之处开悟","在万事万物中深悟人世无常",都是融合歌道与佛道之论,这对芭蕉俳论也有一定的影响。郑民钦认为,"心敬的和歌、连歌审美观对江户时代的俳人松尾芭蕉产生极大的影响,从芭蕉在俳谐领域对风雅的论述可以反照中世和歌的雅。"③ 他还认为,芭蕉俳谐的"闲寂"是中世的幽玄与枯寂情调的结合,表现近世平民在诙谐孤寂的表情背后所存在的真实的贫困性。"寂"本

---

① 铃木大拙:《禅与日本文化》,第141页。
② 铃木大拙:《禅与日本文化》,第141页。
③ 郑民钦:《和歌美学》,第172页。

身具有多种含义，一般表示对自己命运、无能、孤独的哀叹，"寂"到深处，成为内心无限的谛念，再进一步从这种虚无的极限深化为超越日常普遍性的孤高的情绪。此时，"寂"也就从物质性的贫困变成完全精神的"无"。芭蕉《嵯峨日记》四月二十二日记述："晨雨。今无他人，顿生寂寞，乃随手戏书，'居丧者以悲为主，饮酒者以乐为主。'西上人吟'无寂无忧'，恐亦以寂寞为主。"他所引用西行的和歌是"无客寻访绝人迹，无寂无忧居山里"。(《山家集》)他又引用西行的另一首和歌"本欲独居深山里，布谷声声唤谁人。"认为表现的是"意趣深远"的"闲寂"，于是自己也吟咏俳谐："我心本孤凄，布谷声声鸣不停，快快催岑寂。"芭蕉对西行和歌的理解首先是"闲"，独居清闲，无人来访，遂觉"寂寞"。有"寂寞"之感是俗人的心态，像西行这样的僧人对"寂寞"已经不感到"寂寞"，所以"无寂"，"无寂"者才"无忧"，这就超越了"寂寞"心情的消极性，进入一种闲寂美的世界。"空寂"不仅要远避市井之尘嚣，因为视现实的世俗为肮脏的世界，甚至还要舍弃"生活"的现实，从贫乏的物质生活中感受精神生活的丰富。这样的精神生活的"空寂"才会产生艺术精神的"闲寂"，这种"闲寂"美，幽寂枯淡，表现为淡泊洒脱的风雅。郑民钦从具体作品解读的角度谈到了芭蕉对西行、心敬等人融禅宗于俳句创作于一炉的特质的继承，较有启发性。

3. "寂"与"悟"

芭蕉之"风雅之寂"(学者谓之"寂")源于其参禅获"悟"，其中渗透进了深厚的禅意；这与严羽诗学之"兴趣"由诗"悟"而得有所不同，如前所述，严羽"兴趣"之审美内容

第四章　日本诗学对《沧浪诗话》"悟"之受容：从禅悟到诗学"悟"

并无禅意渗入其中。芭蕉的一些论述及弟子所记述的俳论实际上就深蕴禅意。如芭蕉曾说："我之风雅，却如夏炉冬扇，不合时宜，众人不取，释阿、西行之歌，虽也不为人们所爱咏，却深含意趣。……南山大师讲书道时曾说：'不求古人之迹，唯求古人之所求。'我亦云：'风雅之道亦同此！'"① 所谓"夏炉冬扇"，尽管（前文）学者已经阐释其所蕴深意，但对其中运用的"反常合道为趣"的禅宗运思方式却不曾论及。实际上，这种对于常识经验的背离和悖论恰恰是禅宗思维挑战常规俗套的一种标志。典型者莫如傅大士偈诗："空手把锄头，步行骑水牛。人从桥上过，桥流水不流"，这种悖论就是对常识的挑战，目的是重新激活人们对现实生命、日常生活的鲜活感受（而不是麻木冷漠），即芭蕉所谓"深含意趣"。而南山大师（即空海）所谓"不求古人之迹，唯求古人之所求"，实质就是禅宗的"以心传心"；俳句之道亦在"悟"心，所谓"意趣"，所谓"寂"，皆由此"心"生成。

最能体现芭蕉深受禅宗思维影响的是他的"不易、流行"说，向井去来解释芭蕉此说谓："蕉门有所谓'千岁不易之句，一时流行之句'，先师把俳谐作了这两种区分，同时二者根本上是相通的。不懂得'不易'就不能确立俳谐的根基，不懂得'流行'就不能使俳谐与时俱进。'不易'是指在古代是优秀的，到后代仍然优秀，故称'千岁不易'；'流行'就是随着时代而变化，昨日的风格，不适合于今天，今天的风格不能用于明天，就叫作'一时流行'。'流行'就是时兴。""鲁町问：'说"不易"与"流行"在根本上是一回事，怎样理解才好呢？'我答曰：这

---

① 松尾芭蕉：《别许六辞》，《日本古典文论选译》古代卷（下），第398页。

个问题不容易讲清楚。我大体上以人体来作比喻。所谓'不易',就是什么都不做、静静躺卧时的人体;所谓'流行',就是人或坐或卧,或行或止,或伸或曲,或仰面或低头,动作姿态各不相同。'流行'就是一时一地的改变。然而尽管身体的姿势因时因地而变,时而无为时而有为,但仍然是同一个身体。"[①]这种分析不可谓不细致,但并未切中禅宗运思方式的根本。

服部土芳则将"不易、流行"与风雅之"诚"联系起来,他引述芭蕉的话说,先师芭蕉说过:"乾坤变化乃风雅之源。静物其姿不变,动物其姿常变。时光流转,转瞬即逝。所谓留住,是人将所见所闻加以留存。飞花落叶,飘然落地,若不抓住飘摇之瞬间,则归于静寂,活物变成死物,销声匿迹。"[②]土芳解释说:"先师的俳谐理论中,有'万千岁不易'和'一时流行'两个基本理念。这两个理念,归根到底是统一的,而将二者统一起来的是'风雅之诚'。加入不理解'不易'之理,就不能真正懂得俳谐。所谓'不易',就是不问古今新旧,超越于流行变化,而牢牢立足于'诚'的姿态。考察历代歌人之作,就会发现歌风代代都有变化。另一方面,不论古今新旧,今人所见与古人所见,均无改变,那便是为数众多的使人产生'哀'感的作品。这就是千岁不易的东西。同时,千变万化是自然之理。倘若没有变化,风格就会僵化凝固。风格一旦僵化,就会以为自己与流行的东西并无不合,而不责之于'诚'。

---

① 向井去来:《去来抄》,《日本古典文论选译》古代卷(下),第472、474页。
② 服部土芳:《三册子》之《赤册子》,《日本古典文论选译》古代卷(下),第508页。

第四章　日本诗学对《沧浪诗话》"悟"之受容：从禅悟到诗学"悟"

不责之于'诚'，不锻炼诗心，就不会知道'诚'的变化，就会固步自封，失去创新能力。责之于诚者，就不会裹足不前，就会自然前行，有所进步。归根到底，对于先师芭蕉的俳谐理念而言，千变万化，就是'诚'的变化，先师说过：'不能拾古人之牙慧，正如四季变化、岁月推移一样，一切都在变化，万物概莫能外。'"①土芳的这种解释较向井去来要深入得多，但依然未能指出其与禅宗之关联。

王向远的分析指出了其与禅宗之内在联系，他说："'不易、流行'论所要揭示的道理就是：'不易'是'寂'的根本属性，'流行'是'寂'的外在表征；换言之，'静'是'寂'的根本属性，'动'是'寂'的外在表征。绝对的'不易'或'静'就是纯粹的无生命，就是'死寂'；绝对的'流行'或'动'就是朝生暮死，转瞬即逝。只有'不易'与'流行'、永恒与变化、'动'与'静'的对立统一，才是真正的苍寂而又生机盎然的'寂'的境界。最能体现'寂'之真谛的俳谐，最美、最具有'俳味'的俳谐，都是'不易、流行'、'动'与'静'的辩证统一。"这种从哲学角度的分析较为透彻。他结合芭蕉具体作品分析说："我们对芭蕉的为数众多的名句加以仔细体味，就可以感受到其中的'不易、流行'的奥妙。例如，'古老池塘啊，一只蛙蓦然跳入，池水的声音'；'寂静啊，蝉声渗入坚硬的岩石'。这两首俳句写的是'静'还是'动'呢？没有古老池塘的寂静，哪能听得见青蛙入水的清幽的响声？没有树林中的寂静，哪能感觉到蝉声渗入坚硬的岩石？在这里，

---

① 服部土芳：《三册子》之《赤册子》，《日本古典文论选译》古代卷（下），第505、506页。

'寂'并非寂静无声,而是因有声而显得更加寂静;'寂'也并非不'动',而是因为有'动'而显得寂然永恒。这就是禅宗哲学所说的'动静不二'。'不易、流行'及'动、静'所达成的这种审美张力与和谐,是宇宙的本质,是世界与人之关系的本质,也是'寂'的本质。"① 王向远从禅宗哲学角度指出了芭蕉"不易、流行"论所体现的禅宗思维特质,并指出了"寂"所蕴含的禅意色彩,极具洞见,颇能给人以启发。

事实上,芭蕉的"千古不易、一时流行"之说渊源于禅宗僧人证道偈:"万古长空,一朝风月"。② 据《禅宗大词典》解释,"长空万古存在,风月每日不同。隐指佛法长存,而禅悟是每人自己的事,应该着眼自身,悟在目前。"佛法是永恒的存在,然而,每个人的领悟却是瞬刻的,稍纵即逝;禅悟就是每个悟道者亲身在当下(日常生活)领悟永恒(佛法至理),所谓在瞬刻中见永恒;这体现的实际上就是马祖道一等人"平常心是道"的思想。宋人将参禅悟道之境界分为三层,即"落叶满空山,何处寻踪迹"、"空山无人,水流花开"与"万古长空,一朝风月",解悟者视之为"空""无"(假)"中"(平常心)三谛。分灯禅时代禅师们将"即心即佛""非心非佛"等玄虚的谛观落实到日常凡俗生活的"平常心"中,所谓"即烦恼即菩提"也。禅宗的这种思想既对佛教哲学产生了深远影响,也使文学艺术

---

① 王向远:《风雅之"寂"——对日本俳谐及古典文艺美学一个关键词的解析(代译序)》,大西克礼《日本风雅》,第16页。

② 语出:《五灯会元》卷二(中华书局1984年):一次有僧人问崇慧禅师:"达摩祖师尚未来中国时,中国有没有佛法。"崇慧说:"尚未来时的事暂且不论,如今的事怎么做?"僧人不解,又问:"我实在不领会,请大师指点。"崇慧禅师说:"万古长空,一朝风月。"

第四章　日本诗学对《沧浪诗话》"悟"之受容：从禅悟到诗学"悟"

获得了重要的启示。芭蕉将其运用于俳句创作中，使之获得了一种全新的意义。

对于芭蕉俳句所蕴含的深刻禅意，研究者有较深入的讨论，大体不出此范围。以《古池》为例，郑民钦分析说："古池呀，青蛙跳入水声响。这首名句表现枯淡闲寂、玄妙幽深交错的美的世界。作者在暮春时节听见一只青蛙跳进古池里发出的水声，具有神秘感的古池一片幽静，仿佛是千古的死寂，青蛙突然跳入的水声打破了凝固于时空的沉寂，但四周又立即恢复了平静。内容简单，却蕴含着极其丰富深刻的内含，具有极大的想象性的变幻型，包含诸多芭蕉俳论的要素，体现蕉风的本质，不仅营造出俳谐作为诗歌文学的渗透着静谧孤寂之情的妙境，而且揭示出芭蕉清寂纯净、平淡无为的人生哲学。青蛙入水的声音已经得到幻化，不再是现实的响声，而是从宁静到声响再回归宁静过程不可缺少的因素。第二次的宁静与青蛙入水之前的宁静有着本质的不同，大自然的心灵和人的心灵已经受到生命冲击波的洗礼，感受到宁静中的深邃幽玄。各务支考（1665—1731）说：'先翁初次听完青蛙跳进古池里的水声，与其说其句留下寂寞之情，莫如说其实始终皆含带幽玄，识古今风雅之余情，方悬诗歌画俳四门之匾额'。（《发愿文》）在被幻化的水声响过以后，人们沉浸于超然物外的幽思，随着大自然一起化入'无'的世界，天人合一，主客相融，有我无我，是物非物，幽幻禅寂，归于空境，凝练的闲寂之美使俳谐臻于纯艺术化的境界。应该说，芭蕉俳谐世界的'闲寂'是中世文艺审美理念在近世的回归。"[①] 郑民钦从文艺美学角度分析了芭蕉

---

① 郑民钦：《和歌美学》，第174页。

《古池》中的"闲寂"美,指出其中蕴含着中世幽玄论的影响,有一定的说服力。

需要指出,郑民钦将《古池》之"闲寂"阐释为"芭蕉清寂纯净、平淡无为的人生哲学"的呈现,让人"感受到宁静中的深邃幽玄","人们沉浸于超然物外的幽思,随着大自然一起化入'无'的世界,天人合一,主客相融,有我无我,是物非物,幽幻禅寂,归于空境"。从佛教禅学角度看,这是北宗禅"寂寥清幽"禅思的体现;在这一层面上,芭蕉俳风类似于王维晚期诗风。不过,铃木大拙不同意这一解读,他指出:"很多人往往认为,这首俳句描写的是寂寥或者是闲寂的意境。他们往往会往这样的方向发挥想象:'古池存在于被亭亭耸立的树木所环绕的古刹院内,池塘周围的老灌木丛和草丛,枝繁叶茂。这种环境加深了涟漪不起的池面的寂静。当这种寂静被跳入池中的青蛙所干扰时,这种干扰本身更体现了笼罩四周的寂静意境。青蛙跳入池中的声音产生回响,这种回响也让人意识到整个环境的寂静。但是,只有自身精神与世界精神真正相统一时,这种意识才会觉醒。这就需要芭蕉这位真正伟大的俳句诗人赋予这种直觉或灵感以声音。'认为禅只是闲寂之道的评论家们,往往会将禅与俳句这样地联系起来思考。然而,我个人认为,将禅理解为寂静主义(17世纪天主教教会内部的神秘主义运动)的福音,那根本不得要领,同时,将芭蕉的俳句理解为对闲寂的体验也是不得要领。这里犯了两层错误。"[①]

铃木大拙不认可对芭蕉俳句的寂寥、闲寂的解读,主要基于他对芭蕉禅思及俳句艺术特质的独到把握。铃木首先指出俳

---

① 铃木大拙:《禅与日本文化》,第142页。

句是一种直觉的艺术,"俳句原本是只表达反映直觉的表象,并不表现思想,这一点必须首先弄清楚。这些表象不是诗人脑中创作出来的修辞性表达,而是直接指向原始的直觉,其实就是直觉本身。获得了直觉,表象将变得透明,成为经验的直接表现。由于直觉过于内在、个性和直接,无法传达给他人,因此,它需要寻求表象,并以此为手段来向他人传达。然而,对于没有这种体验的人来说,想仅仅通过表象加以推论来获得事实,那是非常困难的,且几乎是不可能的。因为此时,表象将变身为观念或概念,人们往往想对此施以知识性的解释,正如某些评论家们对芭蕉的《古池》俳句所作的解释一样,这种想法完全破坏了蕴含于俳句中内在的真和美。只要我们的心在意识的表层运动,就不可能离开推理。将古池理解为孤独和闲寂的表象,认为跳入其中的青蛙和之后出现的情景,更是衬托了笼罩四周的一般性的永恒和寂静感,是增加永恒和寂静感的准备道具。若是这样,作为诗人的芭蕉将不会像我们现在一样活着。"

铃木认为那些将芭蕉俳句解读为寂寥、闲寂的人犯的第一层错误是将俳句作为观念或概念而不是直觉表象来把握。所以,铃木曾总结说:"日本人的心理特长不在于通过理论和哲学对事物加以推理,也就是说,为了建设伟大的思想体系而对思想加以排列。关于这一点,可以通过日本人不习惯抽象化,以及他们在知识史上没有显示出思考的深刻性来加以说明。日本人的心理优势在于直觉地抓住最深刻的真理,借助表象将其清晰地实际表现出来。俳句就是实现这一目的的最恰当的工具。若用日语之外的其他语言,俳句也许会无法发展起来吧。因此,理解日本人就意味着理解俳句,理解俳句就意味着触及了禅宗的'悟'的体验。"① 铃木将俳句的艺术特质与禅悟的紧密关系清晰地揭示出来了。正是在这一层面上，铃木阐释了他对芭蕉《古池》所蕴含禅意的深刻理解（由此可见，芭蕉俳句与禅宗紧密关系远非严羽"妙悟"与禅悟关系可比）。他认为那些持寂寥、闲寂论的人在这一层面上犯了第二层错误。

铃木赋予禅意以现代解释，从这一角度他指出："他（芭蕉）穿越了意识的外壳，进入了最深的不可思议的领域，进入了超越科学家们所谓的无意识的'无意识'中。芭蕉的古池横亘于拥有'永恒时间'的永恒的彼岸。没有比这更'古老'的古老了。无论多大规模的意识也不可能将它测量。那是万物出现之时的千差万别的世界之源，而其对自身却没有显示出任何差别。当超越'下雨'、'生青苔'的世界时，我们将可以到达这种无意识，当我们对其加以知识性的思考时，它将成为一种观念，成为这个千差万别世界之外的另一个存在，也将成为一种知识性的对象。唯有通过直觉方能真正掌握这种无意识世界的永恒性。当我们认为空的世界位于日常五感世界之外时，则是不可能获得实在的直觉的。感觉性和超感觉性的两个世界并不是分开的，而是融合在一起的。因此，诗人洞彻了自己的'无意识'，并不是在于古池的寂静，而是在于青蛙跳入池中的干扰的声音，在于倾听这种声音的耳朵。若没有这种声音，芭蕉也将失去对'无意识'的洞彻，这种'无意识'是创作活动的源泉，是所有真正的艺术家们获得灵感的地方。"② 铃木所谓"无意识"就是自己的"心"，具体地说，就是参禅悟道之后的

---

① 铃木大拙：《禅与日本文化》，第 140 页。
② 铃木大拙：《禅与日本文化》，第 142、143 页。

第四章　日本诗学对《沧浪诗话》"悟"之受容：从禅悟到诗学"悟"

"平常心"（而非一般理解的"清静心"、闲寂之心）。

彻悟之后的"平常心"是宗教和艺术的源泉，这也是铃木反复阐释的所谓"无意识"（集体无意识、普遍无意识或宇宙无意识）的内在含蕴。所以，铃木指出，"芭蕉直觉到了这种'无意识'，并将这种体验以青蛙跳入古池的俳句表现出来。若只在社会生活的喧嚣表面之下，那么这首俳句就不是某些人所认为的对寂静的咏叹。与此同时，它还指在这个复杂的世界中所遇到的、唯有达到宇宙无意识时方可获得价值和意义的、位于更深处的某个东西。"① 铃木对芭蕉俳句所蕴含禅意的创新性阐释更加深化了我们对芭蕉俳句禅意的体认。正是在这个层面上，王向远概括说："近代俳人、俳论家高滨虚子才断言：'和歌是烦恼的文学，俳谐是悟道的文学。'也就是说，和歌是以抒情为主的，而俳句是以表意为主的。和歌是苦闷的象征，俳谐是觉悟的表达。"② 这是有一定道理的。

严羽在《沧浪诗话》中"以禅喻诗"，其主要观念"妙悟"、"兴趣"说均来源于对禅学的借鉴，但它们充其量只是一种形式方法的借用，其审美内容精神均与禅宗思想无关。但芭蕉俳句表现的"风雅之寂"则是对禅宗精神深深领悟之后而呈现的一种审美表现，禅宗精神（"清净心""无心"或"平常心"的理解都可以）在铸造芭蕉俳句审美特征时所起的作用是至关重要的，这是典型的等诗（俳句）于禅。从这一角度上看，严羽和芭蕉以具体的实例说明了诗（俳句）与禅的联系与区别。对

---

① 铃木大拙：《禅与日本文化》，第 144 页。
② 王向远：《风雅之"寂"——对日本俳谐及古典文艺美学一个关键词的解析（代译序）》，大西克礼《日本风雅》，第 16 页。

诗学研究而言，这种个案实例研究具有非常重要的理论意义。

三、汉诗之"悟"："影写""冥想"与"悟"

相较于和歌、俳句，日本汉诗的创新性要大打折扣。虽然日本文人试图在汉诗创作上与中国诗人同台竞技，但苦于文化底蕴的差距，日本汉诗的创作仍然难以望中国诗人的项背。值得一提的是，江户时代出现了较有艺术特色的"狂诗"。这是在江户中后期流行的一种以滑稽为主的汉诗体，多用俗语，大体押韵及合乎平仄。青木正儿指出，"滑稽感来自矛盾律，狂诗的本质，实际上是由于诗意的内容与诗体的形式之间的矛盾而酿成的滑稽感。"[①] 研究者指出，江户狂诗之"狂"味，就来自于滑稽和俚俗两要素的融合。[②] 不过，将其视作早期俳谐（松尾芭蕉之前的俳谐创作）的诗歌变体似乎更有说服力；实际上，如前文所指出的，早期俳谐最主要的特质就是滑稽和俚俗。所以，狂诗的艺术创新资源可能有相当部分来自俳谐的启示。

日本汉诗在创作上缺乏像和歌、俳句那样的原创性，在诗歌理论上大体上也是以引进、吸收为主，局部有适当的借鉴。日本汉诗关于诗歌的理论主张主要体现在日本诗话中。在这些诗话中，可以看到《沧浪诗话》是如何被吸收和改造的。

1.《济北诗话》之理与趣

作为日本诗学史中第一部诗话（也是用汉文写作的诗话；

[①]《青木正儿全集》第 2 卷，东京春秋社，昭和四十五年版，第 294 页。
[②] 严明：《东亚汉诗研究》，中国书籍出版社 2013 年，第 195 页。

第四章　日本诗学对《沧浪诗话》"悟"之受容：从禅悟到诗学"悟"

日人诗话另一类则是用日文写作的诗话），虎关师炼的《济北诗话》①无疑具有非常重要的开创性，对后来的日本诗学（尤以和、汉诗话为代表）也有一定的启发性。如果对五山文学的开创者虎关师炼生平及学术背景稍做了解的话，就会发现《济北诗话》的创新和启发其来有自，这种学术渊源就是来自一衣带水的中国的宋代诗学。那么，《济北诗话》到底受容了宋代诗学的哪些思想呢？

首先，就是虎关以"适理""雅正"论诗。正如国内有学者所言②，这显然是接受了宋代理学，尤其是程朱理学思想的影响。《济北诗话》指出：

"赵宋人评诗，贵朴古平淡，贱奇工豪丽者，为不尽耳矣。夫诗之为言也，不必古淡，不必奇工，适理而已。大率上世淳质，言近朴古。中世以降，情伪见焉，言近奇工。达人君子，随时讽谕，使复性情，岂朴淡奇工之所拘乎？唯理之适而已。"③

---

① 原收入虎关师炼：《济北集》第11卷。该诗话载于池田四郎次郎编、文会堂书店1920—1922年出版的《日本诗话丛书》第6卷。
② 如王辉：《宋代诗话与虎关师炼的诗学思想》（《求索》2013年2期）、黄威《宋代诗学思想对日本〈济北诗话〉之影响》（《船山学刊》2009年2期）及马歌东《论虎关师炼陶渊明"傲吏说"》（《陕西师范大学学报》2006年5期）、郑利锋《虎关师炼称孔子"诗人"删〈诗〉辨》（《社会科学评论》2007年4期）、段丽惠《〈济北诗话〉的"立异"与儒家价值理念》（《船山学刊》2009年3期）、孙立《日本诗话中的中国诗学研究》（北京大学出版社2012年，第61—63页）等都提及虎关师炼曾受理学思想影响。
③ 虎关师炼：《济北诗话》，池田四郎次郎编《日本诗话丛书》第6卷，第295页，文会堂书店1920—1922年。

久松潜一说"重理"是虎关诗观的根本思想[①]这一概括可谓精炼。此"理"为何？虎关认为，像周公、孔子那样的圣人，其言"适理"、"复性情"，所以其言既可"工"，也可"达"。以儒家圣人为标本，此"理"显然意含儒家之"理"。

虎关进一步以"雅正"论来强化"理"之理学特色。《济北诗话》指出：

"夫诗者，志之所之也，性情也，雅正也。若其形言也，或性情也，或雅正也者，虽赋、和，上也；或不性情也，不雅正也，虽兴，次也。今夫有人端居无事，忽焉思念出焉，其思念有正焉，有邪焉。君子之者，去其邪，取其正。岂以其无事忽焉之思念为天，而不分邪正随之哉？物事之触我也，我之感也，又有邪正，岂以其触感之者为天，而不辨邪正随之哉？况诗人之者，元有性情之权，雅正之衡，不质于此，只任触感之兴，恐陷僻邪之坑。昔者，仲尼以风雅之权衡，删三千首，裁三百篇也。后人若无雅正之权衡，不可言诗矣。"[②]

所谓"雅正""风雅"，一言以蔽之曰"去其邪，取其正"。这与朱熹所论契合，其《诗集传序》指出，"诗者，人心之感物而形于言之馀也。心之所感有邪正，故言之所形有是非。惟圣人在上，则其所感者无不正，而其言皆足以为教。"[③] 在《论语集注》卷一朱熹注"思无邪"云："诗三百十一篇，言三百者，举大数也。蔽，犹盖也；'思无邪'，《鲁颂·駉篇》之辞。凡《诗》

[①] 久松潜一：《日本文学评论史》（形态论篇），东京至文堂1968年，第480页。
[②] 虎关师炼：《济北诗话》，池田四郎次郎编《日本诗话丛书》第6卷，第317页。
[③] 朱熹：《朱熹集》，第3965页，四川教育出版社1996年。

第四章　日本诗学对《沧浪诗话》"悟"之受容：从禅悟到诗学"悟"

之言，善者可以感发人之善心，恶者可以惩创人之逸志，其用归于使人得其情性之正而已。"① 由于"心之所感有邪正"，所以要"去其邪，取其正"，就是要"使人得其情性之正"，二者意思如出一辙；因此，从这个角度看虎关诗学继承了理学衣钵。

朱熹还指出："大率古人作诗，与今人作诗一般，其间亦自有感物道情，吟咏情性，几时尽是讥刺他人？只缘序者立例，篇篇要作美刺说，将诗人意思尽穿凿坏了！且如今人见人才做事，便作一诗歌美之，或讥刺之，是甚么道理？如此，亦似里巷无知之人，胡乱称颂谀说，把持放雕，何以见先王之泽？何以为情性之正？"② 再次指出诗歌"使人得其情性之正"之意。这对元代真德秀影响较大。真德秀在《文章正宗·纲目》"诗赋"类中指出，"或曰：此编以明义理为主，后世之诗，其有之乎？曰：三五百篇之诗，其正言义理者盖无几，而讽咏之间，悠然得其性情之正，即所谓义理也。"③ 明确地将"性情"与"理"联系起来。虎关师炼曾受入日元僧宁一山（一山一宁最早在日本传播宋学）亲教，承其衣钵，是"日本最早钻研宋学者"，④对中土主流的理学思潮应有相当了解，因而其将"适理"与"性情雅正"并提实质是受到了宋元理学思想的影响。

虎关师炼受理学思潮影响的另一例证是其"自得"论。他在讨论和韵诗之害时曾评杨万里之"兴"论。他说：

---

① 朱熹：《四书章句集注》，中华书局1983年。
② 黎靖德编：《朱子语类》第六册，第2076页，中华书局1986年。
③ 真德秀：《文章正宗纲目》，《宋金元文论选》，人民文学出版社1983年，第380、381页。
④ 木宫泰彦：《日中文化交流史》，胡锡年译，商务印书馆1980年，第413页。

"杨诚斋曰:'大抵诗之作也,兴上也,赋次也,赓和不得已也……。'此书佳矣,然不必皆然矣。……夫上才之者,必有自得处。以其得处寓于兴也赋也和也,无往而不自得焉。其自得之处,杨子所谓天也者也。其天也者何?特兴而已乎?赋也和也皆天也。下才之者少自得处,只是沿袭剽掠牵合而已,是杨子之所谓大坏者也。……杨子不辨上下才,谩言赋和者过矣。"①

杨万里浓厚的理学底蕴使其诗学思想打上了鲜明的理学烙印。"自得"也是宋代理学家的口头禅,虽然杨万里在此并未以"自得"论"兴",但虎关在此以"自得"论其"兴"赋总体来说还算适当。

然而,虎关师炼以天赋之上才、下才来论"自得",已与程朱理学思想有所区隔。二程说:"学要在自得。……其自得者,虽甚人言亦不动。待人之言为是,何自得之有?""学贵于自得。得非外也,故曰自得。"②朱熹也说过:"看文字,不可恁地看过便道了。须是时复玩味,庶几忽然感悟,到得义理与践履处融会,方是自得。"③他们都只是强调个体主体性的发扬,并未涉及个体的天赋问题。《二程遗书》记载:"周伯温见先生,先生曰:'从来觉有所得否?学者要自得。六经浩眇,乍来难尽晓,且见得路径后,各自立得一个门庭,归而求之可矣。'伯温问如何可以自得,曰:'思。思曰睿,睿作圣。须是

---

① 虎关师炼:《济北诗话》,池田四郎次郎编《日本诗话丛书》第6卷,第315—318页。
② 程颢、程颐:《二程遗书》卷十一、卷二十五,《二程集》,中华书局1981年,第122、316页。
③ 黎靖德编:《朱子语类》第七册,第2631页。

第四章　日本诗学对《沧浪诗话》"悟"之受容：从禅悟到诗学"悟"

于思虑间得之。'"① 明确指出自得需经过每个个体的深思熟虑，与天分无关。真德秀《西山读书记》记张栻之言说："学贵于自得。不自得，则无以有诸己，自得而后为己物也。以其德性之知，非他人之所与，非聪明智力之所可及，故曰自得。"② 就明确地强调自得是智力天分所难以企及的。由此种种可见，虎关师炼之自得已与程朱理学之自得有所差异。

重要的是，虎关师炼自得所得与其本人所倡"适理"论在表面上显得有些自相矛盾。虎关师炼曾记述道：

"予有数童，狂游戏谑，不好诵习。予鞭笞悔诱使其赋诗。童曰：'不知声律'。予曰：'不用声律，只排五七。'童嗔愁怨懑，予不恕焉。童不得已而呈句。虽謇涩卦拙而或不成文理，而其中往往有自得醇全之趣。……予常爱怪，则喟叹曰：'世之学诗书者，伤于工奇而不至作者之域者，皆是讨较之过也。今夫童孩之者，愚骏无知而有醇全之气者，朴质之为也。'故曰：'学诗者不知童子之醇意，不可言诗矣。学书者不知童子之醇画，不可言书矣。不特诗书焉，道岂异于斯乎。学者先立醇全之意，辅以修炼之功，为易至耳。'"③

虎关师炼自得所得乃"醇全之趣""醇全之气""醇全之意"，其关键在所谓"醇全"。如何自得"醇全"？就是不要"伤于工奇"，不犯"讨较之过"，其实质乃"朴质之为也"，简言之，就是贵朴贱奇。可是，虎关师炼在《济北诗话》起始就

---

① 程颢、程颐：《二程遗书》卷二十二，《二程集》，第 296 页。
② 真德秀：《西山读书记》卷二十，文渊阁《四库全书》本。
③ 虎关师炼：《济北诗话》，池田四郎次郎编《日本诗话丛书》第 6 卷，第 321、322 页。

批评"赵宋人评诗,贵朴古平淡,贱奇工豪丽者,为不尽耳矣";在此,他又力倡避"伤于工奇"而自得"朴质"之醇全。一方面,批评宋人贵朴贱奇,另一方面,又强调自得朴质醇全,这似乎是虎关诗学在逻辑上的自相矛盾。但是,恰恰是这种表面上的矛盾透露出虎关与理学诗学存在差异。

这种差异体现在何处?从深层内涵看,虎关师炼自得之"朴质""醇全"与赵宋理学自得之"朴淡"意思隔了一层。虎关师炼虽饱读理学著作,通晓伊洛之学,对朱熹作品谙熟于心,但其佛教禅学的基本立场与程朱排佛的立论从根本上是迥异的。诚如朱谦之所言,"虎关虽通晓程朱之学,而为拥护佛法的原故,乃不得不对程朱取怀疑的态度。"[1] 基于这一立场,虎关师炼对朱熹之非佛进行了深入的批驳:

"晦庵《语录》云:'释氏只《四十二章经》,是他古书,其余皆中国文士,润色成之。《维摩经》亦南北朝作',朱氏当晚宋称巨儒,故《语录》中品藻百家,乖理者多矣。释门尤甚。诸经文士润色者,事是而理非也,盖朱氏不学佛之过也。……又云:'《传灯录》极陋',盖朱氏之极陋者,文词耳。其理者非朱氏之可下喙处。……朱氏之见文字不通义理,而言佛祖妙旨为极陋者,实可怜愍。……吾又责朱氏之卖儒名而议吾焉。《大惠年谱序》云:朱氏赴举入京,箧中只有《大惠语录》一部,又无他书,故知朱氏剽大惠机辩,而助儒之体势耳。不然百家中,独特妙喜语邪?明是王朗得《论衡》之谓也。朱氏已

---

[1] 朱谦之:《日本的朱子学》,人民出版社2000年,第64页。

第四章　日本诗学对《沧浪诗话》"悟"之受容：从禅悟到诗学"悟"

宗妙喜，却毁《传灯》何哉？因此而言，朱氏非醇儒矣！"①

援佛入儒是宋代理学得以超越先秦儒学的根本原因，故儒家文士虽对释氏文字做修改润色，但其根本的原创性观念却必定来自佛教。就像朱熹指责陆象山"陆子静分明是禅"、"江西之学只是禅"②的理由一样，虎关也指斥"朱氏剽大惠机辩，而助儒之体势"。所以，当虎关师炼指斥"朱氏非醇儒"时，他诗学中的"朴质""醇全"显然不再是理学自得的赵宋人的那种"朴古平淡"。有人指出，"其中'童子醇意'之说与宋学的关系也昭然可见"③；只看到二者表面的相似，却没有注意到两者的内在差异。

也有人注意到二者的不同，"虎关所说的性情之正虽然是建立在正邪区分的基础之上，但又不是指那种道德的性情判断。……虎关认为，诗人、书家、学道者都应葆有童真之心，不应有预设的立场法则，以童子之心才能表现醇全之趣。这就排除了预设的纲常伦理之道，而是以纯然洁净之心去感触体悟，再以无法之法表现，即有醇全之美。"④ 以诗人童子之心——"纯然洁净之心"来阐释虎关诗学之"朴质""醇全"是妥当的。但这并非"源自于老子'能婴儿乎'的论述"。⑤ 考虑

---

① 虎关师炼：《济北集》之《通衡》，转引自朱谦之《日本的朱子学》，第64页。
② 黎靖德编：《朱子语类》卷一百二十三。
③ 谭雯：《日本诗话的中国情结》，中国社会科学出版社2007年，第214页。
④ 孙立：《日本诗话中的中国诗学研究》，北京大学出版社2012年，第63、64页。
⑤ 孙立：《日本诗话中的中国诗学研究》，第64页。

到虎关师炼的佛学立场，其诗学中"朴质""醇全"实际就是佛教禅学意义上的本来面目——本心、清净心的一个变体。如慧能所谓"不思善，不思恶，正恁么时，哪个是明上座本来面目？"简单说，就是屏息各种思虑，直截心源；实际上就是强调对本心的发现（即"悟"）；这与老子所谓原初婴儿状态已有所区隔。从这一角度看，李贽之"童心"说不单是阳明心学的产物，正如朱熹指责心学是禅的变种那样，"童心"也是禅宗"本心"（之"悟"）说的一种回响。

在诗学中，禅宗之"本心"（之"悟"）演变展现为严羽诗学"兴趣"（之"悟"），此"兴趣"后又流变为明人之"趣"与"韵"。袁宏道指出，"世人所难得者唯趣，趣如山上之色，水中之味，花中之光，女中之态，虽善说者不能下一语，唯会心者知之。……夫趣得之自然者深，得之学问者浅，当其为童子也，不知有趣，然无往而非趣也。面无端容，目无定睛，口喃喃而欲语，足跳跃而不定。……孟子所谓不失赤子，老子所谓能婴儿，盖指此也。趣之正等正觉，最上乘也。山林之人，无拘无束，得自在度日，故虽不求趣，而趣近之。……迨夫年渐长，官渐高，品渐大，有身如桎，有肉如棘，毛孔骨节，俱为闻见知识所缚，入理愈深，然其去趣愈远矣。"[①]"山有色，岚是也，水有文，波是也。学道有致，韵是也。……大都士之有韵者，理必入微，而理又不可以得韵。故叫跳反掷者，稚子之韵也。嬉笑怒骂者，醉人之韵也。醉者无心，稚子亦无心。无心故理无所托，而自然之韵出焉。由是以观，理者，是非之

---

① 袁宏道：《叙陈正甫〈会心集〉》，吴文治主编《明诗话全编》第 6 册，第 6784 页。

第四章　日本诗学对《沧浪诗话》"悟"之受容：从禅悟到诗学"悟"

窟宅，而韵者，大解脱之场也。"① 作为性灵派的主将，袁宏道以极端反"理"的形式凸现了"童子之趣""稚子之韵"，与虎关师炼提倡自得童子"朴质""醇全"之趣可谓异曲同工。袁宏道的思想资源是李贽之"童心"说，其深层思想语境是阳明心学，但从根本上讲乃是禅宗"本心"之"悟"。严羽力倡"以禅喻诗"，主张诗歌"兴趣"须"悟"，这是佛学禅宗对其诗学影响明证。但同时严羽诗学也曾受陆象山心学影响（前文已详述），这与明代"童心"说及性灵诗学所接受思想资源的内在理路基本一致。虎关师炼诗学与此如出一辙，异曲同工。实际上，同为禅僧的俊惠法师就说过，作歌时要有稚子之心，② 也就是赤子之心、"童心"，这与老子所谓的"婴儿之心"略有差别，而更近于禅宗之"本心""本来面目"（之"悟"）。总之，一方面，虎关受到部分理学思想影响；另一方面，作为精研佛学的高僧，虎关诗学以禅宗"本心"（之"悟"）而自"悟""朴质""醇全"之趣，又与理学存在区隔。

童子"朴质""醇全"之趣与严羽诗学"兴趣"说一脉相承。严羽指出，"夫诗有别材，非关书也；诗有别趣，非关理也。然非多读书、多穷理，则不能极其至，所谓不涉理路、不落言筌者，上也。诗者，吟咏情性也。盛唐诸人惟在兴趣，羚羊挂角，无迹可求。故其妙处，透彻玲珑，不可凑泊，如空中之音，相中之色，水中之月，镜中之象，言有尽而意无穷。

---

① 袁宏道：《寿存斋公七十序》，《袁中郎全集》卷2，上海古籍出版社1981年。
② 香川景树：《歌学提要》，《日本古典文论选译》古代卷（上），王向远译，第261页。

近代诸公，乃作奇特解会，遂以文字为诗，以才学为诗，以议论为诗。夫岂不工？终非古人之诗也。盖于一唱三叹之音，有所歉焉。且其作多务使事，不问兴致，用字必有来历，押韵必有出处，读之反覆终篇，不知着到何在。"严羽所谓"别材""别趣"的实质乃是对诗人"本心"——诗意之心的"悟"，而诗人"本心"之发现虽需经由读书、穷理之路径，但远非理学家格物致知所能获致，"所谓不涉理路、不落言筌者"也。诗人诗意之心的发现如"羚羊挂角"而"无迹可求"；它"如空中之音，相中之色，水中之月，镜中之象"，绝非江西诗人们用字有来历、押韵有出处那样就可获得。它须经由诗人"悟"而得。虎关《通衡》云："经史者，诗文盐酱也。诗文之中，不可少盐酱矣，夫馈餮之中，伤盐酱者不可食矣。诗文亦然，若人好多用经史语，犹食之伤盐酱矣。"就颇类于严羽"别材""别趣"和"读书穷理"论。

当虎关诗学提倡自得童子醇全之趣时，"自得"也就是"悟""理"，即"适理"。实际上就是试图发现诗人之"本心"。诗人有了诗意之心，就能"适理"。换言之，只要适理，诗之为言，既可古淡，也可奇工。所以，虎关才说"诗之为言也，不必古淡，不必奇工，适理而已"。很显然，这与理学倡导的朴古平淡有很大不同。虎关还指出，"达人君子，随时讽谕，使复性情，岂朴淡奇工之所拘乎？唯理之适而已。"惟有适理，诗歌才能发抒性情，诗人才可重现诗意之心；很明显，此"理"并非理学家之"理"，而是日常生活之情理，这与严羽所谓"诗者，吟咏情性"在大方向上一致。从这个角度看，虎关诗学精神有余严羽诗学气质相通的一面。虎关师炼《清言》曾云："夫文章妙处，天然浑成，万成一律耳。人或诚心覃思

第四章　日本诗学对《沧浪诗话》"悟"之受容：从禅悟到诗学"悟"

而自合也。若未至天浑之处，虽工有可改之字，虽奇有可换之言。若已至于天浑，自然文从字顺，格调韵雅，权衡齐等，不可移动。所谓醇乎醇者也。毫发有移换移易之处，未为到耳。"① 接近于严羽《诗评》所谓"汉魏古诗，气象混沌，难以句摘"；"《胡笳十八拍》混然天成，绝无痕迹，如蔡文姬肺肝间流出"。"所谓醇乎醇者也"，都是强调浑然天成，其深层乃是对诗人本心之发现。

当然，虎关师炼诗学向心学（禅学）诗学的转向并不彻底。当他提倡自得童子醇全之趣时，他又强调，"诗人之者，元有性情之权，雅正之衡，不质于此，只任触感之兴，恐陷僻邪之坑。昔者，仲尼以风雅之权衡，删三千首，裁三百篇也。后人若无雅正之权衡，不可言诗矣。"这是对诗人发抒情性的限制，是理学诗学"吟咏情性之正"的回响。从这个角度看，虎关诗学的"适理"论又蕴涵着理学诗学的主旨，这与严羽诗学"吟咏情性"又有很大不同。虎关在《通衡》中说："或问：陆子衡《文赋》'课虚无以责有，叩寂寞而求音'，是为文之法乎？答曰'非也'。文者非造作焉，精思而自合者也。夫至文者无有也，格律关键，具于思虑之先也。学者醇粹以思，涵养熟练，自合于本文矣。所谓不借绳削而合者是也。若者，皆雕虫也，非至文矣。魏晋颓风此句为证也。"这与黄庭坚的观点如出一辙。黄曾说："熟观杜子美到夔州后古律诗，便得句法简易，而大巧出焉。平淡而山高水深，似欲不可企及。文章成就，更无斧凿痕，乃为佳耳。"② 可见，虎关也曾受到理学意味

---

① 虎关师炼：《济北集》之《通衡》，转引自朱谦之《日本的朱子学》。
② 黄庭坚：《与王观复书》，《宋代文艺理论集成》，第341页。

浓厚的江西诗学影响。

总而言之，虎关师炼诗学深层存在着理学和禅学的矛盾，这说明他在接受宋诗学影响时试图融汇理学和禅学，但还是留下了不可弥补的裂痕。有学者则指出，虎关师炼与严羽都是与临济禅关系密切的诗话作家，既然如此，《沧浪诗话》以禅喻诗的理论应该为虎关师炼继承发挥才合乎情理。特别是《济北诗话》中对于魏庆之《诗人玉屑》的引用，表明虎关师炼是读到过收录在《诗人玉屑》中的《沧浪诗话》的。然而在《济北诗话》中不仅没有严羽"诗禅说"的具体运用及评述，甚至连《沧浪诗话》都无只字提及。且同是倡导以禅喻诗的其他中国诗话如陈师道《后山诗话》、范温《潜溪诗眼》、吴可《藏海诗话》等均未有只言词组谈到。这个现像是颇耐人寻味的，它表明日本诗话对于"诗禅说"这样玄妙的诗论缺乏兴趣。[①] 虽然这个结论的适用范围值得推敲，但它还是提供了另一种观察问题的思路，值得考虑。

2. 江户初期汉诗人受容严羽诗"悟"[②]

《沧浪诗话》是对日本近世（江户时代）诗学、歌论影响最大的一部中国诗话。特别是近世中期（1647—1783），在荻生徂徕（1666—1728）蘐园古文辞学派的强势推动之下，《沧浪诗话》甚至凌驾于其他宋人诗话之上，被奉为诗学宝典和必

[①] 祁晓明：《中日诗学研究》，对外经济贸易大学出版社2016年，第59页。
[②] 此节即祁晓明论文《江户初期汉诗人对于〈沧浪诗话〉的拒斥——以石川丈山〈诗法正义〉为例》，原文发表于《文史哲》2014年第6期。

第四章　日本诗学对《沧浪诗话》"悟"之受容：从禅悟到诗学"悟"

读诗论书，① 沧浪诗论也被抬高到前所未有的地位。② 直至近世后期（1784—1868），论诗者还是"依严沧浪之指挥"，其在诗话中"鸡中之鹤"的地位依然难以撼动。③ 不过，《沧浪诗话》在近世初期（1589—1646）的传播却并非一帆风顺，曾遭遇到坚守朱子学文学观及江西派诗学立场的汉诗人抵制。著名汉诗人石川丈山（1583—1672）对于《沧浪诗话》的选取，就在这方面提供了一个典型例证。

---

① 中村幸彦：《近世文学论集》，东京岩波书店1966年，第10页。日野龙夫校注《唐诗选国字解》，东京平凡社1982年，第14页。
② 参见太宰春台《新选唐诗六体集序》、《静馀选序》，服部南郭《唐诗选国字解附言》、《南郭先生灯下书》，芥川丹丘《丹丘诗话》、《丹丘诗话小引》、《丹丘诗话跋》，林东溟《诸体诗则》，冢田大峰《作诗质的》等，松下忠：《江户时代的诗风诗论》，东京明治书院1969年，第437页。日野龙夫校注《唐诗选国字解》，第50—51页。池田四郎次郎《日本诗话丛书》卷一，第12页，卷九，第317—319页，卷二，第625页，卷一，第376页。
③ 古贺侗庵在斋藤拙堂《拙堂文话》的序中说，历代诗话"可取者不过数种"，其中以《沧浪诗话》为"鸡中之鹤"。冢田大峰说他年轻时"作诗者"依然"依严沧浪及明人之指挥"。近世后期，三浦梅园、津阪东阳、长野丰山及广濑淡窗等人的诗话对《沧浪诗话》的引用颇多。市野泽寅雄注《沧浪诗话》，5页，东京明德出版社1993年。池田四郎次郎《日本诗话丛书》，卷一第376—377页，卷二第225—226页，第491页，卷四第395页。中村幸彦：《近世文学论集》，第401、365、369页。

中日文化交融语境中的《沧浪诗话》研究

　　近世各个时期的儒学者们大都引述过《沧浪诗话》[①]，而引述最多的，是石川丈山。他出身武士家庭，曾仕幕府第一代将军德川家康（1543—1616），大阪之役后退引，入妙心寺修禅学。后经林罗山（1583—1657）介绍，投藤原惺窝（1561—1619）门下。宽永（1624—1643）之后，丈山隐居于京都睿山山麓，每日以读书作诗自娱。他善长作诗。荻生徂徕称他为"东方之诗杰"[②]。朝鲜通信使权伐（号菊轩）称他为"日东之李杜"[③]。清代俞樾《东瀛诗选》评他的诗"警句多"。

　　《诗法正义》刊于贞享元年（1684），为丈山应他人请教作诗之法而作。全书先分"规式、意匠、结构、指摘"四部分以示作诗之大体。次附"诗源总论"一目，列举汉诗平仄体式，并引古人相关论说，以明著题之法以及律诗、绝句、排律之格法，颇能提纲挈领，得诗学之体要。《诗法正义》中引用沧浪

[①] 藤原惺窝《次韵梅菴由己并序》就引用过沧浪"优游不迫"一语。林罗山《〈三体诗〉考》引用《沧浪诗话》，"以时言之……则有唐初体、盛唐体……以人言之……则有沈宋体、陈拾遗体……"之论。松永尺五在为石川丈山《覆酱集》作的序中几乎全文引述了《沧浪诗话》"论诗如论禅"之论。伊藤仁斋《四季倭歌选引》中的"唐诗尚意兴，宋诗主义理，此唐人之所以庶几于三百篇而非宋人之所能仿佛也"，也出自《沧浪诗话》。贝原益轩《初学诗法》也有多处直接引用《沧浪诗话》。山岸德平《日本近世汉文学史》，第53页，东京汲古书院1966年。林罗山《罗山林先生文集》卷六十三，第341页，东京平安考古会1918年。太田青丘《日本歌学和中国诗学》，第210、213页。池田四郎次郎《日本诗话丛书》卷三，第228、229页。

[②] 荻生徂徕《题石丈山真》："翁谓之吾东方之诗杰亦可耳"。又《跋石丈山书迹》："国初时以诗鸣者，莫石丈山若也"。荻生徂徕：《徂徕集》卷十八，第11、14页，大阪松村九兵卫刊本，刊年未详。

[③] 山岸德平：《近世汉文学史》，第76页。

诗论颇多，①因而历来有关该书的研究，多侧重于丈山对《沧浪诗话》的接受。例如松下忠说："丈山的诗文论中明显存在《沧浪诗话》的影响"，"像丈山这样引用了如此多的沧浪诗论的例子还未曾见到"。②"在丈山的诗文论中留下过明显影响痕迹的，有严羽《沧浪诗话》……丈山的盛唐鼓吹论及以格调为中心的诗论中，存在着严羽《沧浪诗话》……的影响"。③太田青丘认为："近世初期，石川丈山在宽永之际频繁地引述《沧浪诗话》并鼓吹唐诗，今举其最著者如……他对《沧浪诗话》精通的程度于斯可见"。④

但如果细读《诗法正义》文本就可以发现，上述结论是颇值得商榷的。丈山诗论与沧浪存在着根本性的差异，这导致了二者在许多问题上的看法相互对立。《诗法正义》对于沧浪的引用并没有改变其江西诗派的诗学立场。因此，《沧浪诗话》对丈山的影响并不像松下忠所说的那么"明显"。

丈山诗论的基本观点是："作诗必须先立意"。其《诗法正

---

① 石川丈山《诗法正义》："日本之诗，古今之间，无雅俗穿凿之事，故大半以俗体诗为多。诗之瑕疵虽甚多，然第一可厌者，俗体也。《沧浪诗话》曰：'学诗先除五俗。一曰俗体，二曰俗意，三曰俗句，四曰俗字，五曰俗韵'。如是类不敢可不知焉。"又："梁沈休文所论诗家八病，虽过乎严，作者不必拘拘"，也是沿袭《沧浪诗话·诗体》的观点。又："盛唐之诗法……则言兴趣也"。"兴趣"一语即来自《沧浪诗话·诗辩》。池田四郎次郎：《日本诗话丛书》卷十，第72、351、352页。
② 松下忠：《江户时代的诗风诗论》，东京明治书院1969年，第270、271页。
③ 松下忠：《江户时代的诗风诗论》，东京明治书院1969年，第276页。
④ 太田青丘：《日本歌学和中国诗学》，第208、209页。

义》"意匠总论"说:"作诗必须先立意"。"意之于诗,如马之驾车,将之御兵,心之运四体也。有一题,必有一定之意。惟诗之变化无方,而意之经营有主"。①

而重视命意及"以意为主",是江西诗派的主张。"意"是指作者的观点、见解。在江西诗派看来,诗中有"意"才能称为佳作。被该派尊为"一祖"的杜甫就是"以意为主"②的。而"三宗"之一的苏轼也"工于命意",③他还以命意为"作文之要"。④而"以意为主"与"以兴为主"正是宋诗与盛唐诗的分别所在。严羽嫌宋诗"不问兴致",宋人变唐人之风正在于"始自出己意以为诗"。⑤王世贞说盛唐诗"意不尽工",⑥就是注意到盛唐诗人并不在命意方面下功夫。谢榛指出:"诗有辞前意,辞后意,唐人兼之,婉而有味,浑而无迹。宋人必先命意,涉于理路,殊无思致"。"诗有不立意造句,以兴为主,漫然成篇,此诗之入化也"。"宋人谓作诗贵先立意,李白斗酒百篇,岂先立许多意思而后措词哉?盖意随笔生,不假布置"。⑦换

---

① 池田四郎次郎:《日本诗话丛书》卷十,第339页。
② 王世贞:《艺苑卮言》卷四:"太白以气为主……子美以意为主"。丁福保辑:《历代诗话续编》下,第1005页。
③ 范温:《潜溪诗眼》:"东坡作文工于命意,必超然独立于众人之上"。魏庆之:《诗人玉屑》上,第133页。
④ 葛立方:《韵语阳秋》引述苏轼话道:"天下之事,散在经子史之中,不可徒使,必得一物以摄之,然后为己用。所谓一物者,意是也。不得钱不可以取物,不得意不可以明事,此作文之要也。"何文焕:《历代诗话》,第509页。
⑤ 郭绍虞:《沧浪诗话校释》,第26页。
⑥ 丁福保:《历代诗话续编》下,第1007页。
⑦ 丁福保:《历代诗话续编》下,第1149、1152页。

言之，盛唐诗之有兴致、思致，正缘于其不重立意。

"以意为主"原本是对文章的要求，如果作诗也以此为准，其结果就是"以文为诗"，"以文字为诗，以才学为诗、以议论为诗"。① "工于命意"的苏轼本人就是以"以文为诗"而著称的。清代赵翼指出："以文为诗，自昌黎始；至东坡益大放厥词，别开生面，成一代之大观。"② 严羽是以击中江西诗派的要害自诩的："说江西诗病，真取心肝刽子手"。③ 而"以文为诗"，无疑是江西诗派最大的"诗病"，因为它与"诗者吟咏性情"的原则格格不入。

"以文为诗"，则往往于字句"锻炼"上下功夫，而江西诗派弊端也在于此。刘克庄指出："元祐后，诗人迭起，一种则波澜富而句律疏；一种则锻炼精而性情远。要之，不出苏、黄二体而已"。④ 南宋持江西诗派立场的张表臣说："诗以意为主，又须篇中炼句，句中炼字，乃得工耳。"⑤ 可见"以意为主"必然重视字句的"锻炼"。而严羽则认为盛唐诗的"兴趣""气象"是"无迹可求"的，不能从字句中见出。诗之妙在浑然天成，亦与锻炼无关。⑥

---

① 郭绍虞：《沧浪诗话校释》，第 26 页。
② 郭绍虞：《清诗话续编》上，上海古籍出版社 1999 年，第 1195 页。
③ 郭绍虞：《沧浪诗话校释》，第 251 页。
④ 黄霖、蒋凡主编：《中国历代文论选新编》宋金元卷，上海教育出版社 2007 年，第 162 页。
⑤ 何文焕：《历代诗话》上，第 455 页。
⑥ 郭绍虞：《沧浪诗话校释》，第 151 页："汉魏古诗，气象混沌，难以句摘"；第 158 页："建安之作，全在气象，不可寻枝摘叶"；第 173 页："太白天才豪逸语，多率然而成者"。

"以文为诗",则往往强调"用字必有来历,押韵必有出处"。① 江西诗派"三宗"之一的黄庭坚标榜"无一字无来历",② 其实质就是"以才学为诗"。这与严羽主张的"押韵不必有出处,用事不必拘来历"③ 正相反。严羽说:"诗有别材,非关书也",针对的也是"以才学为诗"。苏轼嫌孟浩然读书不多,说他"韵高而才短,如造内法酒手而无材料尔"。④ 而严羽却持相反之论:"孟襄阳下韩退之远甚,而其诗独出退之之上者,一味妙悟而已。"并盛赞孟浩然诗:"讽咏之久,有金石宫商之声。"⑤ 在严羽看来,韩愈"以才学为诗",正是他不及孟浩然的原因。⑥

"以文为诗,则往往涉于理路"、"尚理而病于意兴",而江西诗派的流弊也在于此。黄庭坚强调文章"当以理为主,理得而辞顺,文章自然出类拔萃"。⑦ 江西诗派与理学本来就有很深的渊源,刘克庄就批评该派:"要皆经义策论之有韵者尔,非诗也"。⑧ 让诗歌也承担议论的职能,就会损害其抒情性。严

---

① 郭绍虞:《沧浪诗话校释》,第26页。
② 黄庭坚:《答洪驹父书》:"老杜作诗,退之作文,无一字无来处;盖后人读书少,故谓韩、杜自作此语耳。古之能为文章者,真能陶冶万物,虽取古人之陈言入于翰墨,如灵丹一粒,点铁成金也"。
③ 郭绍虞:《沧浪诗话校释》,第116页。
④ 何文焕:《历代诗话》上,第308页。
⑤ 郭绍虞:《沧浪诗话校释》,第12、195页。
⑥ 郭绍虞指出,在严羽看来,孟浩然诗能在韩愈之上,"这就是妙悟的关系"。《沧浪诗话校释》,第22页。
⑦ 黄霖、蒋凡主编:《中国历代文论选新编》宋金元卷,第62页。
⑧ 黄霖、蒋凡主编:《中国历代文论选新编》宋金元卷,第159页。

第四章　日本诗学对《沧浪诗话》"悟"之受容：从禅悟到诗学"悟"

羽说："诗有别趣，非关理也"，^①即强调诗歌本身所具有的抒情性。他说要识《离骚》"真味"，"须歌之抑扬，涕洟满襟"。^②诗歌几同于"经义策论"，是"江西诗病"的具体表现，所以戴复古说："本朝诗出于经"。^③而严羽则以楚骚的抒情传统与宋诗的经学取向相抗衡："先须读《楚辞》"，"所论屈原《离骚》，则深得之，实前辈之所未发"。^④这与理学家论诗宗旨已自不同。^⑤

尽管丈山也说过"诗不似文为好，文不似诗为好。文与诗制法各别"的话，^⑥但他的诗论从根本上说，还是属于江西诗派的。他论诗以"规式""立意""锻炼"为要，承袭的是江西诗派"三宗"之一的陈师道的主张："学诗之要，在乎立格、命意、用字而已……学者体其格，高其意，炼其字，则自然有合矣"。^⑦由于丈山秉持的是江西诗派的立场，因而其诗论中颇多与沧浪不合之处。严羽反对"以文字为诗"，丈山则主张："诗以工夫锻炼为肝要也，炼字、炼格、炼意、炼韵"^⑧，"下字

---

① 郭绍虞：《沧浪诗话校释》，第26页。
② 郭绍虞：《沧浪诗话校释》，第184页。
③ 翁方纲：《石洲诗话》卷四："石屏有《论诗十绝》，其论宋诗曰：'本朝诗出于经'。此人所未识，而复古独心知之。"人民文学出版社1981年，第97页。
④ 郭绍虞：《沧浪诗话校释》，第1、253页。
⑤ 郭绍虞：《沧浪诗话校释》，4页："沧浪只言熟读《楚词》，不及三百篇，足知其论诗宗旨，虽主师古，而与儒家诗言志之说已有出入"。"盖沧浪论诗，只从艺术上着眼，并不顾及内容，故只吸取时人学古之说，而与儒家论诗宗旨显有不同"。
⑥ 池田四郎次郎：《日本诗话丛书》卷十，第354页。
⑦ 何文焕：《历代诗话》上，第464页。
⑧ 池田四郎次郎：《日本诗话丛书》卷十，第354页。

造语专要也"[1]；严羽反对"以才学为诗"，而丈山却说："学诗者千条万绪，因有各种之事，文材不足，诗作不自由也"；[2] 严羽以楚骚的传统否定宋诗的经学取向，[3] 而丈山却对屈原绝口不提，并坚持作诗"必须先知六义"，[4] 其诗论中经学的取向十分明显。

丈山江西诗派的立场，还体现于其对《三体诗》[5]的批判。《三体诗》主要论诗歌创作中"虚"与"实"的互相关系并以之为重要的原则。而丈山却认为："盛唐之诗法，不分情景为二，亦不见所谓虚体、实体者也。裴季昌、周弼、天隐，此三子者，误以《三体诗》虚实二事演说之。"[6] 他还驳斥了《三体诗》以情为虚的观点："夫诗之道者，得性情之正，而思无邪。既有思，则不能无言。有言则咏歌，言其情也。是以情者实而景虚也。虽然，向所云如三子者，以情为虚，以景为实矣。自尔之后，吾邦缁白数百年间，讲习《三体诗》来，迄今不赀其譬，何也哉？"[7]《三体诗》论虚、实的关系，体现出对诗歌艺术性的重视，这本身就是对江西诗派"以才学为诗"的一种反动。且《三体诗》主要为唐代诗人绝句和律诗的选本，却不选

---

[1] 池田四郎次郎：《日本诗话丛书》卷十，第354页。
[2] 池田四郎次郎：《日本诗话丛书》卷十，第353页。
[3] 潘德舆《养一斋诗话》卷一："溯入门工夫，不自三百篇始，而始于《离骚》，恐尚非从顶□上做来"。郭绍虞《清诗话续编》上，第2010页。
[4] 池田四郎次郎：《日本诗话丛书》卷十，第339页。
[5] 《三体诗》原名《唐贤三体诗法》，又称《三体唐诗》，南宋周弼所编，元代有释元至（号天隐）和裴庚（字季昌）的注释本。
[6] 池田四郎次郎：《日本诗话丛书》卷十，第352页。
[7] 池田四郎次郎：《日本诗话丛书》卷十，第352页。

第四章　日本诗学对《沧浪诗话》"悟"之受容：从禅悟到诗学"悟"

为江西诗派尊为"一祖"的杜甫，显示出其鲜明的反江西诗派的诗学立场。而这也是《三体诗》招致丈山不满和批判的主要原因。

丈山江西诗派的立场，还体现于其对元代方回《瀛奎律髓》的认同。《诗法正义》"诗源总论"引用了《瀛奎律髓》"文之精者为诗，诗之精者为律"①一语，并特别赞赏其"诗先看格高，而意又到、语又工为上；意到语工而格不高，次之；无格无意又无语，下矣"②之论。丈山认同《瀛奎律髓》的观点，是因为方回不仅是"一祖三宗"说的首倡者，且选诗侧重宋代，尤其是江西派诗人，更在理论上总结了江西诗派的诗论。方回本人对严羽的评价并不高。他说："严沧浪、姜白石评诗虽辨，所自为诗不甚佳。凡为诗不甚佳而好评诗者，率是非相半"。③松下忠将丈山引用自《瀛奎律髓》的"诗先看格高"之论，作为其鼓吹盛唐，以格调为中心诗论的证据，并认为它来自《沧浪诗话》及明代李（攀龙）、王（世贞）的古文辞说的影响。④实则无论是李、王古文辞说还是遵奉李、王的徂徕萱园学派，都是将《瀛奎律髓》视为江西诗派的诗论而极力排斥的。荻生徂徕《答问书》就以方回《瀛奎律髓》为"损友"⑤，徂徕的弟子山县周南（1687—1752）的门人林东溟（1708—1780）

---

① 池田四郎次郎：《日本诗话丛书》卷十，第353页。
② 松下忠：《江户时代的诗风诗论》，东京明治书院1969年，第265、266页。
③ 方回：《桐江集》卷七，台湾商务印书馆1981年，集部105。
④ 松下忠：《江户时代的诗风诗论》，东京明治书院1969年，第268、272页。
⑤ 荻生徂徕《答问书》下："诗文中东坡、山谷、《三体诗》、《瀛奎律髓》之类……皆可被视为损友。"井上哲次郎、蟹江义丸共编《日本伦理汇编》卷六，第187页，东京育成会1901—1903年。

《诸体诗则》卷下亦以《瀛奎律髓》为"终身不读而可者"①。

综上所述，丈山的基本观点与沧浪存在着根本性差异，其所秉持的江西诗派的诗学立场，使得《诗法正义》与《沧浪诗话》不合之处甚多。因此，不能说丈山的诗论中"明显存在《沧浪诗话》的影响"。

丈山还有一个基本观点，就是"以开元、大历为宗"，他说："匪熟大历之诸作，晓少陵妙工，孰能可窥其阃奥哉。"②友野霞舟（1792—1849）也说："宽永年间，率踵五山禅衲之陋习，萎薾不振。独翁首唱唐诗，以开元、大历为宗，识亦卓矣。"③此外，石川克说："我石先生首倡唐诗，开元、大历之体制，遂明于一时，皆其力也。"④可见，丈山之倡唐诗，不仅不排斥中唐，而且对"大历之诸作"推崇备至。

而沧浪则主张"不做开元天宝以下人物"。他看不上"大历以还之诗"，斥之为"小乘禅"，"已落第二义矣"，"学大历以还之诗者，曹洞下也"。⑤对于沧浪的这个观点，丈山并不完全赞同。在对待唐诗的问题上，他不愿意像沧浪那样持偏执极端之论。他在称赞"盛唐之诗法"的同时，也欣赏中唐"大历之诸作"；在承认"唐人著作，映照千秋"的同时，也指出唐人"尺璧微瑕不能相掩"。⑥可见，丈山对于沧浪的唐诗观有所

---

① 池田四郎次郎：《日本诗话丛书》卷九，第317、318页。
② 池田四郎次郎：《日本诗话丛书》卷十，第353页。
③ 池田四郎次郎：《日本诗话丛书》卷八，第373页。
④ 池田四郎次郎：《日本诗话丛书》卷八，第369页。
⑤ 郭绍虞：《沧浪诗话校释》，第1、11页。
⑥ 池田四郎次郎：《日本诗话丛书》卷十，第340页。

第四章　日本诗学对《沧浪诗话》"悟"之受容：从禅悟到诗学"悟"

取舍。①

丈山在宽永十四年（1637）曾与朝鲜通信使权佽进行过笔谈。笔谈中，权佽对丈山说过"大概三百篇之后，唯唐人得诗家之风韵，而宋元以下虽谓之无诗可也。贵作出入古今，直与大历诸家互为颉颃"②这样一段话。他称赞丈山的诗，并以之与"大历诸家"并论。丈山主张"以开元、大历为宗"，多半是受到权佽的启发。丈山与权佽笔谈，时间上远早于《诗法正义》刊行的贞享元年（1684），因此《诗法正义》中有权佽的影响，是完全可能的。③

松下忠根据《北山纪闻》卷一中丈山的"首先，若欲学诗，应当习盛唐之人诗"，"盛唐之诗，以达性情为主，故近于

---

① 松下忠也注意到，丈山在引用《沧浪诗话》"南朝人尚词而病于理，本朝人尚理而病于意兴。唐人尚意兴而理在其中。汉魏之诗，词理意兴无迹可求"一段时，有意略去了"汉魏之诗，词理意兴无迹可求"几句。至于略去这几句的原因，松下忠说："我考虑这不是丈山一时疏忽而漏引，而是特意去掉的，是主观意识起作用的结果。尽管严羽高度评价汉魏之诗，说'论诗如论禅，汉魏晋与盛唐之诗，则第一义也'。但丈山却只把盛唐尊为理想，所以引用时特意省去了'汉魏之诗'几句。"松下忠：《江户时代的诗风诗论》，东京明治书院1969年，第271页。
② 若木太一：《朝鲜通信使与石川丈山："日东之李白"考》，第74页。
③ 中、日文化的影响研究，不能忽视朝鲜因素。例如一般认为，日本水墨画之父天章周文（室町时期的画僧，道号天章，画号越溪，俗姓藤仓氏）继承了明代赴日画家如拙（道号大巧）的画风，并传雪舟（1420—1506）。但有美术史家指出，周文画风的形成与他曾作为使节派遣到朝鲜的经历有关，其画中有朝鲜画的影响。秋山光和：《日本绘画史》，常任侠、袁音译，人民美术出版社1978年，第98页。

三百篇，可谓最上之义"[1]之论，认为丈山受沧浪影响，也是崇盛唐而黜宋诗的。然而，《北山纪闻》这部书的可信性至今仍存在疑问，还不能作为推论的依据。[2]松下忠认为丈山诗论中存在《沧浪诗话》影响的另一个根据，就是丈山受到十分推崇沧浪崇唐黜宋论的明代"后七子"领袖王世贞的影响。但他拿来作为证据的，仅限于《北山纪闻》而已。[3]而仅凭《北山纪闻》来论定丈山与王世贞的关系，尚缺乏说服力。[4]如果崇唐黜宋是丈山一贯的主张，这一主张自然也应该在《诗法正义》中有所表述。而通观《诗法正义》全篇，并没有任何一处贬斥

---

[1] 松下忠：《江户时代的诗风诗论》，东京明治书院1969年，第270、271页。
[2] 如德田武《近世日中文人交流史研究》就认为《北山纪闻》是部伪书。小川武彦《石川丈山年谱稿》中指出，《北山纪闻》卷六"诗评"中说北山曾将其《闲中吟十五首》呈"朝鲜国诗学教授权敕批点"，而《闲中吟十五首》作于宽永十七年（1640）以后，其中还有宽永十九年及二十年的诗，时间上晚于丈山与权敕笔谈的宽永十四年（1637）。因此，《北山纪闻》的记载不可信。若木太一《朝鲜通信使与石川丈山："日东之李白"考》，第66、75页。
[3] 《北山纪闻》卷二《诗话》："明朝王元美之说云：'太白七言律，子美七言绝句，皆变体也，仅可间为之，不足多法。又五言律、七言歌行，子美神矣，七言律圣矣，五言次之'。语皆能得味而见之，然也。老于诗者，知此味。"所引为王世贞《艺苑卮言》："太白之七言律，子美之七言绝，皆变体，间为之可耳，不足多法也。""五言律，七言歌行，子美神矣，七言律，圣矣。五七言绝，太白神矣。七言歌行，圣矣。五言次之。"松下忠：《江户时代的诗风诗论》，第272页，东京明治书院1969年。丁福保：《历代诗话续编》，第1005、1106页。
[4] 例如陈广宏《明代文学东传与江户汉诗的唐宋之争》仅据《北山纪闻》就断言，丈山"于后七子一派诗及诗论相当娴熟"。然而比《北山纪闻》更可靠的《诗法正义》中却没有丈山读过"后七子一派诗及诗论"的证据。《上海师范大学学报》（哲学社会科学版）2010年6期。

第四章　日本诗学对《沧浪诗话》"悟"之受容：从禅悟到诗学"悟"

过宋诗。从丈山江西诗派的立场来看，他也不太可能对宋诗作《北山纪闻》那样负面的评价。宽永十八年（1641）丈山筑"诗仙堂"于睿山山麓的一乘寺村，命守野探幽（1602—1674）画汉魏至唐宋36位诗人像，自题诗而挂于门楣之上，每日吟哦于其下。① 这36位诗人中，就有江西诗派"三宗"的苏轼、黄庭坚和陈师道。赖山阳（1780—1832）指出，丈山的诗"未能脱五山禅僧之臭"，② 而五山禅僧们的诗文又是宗宋诗的。③ 这些都反映出丈山对宋诗的态度。中村幸彦指出，丈山"毕竟是过渡时期的人物，在别的场合对宋代诗歌还是十分欣赏的"。④ 可见，丈山对崇唐黜宋的观点并不完全赞同。

此外，《诗法正义》与《沧浪诗话》对待李白、杜甫的态度也存在差异。就对盛唐诗人的选择而论，严羽最推崇的盛唐诗人是李白、杜甫。《沧浪诗话》说："诗之极致有一，曰入神。诗而入神，至矣，尽矣，蔑以加矣。唯李杜得之"。"以李杜二集枕藉观之"。严羽还曾有意识的模仿李白的七古，清代贺裳说他的"古诗亦用功于李白"。⑤ 而丈山却只尊杜甫，这与其江西诗派的诗学立场密切相关。《诗法正义》中言必称"老杜""少陵""子美"，并

---

① 猪口笃志：《日本汉诗》，东京明治书院1972年，第29页。
② 中村幸彦：《近世的汉诗》，东京汲古书院1986年，第17页。
③ 五山文学时期仅苏诗注本就有瑞溪《脞说》、大岳《翰苑遗芳》、万里《天下白》、一韩《蕉雨余滴》、木蚛《天马玉沫》等，黄诗注本则有万里《张中香》、一韩《山谷诗抄》、月舟《山谷行云集》等，可见苏、黄受五山禅僧们欢迎的程度。
④ 尾藤正英：《日本文化与中国》，东京大修馆书店1968年，第97、98页。
⑤ 郭绍虞：《清诗话续编》，第454页。

说:"已到诗道之高妙至工,以子美为古今第一"。①《诗法正义》中只有一处提到李白,而且明言李白"不及杜甫":"律诗以变意为专要也。王安石曰:'李白才格词致,人固莫及。然其格止于此而已,不知变'云云,因之不及杜甫也"。②丈山所引见于《诗人玉屑》卷一四,③同卷还引述了许多宋人对于李白的负面评价。④虽然只是引述他人的评论,实际上也反映出魏庆之对李白的态度。而这种态度,自然也会影响到丈山对李白的评价。

《诗法正义》引用过方回《瀛奎律髓》"诗先看格高,而意又到、语又工为上;意到语工而格不高,次之;无格无意又无语,下矣"之论。方回认为诗之极致是"格高":"夫诗莫贵于格高","诗以格高为第一"。⑤ 在他看来,唐代诗人够得上"格高"的有:陈子昂、杜子美、元次山、韩退之、柳子厚、刘禹

---

① 池田四郎次郎:《日本诗话丛书》卷十,第355页。
② 池田四郎次郎:《日本诗话丛书》卷十,第352页。
③ 魏庆之《诗人玉屑》卷一四"杜甫光掩前人,后来无继"条引陈正敏《遯斋闲览》:"或问王荆公云:'公编四家诗,以杜甫为第一,李白为第四,岂白之才格词致不逮甫也?'公曰:'白之歌诗,豪放飘逸,人固莫及。然其格止于此而已,不知变也'。"《诗人玉屑》下,296页。
④ 例如《诗人玉屑》卷十四"白不识理"条引苏辙语:"李白诗类其为人,俊发豪放,华而不实,好事喜名。不识义理之所在也……唐诗人李杜称首,今其诗皆在,杜甫有好义之心,白所不及也。"《诗人玉屑》下,第295、297页。
⑤ 方回《瀛奎律髓》卷二〇:"夫诗莫贵于格高。不以格高为贵而专尚风韵,则必以熟为贵。熟也者,非腐烂陈熟,取其左右逢其源是也。"方回撰,李庆甲集评校点《〈瀛奎律髓〉汇评》,上海古籍出版社2005年,765页。又方回《桐江续集》卷三三《唐长孺艺圃小集序》:"诗以格高为第一。"影印文渊阁《四库全书》,台湾商务印书馆1986年,总第1193册,集部第0132册,别集类。

锡、韦应物,①而被沧浪尊为"诗之极致"的李白却不在其列。则丈山对李白的态度,也受到《瀛奎律髓》的影响。

综上所述,丈山无论是对沧浪的唐、宋诗观,还是对其以李、杜为极致的主张,都是有所取舍的。而这种取舍,主要也是基于江西诗派的诗学立场而做出的。

如上所述,《沧浪诗话》对近世初期汉诗论的影响,并没有超过其他宋人诗话,其受人们欢迎的程度,也远未达到近世中期那样巅峰的状态。特别是沧浪的许多观点并不为当时的诗论家所接受,甚至还遭遇到近世初期汉诗人的抵制。究其原因,主要有两个方面:

首先,这与近世初期人们接触《沧浪诗话》的媒介有关。来自异域的文化借助何种媒介进行传播,往往能够决定该文化在接受国呈现何种形态和特征。例如宋、元时代的绘画,主要是通过入宋、入元或来日的禅僧传到日本的。这就使得传入的绘画题材多为梅、竹、兰、菊,与正统宋、元绘画的以山水、花鸟为主不同。②又如松尾芭蕉欣赏陶渊明"北窗"的意象,也是因为江户时代日本人欣赏陶渊明,大多是以白居易诗为媒介的。而白居易就曾写有多篇以"北窗"为题的诗。③

同理,近世初期日本人通过何种媒介接触《沧浪诗话》,直接关系到其影响能够发挥的程度。在整个近世初期,《沧浪

---

① 方回:《桐江续集》卷三三《唐长孺艺圃小集序》。
② 尾藤正英:《日本文化与中国》,第 225 页。
③ 中西进:《日本文学与汉诗——关于外国文学的受容》,东京:岩波书店,2004 年,第 134、140 页。

诗话》并无单行本流传，直到近世中期的享保十一年（1726），才出现和刻本《沧浪诗话》。① 在此之前，日本人接触《沧浪诗话》的媒介，主要是魏庆之的《诗人玉屑》。通过这部诗话汇编，人们可以接触到很多中国诗话、诗论，因此该书受到普遍欢迎。② 例如新井白石（1657—1725）说对《诗人玉屑》应该"再三熟览"。③ 元政上人（1623—1668）的书信中曾提到友人向他借阅《诗人玉屑》之事。④ 丈山生活的时代，还出现了《诗人玉屑》和刻本（宽永十六年，1639年刊本）。⑤ 现藏于天理图书馆的旧古义堂藏伊藤仁斋（1627—1705）的手泽本《诗人玉屑》，即为宽永本。⑥ 丈山接触到的《沧浪诗话》自然也不会是单行本。

如果对《诗法正义》做一个大致的统计就会发现，丈山所引宋人诗话，大都见于《诗人玉屑》。而这些宋人诗话的大多数，其诗学主张基本上都是江西诗派的。丈山"作诗必须先立意"的观点，就是从这类诗话承袭而来，⑦ "诗以工夫锻炼为肝

---

① 享保十一年（1726），荻生徂徕的门人石川清之将《沧浪诗话》与徐祯卿《谈艺录》、王世懋《艺圃撷馀》合刻而成《三家诗话》。
② 市古贞次：《日本文学全史》近世，东京学灯社1978年，第285页。
③ 松下忠：《江户时代的诗风诗论》，东京明治书院1969年，第350页。
④ 太田青丘：《日本歌学和中国诗学》，第205、206页。
⑤ 市古贞次：《日本古典文学大辞典》第2卷，第192、193页。
⑥ 太田青丘：《日本歌学和中国诗学》，第205页。
⑦ 《诗人玉屑》卷六"先意义后文词"条引刘攽《中山诗话》说："诗以意义为主，文词次之。意深义高，虽文词平易，自是奇作。"魏庆之：《诗人玉屑》上，第124、127页。

第四章　日本诗学对《沧浪诗话》"悟"之受容：从禅悟到诗学"悟"

要"的观点，亦复如是。① 可以说，《诗法正义》之于《诗人玉屑》，较之其与《沧浪诗话》，关系更为密切。市古贞次就敏锐地察觉到这一点："在和刻诗论方面，宋代魏庆之撰《诗人玉屑》发挥的作用很大……丈山的《诗法正义》、《北山纪闻》也多受其影响。"② 《诗人玉屑》对宋诗津津乐道，与《沧浪诗话》不同。雨森芳洲（1648—1755）曾指出，《诗人玉屑》"评宋诗，称为精绝者，固为不少，求其金华殿中语，未见一句"。③ 丈山不排斥宋诗的态度，显然受到《诗人玉屑》的影响。而且魏庆之十分尊崇江西派诗人，《诗人玉屑》卷三对于黄庭坚、吕本中等人的警句称道不已，卷十八还专论江西诗派。因此无论是丈山江西诗派的立场，还是其对《沧浪诗话》的态度，都受到来自魏庆之的影响。

而到了近世中期，荻生徂徕蘐园古文辞学派风靡一世。自享保十一年，徂徕门人石川清之将《沧浪诗话》与徐祯卿《谈艺录》、王世懋《艺圃撷馀》合刻而成《三家诗话》之后，随着传播媒介的变化，《沧浪诗话》的影响也就因而扩大。执文坛

---

① 《诗人玉屑》卷八锻炼："作诗在于炼字"，"炼句不如炼字，炼字不如炼意，炼意不如炼格；以声律为窍，物象为骨，意格为髓"，"炼句不如炼意，非老于文学不能道此"。同卷："百炼为字，千炼成句"，"老杜云：'新诗改罢自长吟'。文字频改，工夫自出"。魏庆之：《诗人玉屑》上，第 172、173、176 页。
② 市古贞次：《日本文学全史》4，第 285 页。
③ 日本随笔大成编辑部：《日本随笔大成》，东京吉川弘文馆 1975、1976 年，第 2 期，第 7 部分，第 395 页。

牛耳的徂徕本人很推崇《沧浪诗话》。①徂徕承明代李、王古文辞学的衣钵，而李、王又发展了沧浪独尊盛唐的观点，提出"诗必盛唐"。由于徂徕萱园古文辞学派的大力推介，沧浪诗论在当时的诗坛形成了主流话语，这自然会影响到人们对《沧浪诗话》的看法。

其次，这与《沧浪诗话》本身具有的反理学立场有关。在近世，由于德川幕府尊崇儒学，儒者成为担当文化事业的主流。这就决定了近世诗论对沧浪诗论的评价、取舍，在很大程度上受到儒学的左右。而近世初期的儒学，以朱子学派的势力为最大。藤原惺窝倡导"朱注"，著《假名性理》《四书五经倭训》，开近世朱子学先河。其弟子林罗山、林鹅峰（1618—1680）父子的林家朱子学还被德川家康（1543—1616）定为官学。朱子学占据了意识形态的统治地位，并深刻地影响了江户时期的文学观。丈山生活的时代，"诸儒咏言，率出于性理之绪余"。②甚至连著名歌人、歌论家松永贞德的文学观，也受到朱子学"载道论"的影响。③丈山与林罗山往还密切。他的思想，自然会受到林家朱子学的左右。④例如所谓"三百篇中

---

① 荻生徂徕《与江若水》："足下或能以《沧浪诗话》、廷礼《品汇》、于鳞《诗删》、弇州《卮言》、元瑞《诗薮》朝夕把玩，诗亦在阿堵中。"荻生徂徕：《徂徕集》卷二十六，第10页。
② 清水茂、揖斐高、大谷雅夫：《日本诗史·五山堂诗话》，东京岩波书店1991年，第492页。
③ 林达也：《读江户时代的和歌——近世和歌史的尝试》，东京中央精版印刷2007年，第43—45页。
④ 赵逵夫《日本新的"屈原否定论"产生的历史背景与思想根源初探》："石川丈山专作汉诗，受朱子学派影响，作品多枯燥质直的说教，属载道派。"出自《西北师大学报》（社会科学版）1995年4期。

第四章 日本诗学对《沧浪诗话》"悟"之受容：从禅悟到诗学"悟"

之诗，悉言国家之大要，王道之世，以诗治天下也"，"夫诗之道者，得性情之正，而思无邪"，①"诗感于物而形于言，所感有邪正，所形有是非，邪正是非显然乎诗中，如见肺肝，则情正之美恶亦何以获覆藏哉？"云云，②完全是承袭自理学家的文学观。丈山认同《瀛奎律髓》，也是因为方回盛赞朱熹诗"有向上之工夫"，"得六义之旨，非寻常墨客所能及"的缘故。因此，在文学观尚未摆脱理学束缚的近世初期，《沧浪诗话》的反理学立场不太可能为丈山所接受。

而随着近世社会商业的繁荣发展，市民阶层日益壮大。新兴的町人文化、市民文化蓬勃兴起。表现义理与人情的冲突，反对用义理来压抑人情，逐渐成为新时代的文艺思潮。而町人出身的伊藤仁斋古义学的兴起，特别是徂徕的古文辞学的风靡，则为新时代的文艺提供了思想武器。"伊（仁斋）、物（徂徕）之说盛而程、朱之学衰"③，压抑自然人性的朱子学遂成为批判的对象。近世诗、歌论因应时代新思潮的变化，也开始回归日本文学固有的抒情传统，抨击宋儒的说理和议论。而沧浪的复古主张适应了仁斋、徂徕儒学复古主义新思潮的需要。长期被忽略的沧浪反理学的一面，又开始受重视。其真正发挥影响，也是从这个时期开始的。

---

① 石川丈山：《诗法正义》，池田四郎次郎《日本诗话丛书》卷十，第352页。
② 上引为丈山与朝鲜通信使权佽笔谈中的言论。若木太一《朝鲜通信使与石川丈山："日东之李白"考》，《语文研究》52，53，1982年，第75、76页。
③ 广濑淡窗：《淡窗全集》中卷，东京日田郡教育会1927年，《儒林评》，第1页。

丈山对于沧浪诗论的去取，反映出近世初期汉诗人共同的诗学取向。事实上，基于朱子学及江西诗派的立场而抵制沧浪诗论，并非仅限于丈山一人。例如增岛兰园（1773—1844）斥沧浪的"诗有别材，非关学也"为"非知诗者之言"。他这样说，是因为沧浪此论与朱熹的"学问以明理，则自然发为好文章"相悖。[①] 与丈山一样，林罗山也持江西诗派的立场。江西诗派学古人，讲究渐修而悟。例如范温《潜溪诗眼》说："先悟得一处，乃可通其他妙处"[②]，陈师道《后山诗话》说："学者先黄、韩，不由黄、韩而为左、杜，则失之拙易矣"[③]，而林罗山《〈袖里唐绝〉序》也说："古人之能赋咏者，多云取诸家之长处，虽然，先学一家之风，而仿佛步骤之，而后兼参之"[④]。这一观点，显然与沧浪"学者须从最上乘，具正法眼，悟第一义"，"工夫须从上做下，不可从下做上"之论不同。

受魏庆之《诗人玉屑》影响而不取沧浪的崇唐黜宋及李杜论，也并非只有丈山。伊藤仁斋、木下顺庵（1621—1699）都持"抑李扬杜"论。仁斋《童子问》卷下说："李白虽神于诗，其意易识。至杜诗，注者亡虑数十家，是李之所不及。以人之所感自异也"。[⑤] 同样的观点，亦见于仁斋《语孟字义》卷下及

---

① 增岛兰园《隽燕偶记》："'诗有别材，非因学也'，是非知诗者之言也。诗以言情性，情性之正，非学何得？朱子曰'学问以明理，则自然发为好文章'。诗亦然，是学诗之第一义也。"关仪一郎：《日本儒林丛书》第2册，第16页，东京凤出版社1971年。
② 郭绍虞：《宋诗话辑佚》，中华书局1980年，第328页。
③ 何文焕：《历代诗话》上，第305页。
④ 林罗山：《罗山林先生文集》卷五〇，第143页。
⑤ 家永三郎等校注：《近世思想家文集》，东京岩波书店1971年，第254页。

第四章 日本诗学对《沧浪诗话》"悟"之受容：从禅悟到诗学"悟"

顺庵《长恨歌跋》。① 仁斋、顺庵都曾引用过沧浪诗论，② 但两人并没有接受沧浪的李杜论。与丈山同时代的松永尺五（1592—1657）于初、盛、中、晚并无轩轾。他也欣赏"韩、柳之博大超然，元、白之序畅分明，李、卢、郊、岛之鬼怪饥寒"。③ 而林罗山则说："所谓诗学盛于唐，宜哉。嗜好之有意也。虽宋亦有好诗，而奈唐何哉"。④ 尺五和林罗山都读过《沧浪诗话》，但他们和丈山一样，并没有完全接受沧浪崇唐黜宋的诗观。这从林罗山推崇《瀛奎律髓》并排斥《三体诗》，也可得到证明。他说："《瀛奎律髓》，诚是学诗者所宜读者也"，又说王维《阳关三叠》虽称绝唱，但与王昌龄《长信秋词》（奉帚平明金殿开）一样，因其"乃周伯弼所取，故舍是"。⑤ 林罗山排斥周弼《三体诗》的立场，与丈山一致。在丈山生活的时代，江西诗派的势力相当强大。丈山之后，其影响也仍在持续。据松村九山（1743—1822）说，延宝、天和（1673—1684）之际，"宋诗盛行，《瀛奎律髓》、《联珠诗格》，几于家有其书矣。"⑥ 在这种形势下，攻击江西诗派不遗余力的《沧浪诗话》遭到汉诗人的抵制是必然的。因此，丈山对于《沧浪诗话》的抵制并非

---

① 津田左右吉：《现于文学中的我国国民思想研究》（平民文学时代），东京洛阳堂 1917、1918 年，第 254 页。
② 伊藤仁斋：《四季倭歌选引》"唐诗尚意兴，宋诗主义理"。太田青丘《日本歌学和中国诗学》，第 203 页。木下顺庵《三体诗绝句跋》也引用过沧浪"兴趣"之语。松下忠：《江户时代的诗风诗论》，东京明治书院 1969 年，第 326、327 页。
③ 松下忠：《江户时代的诗风诗论》，东京明治书院 1969 年，第 224 页。
④ 松下忠：《江户时代的诗风诗论》，东京明治书院 1969 年，第 234 页。
⑤ 林罗山：《罗山林先生文集》卷七〇，第 428 页，卷七，第 78 页。
⑥ 池田四郎次郎：《日本诗话丛书》卷七，第 518、519 页。

出于个人的好恶，在相当程度上代表了近世初期汉诗人共同的态度。

而且，丈山对于沧浪诗学的选取还表明，来自异域的文化在向接受国传播的过程中，通常会遭遇到某种程度的抵制。这种抵制来自许多方面，除了接受国本土文化的排斥之外，先期输入的异域文化，也会成为后期输入的来自同一母国新文化传播的障碍。这方面的例证并不鲜见。平安时代（794—1192），盛行于中国的佛教诸宗大都传入日本，唯独禅宗例外。津田左右吉指出，这是因为，视佛教为祈福之物，视寺院华丽装饰及在法会上得到的官能娱悦为幸福象征，视借助文字获取的知识为无上重要的平安朝人，对于既无祈祷对象，又超绝于一切官能、知识的禅宗，是无法理解的。① 这说明，平安时代日本人对于先期传入的旧佛教的执著，曾经阻碍了新佛教——禅宗的传入。而当禅宗一旦成为主流话语之后，便又成为来自同一母国新文化传播的障碍。例如室町时代（1338—1573）担任足立尊氏幕府对明外交事务的禅宗僧侣们对先期输入的"宋、元两代传统艺术的尊崇，妨碍了日本完全吸收并同化与其同时的

---

① 当时入宋的日本僧人接触禅宗的机会其实是很多的，且往返于两国的商船，其目的港就是禅宗的根据地。尽管如此，入宋僧人对禅宗并未予以关注。延久年间（1069—1074）入宋的成寻（1011—1081）在天台山也曾听说过寒山、拾得，还获赠《永嘉集》《证道歌》，本人也被尊称为"智者寻大师"。但他仍对禅宗丝毫未予留意。向日本传播禅宗始于能忍（生卒年不详，大约生活在平安末期，镰仓初期）、荣西，这是因为，平安末期文化衰颓，人们对天台、真言宗等旧佛教的信仰动摇，急于寻找某种新的信仰。于是禅宗于不知不觉中渐见流行。津田左右吉：《现于文学中的我国国民思想研究》（武士文学时代），第159—160页。

明代文化"。① 同样，丈山对朱子学文学观及江西诗派立场的坚守，在一定程度上也影响了沧浪诗学在近世初期的传播。

3. "影写"说、"冥想"说对"悟"之受容

近世中期以后，随着萱园古文辞派的强力推动，诗学中尊唐的风气逐渐占据主流地位。久保善教说："及元禄之际，锦里先生（即木下顺庵）者出，始唱唐诗，风靡一世。然其所奉书，仅止于《沧浪诗话》、《品汇》（即高棅《唐诗品汇》）、《正声》（即高棅《唐诗正声》）、沧溟伪《唐诗选》，胡氏《诗薮》而已。"② 就指出了这一趋势。随着"三诗说"（江户时代日人对明清格调、性灵、神韵三家诗说的简称）在江户时代的风行，作为格调、性灵、神韵三者渊源的《沧浪诗话》自然也受到了极大关注。③ 一些诗人、学者在其诗话、诗论中或征引、或借鉴《沧浪诗话》，其中较具代表者有祇园南海（1676—1751）、皆川淇园（1734—1807）、津阪东阳（1757—1825）、广濑淡窗（1782—1856）等人。

考索江户时代日人诗话对《沧浪诗话》的征引、借鉴，可

---

① 秋山光和：《日本绘画史》，第95页。
② 久保善教：《木石园诗话》，马歌东编选《日本诗话二十种》（下卷），暨南大学出版社2014年，第42页。
③ 日本学者松下忠也指出了这一特点，他说，严羽的《沧浪诗话》似乎是中国诗论中的一个源头，其后出现的三派诗论，即格调、性灵、神韵各诗说或多或少都基于严羽的《沧浪诗话》，特别是格调、神韵二说与之关系更深（松下忠：《江户时代的诗风诗论》，范建明译，学苑出版社2008年，第335页）。

以发现，大部分只是单纯的征引赞同，较少有创见者。对《沧浪诗话》单纯征引赞同者以芥川丹丘的《丹丘诗话》为代表。他非常服膺于严羽，认为"古今诗话，惟严仪卿《沧浪诗话》断千古公案。仪卿自称，诚不诬也。……《沧浪诗话》之外，略可取者，陈师道《后山诗话》，虽其识非上乘，其论时人妙悟，故高廷礼《品汇》多收之，诗家最不可不读也"。① 基于此，他征引了很多《沧浪诗话》的观点，比如"严仪卿曰：'诗大概有二：曰优游不迫，曰沉着痛快。'""严仪卿曰：'学诗有三节：……""严仪卿曰：'学诗，先除五俗。'""严仪卿曰：'诗有五法……'""严仪卿曰：'不必多使事。'"② 等等。这种征引基本体现了江户时代日人诗话对《沧浪诗话》的吸收和受容。③

在受容《沧浪诗话》的过程中，较早的具备新意者有祇园南海。祇园南海，名瑜，字伯玉，江户时代著名诗人、诗论家，也是著名的画家，开创了日本的文人画。他师从木下顺庵，与新井白石、梁田蜕岩（1672—1757）并称当时诗坛"三大家"。其诗论代表作为以日文写作的诗话作品《诗学逢原》，其中提出了较有创见的"影写"说；他认为诗须有"境"与

---

① 芥川丹丘：《丹丘诗话》，马歌东编选《日本诗话二十种》（上卷），暨南大学出版社2014年，第77页。
② 芥川丹丘：《丹丘诗话》，马歌东编选《日本诗话二十种》（上卷），第60—63页。
③ 松下忠在《江户时代的诗风诗论》（学苑出版社2008年，第40、41页）中专门探讨了《沧浪诗话》对江户时代诗人诗学的影响，列举了大量资料，较有说服力，也具有重要的参考价值。祁晓明在其《江户时期的日本诗话》（121—130页，中国社会科学出版社2009年）更制表详细列举了诸日本诗话所提及、引用之中国诗话，其中就包括对《沧浪诗话》的提及和引用，较有参考价值。

第四章 日本诗学对《沧浪诗话》"悟"之受容：从禅悟到诗学"悟"

"趣"，较有新意，是日文诗话中的代表作。南海主张诗以唐诗为宗，认为诗语不同于常语。

祗园南海曾以具体实例来说明他的"影写"主张。他说："要邀请一个人，说一件事情的时候，邀请人家是出于情。在表达其情时，用雅语，也可以用俗语。将这种意趣用诗来表达的时候，由于完全不使用日常用语，就成为诗的语言。可以写成这样的诗：今日好风景，野庭花鸟繁。请君有余暇，吟杖叩柴门。……不懂行的人，认为文字上是诗的文字，那就是诗了，其实非也。……能用于诗的文字就是好字，但若使用不当，从语势上看，全篇就成了日常的凡俗语言。为什么这么说呢？我们把这首诗试着加以解释，用口语来说就是这样的：'今天天气很好，正好庭院前面的花儿正在盛开，鸟儿也在欢快地鸣啭，这样的时候难得啊！您要是有空的话，就顺便来一起吟诗，用手杖敲敲我的柴门，我将多么高兴呀！'像这样的表达，与尺牍体的表达在文字上不同，但语势上却是日常化的。世人多不知日常化表现在用字上，也表现在句式上。所以，上面的那首公认的好诗，经过这样表达之后，实际上已经不是诗了，而是变成了日常用语。"① 南海对诗歌语势的这种认识较有特点。

按照南海的这种认识，不使用日常用语，那么又如何使用诗语来写诗呢？南海写道："春雨旬已浃，吟床且独坐。莓苔深数寸，履痕谁踏破。这些写出来的诗，要邀请的人是谁，完全没有说明，只是表达春雨中寂寞独坐之意。因为春雨下了许久，庭院中的青苔都长出了数寸，没有任何人来访问，没有人

---

① 祗园南海：《诗学逢原》，王向远译《日本古代诗学汇译》（下卷），昆仑出版社 2014 年，第 713 页。

踩踏庭院中的青苔。这种情况下，能有人来访，那是多么令人高兴的事情啊！这层意思是言外之意。文字用的是诗语，而不是常语。语势也是诗语之语势，所以尤可玩味、意味深长。如此，方可称之为诗。初学者一定要好好领悟。唐代诗人的佳作都是用此手法写出来的……以上所举出的一首诗，就足可表示诗之门径，照此好好吟咏，便可接近于诗。但诗中的莓苔履痕谁踏破，是希望招请来人，其中最为重要的'招'字，是在言外表达的。这叫做'影写'的手段，叫做'水月风影'，叫做'镜花'。诗中的第一要谛，正在于此。有酒有花易负春，半为风雨半为尘。今日晴明若不饮，花落啼鸟亦笑人。这首诗，头两句说的是春光易逝，接下来说的是，今天天气晴好，若不出来游宴，连花鸟都要笑话我们了。由此表达一定要出来游玩的意思，还有言外之意。整首诗表面上都没有招待客人的词句，但是在惜春的意境中，却自然地包含了这层意思。所谓'影写'这一手法的妙处就在这里，值得好好玩味。凡初学作诗的人，一开始还不能臻于这种妙境，要从上文例举的第一首诗那样做起，然后逐渐积累，就会慢慢获得这种妙境。如此，就是终于踏入诗道了。"①

祗园南海没有正面解释何谓"影写"，只是以具体作品为例说明"影写"具有意在言外的特征。南海还从语言论角度阐释了"影写"的特质，他说："写景状物，言事兴寄，若隐若现，若有所闻，但又无迹可求，方能意趣盎然、意味深长。这样的诗篇，就可以称作'诗词雅语'。须知过于平直、过分直白的描述，使用日常用语的表达，都是不能触及诗歌本体的语

---

① 祗园南海：《诗学逢原》，《日本古代诗学汇译》(下卷)，第714页。

言。"① 这也是说"影写"含蓄而不可直露的特点。在《明诗俚评》中，祇园南海阐释说："凡云影写，古人评为镜花水月或风影……镜中之花，看则有之，而手不可取。水中之月，目可见之，而无定形。其如有无，虽可见之，而于言不可解手不可取处，只映出面影风情。"② 不难看出，南海所谓"水月风影""镜花"，还有"第一要谛"，无一不是对《沧浪诗话》的借鉴改造。③ 严羽谓"兴趣"如"如空中之音，相中之色，水中之月，镜中之象"，说的就是意在言外，其"水中之月，镜中之象"直接就被祇园南海借用为"水月风影""镜花"。而南海所谓"第一要谛"也是《沧浪诗话》中"第一义"的翻版。不过，不像严羽"水中之月，镜中之象"说得那么朦胧玄虚，祇园南海倒是将"水月风影""镜花"落到具体作品的实处，可以说，这是他对《沧浪诗话》认识的一种细化，也是一种较有特点的接受。严羽"兴趣"之"水月镜象"特性是对诗歌意境艺术特点的描绘，而祇园南海之"影写"手法则是建基于他所谓"诗有境趣"观念之上的。

祇园南海指出："诗有两者：境与趣，并无外形。虽然千变万化，但不出此两者。先说'境'。境者，境界、景色。凡人目之所见、而至所闻、身之所触，从天地、日月、风云、雪

---

① 祇园南海：《诗学逢原》，《日本古代诗学汇译》（下卷），第711页。
② 松下忠：《江户时代的诗风诗论》，学苑出版社2008年，第331页。
③ 松下忠明确指出，可以认为南海的影写说与《沧浪诗话》的关系比其他中国诗论都更为密切（松下忠《江户时代的诗风诗论》，第335页，学苑出版社2008年）。祁晓明也认为，祇园南海的诗论与严羽《沧浪诗话》有着十分密切的关系（《江户时期的日本诗话》，第260页，学苑出版社2008年）。

霜、寒暑、时令，到山河、草木、禽兽、虫鱼，还有渔樵、牧耕、管弦、歌舞、绮罗、车马等，都是我身之外的境界，总起来说都是'境'。所谓'趣'，就是意、趣向的意思。凡是我心中所想、所知、所思、所乐，都是心之用，都名之曰'趣'。《三体诗》（宋代周弼所编《唐贤三体诗法》）中，把境、趣分别视为虚、实。分为以表现于形者、不见于形者。名异而实同。凡诗，都是自我述怀，自我咏物，或作以赠人，或对他人答赠，都是描写眼前的'景气'（这里主要指景色），或者过去的景气，或者别处的景气、或者此处的景气，山水、花鸟不必说，亭台楼阁、舟车坐卧，若不以这些为境，就写不出诗来。虽说是触景而作，但其趋向都出自我心之所感。如上所说，境、趣两者可以概括诗的全部，首先要立意，然后在写作时，境与趣不分轻重，各占其半，或境占八分，趣占二分。"①南海将"影写"手法落实到诗之"境、趣"上。而此"境、趣"，实则是明清诗学中讨论得很深入的情、景概念的翻版，它将《沧浪诗话》中朦胧玄虚的"兴趣"概念具体化为境、趣（实即情、景），也是日本诗学对《沧浪诗话》"兴趣"说的一种改造。

　　南海之所以提出"诗有境趣"说，强调诗歌之情、景相生的重要性，主要是因为他和严羽一样，都强烈反对宋儒以理学思想话语支配诗歌写作。南海指出："及至唐代，又一变，开始以诗取人。让人作诗，视其巧拙，而判定能力大小，并授予官衔、任命职务。如此一来，天下人均喜好诗歌，以至妇女儿童奴隶，皆能诗善赋。无论是悼文、祝贺、赠答，都使用诗的形式。到了宋代，诗歌专以理窟为尚，以议论为诗，但求合

---

① 祇园南海:《诗学逢原》,《日本古代诗学汇译》（下卷），第716页。

辙押韵。到了元明时代直至今日，诗歌只是以'慰'为事，甚至可以使用俳语、戏剧用语。有人争相使用生僻字词，炫耀学识，或耽于月露风云、花鸟游宴，或佐之以琴酒、或附之于书画，于是失去了诗的吟咏性情的本意，有识者皆摇头叹息。"[①]南海认为宋诗"专以理窟为尚，以议论为诗"，是失去了诗的吟咏性情的本意，这同严羽以"诗者吟咏性情"反对宋人"以议论为诗、以才学为诗"是如出一辙的。

祇园南海之后，皆川淇园提出所谓"冥想说"，对《沧浪诗话》进行了较具特点的接受改造。皆川愿，字伯恭，号淇园，通称文藏，京都人。他在《淇园诗话》开始就提出："夫诗有体裁，有格调，有精神，而精神为三物之总要。盖精神不缺，而后格调可得高，体裁可得佳。盛唐之诗主兴趣，兴趣亦由此精神而出，而认此所在，须求之冥想中而后得之。冥想者何也？若闻古人之诗而默会其意，若触述作之境而潜理其旨，此默会潜理之间，总名之曰冥想。如何求精神于此中？盖冥想恍惚之间，天地位焉，万物备焉，随感而现，随念而变，主此感念者，即所谓精神也。静察订观其物情状，盖与平生应外之作用有不同。应外之作用者，旋转旋易，动止无常，而无时而不存；如冥想中之精神乃不然，方其感现之时，其人必须继之辑意，念念相续以执持之，以观玩之，而后始得长存。此其异也。作家之诗，字字不离此境，句句不违此界，念念相续，以执持之，以鼓荡之，为歌诗恍兮有象，惚兮有理，于是咏之可听，讽之可发，而拙者一一反此，文理皆失，阴阳皆讹，不

[①] 祇园南海：《诗学逢原》，《日本古代诗学汇译》（下卷），第 709 页。

可不知也。"①

淇园认为"诗有体裁，有格调，有精神，而精神为三物之总要"，与格调派主张类似，松下忠因之将其"暂称为新格调派"。②不过，淇园谓"盛唐之诗主兴趣"明显来自《沧浪诗话》"盛唐诸人惟在兴趣"，是严羽诗论的重要内容之一。这将淇园诗论的脉络大大向前延伸了，而不再拘泥于明清诗学的影响。严羽之"兴趣"由"妙悟"而得，淇园则认为兴趣由精神而出，那么精神如何得到呢？这就是淇园所谓的"求之冥想中而后得之"，就是"冥想"。简而言之，淇园之兴趣（精神）由"冥想"而得。这样看，淇园之"冥想"就类似于严羽之"悟"。考其实质，淇园所描绘"冥想"特质——"默会潜理"，从某种角度看也是"悟"的另一种表述。

叶燮亦有类似表述，他说："如玄元皇帝庙作'碧瓦初寒外'句，……设身而处当时之境会，觉此五字之情景，恍如天造地设，呈于象、感于目、会于心。意中之言，而口不能言；口能言之，而意又不可解。划然示我以默会想象之表，竟若有内、有外，有寒、有初寒。特借'碧瓦'一实相发之，有中间，有边际，虚实相成，有无互立，取之当前而自得，其理昭然，其事的然也。……天下惟理事之入神境者，固非庸凡人可摹拟而得也。"③所谓"呈于象、感于目、会于心。意中之言，而口不能言；口能言之，而意又不可解。划然示我以默会想象之表……取之当前而自得，其理昭然，其事的然也"，与淇园

---

① 皆川淇园:《淇园诗话》,《日本诗话二十种》(上卷)，第141—142页。
② 松下忠:《江户时代的诗风诗论》，学苑出版社2008年，第479页。
③ 叶燮:《原诗·内篇（下）》，人民文学出版社1961年，第30页。

第四章 日本诗学对《沧浪诗话》"悟"之受容：从禅悟到诗学"悟"

"闻古人之诗而默会其意，若触述作之境而潜理其旨"、"恍惚之间，天地位焉，万物备焉，随感而现，随念而变"差不多是一个意思。这说明淇园之"冥想"实际就是"悟"的另一种说法。不过，与严羽几乎未就"妙悟"细节展开论述不同，淇园将其"冥想"论描述得较为细致深入，也可视作是对严羽"妙悟"论的补充。

当然，作为一个曾研修《易》学多年的学者，[①] 淇园在阐释其"冥想"观念时也融入了一些易学思想，他所谓"恍惚之间，天地位焉，万物备焉，随感而现，随念而变"者，即《易经》立象之谓。而从古人那里"默会"、"潜理"而来的"意"、"旨"相当于《易经》立象所喻之"理"。[②] 这说明，与严羽"妙悟"纯出乎禅宗思想启示不同，淇园"冥想"之"悟"掺杂了易经思想，或者说，淇园"冥想"之"悟"已经由易经思想取代了禅宗思想，这可能是淇园诗话对严羽诗"悟"的最大改造。

不仅皆川淇园如此，广濑淡窗、东梦亭等人也对诗"悟"提出了自己的理解。广濑淡窗，名建，字子基，号淡窗。江户时代著明汉诗人。《淡窗诗话》是广濑淡窗答弟子问，去世后由后人记录编辑而成，是江户时代日文诗话的代表作之一，吸收借鉴了多部中国诗话；其中也包括《沧浪诗话》。松下忠就说，"淡窗还接受了《沧浪诗话》的影响。"[③] 如淡窗论诗"悟"曰："问：诗如禅，重在得悟。后辈学子如何努力，才能得悟呢？答：以禅喻诗，始于《沧浪诗话》。所谓'悟'，不只是悟

[①] 松下忠：《江户时代的诗风诗论》，第471页。
[②] 祁晓明：《江户时期的日本诗话》，第248页。
[③] 松下忠：《江户时代的诗风诗论》，第586页。

禅,一切事物都需要悟。任何事情都需要体会,心中解其意味,而难以形诸语言,这就是'悟'。因而悟道不是老师用语言对弟子传授,唯须学人精思,方可获得。若要得悟,除精思钻研之外,别无他途。我学诗四十余年,今日所得,大抵是悟得。不过,像禅学那样的'顿悟'是很少见的,都是日积月累下功夫,自然领悟其意。如今要对诗有所悟,必须熟读古诗。……起初可能会感到茫然,但慢慢就会悟得言外之旨。若悟得古诗之味,对自己的诗也能有清醒的认识,可以将自己的诗,与唐宋元明清各时代的诸家作品加以对读,其风神气韵相同或不同之处,自然能够了然于心。但这些对那些不成熟的人是难以讲清的。这就是我的悟境。"[①]

淡窗之"悟"始于《沧浪诗话》,但他的"悟"与严羽稍有不同。严羽诗"悟"着重解决宋诗过度理性化而缺少鲜活诗意之弊端,所以非常强调诗意之"顿悟",这主要受禅悟启发。淡窗之"悟"则主要强调个人的精思钻研,他还说:"人各有其悟。帆鹏卿说过:'日本人作诗,恰如猴子演戏,可为奇,不可为巧。'这就是鹏卿的悟道之语;我曾说过:'诗文能使读者不倦,方可称名家。'这也是我的悟道之语。"[②] 讲到个人要自"悟",符合禅宗的思路。可以看出,淡窗论"悟"主张熟读古诗,强调日积月累下功夫,其实也还是《沧浪诗话》的《沧浪诗话》套路。不过,淡窗之"悟"没有那么强的现实针对性,所以避开了严羽诗"悟"强调激活鲜活诗意的首要第一义。这也是淡窗之"悟"与严羽诗"悟"的区别所在。

---

① 广濑淡窗:《淡窗诗话》,《日本古代诗学汇译》(下卷),第739页。
② 广濑淡窗:《淡窗诗话》,《日本古代诗学汇译》(下卷),第758页。

第四章 日本诗学对《沧浪诗话》"悟"之受容：从禅悟到诗学"悟"

　　类似淡窗这样以实用态度接受《沧浪诗话》诗"悟"的还有东梦亭（1796—1849）。东梦亭，字伯顾，号梦亭，又号悔庵。著《唐诗正声笺注》，力倡唐诗。其《锄雨亭随笔》对《沧浪诗话》颇多借鉴。如其论"悟"曰："古人借禅喻诗，以要妙悟。又有以禅教读书之法者。叶秉敬《书肆说玲》：'弟子问读书之法，予曰读书不可不学禅。众问其故，予曰：读书养静，不萌妄念，这便是禅心；读书出家，不理尘务，这便是禅行；读书作文，意在笔先，神游象外，这便是禅机。'余谓此语读书正法眼藏第一义也。"① 将读书和作诗都融通于禅悟，这是对以禅喻诗的进一步发挥，突破了《沧浪诗话》的论述范围。

　　东梦亭曾引宋荦观念表达自己的诗"悟"观念，他引述说："宋荦《漫堂说诗》云：'诗者，性情之所发。"三百篇"、离骚尚已，汉魏高古不可骤学，元嘉永明以后，绮丽是尚，大雅寝衰，独唐人诸体咸备，……高廷礼《品汇》庶几大观，廷礼又拔其尤者，为《正声》一编，近代《庶常管课》与《文章正宗》并诵习之，盖诗家之正轨也。学者从此入门，趋向已定，更尽览《品汇》之全编，考证三唐之正变，……所谓取材富而用意新者，不妨浏览，以广其波澜，发其才气，久之源流洞然，自有得于性之所近，不必抚唐，不必抚古，亦不必抚宋元明，而吾之真诗，触境流出。释氏所谓信手拈来，《庄子》所谓蝼蚁、稊稗、瓦甓，无所不在，此之谓悟入境，悟则随吾兴会，取之汉魏亦可，唐亦可，宋亦可，不汉魏不唐不宋亦可，无暇模古人，并无暇避古人，而诗候熟矣。不则胸无定见，随波而靡，譬一盲导之于前，群盲随之于后，曰左曰右，

---

① 东梦亭：《锄雨亭随笔》，《日本诗话二十种》（下卷），第271页。

莫敢自必,呜呼!可哀也已!'余欲载此文于《唐诗笺注》卷端,以为初学指南,姑记于此。"①

此节集中表述了东梦亭的推重唐诗的诗学观,其中蕴含着他对诗"悟"的观念。仔细研读,不难发现,这里面包含的意思与严羽《沧浪诗话》的观点如出一辙。《沧浪诗话》主张"学诗者以识为主"、"以汉、魏、晋、盛唐为师"、"先须熟读《楚辞》,朝夕讽咏,以为之本;及读《古诗十九首》,乐府四篇,李陵、苏武、汉、魏五言皆须熟读,即以李、杜二集枕藉观之,如今人之治经,然后博取盛唐名家,酝酿胸中,久之自然悟入"。同样的,东梦亭也推重盛唐诗,也强调要"诵习之"、"尽览《品汇》之全编",这样才能"源流洞然,自有得于性之所近",在这种情况下,就能"悟入境"、"随吾兴会",然后"吾之真诗,触境流出"。严羽谓之"顿门""单刀直入";东梦亭以之为"释氏所谓信手拈来"。严羽认为这是得诗歌顿门之"第一义";东梦亭则以为"诗候熟矣",故"取之汉魏亦可,唐亦可,宋亦可,不汉魏不唐不宋亦可,无暇模古人,并无暇避古人",这是得诗歌"第一义"后的游刃有余之境。

东梦亭强调诗歌韵致,反对诗中说理、议论;他认为"诗之妙在韵致,不必以理胜",②与《沧浪诗话》精神吻合。东梦亭评沈明臣《宫怨》云:"绿满南园桑叶肥,风光欲尽柳花飞。妾生不及吴蚕死,留得春丝上衮衣。"此自王龙标"玉颜不及寒鸦色,犹带昭阳日影来"化出。王之比喻出乎意表,所谓不涉

---

① 东梦亭:《锄雨亭随笔》,《日本诗话二十种》(下卷),第261页。
② 东梦亭:《锄雨亭随笔》,《日本诗话二十种》(下卷),第245页。

第四章 日本诗学对《沧浪诗话》"悟"之受容：从禅悟到诗学"悟"

理路，不落言筌者。沈诗工而俗，无余意。①直接袭用《沧浪诗话》"夫诗有别材，非关书也；诗有别趣，非关理也。然非多读书、多穷理，则不能极其至，所谓不涉理路、不落言筌者，上也"原语评诗，足见他对《沧浪诗话》的推重。

不仅如此，东梦亭还试图融理入诗，他说："戴益诗云：'尽日寻春不见春，茅鞋踏遍陇头云。归来适过梅花下，春在枝头已十分。'孟子曰：'道在迩，而求诸远。'凡学道者，要在自修，不必求之高远。古人每于活处观理，此诗兴也。题云探春，然非漫尔之作。罗景纶（即罗大经）曰：'诗莫尚乎兴。兴者，因物感触，言在于此而意寄于彼，玩味乃可识。若非赋、比之直言其事也。'《鹤林玉露》载此为尼悟道诗。第三句作'归来笑捻梅花嗅'，不及'过梅花下'之自然。"②所谓"古人每于活处观理，此诗兴也"，也是真正贯彻了严羽多读书多穷理方可极其至的精神。

尤值一提的是，东梦亭还以"妙悟"沟通和歌与汉诗，表现出一种新的创见。他说："诗人轻和歌，歌人亦仇视之，彼此俱非。至其妙悟，诗歌一致。藤原为家尝诲人曰：'凡作和歌，如渡危桥，不可左右回顾。'又曰：'譬之作五重塔，始自基址，当留心下句。作诗之法亦不出此范围矣。'藤原俊成曰：'歌之佳处，在得大体而已，不可务为雕刻组织也。譬诸画工图物，倘徒事丹青烂绚，则反使人可厌矣。要自然而有味，是为得之也。'此语近世诗人顶门一针。"③无论是"渡危桥"，还

---

① 东梦亭：《锄雨亭随笔》，《日本诗话二十种》（下卷），第307页。
② 东梦亭：《锄雨亭随笔》，《日本诗话二十种》（下卷），第286、287页。
③ 东梦亭：《锄雨亭随笔》，《日本诗话二十种》（下卷），第293页。

是"作五重塔",不管是作诗,还是作和歌,都要"妙悟""得大体","要自然而有味",此乃作诗与和歌之金针。这种沟通和歌与汉诗的尝试,在津阪东阳那里体现得更明显。

津阪东阳,名孝绰,字君裕,号东阳。东阳对和歌、俳句和汉诗都有涉猎;著有《夜航诗话》《夜航余话》等,其中《夜航余话》下卷即由汉诗与和歌、俳句的比较论构成,表现出一种沟通和歌、俳句和汉诗的尝试,这在日本诗话中较为鲜见,值得进一步深入研究。

东阳非常赏识《沧浪诗话》,他多次征引其中观点。如,"《沧浪诗话》曰:'不必太著题,不必多使事。下字贵响,造语贵圆。意贵透彻,不可隔靴搔痒;语贵脱洒,不可拖泥带水。最忌骨董,最忌趁贴。'仅四十六字,说尽要诀。诗法虽多,其大要不外此尔。贵响贵圆,最是金针。"[①]其中所引严羽观点,为《沧浪诗话》之《诗法》第六、八、九、十部分。东阳很推崇严羽的这些观点,用到了"金针"一词(金针度人乃禅宗悟道、以心传心之谓)。

东阳多次谈及不可太著题,他说:"作诗不可太著题,咏物尤忌黏皮骨。东坡云:'善画者画意不画形,善诗者道意不道名。'故其诗云:'论画以形似,见与儿童邻。作诗必此诗,定知非诗人。'此戒皮相,诗学要诀。咏物必此物,终非咏物手。徒是泥塑美人,有何风趣?如崔钰《鸳鸯》、雍陶《白鹭》,可谓著题,然区区模写体贴,徒蹈剪裁为花之弊,故识者讥为村学中体。必也空中构楼阁,说得有波澜,不涉理路,

---

① 津阪东阳:《夜航诗话》,《日本诗话二十种》(上卷),第334页。

不落言诠,妙在有意无意不即不离间,然后始得出入化境,而免伧父面目矣。"①太著题就会黏皮骨,就是模写体贴的泥塑美人,毫无风趣可言。只有"不涉理路,不落言诠","在有意无意不即不离间",才能"得出入化境"之妙,这实际也是严羽对"兴趣""如空中之音,相中之色,水中之月,镜中之象"的描绘,两者所求异曲同工。

东阳还说:"《吕氏童蒙训》云:'咏物诗,不待分明说尽,只仿佛形容,便见妙处。'盖至论也。夫咏物神理在无字处,善用侧笔,不犯正位,衬说以取神韵,此文家避实击虚法,所谓索之于骊黄牝牡之外者,是传神之妙也。若规规刻画,黏皮著骨,形状虽巧,全无精神,使一觉便尽,亦何足道哉?……是亦金针度人语。学者诚得此而玩心焉,不患不能善咏物也。亦非独咏物为然,凡读古人文字,亦须掩卷闭目,极为想象,细心体认,求之笔墨之表,所谓以意逆志,方得古人匠心处。于是意境历历,神理活动,宛然如在目中,不知手之舞之足之蹈之,斯为善读书观诗者矣。司马温公曰:'古人为诗,贵于意在言外,使人思而得之,故言之无罪,闻之者足以戒也。'梅圣俞亦言:'诗之工者,写难写之景如在目前,含不尽之意见于言外。'此诗家秘密藏,学者不知斯诀,未可与言诗也已。"②所谓"取神韵""传神之妙",就是"意境历历"、"宛然如在目中",就是梅圣俞所言"写难写之景如在目前,含不尽之意见于言外",皆与严羽"如空中之音,相中之色,水中之月,镜中之象"的"兴趣"如出一辙,讲述的是同一个意思。

---

① 津阪东阳:《夜航诗话》,《日本诗话二十种》(上卷),第298页。
② 津阪东阳:《夜航诗话》,《日本诗话二十种》(上卷),第299页。

严羽之"兴趣"由"妙悟"而得，但东阳说了这么多"取神韵"、"得出入化境"之妙，却鲜少提及"悟"。在"学"与"悟"二者之间，东阳更倾向于"学"，他指出："诗之于学者也，特其剩技耳。行有余力，乃以学之，君子不必讥也。近时学风轻薄，舍本而趋末，以诗为性命，六经群史一切束之高阁，唯矻矻于五字七字之中，抽黄对白，玩愒时日，虽曰诗有别才，非关书也，然腹笥空虚，无所根据，如商家乏赀本，不能致奇货，呕出心肝，宁死不休，焉能得惊人佳句邪？老杜自道：'读书破万卷，下笔如有神。'此其所以妙绝千古也。东坡云：'孟襄阳诗非不佳，可惜作料少。'言学殖不足也。葛常之亦云：'僧祖可诗清新可喜，然读书不多，故变态少，观其体格，不过烟云草树，山川鸥鸟而已。'夫无学殖者，其弊皆如此。浮艳浅弱，徒以尖新取悦，虽剪裁极巧，而根柢蔑如矣。"① 尽管他提到严羽所谓"诗有别才，非关书也"，但东阳还是强调诗歌要有学殖为底蕴。

　　东阳多次提及学殖，他还说："自恃聪慧，终亏学力。人间可惜，莫此为甚。……夫诗赋书画之工，虽由别才，微学殖以资之，未易深造焉。盖读书可以荡涤尘秽，故谓之心尘帚。黄山谷言：'人胸中久不用古书浇灌，则尘俗生其间。对镜觉面貌可憎，向人亦语言无味。'又曰：'子弟凡病皆可医，但俗不可医。然唯读书可以胜之。'又论书曰：'士大夫下笔，须使有数万卷书气象，始无俗态，不然一楷书吏耳。'皆警俗名言也。即有天纵之才，苟不学无术，则尘垒之气填胸，雅趣扫

---

① 津阪东阳：《夜航诗话》，《日本诗话二十种》（上卷），第294页。

地，龌龊乎不胜鄙陋矣，技之所以不能免俗也。"① 东阳认为，学殖可以免俗，可以涤心，无俗态而有雅趣，这是他有别于严羽之处。他还说："杨升庵云：'智果书，合处不减古人，然时有僧气，可恨。'古人所以贵于人品高也，夫书有僧气，尚为可恨，诗带俗气，岂可堪乎？乃欲人品高，不可不养也。故曰：'诗虽一小技，然非胸中有万卷，笔下无一尘，亦不能臻其妙也。'"② 也指出了学养对人品和作诗的重要性。

即便提到作诗是"无意中得之"，也是在学有余力基础上偶得的。东阳说："作诗，篇成，有一二字于心不安，苦思力索，竟不能得，遂倦而废。他日于无意中得之，忽然而来，浑然而就，宛若神助，喜不可言，盖由先积精思，因机发而得也。若初不思索，非侥幸可得也。……故万事之难裁，焦思凝虑，未得其所以处，恐深泥滋惑，乃舍而去，放浪于野，荡涤郁胸，优游遣兴，逍遥自适，则畅然神王，智囊便开，于是触物感事之次，跃然有所发挥焉。犹诗人舍苦吟，忘于怀，不求之求，自然而得也。"③ 所谓"无意中得之"，也是"先积精思，因机发而得也"。这种"宛若神助"的状态，虽非"悟"，但也差别不大；东阳由此也就不提严羽那种玄虚的"悟"了。这与对"悟"取实用态度的广濑淡窗、东孟亭等人的精神是一脉相承的。

祁晓明指出，相对于创作原理，日本诗话更倾向于谈论诗歌创作的具体环节。在大多数情况下，日本诗话都是借用或引

---

① 津阪东阳：《夜航诗话》，《日本诗话二十种》（上卷），第375页。
② 津阪东阳：《夜航诗话》，《日本诗话二十种》（上卷），第375页。
③ 津阪东阳：《夜航诗话》，《日本诗话二十种》（上卷），第302—303页。

述中国的诗歌原理论来讨论创作问题。即便是皆川淇园的"冥想说"和祇园南海的"影写说",也很难说是在完全不依傍中国诗歌论而独创的、自成体系的理论。这种现象反映出日本诗话本身具有的"启蒙书""入门书"性质决定了其对于形而上学的思辨缺乏兴趣。即便是借用或引述中国的诗歌原理论,如广濑淡窗、东孟亭、津阪东阳等人对"悟"与"学"的探讨,也大都出于实用目的的辗转引用,而非透彻的领悟和深入的探究。广濑淡窗、东梦亭论禅谈"悟",不像严羽那样飘渺玄远,特别是"羚羊挂角,无迹可求"、"空中之音,象中之色,水中之月,镜中之象"之类为王士祯大加发挥的诗论,在《淡窗诗话》《锄雨亭随笔》中却不见踪影。广濑淡窗并不把"悟"看得多么玄妙;他所理解的"悟",就是可意会不可言传的,得心应手、融会贯通的境界,且并非禅宗所独有,适用于任何一项专门技艺。这无论是与严羽"诗禅说"还是与王士祯的"神韵说"相较,其精神自然迥乎不同。[①] 这种解释在一定程度上说明了日本诗话对《沧浪诗话》受容的特点。

---

① 祁晓明:《中日诗学研究》,第58—59页。

第五章 结 论

　　严羽为解决江西诗学面临的难题，借禅悟喻诗悟，提出富有创新色彩的诗"悟"说；这对明清诗学影响巨大。明清诗学诸家在严羽诗"悟"的启示下，各自提出对诗"悟"的不同见解，极大丰富了诗"悟"的意涵。在对明清诗学影响巨大的同时，《沧浪诗话》也对东亚文化圈，尤其是日本诗学（包括和歌、俳句及汉诗等等方面）产生了较大的影响，严羽诗"悟"对日本和歌之"悟"——幽玄，俳句之"悟"——闲寂及汉诗之诗"悟"——"影写"说与"冥想"说都产生了一定的影响。同样，和歌、俳句、汉诗之"悟"也都为诗学范畴"悟"增添了新的内涵。如果将明清诗学"悟"与日本诗学"悟"稍做理论上的比较，将会对诗学范畴"悟"的丰富内涵把握更全面，同时也对东亚诗学"悟"的理论内涵理解更深刻。

　　比较明清诗学"悟"与日本诗学"悟"，首先就可察觉到二者间存在较大的差异。明清诗学"悟"基本还是沿袭严羽诗"悟"的思路，就是如何"悟"（直觉重构）出一首好诗；其师法传统的范围大体不出中国传统诗歌（所谓师法汉、魏、晋、盛唐也）。但日本诗学"悟"就不一样了，虽然它曾受严羽诗"悟"启示影响；但除汉诗外（即使汉诗，面目也与中国传统诗歌差别较大），和歌、俳句所"悟"之对象、之范围迥异于中国传统诗歌。由于和歌、俳句与中国传统诗歌不仅存在文体形式上的巨大差异,而且还存在深层的文化差异;故此,相较明清诗学"悟",日本诗学"悟"对严羽诗"悟"的接受继承就少得多。对于日本诗学的和歌、俳句乃至汉诗之"悟"而言,"悟"什么恐怕还在其次,他们首要的问题应该是解决怎么"悟"的问题。

换句话说,由于存在较大的文化差异,日本诗学和歌、俳句(包括汉诗)之"悟"能够借用的诗学资源大不如明清诗学所承继的那样丰富深厚(当然,它所要背负的历史难题自然也不如明清诗学那样沉重)。而且,即便能够跨越文化上的差异,借用严羽诗学"悟"的思想,歌人、俳师还要面对如何重构日常生活世界,以表达内心诗意感受的现实难题。因此,与明清诗学"悟"聚焦"悟"什么不同,日本诗学和歌、俳句及汉诗之"悟"更需要解决的是怎么"悟"的问题;也就是说,日本诗学(和歌、俳句或汉诗)创作者(歌人、俳师或汉诗人)在"悟"(歌、俳或诗)时可能更偏重于形式技法的一面,至于所"悟"之内容精神,相对于明清诗学来说,关注的要少很多;这是就日本诗学全局而言。但具体到不同的文体发展、时代思潮而言,情况可能就要复杂得多。

如前文指出的,日本人对于《沧浪诗话》的接受,因时代文艺思潮的变化而有所侧重。中世诗、歌论摄取了沧浪的"非多读书,多穷理,则不能极其至"之论,以纠正上世文艺理论烦琐的形式主义的积弊;而近世诗、歌论则摄取了沧浪诗论复古、反理学、反议论的方面,以回归日本文学固有的抒情传统。概而言之,中世侧重于沧浪的新变,近世则侧重于沧浪的复古。中世文艺理论由于受到从中国传入的禅宗和理学的影响而更趋理论化和思辨性,体现出重内轻外、重精神轻形式、重抽象轻具象的价值取向。《沧浪诗话》受到中世诗、歌论的关注,也是由于其理论性及思辨色彩。歌人、俳师、汉诗人借助诗"悟",所要重构的日常生活世界庶几近似,但他们该运用何种具体的技法乃至句法来呈现对这个生活的世界的感受体验,那就千差万别了。

因为和歌、俳句、汉诗文体形式上的差别显著,日本诗学"悟"显然无法像中国传统诗歌那样从传统中借鉴重构(即便中国传统诗歌也有诗、词、散曲的较大差异,每种文体各有自身传统,其经验也有不可通用处);另一方面,由于佛学对日本诗学的影响要远远大于对明清诗学的影响,因此,佛教禅宗思想对日本诗学和歌、俳句、汉诗等所蕴含的思想精神影响也要比对明清诗学影响更深远。换言之,日本诗学之"悟"在精神气质上更接近佛教禅宗之悟,也就是等诗(歌、俳)于禅,所以,和歌所"悟"之"幽玄",俳句所"悟"之"闲寂"等都浸染了深厚的佛禅精神,庶几类似于明清诗学的等诗于禅,诗禅合一。

由于历史、语言、艺术文化等方面原因,明清诗学"悟"与日本诗学"悟"的确存在较大差异;但是,必须指出,二者也存在一些相通共同处。明清诗学"悟"与日本诗学"悟"相同处在于,他们都运用诗"悟"之直觉重构对日常生活世界的体验进行了呈现表达。尽管创作者(歌人、俳师及汉诗人)所面对的现实生活千差万别,创作表达所采用的文体、语言形式根本不同,但他们要(运用和歌、俳句、汉诗)表达日常生活的体验感受是一致的。换言之,尽管"幽玄""闲寂"与"格调""性灵""神韵"在具体内容上存在较大差别,所运用的文体形式也根本不同，但它们都是诗人（歌人、俳师）对日常生活世界的体验感受，是对各自日常生活世界的诗意重构；简单说，明清诗学"悟"与日本诗学"悟"在"悟什么"这一点上是一致的。这就使得"幽玄""闲寂"与"性灵""神韵"等说具有相通共同处，因而具有可比性。这也就是为何有人认为"幽玄"其实就是一种"神韵"。因为它们在艺术精神上不仅相通，而且相同，甚至是完全一致的。

一般的常识看法认为，一种观点（学说）的意义价值主要取决于其现实和历史影响。我们认同这一观念，并且始终认为，本质不是先验地内蕴于事物（学说、观念）中的，而是在后来的认识中不断地被重新建构出来的；所谓"一切历史都是当代史""一切历史都是思想史"，可以这样理解，即历史上的学说（观念）的内涵都是在后来者不断地重新阐释中被建构出来的。基于此，本书试图将《沧浪诗话》置于中日文化交融语境这一宏大的文化视域中予以阐发。

本书扼要梳理了严羽《沧浪诗话》之"悟"产生的思想文化历史语境，并对其进行了现代诗学阐释。在此基础上，本书深入讨论了《沧浪诗话》"悟"对明清诗学"格调"之"悟"、"性灵"之"悟"及"神韵"之"悟"等观念的内在影响。而且，本课题还系统探讨了《沧浪诗话》"悟"对日本和歌、俳句及汉诗之"悟"的理论之影响。通过研究，得出这样的基本结论：

宋代，尤其南宋是道学逐渐确立成为社会主流思想意识的时期，它对宋代文学的影响巨大而深远。宋代诗学在儒学思想的影响支配下，对文人的思想观念、心态人格进行了规训与控制。这使得宋诗呈现出与唐诗截然不同的文学面貌；所谓唐诗重情，宋诗尚理。严羽不满于宋诗被理学思想所宰制，直斥其为"以文字为诗，以才学为诗，以议论为诗"。为摆脱儒学思想的话语霸权，严羽以禅喻诗，借助禅学话语来对抗理学话语。这使得严羽诗禅说有别于他人。严羽以"妙悟""兴趣"论诗，以师法盛唐诗为第一义，貌似无异于宋代主流诗学的宗唐，但其实质则是倡导一种不受文学之外因素（他者）控制支配的独立自足的诗意文学。

严羽在《沧浪诗话》中回答了几个重要问题，即：什么样的诗才是好诗？怎样才能识别出这样的好诗？以及怎样才能做出这样的好诗？在严羽看来，有"兴趣"的诗就是好诗，最典型的就是盛唐诗，盛唐诗全在"兴趣"，所以是好诗。要识别出有"兴趣"的诗，就需要"妙悟"；建基于"参"（"熟参""饱参"）和诗"识"，诗人"妙悟"盛唐诗的"第一义"。只有师法盛唐"第一义"，才能"妙悟""兴趣"，获得"别材别趣"，从而做出好诗。围绕这些命题，明清诗学、诗坛进行了大规模的理论探讨和创作实践。在这种探讨和实践过程中，严羽《沧浪诗话》关于好诗的观点得到了深入辨析和大力实践，其创建之观念和存在之弊端都被放大，从而被鲜明地呈现出来。可以说，无论是所讨论议题的设置，还是话语方式的表述，严羽的《沧浪诗话》都对明清诗学产生了深远巨大的影响。

以明代前、后七子为代表的格调派复古诗学避开了严羽较为深奥玄虚的（偏于审美内容的）"妙悟""兴趣"，而直接落实在较具体的形式技法层面，实践所谓"格调"问题。尽管前、后七子都强调领会古人诗歌形式和内容的精妙，但大多数文人既情寡，且少有领会神情之天分；在学古过程中不自觉地偏向于操作性强的"法式""规矩"，于是，不可避免地形成复古诗学的路径依赖，最终沦落为模拟、剽窃。从总体来看，明清复古诗学格调论主旨在于强调从音律、字句等形式方面学习盛唐诗歌的技巧"法"度。在学习实践"法"的同时，他们也强调诗"悟"。然而，他们的诗"悟"同江西诗学"悟"类似，仅局限于领悟诗歌的格调形式。严羽诗"悟"被格调诗学落实为追求具体的形式技"法"。而且，由于天分才情限制，格调论者大多只知摹古，而不知新变神"悟"。以公安三袁、竟陵派及袁枚为代表的的明清"性灵派"强调以新变神"悟"矫正格调派的摹古；他们以"真性情"重释"性灵"，提出所谓"真""趣""韵"等一系列观念，发展了严羽的"兴趣"论。

但是，严羽"取法乎上""师法盛唐"的主张经过明清格调派复古诗学大规模的实践尝试终将失败；而性灵派诸人对复古诗学的批判革新又是破多立少，欠缺必要的诗学建树。之所以如此，是因为明清时期是一个由古典文学形态向具有一定近代色彩的文学形态转型的过渡时期，以传统诗、词、文、赋为主体的古典文学形态已经走向末路；这意味着（黑格尔《美学》所谓的）诗歌时代基本终结，散文时代即将来临，其最明显的表现就是明清小说的兴盛。

从这种千古变易的宏阔历史文化语境来看，清人王士禛放弃严羽诗学"取法乎上""师法盛唐"的远大目标，退而求其次，专攻诗中一格、近体短章，不能不说是一种较为现实明智的做法。和王士禛诗"悟"相比，无论在思想内容上，还是在形式风格上，严羽诗"悟"都涵盖各类诗歌创作，具有普适性；它是对所有诗歌共同艺术特质的认识与把握。而王士禛诗"悟"只欣赏某些艺术风格，比如清远淡雅；其它风格很难进入他的艺术视野。不仅诗歌形式风格如此，就是内容韵味也如此。因此,王士禛"神韵"说只涉及诗歌的某些艺术特质;它对诗歌艺术的有些规定显得狭隘。这与严羽诗"悟"存在差异。

综观明清诗坛和诗学,可以看到,"格调"说、"性灵"说以及"神韵"说,都曾深受严羽诗诗"悟"影响。其中,"神韵"说与严羽诗诗"悟"最接近。但由于神韵派认为诗、禅等无差别而"以禅论诗";这与严羽认为诗、禅有别而"以禅喻诗"不太相同。这使两种诗"悟"观存在一定差别,是后来研究者需注意的一个问题。最重要的是,借用禅学话语的严羽诗"悟"有意识地拒斥理学话语、疏离儒家诗教,将此前由儒家理学主导的载道(他律)诗学,转变为专注于诗歌自身形式与内容的审美(自律)诗学。受严羽诗"悟"影响,明清诗学主流话语专注于诗歌自身问题的讨论。比如格调派关于格调形式技法的讨论,性灵派关于审美情感之抒发,神韵派关于神韵之探讨,都是对诗歌自身(自律)问题的讨论。可以说,严羽诗"悟"转变了此前由儒家诗学(服务于言志、载道或教化等外在目的)主导的他律论诗学话语,使诗学话语回归到诗歌自身问题的探讨,从而开启了诗歌独立自足的自律地位。

这一点也体现在同处东亚文化交融语境中的日本诗学中。日本中世和歌理论有两点直接受到了严羽《沧浪诗话》诗"悟"的启发,一是中世"幽玄"论与严羽"兴趣"说的高度相似,两者皆具有意境之镜像水月、飘渺朦胧的特质。二是歌论特别强调以佛道喻歌道,或以禅道释歌道,这也是受严羽"以禅喻诗"、以"悟"论诗的启发。至近世,《沧浪诗话》曾引起儒者及歌论家的普遍关注。日本人对于《沧浪诗话》诗"悟"的接受,因时代文艺思潮的变化而有所侧重。中世诗、歌论摄取了沧浪的"非多读书,多穷理,则不能极其至"之论,以纠正上世文艺理论繁琐的形式主义的积弊；而近世诗、歌论则摄取了沧浪诗论复古、反理学、反议论的方面，以回归日本文学固有的抒情传统。

在俳句发展中，松尾芭蕉和严羽面临类似的诗学文化语境；《沧浪诗话》批评江西诗派"以文字为诗、以议论为诗"，芭蕉也要克服当时俳句创作中"以文字为俳句"（将俳句创作当做文字游戏，如井原西鹤）、"以议论为俳句"（以讽刺、警策之议论来作俳句）的弊端。在松尾芭蕉看来，俳人只有呈现表达自己内心真实的生命体验，才不会让俳句只是游戏和警策的议论，才有可能让俳句蕴含诗意。芭蕉将俳人内心真实的生命体验谓之"风雅之诚"（又称"风雅之寂"，学者也将其阐释为"寂"）。严羽"以禅喻诗"，其主要观念"妙悟""兴趣"说均来源于对禅学的借鉴，但其审美内容精神均与禅宗思想无关。但芭蕉俳句表现的"风雅之寂"则是对禅宗精神深深领悟之后而呈现的一种审美表现，禅宗精神（"清净心""无心"或"平常心"的理解都可以）在铸造芭蕉俳句审美特征时所起的作用至关重要。归根结底，严羽"以禅喻诗"对芭蕉"风雅之寂"的启示乃在于使俳人创作恢复其自身具有的诗意。受《沧浪诗话》诗"悟"影响的日本诸诗话大抵也如此，这些诗话主张呈现、表达人们对日常生活、生命的诗意体验；这也是回归独立自足的诗意文学的一种理论表达，与《沧浪诗话》诗"悟"诗学精神一脉相承。这也是东亚文化交融语境这一宏大视域下所呈现的《沧浪诗话》诗"悟"的诗学文化精神。

本书的创新之处是将《沧浪诗话》诗"悟"置于中日文化交融语境这一宏大的文化视域中进行观照；我们同时也希望，这一新研究视角的采用将在一定程度上推动《沧浪诗话》研究的深入开展,同时也能推动明清诗学及日本诗学若干问题展开研究。当然,必须看到,由于日本诗学与本土诗学毕竟还是存在一定语言文化上的差异,《沧浪诗话》是如何被日本诗学受容改造还需要不同的视角进行重新审视,这是需要进一步研究展开之处。另外,对禅宗与中日诗学的深层关系也需要更深入地发掘和进一步研究。